シャーロック・ホームズ アメリカの冒険

Sherlock Holmes in America

ローレン・D・エスルマン 他著
Loren D. Estleman

日暮雅通 訳
Masamichi Higurashi

原書房

シャーロック・ホームズ
アメリカの冒険

ES IN AMERICA

目次

SHERLOCK HOL

はじめに――「お察しのとおり《アズ・ユー・パーシーヴ》、アメリカ人です」

「アメリカの方にお会いするのは、いつもたいへん楽しみなのです」とシャーロック・ホームズは『独身の貴族』の中でモールトン夫妻に言っている。「……遠い昔に、ある国王と大臣が愚かな過ちを犯しましたが、われわれの子孫はそんなことにめげず、いつの日か必ず、英国旗と星条旗を四半分ずつ組み合わせた旗のもとに手を結んで、世界的な一大国家をつくりあげるだろう――私もそう信ずる者のひとりだからです」

したがって、ホームズ物語に数多くのアメリカ人が登場するのも別段不思議ではないのである。この名探偵が初めて世に現われた『緋色の研究』には、ユタのモルモン教コミュニティを舞台とする長々とした回想場面があったし、『恐怖の谷』でもペンシルヴェニアの炭鉱町における極悪非道の行ないが語られていた。長篇のみならず、『オレンジの種五つ』や『踊る人形』といった人気短篇でもアメリカ人は重要な登場人物を演じているし、ほかならぬ〝あのひと《ジ・ウーマン》〟――つまり「世間には正体不明の怪しい女として記憶に残る」、ホームズを出し抜いた伝説の女性アイリーン・アドラーも、ニュージャージー州の出身だった。さらに証拠が必要なら、『最後の挨拶』でドイツ人スパイのフォン・ボルクをだますためにホームズが扮したのが、アルタモントというアイリッシュ系アメリカ人だったということを思い出せば充分だろう。

ホームズと同様、生みの親のコナン・ドイルも、アメリカ合衆国の熱心な称賛者であった。子供時代はジェイムズ・フェニモア・クーパー（『モヒカン族の最後』で知られる小説家）やメイン・リード（アイルランドからアメリカへ移民した少年文学作家）のフロンティア小説に魅了され、若き医師の時代にはエドガー・アラン・ポーやオリヴァー・ウェンデル・ホームズ、マーク・トウェイン、ブレット・ハートの作品に影響を受けた。生涯で四度アメリカを訪れ、この二つの国の相互理解と友好関係を深めるための英米協会をつくろうと呼び掛けたこともあった。そして、長篇小説『白衣団』の献辞にはこう書いている。「未来において英語圏の民族がふたたび連合できるという希望のもとに、この共通する祖先のささやかな年代記は書かれた」

そうした精神を汲むものとして、この新たなアンソロジーでは、優れたミステリ作家たちに、ホームズとワトスンがアメリカへ行くという設定の作品を書き下ろしてもらった。『恐怖の谷』の中で「頭脳労働の報酬というわけさ——アメリカ式商業主義だね」と言ったのは、ホームズだった。彼がベイカー街のお馴染みの下宿にいず、遠く離れた国で行動することに躊躇する読者もいるかもしれないが、あくまでもコナン・ドイルのルールにしたがったゲームをしているのだと、私たちは信じている。

「妙てけれんな話だなぁ、まったく」と語るのは、コナン・ドイルの短篇『アメリカ人の話』に登場する人物だ。「でもよ、おれはもっと妙てけれんな話を知ってるぜ——すんげえ不思議な話をな。あんたら、本を読んだからって何もかも知ってるわけじゃなかろう。おれみたいにしょうもない場所で育ったやつぁ、英語をまともにしゃべれるわけもないし、立派な教育を受けたわけでもない。たいていは荒くれもんで、英語も満足にしゃべれんし、ましてや自分の見てきたことをペンとインクで書けるなんてこともない。だけどな、そんなやつらがもし書けたんなら、あんたらヨーロッパ人は髪の毛おっ立つくらいびっくりすること請け合いだぜ」
なるほど、かつてホームズがこう言ったのも、もっともだ。「アメリカの俗語には、なかなか意味深長なものがありますね」

ジョン・レレンバーグ&ダニエル・スタシャワー

ウォーバートン大佐の狂気

The Case of Colonel Warburton's Madness

リンジー・フェイ

Lyndsay Faye

歴史ミステリともいえる長篇ホームズ・パスティーシュ（しかも処女作）"Dust and Shadow: An Account of the Ripper Killings by Dr. John H. Watson"（2009）で注目を浴びた。その後も短篇ホームズ・パスティーシュなどを発表している。小説家デビュー前はサンフランシスコで女優をしていたが、現在はニューヨーク在住で、女性シャーロッキアン団体 "Adventuresses of Sherlock Holmes" の会員。

わが友シャーロック・ホームズは当代の最たる活発な頭脳の持ち主であり、状況に応じて精力的に動いては途方もない偉業を見せてくれる人物だが、私が出会った人間のなかでも、最も長いあいだ微動だにせずひじかけ椅子に座っていられる人間でもある。この技能は本人にはまったく自覚がない。ホームズが私に感銘を与えようとしていたとも思わないし、本人にとってはそう努力を必要とするものでもないのだろう。それでも、三時間以上も人間が同じ姿勢を保ち、しかもまぎれもなく目覚めたままでいるのなら、それは超自然的なまでの偉業と言っていいだろう。

鉛色の空に覆われたある日の午後、私は古い日記を整理していた手を止め、振り返ってホームズをながめた。彼は片方の脚を体の下でねじり、片手で頭を支えている。ドレッシングガウンの端は暖炉の炎で光り、ずいぶん前に読むのをやめた本が絨毯《じゅうたん》の上に落ちていた。見慣れた光景ではあっても、何時間も同じ姿でいるのを見ていると、こちらがだんだん落ち着かなくなってくる。友人がまだ生きているのかを確かめるため、習慣に逆らって、ホームズの夢想をじゃましてみることにした。

「なあホームズ、ぼくにつきあって散歩する気はあるかい？　通りの先にある靴屋に用事があるんだ。それに天気もいくらかよくなってきたよ」

いまもって不吉な暗い空のせいで乗り気にならないのか、それとも物悲しい気分のせいなのかはわからないが、ホームズはただこう言った。「今のぼくに必要なのは、もっとまともな気晴らしさ。自分のでもない用事や、三月の気まぐれな暴風雨の陰謀にはつきあえないよ」

「いったいどんな気晴らしならきみのお気に召すんだ?」私はホームズの言葉にいささかいらだっていた。

彼は細い手を振り、長時間もたれていた椅子からようやく黒っぽい髪の頭を上げた。「きみが提供できるようなものはないね。いつもと同じだよ——この二日間、読む価値のある手紙は一通も届かないし、気の毒な誰かが玄関のドアベルをけたたましく鳴らして、ぼくの助けを乞うようなこともない。世界は退屈、ぼくも退屈、退屈することにも退屈してきたね。そんなわけでワトスン、きみにもわかるだろうが、今のぼくには自分さえ救えず、くだらない暇つぶしぐらいじゃ気分もよくならないのさ」

「誰にもきみの助けがいらないぐらい平和なら、喜ばしいと思うべきだが、仕事がきみにとって重要なものなのもわかっているつもりだよ」私は同情たっぷりに言った。

「やれやれだ。嘆いたところでどうにもならないがね」

「それはそうだが、ぼくに手助けできることがあれば喜んでするよ」

「何をしてくれるって言うんだ?」ホームズは鼻で笑った。「きみの懐中時計が盗まれたとか、大叔母がふっつり姿を消したなどと言い出さないでくれよ」

「そういうのは何もないさ、ありがたいことにね。だが、きみの脳を半時間ほど悩ませる問題なら提供できるかもしれない」

「問題? ああ、すまなかった——忘れていたよ。机の合い鍵がどこへ行ったか知りたいんだね、あれは物体の柔軟性をテストするためにぼくが使ってしまった。新しい合い鍵を作るから——」

「合い鍵のことは知らなかったよ」私は微笑みながら言葉をさえぎった。「そうじゃなくて、もしきみがお望みなら、ぼくがサンフランシスコで開業医をやっていたときに起きた一連の出来事、もう何年も不思議に思ってきた妙な事件のことを話そうかと思ったんだ。古い日記を整理しているうちに思い出したんだが、実にきみ向きの事件だよ」

「少なくとも、ぼくがまだ記録を済ませてない事件をきみが狙っているんじゃないことは、ありがたいね」

「いいかい？　この話を聞くことにはさまざまな利点がある。外出するよりいいかもしれないぞ。だって、また雨がふりだしてきたからね。それに、きみがいやだと言うにしても、ぼくはきみとまったく同じぐらいに暇だし、それはありがたいことじゃない」ホームズがあと少しでも彫像のごとく動かずにいれば、部屋にいるのも気味が悪くて外に飛び出したくなる、と言うのはやめておくことにした。

「きみの開拓時代の話をしようっていうのかい。それをぼくに解決しろと？」ホームズは素っ気なく言ったが、片眉の微妙な角度で、興味をそそられたのがわかった。

「そうだ、できるものなら」

「情報が足りなかったらどうするんだ？」

「そのときはきっぱりと、二人でブランデーと葉巻に頼るとしよう」

「手強い挑戦だな」私にとってはありがたいことに、ホームズは両手をついて体を起こし、体の下で脚を交差させながら、脇のテーブルで冷たくなっているパイプに手を伸ばした。「解決できるとまでは断言できないが、実験としてなら、ちょっとした面白味はある」

「じゃあ話を聞かせよう。きみは疑問が浮かんだら質問してくれたまえ」

「最初から聞かせてくれ、頼むよ、ワトスン」ホームズはそううながし、おとなしく聞く態勢に入った。「思い出せるかぎり詳しく話してくれよ」

「ぼくの頭にも新鮮に甦ったところさ、さっきじっくり読んでいた日記の中に記録してあったからね。きみも知っているように、ぼくのアメリカ暮らしは比較的短いが、サンフランシスコは、シドニーやボンベイと同じぐらいはっきり記憶に残っている――忙しくて華やかな小都市で、高い丘に囲まれ、海のほうからやってくる霧が渦巻いて、モンゴメリー街の無数のガラス窓に陽射しが乱反射する。冒険心というものを持った人々が、世界中から自分たちの街を求めてやってきていた。あの街を造ったのはゴールド・ラッシュであり、その後はシルヴァー・ロード（銀鉱脈）の発見が後押しをして、さらに鉄道で東の州とつながり、市民はこの世に不可能なことは何もないと信じていた。きみも気に入ると思うよ、ホームズ。ロンドン並みにさまざまな国の人々や商売が見られ、誰もが奇妙な偶然の中で押し合いへしあいし、フランス人の帽子売りとイタリア人のワイン商のあいだで中国人の薬屋が商売しているのが当たり前、という街だ。

ぼくの診療所はフロント街の小さなレンガの建物で、近くにはたくさん薬屋もあった。やってきた患者はどんな人でも診《み》たよ。貧しくても裕福でも、紳士でもならずものでも、仕事を始めたばかりで意気揚々とした若い医者にとっては、何の違いもなかった。しっかりした身元保証人もなく、有力な患者を抱えていたわけでもないが、よく働く人間や楽観主義を重んじてくれるあの街では肩身の狭い思いなどしようもなかったし、突然の成功などいつも近くに転がっていると感じていたものだ。

ある霧の午後、診察もなく、湾《ベイ》の船のマストを陽射しが照らすのをながめていたぼくは、長時間なまけて座っているのもどうかと思い、運動がてら外に出た。サンフランシスコではありがちなことだが、どの方向へ散歩に行こうとしても、七つある険しい丘のどれかに必ず出くわして、三十分もしないうちに自然と海から離れてしまう。気づいたらぼくもノブ・ヒルを登っていて、そこに並ぶ家に目を見はっていた。

家というのは、実のところ正しくない言い回しだ。その丘がノブ・ヒルと呼ばれているのは、鉱山や鉄道で儲《もう》けた大金持ち《ネイボブ》の住む場所だったからで、そこの邸宅はまるでルートヴィヒ二世やマリー・アントワネットの時代から抜け出してきたかのようだった。大半は田舎の不動産などよりも大きく、ぼくがいた当時から数えて築十年は超えていない建物だった。城のようなゴシック建築や新古典主義の大邸宅のそばをぶらぶら歩きながら、道の向こうのイタリア風ヴィラをこっそりながめたが、どれもほかのすべての家を負かそうとばかりに、ステンドグラスや柱や小塔で飾りたてられている。

「あたり一帯が——」

「裕福な場所だったんだな」ホームズはため息をつき、椅子からひょいと立ち上がると、二つのグラスに赤ワインを注いだ。

「きみも絶対、街のその周辺には驚嘆したと思うよ」私はワイングラスを受け取りつつ、悦楽の館を冷淡かつ不機嫌にながめる自由奔放な友人を想像し、微笑んだ。「もっときみの好むような建物もあったと思うがね。何にせよすばらしい建築物ばかりで、ぼくは丘のてっぺん近くまで来ると、そこに立ち止まって太平洋をながめたんだ。

波の上で太陽がオレンジ色に輝くのを見ていたとき、ドアが開く音がした。ぼくが振り返ると、老人が半狂乱になって足を引きずり、通りに続く刈り込んだ芝生の小道を飛び出してきたのが見えた。老人が出てきた邸宅はほかの家よりは慎み深くて、どこかギリシャ風に見える白塗りの家だった。背の高い老人だったが——たぶんきみぐらいあるよ、ホームズ——その体格は雄牛のようだった。何十年も前の軍服姿で、灰色のズボンの上にはぼろぼろになったブルーの上着を着て、幅の広い赤ネクタイと布ベルトを締め、戦いの渦中から戻ったばかりのように白髪が逆立っていた。

異様な光景ではあったものの、それだけならあの狂乱の街ではそう目を惹《ひ》くことでもなかった。だが、そのあとから今度は若い女性が追いかけてきて、老人にこう叫んだんだ。『おじさま！待ってください！　行ってはだめです、お願いです！』

女性が引き止めようとしている老人は、ぼくの立っている場所から十フィートもない歩道の縁石までやってきて、そこで突然歩道の上に倒れた。それ以上息をあえがせるようすもなく、引きずっていた脚が体の下でもつれている。

ぼくはそばに駆けよった。息はしていたが、浅い呼吸だ。近くで見てみると、老人の片脚は義足で、革のストラップが取れて転んだようだ。若い女性も十秒足らずのうちにそばに来て、息をあえがせ、気丈に涙をこらえていた。

『大丈夫でしょうか？』彼女はぼくに訊ねた。

『大丈夫だと思いますが』ぼくは返事をした。『確認したほうがよさそうです。私は医者です、家の中でじっくり診察させていただけるとありがたいのですが』

『そうしていただけるのなら感謝してもしきれませんわ。ジェファスン！』彼女は、小道を走ってきた背の高い黒人の使用人を呼んだ。『大佐を中へ連れていくのを手伝ってちょうだい』

三人で壁にガラスの入った明るい居間のソファに老人を寝かせると、ぼくがきちんとした診断をくだせる状況は整った。ぼくがしっかり装着しなおした精巧な木の脚をのぞけば、老人はすべてにおいて健康で、その巨体や壮健さを見なくても、ただ気絶しただけのようにしか思えなかった。

『怪我もしていませんか、先生？』若い女性は息を殺してぼくに訊いてきた。

ひどくつらそうな表情をしているものの、彼女が美人なのは一目瞭然だった。小柄ではあるが、もっと身長のある女性に見られるような優雅さを備えていた。明るいとび色の髪は、クリーム色の肌をした顔のうしろでゆるく波打って上品に束ねられ、さっき涙ぐんだ瞳は金色がかったブラウンに輝いていた。水色のドレスには銀の縁飾りがあり、手袋のない手が心配そうにドレスのひだをつかんでいる。彼女は――ホームズ、続けていいかね？」

「もちろんだとも」ホームズは、意地の悪い目で見れば含み笑いともとれる咳払《せきばら》いを繰り返した。

「続けてくれたまえ」

「『休めばすっかりよくなると思います』ぼくは言った。『ぼくはジョン・ワトスンといいます』

『失礼しました――私はモリー・ウォーバートン大佐です。診ていただいたのは私のおじで、パトリック・ウォーバートン大佐です。ああ、なんて恐ろしかったことか！　この感謝はとても言葉には尽くせません』

『ウォーバートンさん、できればおじさまが休んでいるのをおじゃましないよう、別の部屋でお話ししたいのですが』

ミス・ウォーバートンはぼくを連れて広間を横切り、趣味のいい家具のついた別の客間に行って、疲れきったように椅子に腰をおろした。それ以上心配させるのは気が引けたが、それでも不安は伝えておかなければならない。

『ウォーバートンさん、あなたのおじさまがこんなふうに激しく倒れたりしたのは、深刻な精神の過労があるからだと思います。最近、何かおじさまが動揺するようなことはありませんでしたか？』

『ワトスン先生、あなたはわが家の恥と言うべき場面に遭遇されたんです』ミス・ウォーバートンは静かに言った。『おじの精神状態は少し前から不安定で、このごろ、悲しいことに――急激に悪化しているのです』

『お気の毒なことです』

『少し長いお話になりますが』彼女はため息をついた。『お茶を持ってこさせましょう、すべてお話しします。ひとつ申しあげておきますと、ワトスン先生、私は兄のチャールズとおじである大佐とともにここに住んでおります。パトリックおじとチャールズ以外に血縁はおりません。私たち兄妹は、カリフォルニアが州となったばかりの時代におじが海運業で財をなし、そのおかげで不自由なく暮らせていることに感謝しております。兄は写真撮影の仕事を始めようとしていますし、私は未婚ですので、大佐と一緒に暮らせるのはとてもありがたい状況なのです。

先生にも知っておいていただきたいのは、かつては血気盛んな若者だったおじが、テキサスの入植者として、あの地域が合衆国の重要な場所となるまでに数々の戦争を見てきたということなんです。テキサス人――つまり英国系の入植者たちと、メキシコ系テキサス人テハーノとのあいだで一進一退の戦争が起きたとき、おじはとても心を動かされ、テキサス陸軍に加わってサム・ヒューストンのもとで戦いました。サンジャシントの戦いなどで何度もその勇気を讃えられ、勲章もいただいたほどです。その後、南北戦争が始まると、おじは北軍の司令官となり、ピーターズバーグの戦いで片脚を失いました。退屈な話でしたらすみません。先生の話され方からすると、アメリカ生まれの方ではないようですね』彼女はそう言って微笑んだ。

『非常に興味深いお話ですよ。先ほどおじさまが着ておられたのは、昔のテキサスの軍服ですか？』

『ええ、そうです』返事をしたミス・ウォーバートンの美しい顔が、一瞬、痛みにゆがんだように見えた。『あんな格好をする頻度がどんどん増えているのです。苦悩とでもいうべきなのでしょうか、そんな状態が数週間前から続いています。実を言いますと、最初の徴候は、おじが遺言を書き換えたことによると私は思っています』

『それはまたなぜ？　重要な変更をされたのですか？』

『これまでは、チャーリーと私の二人が相続人だったのです』ミス・ウォーバートンはハンカチをにぎりしめながら言った。『それが、いまやおじの全財産は、戦争に関するさまざまな慈善事業に分与されることになってしまいました。テキサス独立戦争や、南北戦争の慈善事業に。おじは戦争に取り憑《つ》かれているのです』彼女はそこで息を詰まらせ、両手で顔を覆った。

それだけでも充分に訴えてくる話だったよ、ホームズ。だが、大佐の奇異な病状は、それ以上にぼくの関心をかきたてたね。

『ほかにどのような症状が？』彼女が落ち着いたところで、ぼくはそう訊ねた。

『遺書を書き換えたあと、おじは闇の中に恐ろしい幻を見るようになったのです。ワトスン先生、おじはこれ以上ないぐらい強い口調で、自分は取り憑かれていると主張しています。恐ろしげなテハーノが銃と鞭《むち》で白人女性を脅しているところや、同じ幽霊がヒューストン軍の兵士を銃剣で虐殺するところも見たと言い張ります。それがおじをとても動揺させていて、今朝もまた、残忍なテハーノの一団が剣や松明《たいまつ》を振りかざしていたのを見た、その先頭にまたあのテハーノがいたと言い出したのです。兄は家族としてそばで面倒を見る義務があると考えていますが、正直、私はときどきおじが怖くなりますわ。私たちがおじを見捨てたら、おじについていられるのは、古くからいる使用人、サム・ジェファスンだけになってしまいます。ジェファスンはテキサス時代からずっと大佐に仕えているそうで、おじがこの家を建てたときに執事となった使用人です』

話の途中でドアが開き、ひと目で彼女の兄とわかる男が入ってきた。妹と同じ明るいブラウンの瞳に整った顔立ちで、その顔がぼくを見て疑わしげに引きつれた。

『やあ、モリー。この方はどなただ？』

『チャーリー、恐ろしいことが起きたの』モリーはそう叫んで兄に走り寄った。『パトリックおじさまが家を飛び出て倒れてしまったの。こちらはジョン・ワトスン先生よ。手助けをして同情もしてくださったものだから、おじさまの状態を全部お話ししたところよ』

チャールズ・ウォーバートンはすぐさまぼくに握手してきた。『お手をわずらわせて申しわけありませんでした、先生。ですがごらんのとおり、厄介な騒ぎになっていましてね。パトリックおじが悪化しているのなら、こう考えるのもつらいですが――』

ちょうどそのとき、居間のほうから激しい音が響き、続いて何かが砕ける音がした。われわれ三人は廊下に飛び出していき、ウォーバートン大佐が目を爛々《らんらん》とさせてあたりを見回しているのを見つけた。足もとでは花瓶が割れていた。

『おれはこの家を出たはずだぞ』大佐は叫んだ。『何としてももう一度出ていく。この家は復讐に燃える幽霊であふれてる、おまえたちがおれをここへ縛りつける気なら、地獄行きが待ってるからな！』

姪《めい》も甥《おい》も必死になって大佐をなだめたが、大佐は二人の姿にますます怒り狂った。激しく叫びたてる大佐をなだめられたのはサム・ジェファスンだけで、ぼくも手助けして寝室に大佐を連れていった。部屋にたどりつくやいなや、大佐は二人の親類の眼前でバタンとドアを閉めた。

幸いなことに、何とか大佐に鎮静剤を飲ませることができた。大佐がベッドに戻ってうとうとしはじめたので、ぼくは立ち上がってあたりを見まわした。大佐の部屋は実に質素で、白い壁にはほとんど何もなく、どうやらテキサス時代の名残と思われる慎《つつ》ましい生活をしているようだった。さっきも話したように、家のほかの場所を見ても、大佐がけばけばしいものを蔑《さげす》んでいることはわかった。開け放した明るい窓辺の下にベッドがあり、一階なので庭がすぐそこに見える。

ふたたび家の主人のそばに戻ると、サム・ジェファスンがぼくの背後で咳払いをした。

『大佐はちゃんとよくなると思いますか、先生？』

ゆっくりとして深みのある、まさにミシシッピ川の向こう側で生まれた人間の口調だった。最初のうちは気づかなかったが、太いこぶ状の傷が黒い肌のこめかみに走っていて、若き日のジェファスンも自分の主人と同様、数多くの戦いに参加していたことがうかがわれた。

『そう願いたいが、ご家族は専門の医者に相談したほうがいいと思う。神経衰弱の一歩手前だ。若いころの大佐は、空想癖があったりしたかね？』

『空想癖というのがどんなものかは知りませんがね、先生。あたしの知るかぎりじゃ迷信深いお人で、何より幽霊を怖がってます。ずっとそうでした。ですがね、先生、大佐にかかった呪いについては、ほかにもお話ししたいことがあるんです』

『ほう？』

『ひとつ気になってて、先生』ジェファスンの低い声がささやき声になった。『最初に大佐が幻を見たとき、あたしはただの夢だと思ったんです。パトリックはいつだって、あたしよりずっとお化けにびくびくしてるんで、気にもしませんでした。だけど、二度目の呪いのとき——テハーノが兵士を突き刺すのを大佐が見たとき——大佐がほかの誰にも見せなかったものを見せてくれたんですよ』

『何をだね？』

ジェファスンは眠っている大佐に近づくと、古びた軍服の胸にある、すでにていねいに繕われた裂け目を指さした。

『パトリック様が夢の話をした日、あたしがこのシャツの穴をかがったんです。自分でも頭がおかしいと思うって大佐はおっしゃってましたが、あたしにも責めることはできませんでした。なぜってこの穴は、大佐が前の夜に夢で見たテハーノが、テキサスの兵士を突き刺したのと同じ場所だったんです。どう思いますか、先生？』

『どう考えるべきかわからないな』とぼくは言った。『それはまた奇妙な話だ』

『そのあと三度目の幻が出ました』ジェファスンは我慢強く続けた。『きのうの夜のことです。松明を持った一団が、悪魔の群れみたいに大佐に向かってきたそうです。詳しくは知りません。ただ、きのうの朝にあたしが書斎の暖炉に火を入れにいったとき、薪《まき》が半分なくなってたんです。きれいさっぱり消えてたんですよ、先生。そのときは気にしてませんでしたが、その話で変に思えてきちまって』」

私が話しているあいだ、愉快なほど何回も姿勢を変えていたホームズは、細長い手を熱心にこすりあわせ、それから一度パンと叩いた。

「すばらしいぞ、友よ。明らかに一級品の謎だ。部屋はまったく簡素な場所だった。そうだね？」

「そうだ。金持ちたちの真ん中に住んでるのに、兵士のような生活だ」

「きみが窓の外に見たものまでは説明できないかい？」

私は間をおき、精いっぱい考えてみた。

「窓の外には何もなかった。よく見てみたがね。ジェファスンは、薪がなくなったことに気づいたあとで家の近くの地面を調べたが、いつもと違う痕跡はなかったと言っていた。奇妙な穴ができた時期のことを訊ねると、何週間か前に窓の光をさえぎっていた背の高いライラックを切ったぐらいだと言ったが、それが関係あるとは思えない。さっきも言ったように、ベッドは壁に向きあっていて、窓のほうは向いていない」

ホームズは頭をそり返らせ、軽い笑い声をたてた。「そうだな、そう言ったね。きみの調査員としての技能には、ますます高い評価を与えたくなってきたと言っておこう。それで話の続きは？」

「ぼくはそのあとすぐに帰った。若いウォーバートン兄妹は病人の部屋で何があったか知りたがったが、ぼくは彼らをなぐさめ、おじさまは眠った。その日のうちにまた騒ぎを起こすことはないだろうと伝えた。とはいえ、また次の日の午後に来て患者の様子を診ると、ジェファスンを含めた家人たちに約束はしたよ。

ぼくが家を出たとき、裏口に続く脇の小道を、見知らぬ男が歩いていた。よく日焼けして、長いカイゼルひげを生やし、ぼさぼさの黒髪で、メキシコ人労働者が着ているような簡素なズボンと、ごわごわしたリネンのシャツを身につけていた。浅黒い男は、こちらを気にもとめずにまっすぐ歩いて行く。ぼくはその男が今回のことに何か関わっている場合に備え、じっくり顔を覚えておくことにした。大佐が見た幽霊やジェファスンが語った奇妙な現象をどうとらえるべきかはわからなかったが、偶然の一致にしてはおかしすぎるからだ。

翌日の午後はひとりか二人の患者を診察してから診療所を閉め、貸し馬車を拾ってノブ・ヒルへ向かってもらった。ジェファスンが玄関で挨拶してきて、金文字の軍事書や歴史書が棚に並ぶ書斎のような場所にぼくを招き入れた。そこではウォーバートン大佐が、灰色のサマースーツというまったく正常ないでたちで、本人も前日の自分のふるまいに困惑しているような顔をして立っていた。

『本当に恐ろしい呪いです、そう思わずにはいられません。終わるまで苦しめられるんでしょうな』大佐はぼくにそう言った。『自分でもまともじゃないと思うときもありますし、今目の前にいるあなたぐらい、あの不愉快な幻がはっきりと見えることもあるのです』

『私の診断に役立ちそうな話は、ほかにも何かありますか？』

『私の頭はぶち割られようとしてるところなのじゃないかと思いますよ、ワトスン先生。あの生きた悪夢を見たあとは、いつも同じ頭痛で目が覚めて、すべてが自分の想像なのか、それともテキサスでの戦争中に殺した連中のひとりに取り憑かれているのか、自分でもちっともわからないのです。ひどいことはたくさんありました――きっと私は、誤ったテハーノをひとり二人殺したんでしょう。たくさんの血が流れた時代で、自分が常に正しいことをしているか知る余裕は、誰にもありませんでした』

『私は精神疾患の専門家ではありませんが』ぼくは大佐に言った。『むろん、あなたのためにできるだけのことはいたします。もし症状が続くか悪化するようなら、専門医と相談したほうがいいでしょう。ところで、ちょっと無関係な質問をしてもかまいませんか？』

『もちろんですとも』

『あなたが雇っている人間、もしくはあなたの使用人や庭師が臨時に雇った人間の中に、メキシコ人労働者はいますか？』

大佐はこの質問に当惑したようだった。『私の使用人にヒスパニックはおりませんな。日雇いの人間を必要とするときは、たいてい中国人を雇います。彼らは仕事が速くて正直ですし、賃金も安い。なぜそんな質問を?』

ぼくは大佐に、今のはあくまで臨床的な質問だと説明し、回復してよかったと伝えた。それから玄関広間へ出ていき、いくつか頭に浮かんだことをじっくり考えた。ジェファスンが見送りに出てきて、ぼくに帽子とステッキを手わたした。

『大佐のご家族は、今日はどちらに?』

『モリーさまはお知りあいの訪問で、チャールズさまは暗室でお仕事です』

『ジェファスン、きのうぼくが帰るとき、謎めいた男を見かけたんだ。地所の管理人が、メキシコやチリの血筋の人物を雇ったことはないかい?』

はっきり断言するが、ホームズ、ぼくがそう訊ねたとき、ジェファスンの目に奇妙な光が浮かんだんだ。それでも彼はただ首を振った。『誰が人を雇うとしても、ワトスン先生、あたしはすべてを把握してます。ここ半年以上、そういう人間がここで仕事をしたことはありません』

『そういう男を見て大佐が動揺したんじゃないかと、ちょっと気になってね』ぼくはそう説明した。『ただ、きみも見ているとおり、今日の大佐はだいぶ元気だ。これ以上大佐の悩みの原因を追及するつもりはないが、もしまた何かあったり、疑念を感じるようなことがあれば連絡してほしい』

『あの呪いは、起きたり起きなかったりするんです、ワトスン先生』ジェファスンは言った。『だけどもし何か見つけたら、必ず知らせるようにしますよ』

ぼくは家を出ると、暗くなる前に丘を下りようと思い、早足で歩き出した。だが、ぼくが坂を下りはじめ、西風が強く吹いてきたそのとき、二十ヤードぐらい先に、ぼくがきのう見た日焼けした労働者がいるのが見えた。服装は同じで、たったいまウォーバートン家の敷地のどこかから出てきたことは明らかだった。その姿にぼくの血が沸き返った。そのときのぼくは、もちろんまだきみに出会っていなかったし、探偵の仕事についても何ひとつ知らなかったが、ぼくの本能のどこかから、その男を尾行し、大佐が悪意の策略の犠牲にされているのかどうかを確かめるべきだという声が聞こえたんだ」

「その男を尾行したのか？」ホームズが驚いた顔で言った。「何のために？」

「ほかにどうしようもなかったんだ――その男の存在と、ウォーバートン大佐の悪夢とのあいだの関係性を知るしかないと思ったんだよ」

「相変わらず行動主義の男だな」わが友は首を振った。「それで男はどこへ？」

「坂がなだらかになり、家じゃなく雑貨屋や肉屋や葉巻屋が増えてくるブロードウェイ街まで来ると、そこで路面電車に乗ったよ。幸い、ぼくも通りがかりの貸し馬車を拾ったので、路面電車のあとを追わせ、男を引き止めてやろうと考えた。

ぼくの獲物は波止場間際まで来て路面電車をおりたので、ぼくもすぐさま御者に運賃を払い、テレグラフ・ヒルのふもとに向かって追跡を開始した。ゴールド・ラッシュの時代、海に面したこの丘には、チリ人やペルー人のテント居留地があった。この居留地は、最悪の連中が住む東側――シドニー・タウン――すなわち、逃亡してきたオーストラリアの受刑者や仮出獄の囚人たちが経営する、想像を絶する下劣な酒場のある場所とごっちゃに混じりあっていた。そこの〈猛熊亭〉というバーでは、ドアの外に生きた熊をつないでいたという話が、歴史の記録に残っている」

「その区域の話は聞いたことがあるな」ホームズが敏感に反応した。「その一帯がバーバリー・コーストとして知られている場所じゃなかったかね？　ぜひ全盛期に見てみたかった場所だよ。むろん、命が惜しくないのなら、ロンドンにも訪問できる通りはあるがね。きみも野蛮な獣に出会ったりはしなかったか?」

「厳密には会わなかったが、十分もしないうちに、その堕落ぶりではセント・ジャイルズの貧民窟にも匹敵するような、けばけばしい安酒場がいくつも現われたよ。ガス灯は暗くてみすぼらしく、騒々しい男たちが千鳥足で歩き、赤いカーテンのかかった泥棒の隠れ家から隠れ家へと移動していた。賭け事でみずから有り金をはたくか、それとも怪しげな酒を飲んで、翌朝には無一文になって路地で前後不覚になっている自分に気づくというわけだ。

ぼくの前を荷車がさえぎったとき、同時に男が賭博宿に入っていったので、一瞬男の姿を見失った。とはいえ男が消えた場所はすぐにわかり、ぼくは少し躊躇《ちゅうちょ》したあと、そのあとを追って中に入った。

安っぽい獣脂のキャンドルと、紫のシェードがついた古くさい灯油ランプの明かりが灯っていた。ぼくはすぐさま男に近づいていき、話がしたいともちかけた。

男は黙ってぼくをじっと見つめ、その黒っぽい瞳が細くなった。それからようやくバーテンを呼んでもう一杯頼み、ぼくに透明な液体の入った小さなグラスを渡してきた。

ぼくは礼を言ったが、相手は黙っていた。『英語は話せるのか?』ついにぼくはそう訊いた。相手はにやりとして、慣れた手首の返しで酒をあおり、空のグラスをカウンターに置いた。『あんたと同じぐらいうまく話すぜ、旦那《セニョール》。おれはフアン・ポルティリョ。何の用だ?』

『きみがなぜ、きのう、そして今日の午後と、ウォーバートン家を訪問したかを知りたいんだが』

ポルティリョのにやけ笑いがさらに広がった。『はあん、なるほど。あんた、おれをつけてたのか?』

『あの家で疑わしい出来事が起きているんだ、きみが関わっているかもしれないと考える道理はあるよ』

『疑わしい出来事なんて知らねえな。あの家のやつがおれを雇った。そして黙ってろと言ったんだ。だからしゃべらないぜ』

『もしきみが大佐に何らかの危害を加えようとしてるなら、私がそうはさせない』

ポルティリョは冷ややかにうなずいたが、まだにやにやしている。『そいつを飲んじまいな、セニョール。そしたらちょっといいものを見せてやるよ』

酒場の主人がポルティリョの酒と同じ酒瓶からついだのは見ていたので、拒否する理由はなかった。酒はジン並みに強いが、温かく、のどが焼けつくようにひりひりした。かろうじて飲みほしたとき、ポルティリョが隠しポケットか何かから、かなり長い、光沢のある貝張りの柄のついたナイフを取り出した。

『おれは大佐に危害なんて加えやしねえよ。大佐の顔も見たことはねえ。だがな、あんたに教えてやるよ。おれをつけてくるようなやつは、こいつが相手してやるからな』ポルティリョはナイフを持ち上げた。

さらに彼はスペイン語で何かどなった。数ヤード離れた丸テーブルに座っていた男が三人、立ち上がって大股でこっちへやってきた。うち二人のベルトには銃が挟んであり、もうひとりは太くて短い棍棒《こんぼう》を手に打ちつけていた。ぼくは、身につけているボウイナイフでどうにかするか、それとも早めに手を引いて逃げたほうがいいか考えたが、そのとき男のひとりが急に立ち止まった。

『先生《エス・エル・ドクトル》じゃねえか！　ワトスン先生だ、そうだろ？』男が興奮気味に叫んだ。

一瞬の驚きのあと、ぼくは相手のことを思い出した。その男は、ぼくが二週間足らず前に診療代を払えないことを承知で診てやった患者で、波止場でのけんかで脚をひどく切られ、友人たちがいちばん近くの医者のもとに運び込んできたのだ。男はぼくに会えて大喜びで、その口からスペイン語をほとばしらせ、誇らしげに傷口を指し示し、それからぼくのことを指さして、二分とたたないうちにポルティリョとの議論をどこかへ追いやってしまった。この幸運で強気になったというわけでもないが、ぼくは彼らと一緒にもう一杯まずい酒を飲み、そこで別れた。ポルティリョの黒い瞳は、ぼくがバーを出て猛スピードでフロント街へ向かうのを、まばたきもせずにながめていた。

翌日、ぼくはポルティリョのことを大佐に報告しようと考えた。よくはわからないが、ますますポルティリョが悪意ある人間に思えてきたからだ。だが驚かされたのは、邸宅がひどい騒ぎになっていたことだった」

「ぼくは驚かないね」ホームズはうなずいた。「何が起きてたんだ?」

「サム・ジェファスンがチャールズ・ウォーバートンの暗室に忍び込んで、写真の器材を盗み出そうとしたというんだ。ドアを開けてくれた使用人の女は、涙に暮れてわけがわからなくなっていて、家の外からでも容赦ない罵声が聞こえていた。どうやら、と言うか、そのメイドがほとんどヒステリックに話してくれたことなんだが、どうやらチャールズがジェファスンをクビにしたものの、盗難の真偽はともかく甥が勝手な解雇を断行したことに大佐が激怒して、ぼくがドアをノックしたその瞬間から激しい言い争いが始まったらしい。ぼくが立っている場所からも、ウォーバートン大佐がジェファスンを呼び戻せと叫んでいる声が聞こえ、さらにチャールズが、自分はただでさえこの家でずっと侮辱を受けつづけてきたんだと言い返した。どうだい、ホームズ、実にユニークな物語だと思うだろう？」私がついそう言いたくなったのは、ホームズの顔が紅潮していて、まぎれもなく興味をかきたてられているようすがありありだったからだ。

「それは正しい表現じゃないな」ホームズは異議を申し立てた。「まだ全部聞いていないが、ここ五十年以内では、リスボンやザルツブルクで起きた事件がいくらか関連がありそうだ。頼むよ、最後まで話してくれ。きみはもちろん立ち去ったんだろう？　そういう状況で紳士たる者がとるべきふるまいだ。そして翌日大佐を訪ねたんだ」

「実のところ、翌日大佐には会わなかった」

「なに？　きみの生来の好奇心はどこへ行ったんだ？」

「翌朝ぼくが訪ねていくと、サム・ジェファスンだけでなく、ウォーバートン大佐も姿を消していたんだよ」

このくだりはホームズには晴天の霹靂《へきれき》となるだろうと思ったが、そううまくはいかなかった。

「ふっ」ホームズはうっすらと笑った。「本当にいなくなったのか？」

「ウォーバートン兄妹は心配のあまり取り乱していたよ。金庫が開いていて、紙幣はもちろんのこと、たくさんの証書や債券が消えていた。こじ開けられた形跡はなかったから、大佐はダイヤル錠を開けるよう脅されたか、説得されて自分で開けたんだろうということになった。

すぐに捜索隊が組織され、ウォーバートン大佐とジェファスンの人相書きが配られたが、何もわからなかった。頭のおかしい大佐とその下男は、一緒にか別々にか、強要されてか自発的にか、とにかく何の手掛かりも残さずに街から消えてしまった。ぼくの証言で、警察がポルティリョを連行して尋問したが、疑う余地のないアリバイがあって放免となった。ウォーバートン大佐の戦争にまつわる強迫観念や、下男の不可解な犯罪も、今日にいたるまで説明はできていない。どう思うね？」

　ホームズの姿勢がすっかり前のめりになり、話に聞き入っているのを見て、私は勝利に酔いながら話を終えた。

「ぼくが思うに、サム・ジェファスン——きみと、きみの気高い努力は別にしてだ、ワトスン——ジェファスンこそ、この物語の英雄だよ」

「どういうことだ？」私は当惑して訊ねた。「暗室の一件で、ジェファスンこそ疑わしい人物だと思ったんだがね。わかっているのは、彼がおそらくは大佐とともに姿を消したということだけだし、サンフランシスコでは、二人があの家に取り憑いたテハーノの亡霊に連れ去られたんだと噂《うわさ》されてたよ。もちろんばかげた噂だが、それでも今もってぼくには、二人がどこへ消えたのか、なぜ消えたのかもわからないままなんだ」

「彼らがどこへ消えたかを知るのは無理だ」ホームズは灰色の瞳を光らせながら言った。「だが、消えた理由は説明できる」

「何だって？　謎が解けたっていうのか？」私は大喜びで叫んだ。「本気で言ってるのか——ぼくが何年も頭を悩ませてもわからなかったのに。何があったというんだ？」

「まず最初に、残念だがきみの誤解を解く必要がありそうだ。この極悪非道で巧妙な策略を企てたのは、モリーとチャールズのウォーバートン兄妹で、きみとサム・ジェファスンがじゃまをしなければ、おそらく成功していたことだろう」

「なぜそんなことがわかるんだ？」

「きみが話してくれたからさ、ワトスン。きみが非常に巧みな話術でぼくに教えてくれた。大佐の心の病が始まったのは、いつだね？　最初の徴候は？」

「遺書を書き換えたことだ」

「きみもじきに認めるだろうが、これはとても含みの多い始まりだ。実際、いちばん注目すべき点はそこだったんだよ」ホームズは急に立ち上がり、数学者が定理を証明するかのように絨毯の上を歩き回り出した。「相続人から排除された人間が何か行動を起こす場合——犯罪的なものであれ、それ以外であれ——選択肢は多くない。偽造は現実的な選択で、最も一般的だ。殺人は論外だ——犠牲者が遺書を有効にする署名をしていないなら別だが。ウォーバートン兄妹は、狡猾で独創的な計略を思いついたのさ。正常な人間を頭のおかしい人間にしてしまおうとしたんだよ」

「だけどホームズ、そんなことはとうてい無理だ」

「幸運が彼らに味方したことは認めざるをえない。大佐はそれ以前から、超自然的なものへの不条理な先入観をもっていた。それに加え、大佐の寝室には何の装飾物もなく、さらに若いチャールズ・ウォーバートンは写真技術の専門家だった」

「ホームズ、ぼくはきみの優れた能力に最大限の敬意をもっているつもりだが、今話していることの意味はちっとも理解できないよ」

「それならもっとわかりやすくしよう」ホームズは笑った。「ジェファスンは、幽霊が現世に残した痕跡についてきみに話したが、それが嘘だと言える理由はあるかね?」

「そのことで何か意味づけをしたかったのかもしれない。自分でシャツに穴をあけ、薪を盗んだのかもしれない」

「ありうる。だが、ジェファスンが写真スタジオに忍び込んだのは、きみがポルティリョのことを話したあとだ」

「ポルティリョとチャールズ・ウォーバートンの写真と、何の関係があるというんだ?」

「深い関係がある。写真、何もない壁、それにライラックの茂みが切られたことも」

「ホームズ、それじゃまったく――」

ふと考えがひらめき、私は口をつぐんだ。何年もたった今になって、ようやく私にもわかりはじめた。

「幻灯機のことを言いたいのか」私はゆっくりと言った。「ああまったく、ぼくはなんてばかだったんだ」

「きみはすばらしく目先の利く男だよ、ワトスン、必要な詳細はすべて書き留めてくれてたんだからね。あとはきみにも説明ができるはずさ」ホームズはいつになく好意的にそうつけ加えた。

「大佐が姪と甥を相続人からはずしたのは、おそらく大佐が彼らの強欲な性質を嫌い、戦争の慈善事業に役立てたほうがいいと思ったからだ」私はためらいながらも言った。「あの二人は、みごとそれをおじの戦争への妄執に見せかけ、親類を軽んじることができないようにしようとした。チャールズはフアン・ポルティリョを雇い、テハーノの兵士役として写真を撮り、すべて黙っていれば充分な報酬を支払うと約束した。あの甥が写真をガラスのスライドに焼きつけて、幻灯機で真夜中に窓の外から投影したんだ。大佐は壁に現われた幽霊に怯《おび》え、自分の後方にある幻の源など探してみようともしなかった。最初の写真で兵士に脅される白人の女は、モリー・ウォーバートンが演じたのかもしれない。だが、二枚目は……」

「テキサス人兵士が胸にナイフを突きたてられる幻影は、大佐の古い軍服を持ち出して、人台にでも着せて撮ったのさ。薪が消えたのは、たくさんの人間が外の敷地の離れたところに集まって、松明を使って謀反のようすを再現したせいだ。ライラックも、明らかに――」

「幻灯機のじゃまだったんだ！」私は叫んだ。「そんなに簡単な話だったのか！」

「そのあと大佐が頭痛に襲われたのはどう説明する?」ホームズは私をうながした。

「おそらくアヘンか催眠薬の後遺症だな。あの二人が大佐の食事に入れ、寝室での幻視体験を強く印象づけようとしたんだ」

「サム・ジェファスンについては?」

「ウォーバートン兄妹が見くびっていた敵だ。彼も兄妹の正体に気づいて、常に警戒していたんだ。ジェファスンは、チャールズのスタジオに盗みに入ったんじゃなく、スライドを盗み見に行って、決定的な証拠をつかもうとした。クビにされたとき、ジェファスンはわかったことをすべて大佐に話して、それから――」

「それきり二人で忽然《こつぜん》と消えたというわけさ」ホームズは物語を詩的に締めくくった。

「実際、完璧な復讐だな」私は笑った。「ウォーバートン大佐は自分の財産に興味などないし、金庫の中身で充分暮らしていけた。最終的に大佐の死亡が宣告されたとき、地所は本人の望みどおりに寄付されたんだよ」

「そうとも、数々の幸運はあったな。これまでも言ってきたことだが、きみが分別のある男だということをありがたく思うよ、ドクター」

「何の話だい?」私はきょとんとして言った。

「この世は原因と結果で成りたっている、とぼくは考えている。もしきみが、ナイフのけんかで傷ついて治療代も払えない悪党の手当てをしてやるような男でなければ、きっとこの物語をぼくに話す機会もなかったさ」

「そんなに単純じゃないさ」私は少し恥ずかしくなり、小声でつぶやいた。「だが、そう言ってくれて――」

「物語もみごとなものだった。それにしても、ワトスン」ホームズはパイプの火を消しながら言葉を続けた。「ぼくがこれまで聞いてきたアメリカの話からも察するに、気骨のある男たちにはとても実り多き土地に違いないな。たいていの英国人は、ほとんど神話のような世界を思い描いている。ぼく自身はあまりアメリカ人に会ったことはないが、倫理的な人間であれ、それ以外であれ、ある種の大胆な心をもたない者はいないね」

「彼らの中にある開拓者精神のせいだと思うよ。とはいえ、アメリカやほかのどの国の人間にも負けず劣らず、きみだって大いに大胆だとは思わずにいられないがね」

「きみの意見を否定する気はないが、あの広大な国は、創造力ばかりでなく過剰な犯罪も抱えているし、だからこそ一目置かれているんだ。アメリカ人の犯罪者については、ぼくにも多少の知識はあるよ」ホームズはにやりとした。

「そのテーマに関するきみの解説など、ぜひ聞かせてもらいたいね」私はやる気満々に自分のノートとペンに目をやった。

「それはまたの機会だ」ホームズは言葉を切り、窓から外を見ながら雨粒に沿って長い指をこつこつと鳴らし、雨に濡れた下の通りよりもその瞳を輝かせていた。「いつか二人であの国に行って、いろいろ力試ししてみるのも悪くないな」そこでホームズは不意に私をふり返った。「たとえば、サム・ジェファスンに会えたら面白そうだ。たいした才覚の持ち主だよ」

「才覚かどうかはわからないが、ジェファスンは何が起きたかを見ていたんだ。きみのほうは、推理の科学なんて耳にもしたことがなかった人間の書き物を頼りに、事件を解き明かしたんだぞ」

「この世には、数少ないたぐいまれな犯罪と、単なる無数の多様性というものがある」ホームズは肩をすくめた。「だが、今の話はちょっとした魅惑的な謎だったよ。ずばぬけたものじゃないにしてもね。本当に幻灯機を使ったかどうかは証明できないが、みごとなものと言うしかない。さて」ホームズは話を打ち切り、ヴァイオリンのそばへ寄って手に取った。「さっききみが言っていたブランデーと葉巻を探し出してくれるなら、感謝のしるしとしてぼくが娯楽を提供しよう。ぼくがクレゼール（フランスのヴァイオリン奏者、作曲家）を好きなのは知ってるね？ よろしい。きみが非常に興味深い事件をぼくに聞かせてくれたことには礼を言わねばなるまい。ぼくが一歩も動くことなく謎を解いたことを、兄に知らせなければね。じゃあワトスン、陰鬱《いんうつ》な午後を陽気にする努力でも続けるとしようか」

幽霊と機械

Ghosts and the Machine

ロイド・ローズ

Lloyd Rose

元《ワシントン・ポスト》の演劇批評主筆。《ニューヨーカー》や《アトランティック》といった雑誌にも寄稿する一方、BBC ブックス『ドクター・フー』シリーズの著者として 3 冊の小説を書いてきた。

一八七四年秋、マイクロフト・ホームズの日記より抜粋

九月二十五日――シャーロックは退屈している。

この状況は私のせいではないし、そのことはたえず弟にも言い聞かせている。私とて、アメリカのニュー・イングランドと呼ばれる緑多き未開地について学ぶための旅など、シャーロック同様に気は進まなかったのだが、私たち兄弟のあいだでは、父を説得できなければそれで話は終わりということになっている。少なくとも私は、この土地に気持ちよく順応してきた。感じのいい宿――だだっ広くてまとまりのない、白い窓枠の建物――には風通しのいいポーチがいくつもあり、かなりゆったりとした枝編みのひじ掛け椅子が置いてある。父がゴルフ場を見に行っているあいだ、私は腰をおろし、緑から紅や金色に変わりつつある山並みをながめ、持参のアダム・スミスの書物に読みふけっていた。

覚書――アメリカのウィスキーはひどい代物だが、煙草は実に美味《うま》い。

九月二十九日――地元の滝を見る〝愉快な〟ハイキングを、私は何だかんだと口実をつけて逃れたが、シャーロックは行った。興味深い。

十月二日——「ここでは人間まで愚鈍なんだな」と、シャーロックは私に文句を言っている。イングランドの田舎の住人だって負けないほど愚鈍だろうと反論してやることもできたが、私の正直さをもって言えば、あながち間違った指摘ではないと認めざるをえない。泊まり客は大半がニューヨークやボストンから来た上中流階級の人間だ——陽気な連中だがそう知的でもなく、みんな似たような生活を送っている。この前の戦争のことはできるだけ忘れようとしているらしいが、年輩世代には息子を失った者も数多くいるはずだ。シャーロックから聞いた話では、彼が土着の植物の生態を観察しようと行った墓地のいくつかには、十年とか二十年前に戦争で命を落とした男たちの墓がたくさん見られたそうだ。

十月五日——今日は、ばかげてはいるが少々興味深い会話を耳にした。たいていの場合、私は多少なりともひとりになれるポーチの一角を確保することに成功していたが、今日はそこを侵略してきた一行がいて、テーブルのひとつを占有してレモネードと軽いランチを注文していた。二人連れで、どちらも銀行業界の人間で、ひとりは昔のビザンティン帝国（あるいはひょっとして、ひょっとしてだが、後期ローマ帝国かもしれない）のコインなどの収集家、もうひとりは最近結核にかかったようで、ウサギに対する不安が過剰に大きい。私には収集家のほうが落ち着いた人物と見受けられたのだが、その男が連れにとんでもない話を始めた。

「本当だとも」収集家は言った。「作り話じゃない。幻影を見る病気にかかったわけでもない。それに、今と同じぐらいまったくのしらふだったさ」

「どっちにしたって」彼の友人が答えた。「とても信じられない話には違いないね」

「自分で見たのでなければ、私だって信じなかったよ。最初にその場所の話を聞いたときは、私も鼻で笑ったんだから」

「その〈幽霊工場《ゴースト・ファクトリー》〉とやらは――」

「〈幽霊製作所《ゴースト・ショップ》〉さ」

「ああ、そうだっけね！」

「たくさんの観光客に静かな町を侵略された地元民が、くだらん看板を出してるってだけさ。実際には二人の兄弟がやってる宿屋で、週に数日、上の階の部屋で降霊会を開いてるんだよ」

「おいおいダニエル――」

「わかったわかった、とにかく最後まで聞けって！」

「もう聞いたよ。楽器が勝手に鳴り出して――」

「――人間の手が触れてないのに楽器の演奏が始まって――」

「――それでアメリカ・インディアンの霊が大勢現れて――」

「中国人もだぞ！　それに子供の霊も」

「秘密の跳ね上げ戸から入ってきてるんだよ、決まってるさ」

私の個人的な意見もそうだったが、話し手は強く首を振った。

「絶対に違う。そこが驚きなんだよ。詐欺じゃないかって考えた専門家が床や壁を調べたんだが、秘密の入り口はどこにもなかったっていうんだ」そこで残念なことに、二人の若い女性が紳士たちに加わったため、話題はつまらない方向へとそれてしまった。私自身も興味を覚えた。もちろん霊などばかばかしい話だが、それにしても込み入ったでっちあげのようだ。このくだらない話に気をそそられたことを悟られずに質問できるものなら、もっと詳しく訊いてみたい気持ちはあった。もしかしたら、シャーロックにやらせてみてもいいかもしれない。
その後——シャーロックは非協力的だった。「たわごとだね！」彼は鼻で笑い、人間がいかにだまされやすいかについて一席ぶった。まったく面倒な男だ。

十月八日——今夜の夕食時、父がその朝に出会ったひとりの紳士がわれわれと同席することになった。シャーロックと私はダイニングルームの戸口に立ち、こちらの気配に気づかれないように、その紳士をじっくり観察した。四十前後の男で、短い口ひげとあごひげを生やし、ぴんと背筋を伸ばしてそこにいる姿が印象的だ。

「軍人だな」あたかも自分にしか見抜けない事実だと言わんばかりにシャーロックが言った。

「雰囲気や態度からは」私が指摘した。「まぎれもなく上の地位の士官だ。大佐、といったところか」

「佐官じゃあるまい」シャーロックは考えながらつぶやいた。「あの手を見ろ。野外に長くいたり肉体労働をしていれば、もっと荒れた手になるはずだ」

やけに気どった口調だったが、その点は認めざるをえなかった。幸い、同意の言葉を口に出す前に、父が私たちに気づいて手招きをしてきた。父は紳士のことを、《デイリー・グラフィック》の記者でミスター・ヘンリー・オルコットだと紹介した。シャーロックと私は顔を見交わした。

「でも、きっと軍隊のご経験がおありでしょう」シャーロックが言った。

「ひょっとして大佐では」私も言った。

私たちの言葉で、父は機嫌を悪くしてしまった。父はこういうのを「推理のひけらかし」と呼び、私たちがそれをやるのを嫌がっており、その場で私たちの無礼な真似を詫びた。が、私たちがあわてて詫びの言葉を口にしようとすると、オルコット氏はにこやかに手を振って父に言った。「お二人はまったくもって正しい。いったいどうしてそんなことがわかったのか、ぜひお聞きしたいものですね」

父はため息をついたが、私たちに説明しなさいと言ってから、客人に向かった。「お聞きになられれば……この二人が説明すれば、すべてがいかに単純なことかわかると思いますよ」これがシャーロックのうぬぼれ心に訴えたと見え、弟は説明のあとでさらにこうつけ加えた。「ところであなたは参謀将校ではありませんでしたか？」

父がとがめるように口を開いたが、叱責《しっせき》が飛ぶ前に、オルコットが叫んだ。「これはすばらしい。まったくそのとおりです。陸軍省の特別委員を務めておりました、兵器工場や造船所の不正行為の調査をしていたのですよ」

このときシャーロックも私も、視線を交わすのはやめた。もちろんどちらも、同じ確信にとらわれていたからだ。だが、そこで父が言った言葉で、私たちの疑問は吹き飛んだ。

「オルコット大佐は、リンカーン大統領暗殺の調査団のメンバーも務められたのだぞ」

言うまでもなく、あの偉大なる、そして悲劇的な人物の運命を――俳優でもあり劇場の内部をよく知っていたブースという名の悪党が起こした、暗殺という恐ろしい犯罪の物語を聞いているあいだ、私たちはほかのことをすべて忘れてしまった。オルコット大佐は、ブースが舞台の上に飛び降りて足首を折ったこと、馬に乗って逃げたこと、十二日間の逃亡のあいだに仲間の暗殺者――国務長官を襲ったり副大統領を暗殺しようとしたものの怖《お》じ気《け》づいてしまった仲間たち――が逮捕されたことなどを聞かせてくれた。さらに大佐は、暗殺者ブースが燃える小屋で死んだときのことや、ほかの共謀者たちの処刑のことも話した。昔を思い出しながら、オルコット大佐はしだいに真顔になっていった。十年近くたったのちも、その悲しみや恐怖は、明らかに彼の胸の内に残っているようだ。大佐は非常に明快に、細かい点にまで気を配って話し、単に生まれついて礼儀正しいばかりでなく、確固たる常識人であるところをくまなく示した。話を聞いているうちに、私は無分別な結論に飛びついてしまったのではないかという気持ちになってきた――こんな人物が、〈幽霊製作所〉などと呼ばれる愚かしいものの調査をしているはずがないと思えたのだ。

その後、寝る支度をしているとき、私がシャーロックにそう話すと、彼のほうも同意した。「とはいえ」とシャーロックは言った。「こんなへんぴな場所に不正行為の調査官が二人も来るはずはないと思うがね」そうじゃない可能性のほうが高いということは、私も認めるほかなかった。

十月九日（午前半ば）――シャーロックの厄介なところは、ほかの人間のプライバシーを尊重しないところだ。ひとりになって煙草を吸ったり、読書をしたり、考えごとをしたり、自分だけで何かしたいという他人の望みを、想像してみたこともないらしい。いつでもせわしなく動きまわり、何かを発見したり、結論を引き出したりして、必ず私のところへやってきては、まったく必要ないことにまで自分たちを駆りたてる複雑な行動計画を持ち込んでくる。そんなわけで今朝も、ちょうど私が朝食のあとで煙草を吸ってくつろいでいたところへ、いきなりベランダに顔を出してこう叫んだ。「やっぱり彼だ！」

私はゆったりと一日を始めたいたちの人間であり、すぐには言葉の意味がわからなかった。「誰がだ？」私はいらいらして訊いた。「それに、その意味不明な宣言は何なんだ、シャーロック？まったく癪にさわる」

「申しわけない」シャーロックは懐中時計を見た。「兄さんにとってはまだ真夜中だったようだね」

「消えてくれ」

シャーロックは腰をおろした。「つまり、やっぱりあのオルコットは詐欺調査の専門家なんだよ！　彼は午後のラトランド行きの列車と、そのあとのチッテンデンに向かう馬車を予約しているーーぼくが聞いた情報によれば、兄さんの言ってた〈幽霊製作所〉がその町にあるんだ」

シャーロックの勤勉さには愕然《がくぜん》とさせられた。きっと夜明け前にはもう起きて、人々を質問責めにしたり、交通手段の時刻表を調べたりしていたに違いない。「じゃあ」私はそう言いながら目を閉じ、こちらの当てこすりを伝えてやろうとした。「その熱心さを見るかぎりでは、結局その件を調べる気なんだな。これはまた魅惑的な悪ふざけだ」

シャーロックはすぐには返事をしなかった。私が目を開けると、考えこむような顔をしていた。

「オルコット大佐をかつぐには、非常に洗練されたたくらみが必要なはずだ。大佐はそう簡単に、あるいはわざとだまされるような人間には見えない」

「私もそう思う」

「それじゃもちろん、この謎の核心を暴くために、兄さんも大佐と一緒にチッテンデンまで行ってくれるね？」

私は一瞬、本気で言葉を失ったが、やがてぶつくさと言った。「常識というものがおまえにはないのか、シャーロック？　何だってこの私が、この居心地のいいポーチを去って、列車に乗り、さらにガタガタ揺れる馬車にも乗って、未開地なんぞへ行かなきゃならないんだ？　ああいう森がバーゴイン（英国陸軍将校、独立戦争の司令官）の気持ちを挫《くじ》いたんだぞ、忘れたのかーー」

「百年前だよ」シャーロックは笑い飛ばした。「その後は少なくとも一度、完全な森林伐採が行なわれている。今じゃ平均で、やっと周囲二十五インチぐらいの木しかないさ」

「そういう問題じゃないーー」

「問題はだ、兄さん、もし今夜ここにいると、父さんが出会った紳士たちと夕食に同席させられて、最近のありとあらゆる化学農法理論を聞かされるはめになるってことさ」

　もしかしたら旅するのもそう悪くはないかもしれない。

　十月九日（夕方遅く）――ひどいものだった。列車は旧式で、旅は煤《すす》っぽかった――そして馬車について言えば、アメリカ人の考える〝道路〟とは、英国の定義とまったく違うとしか言いようがない。わだちのついた道は、雨がふれば泥以外の何物でもなくなるはずだ。今のところは数週間にわたって日照りが続いていて、道はほこり以外ほとんど何もない。それと石ころ。途中で車輪が壊れてしまったんじゃないかと思ったときもあった。馬車が安全に通過できるよう、全員で降りて徒歩で小川を渡ったりもした。つまりは悲惨な旅で、オルコットの人のいい我慢強さも、ここまでシャーロックが示してきた荒野に対する過剰な好奇心としか名づけようのない関心も、何の助けにもならなかった。

　とはいうものの、大佐が列車内で私たちに語ってくれた話が、私の不快感をだいぶ軽くしてくれたことは認めざるをえない。シャーロックはどこまで大佐に探りを入れるべきか決めかねていたが、私たちがチッテンデンの催しについて知っていると気づくと、大佐はすぐに率直な態度を見せてきた。〈幽霊製作所〉をきりもりしているウィリアムとホレイショーのエディ兄弟、そして彼らのきょうだいであるメアリのことを話しはじめたのだ。〈幽霊製作所〉は、実際には三十年ほど前に建てられた、広い二階建ての農場だという――最近になって兄弟で翼の部分を建て増し、周囲の山々にちなんで名づけたと思われる〈グリーン・イン〉という名の宿屋にしている。どうやらこの兄弟は、まるでディケンズの世界のようなひどい環境で育ったようだった。父親は狂信的な信仰の持ち主の暴君で、息子たちがトランス状態や幻視を経験するようになると、彼らに暴力を振るい――一度などは熱湯で火傷《やけど》を負わせてまで――正常に戻らせようとした。こうした扱いが何も効かないことがわかると、父親は息子たちを大道芸人に〝貸し出し〟て、読心術や占いをやらせた――これが危険な仕事で、彼らはしょっちゅう暴徒に襲われたり、銃で狙われたりして、町を逃げ出すはめになった。「子供たちはさんざん足蹴《あしげ》にされ、わずかな賃料はみんな父親が手に入れたのですよ」大佐は淡々とした口調ながら嫌悪感を示して言った。

父親が死んだとき、兄弟は若者に成長していて、チッテンデンに戻って家族で農場経営を始めた。そして、ときどき広い客間で降霊会を開くようになった。時がたつにつれ、会の頻度は増えていき、ついには家を増築して宿屋を開いた――戦後その地域が休日の観光名所になり、降霊会の聴衆もかなり増えたことが主な理由だった。それでもなおオルコットは、農民としてやっていくよりは彼らもいい暮らしができているかもしれないが、宿屋はそう大きくはなく、稼ぎも充分とは言えないので、幽霊を出すような手の込んだ仕掛けを作る収入はないだろうと私たちに話した。どっちにしろ、観覧料も取っていないのだという。

そのばかばかしい話の内容にもかかわらず、オルコットの率直さ、てらいのなさを見ていると、私は彼をあざける気にはなれなかった。シャーロックも同じことを感じていたようで、礼儀正しく関心を顔に示し、疑念を見せるようなことはしなかった。それでもオルコットは私たちの態度に何か感じたようで、そのことを包みかくさずに告げてきた。オルコット自身の疑念についても語り、自分と大工――地元の人間ではなくオルコットがニューヨークから自費で雇って連れてきた人物――とで、床板をはがしたり壁を叩いたり、秘密のドアを探したりして、その部屋を端から端まで調べたときのことを詳しく話した。オルコットは自分でひさしの内側にも登ったが、蜘《く》蛛《も》の巣だらけで、誰かが隠れて音を聞かせたり糸を引くようなことはできないのがわかったという。

オルコットは楽しげに、自分は単なる愚か者に見られるかもしれない、と言った。「それが自然な反応ですよ」そうあっさりと言った。「自分の任務に特別な技能を持ち込んだようなふりもできません——科学的な調査官の深遠な発想も、警察の鋭敏さもありません。私は普通の知性をもつ俗人で、事実を見つけることが唯一の目的です。それでも」オルコットはさらにこうつけ加えずにはいられなかったようだった。「私はニューヨークの立派な日刊紙のひとつを代表して来たのです。編集者が私のことを、不健全な思考の持ち主か、だまされやすいか、不公平か、不正直か、はたまた能力がないと考えていたら、私にやらせたはずがありません。

ところで」そう言ってオルコットは身を乗り出した。「あなたがたのお国の心霊術師、ミスター・ヒューム（ダニエル・ダングラス・ヒューム。スコットランドの著名な心霊術師）も、イングランドでちょっとした手品を見破られたことがあるとお聞きしています。エディ兄弟にもそうしたことがありました。ですが、だからといって彼らがまやかしだと決める必要はありますかな？　幽霊の出現をつかさどる力というのは、制御不能なことで知られています。それがうまくいかなかったとき、期待に満ちた貧乏な聴衆を目の前にして、気の毒な霊媒師は何をすべきだと思いますか？　その場をおさめるため、害のない舞台向けのイリュージョンやまやかしを、多少はやろうとするものでしょう。そんな微々たるごまかしだけで、すべてを嘘だと考えるべきですか？　霊媒師がたまにいんちきをするというだけで、こうした驚異から真実を見出すチャンスを拒否するのが一流の詐欺調査官だというのなら、私はそんなものにはならないと喜んで申し上げますよ。偽造貨幣が出回っているからといって、本物のコインが存在しないという証明にはなりませんからね」

本物のコインを供給しようがしまいが、偽のコインは出回るものじゃないかと私には思えたが、意見は控えることにした。

オルコットは、降霊会が行なわれる部屋の詳細を話してくれた——一階の大きな部屋で、片側の端に演壇と小部屋のようなものが据えつけてある。この広間に、日曜を除く毎晩、三十人にもおよぶ観衆が集まってくる。小部屋は高さ七フィート、幅三フィートぐらいの小さな空間で、完全に壁面と接していて、ホレイショー・エディがその中で椅子に縛られ、ドアは閉められる。演壇に立ったウィリアム・エディが観衆に話をし、質問を受けつける。霊たち——老人、若者、白人、アメリカ・インディアン、男に女——が、その戸棚のような小部屋から一度にひとりずつ現れ、話をしたり歌ったり、質問に答えたりする。幽霊は「世にも不思議な光」に輝いているように見え、広間そのものの明かりは、演壇や小部屋とは反対側の端にあるランタンだけだ。霊が話しているあいだ、観衆の全員が肩や手首に冷たい手を感じる——それでも何も見えない。空の椅子が部屋の端から端まで動き出すが、誰かがとっさにその椅子をつかんだりしても、あやつり糸が見つかるわけでもない。楽器の音色が流れてくる……。

「亡霊はどのぐらい離れた場所に出るのですか?」シャーロックが中立的な口調を守って訊ねた。

「客席の最前列からは四フィートもないでしょう。私自身も何度かそこに座りました」

「光は霊自体が発しているということですか」私が訊いた。「皮膚はどんな感じです?」

「そうですね、インディアンはそれらしい肌の色をしていますよ。白人は私たちの目には少し青白く見えます、子供もそうです。まるでランタンのように輝くというわけではありません。霊が動くと肌がちらちら光るのです」

「透明なのですか、それとも実体があるような感じ?」

「あなたがたや私のように、実体をともなって見えますね」

「異様な声色ですか？」

「いいえ。〝霊験あらたか〟といった感じはしませんし、それぞれの霊の年代に似つかわしい声かと」

「服装は？」シャーロックがつぶやくように言った。まぶたが半分閉じている。

「やはり相応なものです。もちろんいくらか古めかしいですが」

「あなたは霊に触れてみたことがあるのですか？」

オルコットは強く首を振った。「霊が触らせてくれないのです。エディ兄弟は私にそのことを詫びていましたが、もちろん霊の頼みを聞かないわけにはいかないのでしょう」

「エディ兄弟についてはどう思われていますか？」

シャーロックは時おり、本当に的確なことをやる。実に正しい方針転換だった——オルコットが知的な擁護をした非現実的な事象を離れ、個人的かつ感情的なことに水を向けたのだ。大佐はこの質問を予期していなかったようで、一瞬口ごもった。自分の奇妙な友人たちに誠意を尽くしたいという気持ちと、正直な返答をしたいという気持ちのあいだで葛藤するような表情が浮かんだのがわかった。「彼らは……気難しい人間です」ようやく大佐はそう言った。「幼年時代を思えば、それも当然ですが。滞在した最初の何週間かは、まったく不愉快なものでした。鼻であしらわれ、ほとんど無視され、歓迎しない態度をあらわにされました。彼らの信頼を得るには長い時間がいりました。責める気はありません。あざけりや軽蔑に慣れすぎてしまった人たちですし」

「それで、性格的には……」シャーロックはやんわりと先をうながした。

「正直者です、それは確信しています。ただ、ご理解いただかなければならないのは」オルコットは熱を込めて言った。「霊媒師には、性格、人間としての道徳的な性質などは関係がないということです。そうした人々は、すばらしい才能を与えられている——特別な感覚とでも言うべきものを。その技能による誘引力は制御できないんです、目を開けたときに見えるものを制御できないのと同じですよ。目が光を受容する機械だとすれば、彼らは異世界のエネルギーを受容する機械なんです。こういった人間は、人としては極悪だとしても、機械としては非常に優れているということですよ」

シャーロックはうっすらと笑った——つい笑ったという感じだった——そして、それ以上質問はしなかった。私も、必要なこと、つまりオルコットが見たものの印象は充分に聞けたと感じた。これ以上憶測するよりも、あとは自分たちでその事象を見るべきだろう。

こうした話のあとだけに、きっと〈グリーン・イン〉は、ゴシック小説から抜け出したような陰鬱で切妻のある建物なんだろうと思っていた。だが、着いてみるとそこは、風雨にさらされた感はあれど、屋根のついた感じのいい玄関を正面に備えた、普通の白い羽目板の建物だった。庭はないが、広い草地はきちんと刈り込まれ、目もあやな落ち葉のあいだのあちこちでは、めんどりが餌をついばんでいる。山頂に傾きかけた太陽はまだ眩《まぶ》しく、空気は澄んでいて、幽霊と聞いて想像するのとはすべてがかけ離れた風景だ。観光客が敷地を歩き、生き生きと会話している。私たちのもてなし役らしき人物の姿はなかったが、ポーチに行ってオルコットが手を振ると、ひとりの女性が茶を出してきた。エディ家のもうひとりのきょうだい、メアリ・エディだった。

オルコットは私たちを連れて建物を回り、〝降霊室〟のある翼のほうへ案内してくれた。二階半とでも呼ぶべき建物で、そこを増築したせいで全体はT字形になっている。問題の部屋は二階で、キッチンと二つの食糧貯蔵室の上に〝霊媒の小部屋〟があって、小さいが出入り可能な窓がついている。シャーロックがそのことを指摘した。

オルコットは含み笑いをした。「ええ、誰もが最初にあの窓に目をとめます」彼は言った。「ですが、ここにははしごはありません。それに、私があの窓を蚊よけネットで覆い、蠟でとめ、自分の印章を押してあります。その封印が破られたり、ネットが破れたりしたのは、嵐が来たときだけでした」

こんな広大な敷地にならどこかにはしごぐらい隠せそうなものだと私は思ったし、ましてや私たちの立っている場所のわずか五十ヤード先はもう森だ。シャーロックも私と同じ疑念を抱いたらしく、窓のそばを通り過ぎるとき、その下の地面にすばやく探るような視線を投げていた。が、日照りのせいで地面は鉄のようにかちかちで、シャーロックは肩をすくめながら私を振り返り、首を振ってみせた。

夕食は、煮込んだ牛肉と野菜のひどい混合物で、きついりんご果汁《アップルリイダー》が添えてあった。すっかりがっかりしたせいで、私はほかの客にほとんど注意を払わずにいた。私の左にいた男性客は、私に旅行の趣味があればぜひ行ってみたいと思っている街、京都《キョウト》で数年間楽しく滞在した話をしていたが（シャーロックのほうは、何らかの奇妙な理由から、フィヨルドを見に行きたいとずっと言っている）、私はそれでもできるだけ早くそこを去って、煙草を吸うためのポーチを探した。

給仕はメアリ・エディがしていたが、宿の主人のほうは姿を現さなかった。夜の演目の準備をしているに違いない。どんなふうにやるのだろうと、われ知らず思いをめぐらせていたとき、誰かの人影が家の角を曲がってやってきた。そばに近づいてきた人影をポーチのランタンが照らし、背の高い頑強そうな体、むっつりとした顔、落ちくぼんだ黒っぽい瞳や分厚い口ひげが見えてきた。四十代前半ぐらいの男で、目を惹いたのは手だった——農作業でごつごつしてはいるが、長い指をして、奇妙なほど繊細な手に見える。私には相手が誰だか見当がついた。「ミスター・エディですか?」

彼は脚を止め、そっけなく私を見た。「ああ」

「楽しみにしてますよ、今夜の――」私はあやうく〝演《だ》し物〟と言いかけてこらえた。「――霊の訪問を」

相手は鼻で笑った。「英国人が、そうだろ?」

「ええ」

「七六年にはあんたらを笑いものにしてやったぜ」

「残念だが、私には関係ない。あなたは私を、私の曾祖父《そうそふ》と混同しているようですね」

向こうはただじっと私をながめた。

「オルコット大佐と一緒にこちらに来ました」私は言葉を続けた。「その神秘的な現象が起きる部屋を、降霊会が始まる前に見せてもらえないかと考えていたのですが」

「失《う》せやがれ」相手は荒っぽく言うと、ちょうど私のところへ来ようとしていたシャーロックを押しのけ、中へ入っていった。

「陽気な男だな」シャーロックが言った。「狙いはいいね、マイクロフト、だけど協力してくれそうもない。とはいえ」彼はポーチに沿って二、三フィート歩いていき、ダイニングルームの窓をのぞいた。「あの兄弟が二人で客にコーヒーをふるまってるな。少しは猶予がある。急ごう」そう言って私のひじをつかんだ。「あの部屋を見ておかなくちゃ」

私はその手を振り払った。「まさか本気で私に、暗い階段をすばやく駆け上がって、こっそり手掛かりを探してこいとでも言うんじゃないだろうな?」

シャーロックは私を上から下までながめた。「もっともだ。すばやく駆け上がるなんて兄さんには無理だね。ダイニングルームに戻って、あの二人の注意をそらしててくれ」

私がこの高圧的な命令に反発する前に、シャーロックが猫のように音もなく姿を消したので、確かに彼向きの仕事だとは思った。私は急いで、降霊室の下にあるダイニングルームに戻った。シャーロックがどんなに静かに動こうとしても、どこかで物音を聞かれる危険がある。正直に言えば、私は困惑していた。すぐにその場しのぎの行動を起こすのは、私の得意とするところではない。私は慎重な計画に価値をおくたちだ。食事をしている人々にもう一度加わって、何とかできることと言えば――彼らがもう飲み終えようとしていることを思えば無礼な話だったが――私もコーヒーが欲しいと頼むことぐらいだった。

私が会ったほうのエディのほかに、兄弟のもうひとりも加わっていた。彼のほうが少し若く、ひたいが高くて、唇の下にちんまりとあごひげを生やしているが、それ以外は双子と言っても通じるぐらいによく似ていた。どちらも執拗《しつよう》に私をながめていて、今にも私の頼みを断ろうとしたが、運よく同じテーブルの若い女性客がおかわりを頼んでくれた。メアリ・エディがしぶしぶキッチンに戻り、兄弟のほうは私をにらみつけている。オルコットは私の無礼な注文に気まずそうにしながら（私も本意ではないがどうしようもない）、兄弟に私を紹介したが、連中からはぶつぶつつぶやくぐらいの返事しか聞こえてこなかった。おしゃべりを試みても、同じ反応だった。

テーブルに居心地の悪い沈黙が流れ、私は今にも頭上から足音が聞こえてくるのではないかとひやひやした。そこで、道化のように椅子から立ち上がり、無理に陽気な声で「ご姉妹がカップを運ぶのをお手伝いしましょうか」と言い、キッチンに駆け込んでいった。この突飛な行動は、同席している客たちばかりでなく、メアリ・エディを驚愕させ、彼女はキッチンに飛び込んできた私を警戒心たっぷりに見つめた。実は立ち上がる前から私の頭に浮かんでいたのは、キッチンの天井を見ておいたほうがいいという考えだった。目にした天井は木摺《きずり》にただのしっくいを塗っただけのもので、明らかに通りぬけられそうにない。向かいの壁に狭い食糧貯蔵庫の扉があり、ひっそりと開いたままになっている。「もっとミルクをもらえますかね？」私がばかみたいに訊きながら右手の扉の中に突進していくと、そのうしろでミス・エディが「こっちですよ！」と叫んだ。ちらりと食糧庫の上をのぞいたかぎり、この一家が天井に金をかけていないのはわかった。そこは木摺もしっくいも使わない、むきだしの梁《はり》があるだけで、その上にしつらえてある演壇と霊媒の小部屋のつながった床がそのまま見えていた。私はすぐにキッチンに引き返し、まぬけな顔で、「いやはや、ここは暗いですね」と言い、兄弟たちが私を追いかけてくる前にダイニングルームに戻った。「失礼しました」自分を笑いものにするのなどうれしいわけもなく、私は心からそう言った。「助けはいらないようでした」

「もうひとりはどこ行った？」ウィリアム・エディ（私がポーチで出会っていた兄のほうだ）が疑り深く訊いてきたが、ありがたいことに、シャーロックの声が外から聞こえた。「ここです」窓の向こうに彼の煙草の光が見えた。まもなくシャーロックが入ってきて、髪の毛一本乱れたようすもなく、涼しげに元どおり大佐の隣の席に戻り、小声で大佐に詫びを告げた。「夕食でアップルサイダーを飲み過ぎました」という言葉が聞こえた。七マイルのひどい道が待つのでなければ、すぐに歩いてでもラトランドのホテルへ逃げたいと、私は心底から思った。そうするかわりに私ももとの席に座り、メアリ・エディの運んできたひどくまずいコーヒーをわざとらしく褒めたたえ、そのあいだ周囲の人々は当惑して顔を見交わし、エディ兄弟の顔は怒り狂っていた。こんなに不愉快な十五分間は人生初だ。

私たちはみなポーチに案内され、そのあいだにエディ兄弟が準備のために上の部屋に上がっていったが、何かいじりまわした形跡を彼らが見つけるのは間違いないと思った。シャーロックを知る者なら、そうなることは予想がつく。シャーロックはまた煙草に火をつけ、自分のしたことにまったく満足している。私は弟を庭に連れ出し、おまえのくだらない冒険にこれからも私を巻き込めると思ってもそうはさせないぞ、と言おうとしたが、彼はこう言って私を黙らせた。「よくやってくれたよ、マイクロフト。どんなに不愉快だったかはわかってる。だけど本当にみごとだった」そして私に煙草を勧めた。

受け取ることにした。

私たちはしばらくのあいだ煙草を吸っていた。澄んで涼しい夜空に星が輝き、この山地ではずっと数が多く見える。

「窓なのか?」私はシャーロックに訊ねた。

シャーロックは首を振った。「ネットはちゃんと封印されてたよ、窓枠もしっかり壁にはまっている」

「印章を偽造して修復してるのかもしれんぞ」

「ぼくが思うに、それより――」

そこで私たちは降霊会に呼び集められた。

上の部屋は広かった。とぼしい明かりのもとでは、どのぐらいの広さなのかは判断できなかったが(大佐が言っていたとおり、そこにはランタンがひとつあるだけで、しかも小部屋と演壇からいちばん離れたすみのほうにある)、背後の壁から演壇のはしまではざっと三十フィートほど、演壇の奥行きは五、六フィートと当たりをつけてみた。シャーロックは私に小声で、小部屋のドアと、小さな窓のついた家の壁とのあいだは一ヤードほどだと教えてくれた。「だけど窓を使っているとは思えない。小部屋の床に打ってある釘の頭が、だいぶすり減っているんだ」

私はうなずいた。すべてはっきりした。

エディ兄弟が演壇に上がった。その落ちくぼんだ目とむっつりした顔のせいで、特に霊的な雰囲気ではないが、陰鬱には見えた。ウィリアムが、幽霊や自分たちの天性の能力、霊媒としての責任などについて話した。そのあと彼とホレイショーは小部屋に入り、そこでウィリアムがホレイショーを太い縄で椅子に縛った。観衆はうながされてひとりひとりそばに行き、縄の結び目を確かめ、それを三十人近くがやるのに数分かかった。服装からして大半が観光客だったが、町の住人らしき人間も数名いた。彼らは縄を調べに行こうとはせず、シャーロックと私も同様だった。うまくやってあるに違いないからだ。オルコット大佐も前のほうのはしの席に残り、期待に満ちた顔をしながらもくつろいでいた。

ようやく観衆が全員席に戻った。小部屋のドアにカーテンが引かれ、ウィリアム・エディがまたさっきの話の大半を繰り返した。彼は演壇の中央に立って目を閉じた。わずかに体を揺らしている。広間は静まり返った。小部屋もまったく静かだった。やがて、その中から、ヴァイオリンの音色が聞こえてきた。

シャーロックは顔をしかめた。誰が弾いているにせよ、ヴァイオリンの得意な霊ではなさそうだ。観衆は演奏のよしあしには気づかず、息をのみ、小声を漏らした。見えないタンバリンの音がしてきたときも、同じように驚いていた。だが、今夜の霊たちは、身体的な接触を図る気分ではないようだ。幽霊に触られて怯《ひる》んだり、びくっとする人間はいなかった。当然ながら見世物としては少しつまらない。シャーロックや私に対する不信感が何か影響しているのだろうか、と私は思った。

不意にウィリアム・エディが演壇の右すみに動いていった。ヴァイオリンとタンバリンの音が消えた。一瞬の緊張が走り、カーテンがさっと開いた。ドア口は暗かった。そして人影が現われ、厳粛に足を踏み出した。

自分でも意外なことに、私は恥ずかしい気持ちを覚えた。演壇の上の人影、周囲の観客、そしてオルコット大佐に対してだ。シャーロックの小さなため息を聞き、彼が同じことを感じたのもわかった。私は暗い気持ちで〝亡霊〟を観察した。明らかにアメリカ・インディアンに見せようとしている背の高い男だが、かつらと頭飾りが顔を見えにくくしていて、中国人か女性の可能性もあった。彼の手は、暗がりの中で見えるかぎり、日焼けした肌に紅でもこすりつけたように赤らんでいる。半分隠れた顔が発した多少の不明瞭な光を見れば、輝いていたと思う人間もいるかもしれないと思った。男は深い声でわけのわからない言葉を唱えはじめた。ウィリアム・エディが立ち上がり、敬意のこもったおじぎをした。私の気恥ずかしさは薄らぎ、退屈に変わった。気づかれずに出ていけるならそうしただろう。

だが、私はこの夜にとらわれてしまっていた。

長い夜だった。〝霊〟たちは小部屋を出入りしながら演技をし、ウィリアム・エディは演壇を歩き回り、霊の登場の合間に短い説明をした。さらに何人かアメリカ・インディアンが現われ、二、三世代古い服装の白人も大勢出てきた。白人のほうは、リンのすじ——おそらくぼんやりと見せるための演出だろう——がついた場所以外はいくぶん青白い肌だが、これ以上ないほどに実体のある人間に見えた。観衆の唖然とした驚きはおさまっていて、何人かの大胆な客が質問を試みた。無視する〝霊〟もいた。そうでない霊は、うなずき、ウィリアム・エディのほうを向いて何らかの思考過程を通じたやりとりをして、その返答をウィリアムが伝えた。自分で返事をする霊もいて、さまざまな声音を使ったが、そのほとんどにかすかな地元の訛《なま》りが残っていた。

質問は、こうした催しによく出るたぐいのものばかりだった。うちの作物は豊作になるでしょうか、凶作でしょうか？　こちらかあちらに投資すべきでしょうか？　こうした質問への答えはあいまいで〝神秘的〟で、ときには詩で返されることに私は気づいた。異世界からの訪問者がもっと明確な答えを出すのは、誰かが死んだ縁者のことを訊ねるときだった。亡くなった愛する人間はいつでも幸福で、常に生き残った人間も幸福であることを願っているらしい。こうした話を聞いて涙ぐんだ質問者は女性ばかりではなかった。私はだんだん怒りを覚えはじめ、いっそシャーロックが衝動に駆られて詐欺師のマスクを剝《は》いでやってくれないかと思ったほどだが、シャーロックはおとなしく厳粛と言えるほどの態度を保ち、ことのなりゆきをじっと見守っていた。

雰囲気を変えていくためか、亡霊たちは、さまざまな話題に関する詩を即興でつくることにも同意し、巧みな手腕を見せた。その試みには驚くほど鋭敏で愉快なものもたくさんあったが、大半は、残念ながら私の頭にこびりついてしまったとしか言えない、こんなレベルの詩だった。

とうもろこし
夏が生まれるとき身を起こし
暑い七月の朝に立つ
あるいはもっと早く
雨しだいで
痛みもなく現れ出で

愛すべき主からわれわれへの贈り物となる

七歳かそこらの、ふわっとした金髪でまっ白な服を着た小さな少女の〝霊〟が、「愛」についての詩をつくろうとした場面があった。しかしその少女はくすくすと笑いながら座り込んでしまい、ウィリアム・エディに小部屋の中へ連れもどされるさまは、正直な話、実に可愛らしかった。あとになってオルコット大佐が、あの少女は本当に愛らしかったと思いませんか、と私たちに言った。「あの少女を見ていると、いつもうれしくなってしまうのですよ」

「あの子はよく現れるのですか?」シャーロックが礼儀正しく訊いた。

「ええ、そうです。お茶目な子ですよ」

私たちはふたたびポーチに戻った。〈グリーン・イン〉には十一部屋しかないので、観客の多くはチッテンデンで寝る場所を提供してくれる家に泊めてもらっていて、馬や何らかの乗り物で帰っていった。夜は冷え込んできていて、ランタンの明かりに照らされた大佐の顔は、興奮ばかりでなく寒さで赤らんでいる。私は大佐に何と言っていいかわからなかったし、シャーロックも同様だったと思うが、幸いにして大佐は彼と話したがる人々に取り囲まれていた。まもなく大佐は小さな聴衆に対し、静かな、しかし熱烈な声で演説を始め、科学を重んじる人間の「うぬぼれた尊大さ」について語り出した。「去年の夏、この国最高の威信を誇る科学協会の会議の場で、何時間もかけて討論されたのは、フンコロガシの習性や特質についてでした。実体をともなった霊が教えてくれているかもしれない未知の神秘現象の法則を、観察も分析もせずにおくための口実には、うってつけのテーマですね。ああいう人たちは、研究室で身を屈めて、もぞもぞ動く昆虫や身をよじって歩く爬虫類を研究し、〝内なる世界〟に向かって目の前に横たわる研究領域には目を向けようとしないのです」

十月十日――前の晩のシャーロックと私は、〈グリーン・イン〉の小さな息苦しい部屋に引っ込んでからも、たいした話はしなかった。私はこの日記を書き、シャーロックはすぐにベッドに入った。今朝、大佐はチッテンデンに残り、私たちはゆうべから興奮して驚異を覚えている客たちに取りまかれていたものの、自分たちだけでヴァーモント州マンチェスターまで戻った。駅からマンチェスターの宿屋へ歩き出したとき、初めてシャーロックが口を開いた。すでに私はすべてのことにうんざりしていたが、シャーロックのほうは何かにわずらわされているのか、そうじゃないとしても態度は冷ややかだった。話を始めたとき、彼らしい熱っぽい口調はなく、目はいつもと違ってうつむいたままで、私たちの足に触れる地面の黄色い葉をながめていた。

「村の全員が加担しているな」シャーロックは言った。「村の利益になるからだ」

私はうなずいた。「エディ兄弟の宿屋では、観客全員を宿泊させて食事を出すことは無理だし、ほかの住人が受け入れて――」

「――そして固いベッドと質素な食事にいい金を取る。観客に混じってた何人かの村人が、〝幽霊〟の感触の手助けをする――」

「――おそらく長い竿《さお》か何か、難しくもない方法でやってるんだろう。ホレイショー・エディは、手品師みたいな技でも使って縄から抜け出して――」

「――そして自分流にヴァイオリンを弾き、タンバリンを鳴らす。衣裳をつけ、リンで化粧をした霊たちは、チッテンデンの住民だよ」

「おまえは、窓は使っていないと言ったな」

「必要ない。小部屋の床から上がってきてるんだ」

「跳ね上げ戸が見つからなかった時点で、大佐は詐欺の可能性は消えたと考えたんだな」シャーロックはじれったそうに鼻を鳴らした。「見つかるだろうと思ったものを探して、見つからなかったわけだ。過剰に状況をややこしくする典型的なケースだよ。ただ床板をはずせばいいのなら、跳ね上げ戸なんて必要かい？　釘の頭は潰れて、まわりの板も傷だらけで、何度も金槌で打ったのは明らかだった」

「短くした釘を使って、箱を開けるみたいに簡単に床板をはずせるようにしてたんだな」

「そのとおりだと思う」

「貯蔵庫の天井が、演壇と小部屋を支えている梁の上で開くようになってたんだろう」シャーロックは私に笑いかけた。「みごとだ、マイクロフト。それがぼくらの最後の疑問の答えさ。客が全員上に行っているあいだに、〝霊〟はキッチンからこっそり入って、梁を登って床を通り抜けるわけだ。ウィリアム・エディが歩き回りながら演説をして、下からの物音をかき消してたんだ」

私たちは少しのあいだ黙って歩いた。

「まあ」やがて私が言った。「たいした謎ではないな」

「逆さ」シャーロックは真顔で言った。「ひとつ大きな謎が残っているよ」

十月十一日——私の意思に反して、シャーロックは私を言いくるめて散歩に誘い出した。彼が何か考えているのはわかっていたし、話を聞く気ももちろんあったが、くつろいで椅子に座り、ことによっては煙草でも吸いながら聞くのではなぜいけないのだろうと思った。だが、シャーロックは落ちつかないぴりぴりしたようすで、座ったかと思えば立ち上がって歩き回るので、私はようやく腰を上げ、二人で村を抜けて南の道沿いを歩いていった。

いざ私を連れ出すのに成功すると、シャーロックはむっつりと黙り込んだ。私もしばらくは我慢していたが、やがて率直に口を切った。「オルコットの話だろう、違うか？」

シャーロックはうなずいた。「どうもよくわからないんだ」

「だが謎はすべて解明しただろう」

「これはまだだ」シャーロックはいらいらして言った。「このごまかしとでっちあげだけはね！」

「それで？」

シャーロックは真剣に私を見た。「オルコット大佐が高い教育を受けた知的な人物だということには同意するだろう？」

「むろんだ」

「軽率なところもない」

「まったくない。心霊主義へのおかしな傾倒をのぞけば」

「そうさ！　そういう人間とは見えない、そうじゃないか？」

私もそれは認めた。「だが、人間とはそう理にかなうものじゃないよ、シャーロック」

「それより悪いさ」シャーロックは言い張った。「彼はごまかしを調査する人間として大佐にまでなった男だ。観察と分析の技法が優れていたからこそ、大統領の暗殺調査の委員にまで選ばれたんだよ。まぎれもなく一流の頭脳をもっている。機械のような頭脳を。安っぽいアイデアなんかでは狂わず、最適な状態で機能しつづけるはずの機械だよ。こんなのはまったく病的な、自分への裏切り行為だ」

大きな通りの脇は狭く、交通もひんぱんでほこりっぽくて、歩くのはそう楽しいものでもなかったため、私たちは悲しみの天使と悼《いた》む女性をかたどった大理石の彫像の載った門柱を見かけると、そこで道を曲がることにした。〈デルウッド墓地〉という看板がかかっていて、気づくと私たちは墓場というよりは公園のような場所にいた。くねくねと続く小道と美しい木々、そしてずらりと並ぶいかにもそれらしい記念の彫像をながめていた。泣き濡れる天使、祈る家族、手に持った石の百合をじっと見おろす小さな子供。英国の混雑した教会や街中の墓地にあるものとそう変わりはなく、私たちはどこか落ち着かない魅惑にかられ、墓石のあいだを歩き回った。私たちが離れた場所にオルコット大佐の姿を見つけたとき、なぜだか私は驚かなかった。

大佐は飾りけのない二つの墓石の前に立っていて、個人的な悲しみに暮れているというよりは、物思いにふけっているようすだった。私はわきにそれて彼の思索をじゃましないでおこうと思ったが、大佐は私たちを目にして親しげに手を振ってきた。私はシャーロックにちらりと目をやりながら、二人で近づいていった。シャーロックは硬く険しい横顔を見せている。私はひとりため息をついた。シャーロックは大佐に真実を告げるべきだと決意しているのだ。

「これを見てください、お二人とも」私たちがそばに行くと、オルコットが言った。抑えた声と態度で、彼は二つの墓石を示した。どちらも若い男のもので、苗字から兄弟と思われ、二人とも一八六三年に亡くなっている。両方の墓に、最近誰かが置いていった紫の野草が載っている。オルコットは墓地全体をぐるっと手で示した。「こういうのがたくさんあります。それでも物の数ではありません。ペンシルヴェニアの墓地にも、メリーランドやヴァージニアにも……」しばし言葉が途切れた。「私はほとんど戦地勤務をしておりませんがね」彼はやがてそう続けた。「恥じているのではありません、私にはすべき仕事がありました。私は北部の多くの人間と違い、任務から逃れるために賄賂を払い、気の毒なアイルランド系の兵士たちにかわりに死んでもらったわけではありません。私だって若いころに撃たれたことがあります。もっと撃たれていればよかったと思うほど愚かでもありません」

大佐はふたたび沈黙し、じっと墓を見つめていた。私たちは相手が口を開くのを待っていた。「六十万人以上の兵士が戦争で殺されました」大佐は静かに言った。「『死んだ』よりも『殺された』という言葉を使うことが大事なのだと思います。彼らは粉みじんにされました。ばらばらに吹っ飛ばされました。一日に二万人が殺された戦いもあります。二日たってもなお、そこには……兵士の肉片と血まみれの土地が残っていたりしたものです。あるいは泥の中に。ほこりの中に。誰とも見わけのつかない死体。彼らを愛した人々にさえわからない……」

大佐は一瞬、目をそばめて空を見た。「もし私があのような幽霊を本当に見せてやれるものなら」その声はとても静かだった。「そうしたら、死の痛みや墓場への屈服が消え去ったことを、全人類に伝えてやれるでしょう。死そのものが死に絶えるのです。いいえ」大佐は強い口調でそう言い、また墓石に視線を落とした。「死そのものが殺されるのです。そしてすべてのすすり泣きは消えて喜びとなります。そしてすべての血は露に変わるでしょう」

大佐は墓石に囲まれたままでじっと立っていて、もはや私たちの存在を忘れてしまっていた。私はシャーロックの腕に触れ、二人で静かにそばを離れた。門に戻ってきたときに振り返ってみた。オルコット大佐は身動きひとつしていなかった。

宿屋への帰り道、私はシャーロックが何か言いだすのを待っていた。が、彼は何も言わなかった。一緒に階段を登りはじめたとき、私はついに黙っていられなくなった。「で?」私は挑むように言った。「おまえはどうオルコット大佐を教化して、彼自身から救い出すつもりかね?」

シャーロックは立ち止まることもなく、私を見もせず、戸口をまっすぐ入っていった。
「できの悪い機械ほど、いい人間だということかもしれないな」

追記

ヘンリー・オルコットとエディ兄弟の物語は、真実である。この話の三日後、オルコットはマダム・ヘレナ・ブラヴァツキーと出会い、両者はヴィクトリア時代でもっとも壮大な神秘思想団体、神智学協会の設立に着手することになる。オルコットはチッテンデンでの体験を、著書『異世界からの人々』に記し、私も主要参考文献としてこれを使用した。むろん、「こうした人間は人としては極悪だとしても、機械としては非常に優れているということだ」という言葉を含め、私の記したオルコットの言葉のいくつかは、その書物から引用している。だが、彼がエディ兄弟を信じた理由は、すべて私自身の憶測である。大佐は何も明かしてはいない。

引退した役者の家の地下から発見された未公開回想録からの抜粋

Excerpts from an Unpublished Memoir
Found in the Basement of the Home for Retired Actors

スティーヴ・ホッケンスミス

Steve Hockensmith

2003年から書きはじめた〈荒野のホームズ〉シリーズで人気を得た。ホームズに心酔する兄とワトスン役の弟というカウボーイ兄弟が謎を解くこのシリーズは、初の長篇『荒野のホームズ』が2006年にMWA賞、シェイマス賞、ディリス賞、アンソニー賞のそれぞれで最終候補となり、現在までに5冊が刊行されている。ホームズもの以外でも数多くの雑誌に短篇ミステリを書いており、毎年何らかの賞にノミネートされる常連。

シャーロッキアンのあいだには、かび臭い地下の穴倉から発見され、偉大なる探偵に驚くべき新たな光明を投じることとなった埃《ほこり》まみれの原稿、といった話が満ちあふれている。私自身、こうした多くの〝掘り出し物〟を読むのを楽しんではきたものの、それでもやはり（発見者を侮辱するつもりはないが）、由来に関しては大いに疑わしいと感じていた。もし本当に、それほど数多くの未知なるホームズの逸話があちこちに散らばっているとしたら、そうしたものがひとつも入っていない地下室や屋根裏、戸棚など、この世にほとんど存在しなくなるのではあるまいか。

しかし、私はもう疑念は捨てた。以下がその理由である。

今年の六月、私のもとへ、実に珍しい（そしてやや埃にまみれ、確かにかび臭い）原稿が送られてきたのだが、それがかの偉大なる探偵に――まさしく、本当に！――驚くべき新たな光明を投じることになったのだ。それが私に郵送されたのは、添えられた手紙によると、私がシャーロッキアーナの世界でささやかな成功をおさめているかららしく、どうやら原稿の発見者たち（事情は説明できないが、名を伏せておきたいと希望している）に代わって、著作権代理人になってほしいということのようだ。

なんと幸運なタイミングだろう。実際、奇跡的と言ってもいいくらいだ。なぜなら私は、ちょうど、まさにこの作品集への執筆について打診を受けたところだったからだ。この話がいいではないか！　ウィリアム・S・ベアリング゠グールドが、彼の傑作『シャーロック・ホームズ――ガス燈に浮かぶその生涯』で主張している非常に興味深い説、つまりホームズがかつて舞台に立っていた――それもなんとアメリカで――という説の裏づけとなるこの話は、歴史的にも計り知れない価値をもつだろう。

不運にも（読めばわかるとおり、むしろ〝幸運にも〟と言うべきかもしれないが）、紙面の都合上、原稿を丸ごと載せることはできない。断じて無理だ。文体は凝りすぎてくどく、ときたまこんがらがっており、私は暗黒のアフリカ大陸へ分け入るマンガの主人公ジャングル・ジムのごとく、密林をかき分けながら読み進めなければならなかった。

とはいえ、苦労して読むだけの価値はあったと思う。みなさんにも賛同していただければありがたい。もし賛同できない場合は、次のことをお勧めする。屋根裏を調べてみること。もっと気に入る何かが見つかる可能性は充分にあるはずだ。

二〇〇八年八月九日
カリフォルニア州アラメダにて
スティーヴン・B・ホッケンスミス

『なんという傑作！――スポットライトに照らされたわが人生』より
第五十九章
「赤っ恥」

おお、セントルイス、セントルイス――せめてお前に聖人《セイント》らしさがあったならば。神々しい何か、崇敬に値する何か、汚物にまみれぬ何かがあったならば！　しかし、ああ悲しきかな。お前には賞賛すべき点はひとつしかない――インディアナポリスではないことだ。

それからもうひとつ、感想を加えよう。お前の臭気は私を悩ませたかもしれない。お前の市民は私を侮辱し、お前の〝劇場〟は演劇界を侮辱したかもしれないが、動物の糞で舗装された通路を歩きながら（私には、それらに〝ストリート〟という名誉ある名を与えることはできない）、命にかかわる危険を感じたことは一度もなかった……もちろん、お前から一刻も早く逃れるために、みずからに責め苦を与えることはしたかもしれないが。

いや、それに匹敵するのは――マダム・タッソー館の恐怖の部屋に匹敵する戦慄が味わえるのは――コロラド州レッドヴィルだろう。

もちろん、レッドヴィルが最初からササノフ一座のアメリカ巡業の旅程に入っていたわけではない。もし入っていたら、私は決してあの男の一座に加わらなかっただろう。地図をひと目見れば、彼が私たちを悪名高き〝未開の西部《ワイルド・ウエスト》〟の奥地へ――話に聞く、野蛮な行為と死とが日々血しぶきのように噴き出している土地へ連れていこうとしているのが、わかったはずだ。当時、殉死した北軍将校のカスターが大草原《プレーリー》の浅い墓に入ってわずか三年、私は彼の隣人になど絶対になりたくなかった。西部の未開の地で行ってみてもいいと思えるのは、せいぜいセントルイスまでだった。

ところが、セントルイスでの仕事が終わる日の二、三日前、サザノフは一座を集めてある発表をした。次の巡業地は、予定していたニューオーリンズではなくなりそうだ。コロラドに「ちょっと寄り道」をし、そこで『十二夜』を上演して、「ミシシッピ以西で最も立派な劇場」のこけら落としを手伝うことになるだろうと。

セントルイスからコロラド州へは千マイル近くもあるのだから、「ちょっと寄り道」どころの話ではない。ただ、「ミシシッピ以西で最も立派な劇場」のこけら落としをするという話は、ミシシッピ以東では立派と呼べる劇場にまだお目にかかっていない私たちにとって、確かに魅力的だった。セントルイス、シカゴ、インディアナポリス(ああ！　その呪われた名前を書くだけで、手がぶるぶると震えてしまう！)、シンシナティ、フィラデルフィア、ハートフォード……どこの劇場もみな、イーストエンドのパブのトイレほども立派ではなかったからだ。

とはいえ、ニューオーリンズ行きが大幅に遅れれば、一座にとって大きな打撃となりかねない。私たちの多くは、アメリカの〝文化〟があまりにお粗末なので、(何たることか)フランスの影響を受けた街を心から楽しみにしていたのだ。

ところが、サザノフは私たちのささやかな反抗を即座に鎮圧し、座員は全員、巡業日数――および座員数――の増減は座長である彼の判断に委ねると明記された契約にサインしたのだ、と念を押した。もし西部へのちょっとした小旅行に行く気になれないというなら、いつでも残って……ひとりで英国へ帰っていいと。

もちろん、これはわれわれ一同に対する露骨な脅迫だった。しかし私には何となく、その言葉はむしろ座員のひとり――〝わがペンではこれ以上美化しようのない人物〟――への肩叩きのように聞こえた。

[第五十六章（〝アメリカのありさま《ステイツ・オブ・アメリカ》〟——不潔さと不快さ）で初めて登場する〝わがペンではこれ以上美化しようのない人物〟が何者かは、どこにもはっきり記されていない。しかし、どれほどのんきなホームズ研究家にも、それが彼だとわかるはずだ。読みやすくするために、以下、彼のことは著者がつけたもうひとつのあだ名を使い、〝若造〟と呼ぶことにする。——S・B・H]

主役俳優と若造との関係は悪化の途をたどり、正しい演技方法について口論することはめったになくなったが——二人が口をきかなくなった副産物だ——ササノフは、若き素人芸術家《ディレッタント》を降格させるのがいいと判断した。そういうわけで、若造はマルヴォーリオ（『十二夜』に登場する執事）役から外され、今では司祭や楽隊その一、水夫その二、その他もろもろの、背景に毛が生えた程度の役を演じていた。

しかし、若造は例によって尊大なようすで、単なる端役になったのがうれしいふうを装っていた。

「ぼくはもう何カ月もマルヴォーリオを演じてきたからね」と彼は私に言った。「あの役から学ぶことは、もう何もなかった。それよりも、いろいろな新しい役に扮して背景に溶け込む——こちらのほうが断然意欲が湧く」

あたかも、目立たないようにするのに技術がいるかのような言いかただ！　面と向かって笑わないために、私は悲劇役者としての技量を総動員しなければならなかった。

残念なことに、彼を追い払ってほっとできると思っていたのに、若造はササノフの餌に食らいつかず、一方座長のほうはまだ彼をきっぱりと解雇する踏ん切りがつかずにいた。一週間後にコロラドへ向けて出発したとき、一座はひとりも欠けていなかった。

アメリカの鉄道の旅に特有な苦痛についてはもうずいぶん書いたので、ここでは長々と繰り返さず、以下を記すだけにとどめたい。

[文章を簡潔にするために（書き手が書き手なので、おそらく無理だと思うが）ここで約三千語分を省略する。――S・B・H]

しかし、それもみな、前途に待ち構える苦しみの序文にすぎなかった。レッドヴィルは、できて二年もたたない炭鉱による新興の町《ブーム・タウン》だった。まだ鉄道線路がそこまで延びていないので、デンヴァーから上へ向かう最後の百マイルは、自分たちで手配した二台の馬車に乗り換えて行かなければならなかった。

上へと書いたが、北へ行ったという意味ではない。レッドヴィルは、実はデンヴァーの南西に位置する。私たちは、頂上を雪に覆われた山々のはるか上方を目指して進まなければならなかったのだ。ずんずん、ずんずん、どこまでも。ミスター・ヴェルヌやそのほかの空想好きな人々なら、人類はきっと、そのうちすばらしい空飛ぶ機械を自由に操るようになると豪語するかもしれないが、雲間から見えるのがレッドヴィルのような景色ばかりなら、わざわざ空を飛ぶ必要はないと思う。

大きな裂け目のような渓谷に沿った岩や穴ぼこだらけの道を、いらだちに耐えながら馬車に揺られ、（おしゃべりな御者たちが嬉々として話してくれたところでは）山賊にも血に飢えた先住民の猛者たちにも悩まされながら、私たちはついに目的地に到着した。アルプス山脈の邪悪な町《ゴモラ》——それが第一印象だった。ところが、長く滞在すればするほど、私はその評価を——さらに下方へ——修正していくことになった。

町の四方をぐるりと囲んでいるのは、安普請の掘っ立て小屋と無数の切り株、それに銀鉱山にぽっかりと口を開けたいくつもの真っ黒な穴だった。もっと内側には、町をふちどるようにテントが並び、一攫千金《いっかくせんきん》を狙って新たにやってきた人々や、彼ら相手の商売人たちが（おもに〝酒場〟か吹きさらしの〝売春宿〟にだが）、住んでいた。ようやくちゃんとした町へ（〝ちゃんとした〟と〝町〟という言葉がレッドヴィルに当てはまるならば）入っていった私たちは、いつしか事実上の〝ストリート〟を進んでいた……道幅は広く、もっぱら土でできており、両側には、さっき通りがかりに見たものよりもほんのわずかに頑丈なキャンバス地の幌で覆われた安酒場や、快楽の館《メゾン・ド・ジョア》が並んでいる。

「こんなところへエイヴォンの詩人《バード》を引っさげてきたのか」ササノフは信じられないとばかりに首を振った。

間近で返事ができるのは私しかいなかったので、ササノフは私を彼専用の馬車に同乗させてくれ、ほかの座員たちはみな、肉を入れすぎたソーセージにさらに肉を詰め込むように、ぎゅうぎゅうになってもう一台の馬車に乗り込んだ。

「まったくですね」私はそう答え、小柄なササノフ座長の華奢《きゃしゃ》な肩を優しくぽんぽんと叩いた。「さすがのリヴィングストン博士（アフリカを横断した探検家）も、もっと文明を広めるべく尽力しようとは言えなかったでしょうな！」

ササノフの表情豊かな顔が、にやにや笑いに変わった。

「そうすれば莫大な利益が出るとも言えなかっただろう」と彼は言った。

私は歯を食いしばったまま含み笑いをした。ササノフがまた私だけを特別扱いし、われわれがレッドヴィルにいる理由を明かしてくれたからだ。アメリカの銀山王ホラス・テイバーから、町に新設されたオペラハウスで一週間興行してくれれば五千ドル出すという申し出があったのだった。契約内の仕事なので、もちろん役者たちにはびた一文入らず、思いがけない臨時収入は、すべてササノフの懐に入るのだろう。

しかし、王冠をいただく頭とはとかく落ち着かないもので、ササノフのちっぽけな頭もまた、まもなく大きな不安を抱え込むことになるのだった。〈テイバー・オペラハウス〉（例によって一族を謙遜する気持ちから、銀山王は劇場に自分の名前をつけていた）の建設が予定よりも遅れ、私たちの初公演が少なくとも一週間は繰り延べられることになったのだ。ササノフには、ニューオーリンズでの興行予定を延期するだけでもひと苦労だった。あまりぐずぐずしていると、そこでの興行は――さらに、そのあとに続くアトランタ、リッチモンド、ワシントンでの興行までも――中止になってしまうかもしれない。巡業の後半が、ドミノ倒しのように次々と崩れてしまいかねなかった。

予想どおり、その後の数日間、ササノフの気分は最悪で、座員たちの大半は――機嫌の悪い座長と、彼がみんなを放り出した町の両方に恐れをなして――ホテルの部屋に閉じこもっていた。それにひきかえ、あの若造はめったに部屋にいることはなく、すぐにどこかへ飛び出していっては、何時間も帰ってこなかった。あるとき、私が珍しくレッドヴィルの泥だらけの通りに出てみすぼらしい安酒場に足を踏み入れると（もちろん、単なる好奇心に駆られてのことだ）、彼がひとりでバーのカウンターにいて、あたかも舞台の上ですばらしいドラマが展開しているかのように、まわりをぐるりと見回していた。どうやら、彼は店に群がるごろつきどもの目に留まっていないらしいが、私のほうは、入るなり貪欲そうな目をした横柄な男たちの注目を浴びた。貫禄のある堂々たる姿は、舞台の上ではいつも役立ってくれるが、この場所では明らかに、私を不利な立場に追い込んだのだ。

「ホー、ホー、ホー！　誰のお出ましか見てみろや！」ひとりの鉱夫が大声で言った。あまりにも煤《すす》で真っ黒になり、ほかはみんな湯の風呂に入るところを、彼だけは消し炭の風呂にでも入ったかのようだ。男は片手を伸ばし、無作法にも私の腹を叩いて言った。「丸ひと月早い、サンタクロースのお出ましだ！」

「やめてくれないか」私は男の薄汚い手を払いのけた。ところが、さらなる抗議の言葉を発しないうちに、酒場のあちこちから大声が噴出した。

「そりはどこにあるんだい、サンタさんよ？」

「サンタのくせに、なんで赤い服じゃねえんだよ？」

鉱夫、〝ラバ追い〟、のらくら者、さらに粗野な男どもと付き合う淫らな女たちまで——その場にいる全員が私を野次り、あざけり笑っていた。

やかましい騒動から逃れようとしてきびすを返しかけたとき、ほんの一瞬、あの若造の姿が目に留まった。私を冷ややかな目で見ている。突き放したような、それでいて心の奥底まで探りを入れるような、一座の仲間たちをひどく不安にさせる例のあの視線でだ。だが間違いなく、あの下劣な若造は微笑んですらいた。

役者の特権を使い、自分を実際以上に引き立てる退場のせりふ（「お前たちのような無礼者には、炭のかたまりをくれてやる。その汚い面《つら》は、すでに炭にまみれているようだがな！」）をでっちあげながら、私はさっそくその出来事をササノフに報告した。

「あいつはいちばん下っ端の何でも屋で、ごろつき連中と付き合っている……それでもまだ、おれたちよりも上等だとうぬぼれていやがる」ササノフは陰鬱そうにつぶやいた。「もっと早く追い払っておくべきだった」

「そうですとも」私は言った。「そうするべきでした」

ササノフは私をにらみつけた——それがまた、実にうまいにらみかただった。背丈こそ育ちすぎたリスよりもわずかに高い程度だが、彼は間違いなく、当世の偉大なるリチャード三世（異様に背が低かったとされる）のひとりだ。

もちろんリチャードならば、あの若造のごとき横柄ならならず者にササノフほどの情けを掛けたはずはなく、ほかのことでは短気な座長がなぜ、あの生意気な態度を容認しているのかは、一座の中で大きな憶測を呼んだ。巡業が始まって間もないころに起きたある出来事と関係があるのだといううわさが立っていた——若造が、鋭い頭脳とそれに輪をかけて鋭い舌鋒《ぜっぽう》で、ササノフを窮地から救ったのだ。理由は何であれ、一座の中でササノフから最も信頼されているこの私でさえ、真実を知らされていなかった。

「ああ、しかし……お前たちも油断しないほうがいいぞ」ササノフは、今度は私をどなりつけた。

「おれはむしゃくしゃして、一座を丸ごと首にしたいくらいなんだ——おれ自身も含めてな！」

私は彼の荒れ狂う心を甘く優しい（偽りの）笑い声でなだめると、お互いに楽しめる話に話題を変えた。最新のブロードサイド（片面刷りの印刷物）にあった、ルイス・H——の愛情を巡って展開中の、キャサリン・P——とトマス・B——の争いの話だ。

［B――の遺産相続人の要望により、ここにあった短い一節は削除した。――S・B・H］

私が愛を巡る愚行の話を聞かせたおかげで、ササノフの気持ちもだいぶ晴れたらしい。それもちょうどいい頃合に。ホラス・テイバーとその妻が、ホテルのちっぽけな舞踏室で、一座のために歓迎会を開いてくれることになっていたからだ。後援者である彼に、たっぷりごますりをしてやらなければならなかった。

私が見たところ、テイバー本人は理想的なアメリカ人の典型、すなわち〝叩き上げ〟の男だった。嘆かわしいことに、彼は卑俗この上ないやり方で身を立て、その出世には、金の亡者という素地にいくらかまぐれも上乗せされていたように思える。それでもとにかく、彼は叩き上げの男である。神はきっと、そのような賛美をお認めにならないだろう。

私たちを歓迎してくれ――そしてテイバーの気の抜けたシャンパンを飲むことになった――町のほかの有名人たちについては、ひどい服装とお粗末な礼儀作法ゆえに〝有名〟である点を除き、特筆すべきことはない。

しかし、私が無教養な人々を楽しませられなかったなどとは言わせない。私は例によって、みんなに気に入られた。ササノフは、夜会の場ではいつもそうするように、主催者（と金）から片時も離れず、私もときどき、会話にもう少し活気があってもよさそうだと思えたときに、さっと話に加わった。そういうことは頻繁にあった。テイバーは、話が商売のことから大幅にそれると、ぽつんと取り残されて当惑するたぐいの男だったが、彼の妻のほうは……はて、あまりに印象が薄く、ずいぶん時間がたった今では何も思い出せない。実際、彼女と話している最中にさえ、その存在を覚えているのがやっとだった。

テイバー夫妻に、私の役どころであるコミカルなサー・トービー・ベルチをさわりだけ演じてみせ、いかにも年老いた無頼漢らしく交互に喝采を上げたり熱弁をふるったりしていたとき、ササノフが私の背後にある何かをにらみつけているのに気づいた。ちらりと振り返ってみると、丸一時間も遅れて悠々と入ってくるあの若造の姿が見えた。

普通は、主役兼座長と脇役が人前で口論するのを思いとどまるだけの礼儀を――あるいは最低限でも利己心を――人は期待するものだ。ところが（これまでの章で余すところなく記述したように）、ササノフと若造は、顔を合わせるたびにいつも同じ退屈な話題で衝突した。

つまり、演技についてだ。一座の誰もが知っているように、若造はたとえ自分が取るに足りない存在であっても、正しい演技方法に関する愚かな思想を吹聴するのをやめようとしなかった。ロンドンを発ってしばらくたったころ、彼は（いい演技にとって）必ず命取りになる〝自然主義《ナチュラリズム》〟という病に感染したらしく、しだいに、真実は〝紋切り型の大言壮語〟（彼の表現で、私のではない）を避け、現実に即して細部に目を配ることを求める、と主張するようになった。ササノフは（本気で頭にきたときには私も）当然ながら、観客は真実などさほど気にかけてはいないと反論した。客が熱望するのは大きく誇張《ビッグ》されたもの――登場人物も、感情も、笑いも、涙もだ。小ぢんまり《スモール》とした芝居を選ぶ役者は、同時に満席ではなく空席だらけの劇場をも選ぶことになる。それに対して若造は必ず、自分は金儲けのために芝居の勉強を始めたわけではないと答える。すると決まって、それはよかったと皮肉を言われ、そんなやり方では一文無しになるのが落ちだと切り返されるのだった。

これが何度も何度も繰り返され、同じやりとりをまた聞かされるのは、ほとほといやだった。ところが悲しいかな、ササノフはほじくり返さずにはいられなかった――そして、その最初のひと堀りから、まもなくとてつもなく深い穴へと発展したのである。

「どうやら」彼は若造に言った。「せりふの勉強をしていて時を忘れてしまったらしいな」

若造は引きつった笑みを返し、〝図星〟とばかりにうなずいた。

「遅くなって申しわけありません」彼はテイバー夫妻に向かって言った。「この魅力的な町をあちこち探索しているうちに、本当に時を忘れてしまったのです」

私はかろうじて、目をむくのをこらえたが、テイバー夫妻は（アメリカの至るところでお目にかかる、例のいわれのない郷土自慢病を患っているらしく）にっこりと笑って甘い声を出し、その場で若造を受け入れた。

「かまわんよ！」とテイバー。「このあたりには、見て回る場所もすることもいっぱいありすぎて、夢中になってしまうのはよくわかる」

「正直言って、みんなが時間どおりに来るんでびっくりしたわ」夫人は、あだっぽい軽口のつもりらしく、そうつけ加えた。「役者さんって、いつもドラマチックに登場するものなんじゃないの？」

「それは花形だけです」私は鼻を鳴らし、非難の気持ちをこめて言った。

だが、テイバー夫妻はばかみたいに笑っているばかりで、私のとげのある言葉は、彼らの低俗な分厚い頭蓋骨を突き通すことができなかった。

テイバー氏は、ササノフのほうを向いて言った。

「この若い友人は、初公演の晩にはどんな役を演じるのかな？」

ササノフはしぶしぶ正式に紹介し、見下すように、若造は「下っ端の何でも屋」のひとりだと言った。

「つまり、ミスター・ササノフは」と若造。「あなたがたは、いろいろな役に扮したぼくの姿を見ることになると言ったのです。しかし、ぼくの声を聞くことはほとんどありません。ほんの端役ばかりですから」

「まあ、残念だこと」テイバー夫人は作り笑いをした。「こんなにハンサムなお兄さんなんだから、さぞかし声も――」

「顔が良くて背が高いだけでは、役者にはなれないのです」ササノフはそう豪語し、めいっぱい背伸びをして見せた……そうすると、背丈が若造の胸と同じくらいの高さになった。もちろん、夫人は若造の身長のことなどひとことも言っていないのだが、気の毒なササノフは、文字どおり、自分とほかの役者たちの背丈を比べずにはいられないのだ。彼が私に対して寛容な理由のひとつは、そこにあると思う。私は横幅では彼の五倍もあるが、つま先から頭のてっぺんまでの高さは、彼とほぼ同じだった。

「本当にいい役者は、態度が、風格が違う」ササノフは続けた。「ゴリアテ（旧約聖書に登場する、ダビデ少年に倒された巨人兵士）だって、もし図体が大きくなければ出る幕はなかったでしょう」

「そうですとも！」私は口をはさんだ。「だからあんなふうに、小さなダビデに人気をさらわれてしまったではありませんか！」

危うい状況を打開しようとした私の気のきいた言葉は――そして即座に話題を変えようとしていたもくろみも――ばかなテイバーが話を蒸し返したせいで無駄になってしまった。

「お若いの」彼は若造に言った。「ここでミスター・ササノフからしっかり学べば、きみもいつかきっと彼のような主役俳優になれるぞ」

「とんでもない、そうはなりたくありません」と若造は答えた。そのあと、今のは言い過ぎだったと——正確に——感じ取ったらしく、くすくすと忍び笑いをして、厚かましい態度の釈明をしようとした。「ぼくは、端役のほうが好きだと気づいたんです、ミスター・テイバー。人間の身の丈に合った役です。ぼくが演劇に惹かれたのは、人間はなぜ、どのようにふるまうのか《アクト》——つまり、行動するのかということですが——それをもっとよく理解したかったからです。巧みな策略の陰にある真実を見出したかったのです。残念ながら、スポットライトで目がくらんでいるうちは、真実を見極めるのはほぼ無理だと気づきました。ですから、重要な役から外れて、それを熱望する者たちの立場に立ててうれしいのです。実際、舞台の袖からのほうが、隠れた真実がよく見えるはずです」

そもそも言葉のとげをやわらげようと語りはじめたのだが、かえって傷口に塩を塗り込んでしまったことに、若造自身も気づいたらしい。

「失礼しました」彼はテイバー夫妻に言い、また自嘲的にふっと笑った。「〝下っ端の何でも屋〟のたわごとを聞きにここへいらしたわけじゃありませんでしたね。ためになる話なら、ここにいるもっと地位の高い仲間たちからお聞きになってください。演技と劇作法に関しては、彼らは非常に知識が豊富ですから」

そう言うと、彼はその場を離れ、軽食の載ったテーブルのほうへ退散したが、そこは健全な人間が求める逃げ場にはならなかったに違いない。

［致命的に食用に適さないと思われる〝食の僻地《へきち》〟に関する記述を、五百語分ほど削除した。——S・B・H］

ともかく、『リア王』の芝居を観て呆然《ぼうぜん》としている二頭のヒツジのような表情で、テイバー夫妻は死を招く料理へ向かって歩く若造を見つめていた。二人は自分たちの目の前で何かが起こっていると感じたのかもしれないが、それが何であるかを認識する能力には欠けていた。

それにひきかえ、ササノフの表情はヒツジどころかまるでオオカミで、今に歯をむいて唸り出すのではないかと、私は不安になった。

「ところで」私は切り出した。「今ごろの季節はいつも、こんなに猛烈に寒いのですか？ こちらの風景は美しい——実に美しい——けれども、景色を愛《め》でようと立ち止まるたびに、凍傷になってしまいそうです」

予想どおり、テイバー夫妻はこれに対して、コロラドの春の比類なきすばらしさについて、ほとばしる小川のごとくまくしたてた。こうした場面では毎度のことながら、芝居の腕が非常に役立ち、私はさも心を奪われたように見せることができた。だが実際には、雪解け水が小川となって流れ、五月の黄金の朝日にキラキラと輝き……という最初のくだりのあとは、ひとことも聞いていなかった。

一方、ササノフの演技のほうは、それほどもっともらしくはなかった。うなずいたり、もどかしげに「ふーん」、「そうですか」といった相槌《あいづち》を適当に打ちながら、険しい目でずっと若造をにらみつけていた。最初にチャンスが訪れると、彼は口実を見つけて主催者のもとを離れ、〝舞踏室〟（正確を期すため、普通の舞踏会はおろか、パ・ド・ドゥ（二人の舞踏）に充分な広さすらなかったことを報告しておくべきだろう）の静かな一角へ私を引っぱっていった。

「あの素人野郎の侮辱には、もう我慢がならん」ササノフがあごで指すほうを見ると、若造は荒っぽい風貌の、噛みかけのオードブルでシマリスのように頬を膨らませた男——聞いたところでは、地元の警官のようなものらしい――とおしゃべりを始め、それを楽しんですらいるようすだった。「そろそろ、あの野郎に思い知らせてやるか。どう思う?」

「それがいいと思いますし、もう何週間も前からそうすべきだと言ってきたじゃありませんか。やっとあの傲慢な若造をクビにする気になったんですね?」

ササノフは、せせら笑うような狡猾《こうかつ》な表情を浮かべ、『十二夜』のせりふで答えた。

「あの恥知らずの悪党に赤っ恥をかかせてやれたならば、うれしいとは思わぬか?」(第二幕、第五場の冒頭)

私もエイヴォンの詩人《バード》の言葉で答えた。

「狂喜乱舞いたします」(第二幕、第五場の冒頭)

「なら、そうしようじゃないか……」

それからササノフは、たった十分間で考え出したとはとうてい信じられないほど巧妙な計画について説明した。だが私には、彼がその場で考えたのだとわかっていた。若造がやってくる少し前にホラス・テイバーが話してくれた逸話から着想を得た計画だったからだ。

私にはひとつだけ気がかりなことがあった。役者ならば誰もが真っ先に考えること、つまり自分の役割の大きさだ。

「その計画で、私はどんな役割を果たすんです?」

「ああ、いちばん大事な役割だ」とササノフは言った。「観客さ。どんなにすばらしい演技も――どんなにひどい辱めも――見てくれる人が誰もいないのではどうにもならんだろう?」

私はササノフに、わが図体が許すかぎり深々とおじぎをした。

「なんと知恵の回るお方、仰せのとおりにいたしましょう」(第二幕、第五場の最後)

「なら、これで決まりだ。ここでは誰が一流の役者なのか、この際はっきりさせてやらないとな」

ササノフはにやりと笑い、また『十二夜』のせりふを引用した。「あいつを徹底的にかついでやろうじゃありませんか？」（第二幕、第五場の冒頭）

翌日の午前中、まだ完成していないオペラハウスで、私たちは衣装を着けての最初の本稽古に臨んだが、何もかもが惨憺たるありさまだった。

［座員たちの演技や個人的な欠点に対する批評、「劇場と言い繕われつつある、すきま風の入る牛舎」への不満、さらに「釘打ちよりも芸術に精を出した」せいで仕事に専念できない「不器用な職人たち」への批判など、稽古にまつわる冗長な記述は省略する。――S・B・H］

結局、ササノフは稽古をしても無駄だと気づき、その日は座員を全員解散させた。彼はどこかよそよそしく、うわのそらだったが、その理由を知っているのは私ひとりだった。

若造はたちまち姿を消し、私も彼を探しに意を決してふたたび町へ出掛けた。彼はいかがわしい小さな穴倉のような店にいたが、信じがたいことに、そこは前日に彼を見かけた酒場以上に邪悪な場所だった。腐りかけた床板さえなく、店の床は土にたっぷりおがくずを敷いただけで、水たまりのようなものもできていたが、私はあまりしげしげと見ないようにしていた。常連客たちもまた、同じような気持ちにさせる連中だったので、彼らの無愛想で疑り深げな視線を避け、足元の不快な水たまりから目をそむけると、天井ばかり見ながら店内を歩かなければならなかった。残忍な悪党のビールにぶつかって〝銃撃戦〟を勃発させることなく若造の隣に来られたのは、奇跡だと思う。

「ここに来てもいいかな？」私は訊いた。

若造はひとりで角のテーブルにつき、今にも壊れそうな反った板壁に背中をあずけていた。両側の席が空いているが、これまでの関係からして、彼がどちらかの席を使わせてくれる保証はなかった。

「そうしたければ」彼は、親しみというよりもむしろ好奇心からそう答えた。「でもその前に、飲み物の件で向こうにいるミスター・ロネガンに会いにいったほうがいい」彼は、バーの中にいる、しかめっ面をした悪辣《あくらつ》そうな老人のほうを、それから自分の前のテーブルに置かれたビールをあごで指した。「言ってみれば、入場料だ」

私は若造に言われたとおり、泡ばかりのビールを一杯買い（ポートワインはあるかと訊ねるのは賢明でないと思った）、彼のテーブルに戻って席についた。私の椅子は――厚紙と古い焚きつけでできているかに見える――体の下で不安になるほどキーキーと音をたてたが、しばらく抵抗したあと、どうやら私の太った体を受け入れることにしたらしい。

それを祝ってビールをひと口すると……味が脳に達した瞬間、めでたさはギーと音をたてて停止した。飲み込むだけではなく、飲み込んだままにしておくのに、とてつもない努力を要した。

「それはスチームビールと呼ばれるものでね」と若造は言った。「ひどい味でしょう？」

私はグラスをテーブルに置き、鼻先からいちばん遠い角まで押しやった。気づくのが遅すぎたが、その酒はサワーミルクの香りがした。

「初めに言ってくれればよかったじゃないか」と私。

「そしてみんなの楽しみを台無しにしろと？」

顔を上げると、穴倉にいるほかの客たちが、私の災難に大喜びしてくすくすと笑っていた。紳士の威厳が攻撃されるさまを見るのは、彼らにとって娯楽の極地なのだ。

「なぜこんな薄汚い場所に足しげく通っているんだ？」私は若造に小声で訊いた。

「ぼくが演劇を始めたのと同じ理由ですよ――まわりの人間をもっとよく理解したいという、単純な欲望からです。あえて言えば、十軒の劇場よりもたった一軒の酒場のほうが、たいていは多くを学べますからね」

「本当か？　こんな連中が、きみを熱心に教育してくれるとは思えないが。実際、きみがまだどこかの悪党にひどい目に遭わされていないのが不思議なくらいだ」

　若造は自分のビールを手に取って中をのぞき込み、化学実験が失敗に終わったかのように、気の抜けた黄色い水を、目をこらしてじっと見つめている。

「ああ、何人かはそうしてくれましたよ」彼は淡々とした口調で言った。「ご存じのとおり、ぼくは本物の大学へも行きました。そこで学んだことで最も役に立っているのは、ボクシングです」

　部屋のあちこちにいる野獣のような男たちが数人、まだこちらを見ていた。若造はビールを持ち上げて彼らに会釈すると、のどを鳴らしてぐーっと飲んだ。吐き出さずにどうにかすべて飲み干すと、薄汚い観客たちは下品な笑い声を上げながら、それぞれ本来の用事（どうせろくなものではない）に戻った。

「で？」と若造は言い、空っぽになった自分のグラスを私のグラスの横に置いた。「ぼくと話したいんですか？」

「ただ話すだけじゃない」と私は答えた。「きみに警告しておきたい。ササノフのことと、きみがいつまでも彼に反抗している件だ。気づいていないと思うが、いつクビになってもおかしくない状況なんだぞ」

　若造は平然とした顔で肩をすくめた。

「気づいていないと思いますが、ぼくのほうもいつ退職予告を出してもおかしくない状況なんですよ」

「こんな辺鄙な荒野に取り残されるのが、怖くないのか？」

「怖がっているように見えますか？」若造は自分で自分の問いに答えるように、のんきに笑って見せた。「英国を離れ、新しい土地、新しい人々――そして新しい危険を探し求めた。おかげで、ものの見方ががらりと変わりました。張り出し舞台の反対側から芝居を観るために、舞台から降りる役者のようなものです。以前は、ぼくが知っていたのはほんの小さな登場口と退場口、それに自分の目印だけでした。しかし、今はもっとずっと多くのことが見えています。舞台全体、劇場全体。そして世界全体が」

私はわけのわからないことをしゃべりまくる若造にうなずきながら、その間ずっと、彼はばかだと考えていた。世界全体が舞台なのは言うまでもないが、本物の役者にとっては、逆もまた真であり、舞台が全世界なのだ。その舞台の中央――それこそが、役者がいるべき唯一の場所なのである。

「ああ、なるほど……きみの言いたいことはわかる」私は口から出まかせを言った。「だが、わからないかな――？」

「あんたたちは英国人かい？」不意にしわがれ声が割り込んできた。

気づかないうちに、いつの間にかわれわれのテーブルのわきに、浮浪者が立っていた。猫背で、髪は乱れ、黄ばんだ頰の傷がもじゃもじゃした黒いあごひげの中へと走っている。よく陽焼けした肌に深いしわ、そばめた左目はずっと横を向き、右目は不気味に突き出している。服もゆがんで見える――だぼっとしたズボンはぼろぼろの縄で締めてあり、肺病の子供にもきついぐらいの小さな上着はひじがすり切れていて、つば広の帽子はへなへなで汚れ、雑役婦の古雑巾で縫ったのかと思うほど形が崩れていた。

「ああ」私はそいつに言った。「英国人だ」

「うっへぇ《コー・ブライミー》！」その汚らしい生き物は、まぎれもないロンドン訛り《コクニー》で歓喜の声をあげた。「今日は運がいいらしいぜ！　来たばっかかい、そうだろ？」

「そのとおりだ」私は言った。「役者だよ――マイケル・ササノフの一座の。テイバー・オペラハウスで芝居をやる……とにかくすごい芝居になるはずだ」

「あなたは？」若造が訊いた。「あなたもロンドンから来たんですか？」

「どっからだっていいさ、だんな」のろくさい小柄な男は、ひとつだけあいている椅子の背に、ふしくれだった指をかけた。「座っても？」

「ええと……」私は言いかけた。

しなびた男は私の隣に落ち着いてしまった。

「〝グッドフェロー〟って呼んでくれ」男は盗み見るような目つきであちこちをながめた。「そんな名で生まれたわけじゃないが、今はそれで事足りる」

「初めまして、ミスター・グッドフェロー」若造はそう言ってバーカウンターに目をやり、指を一本立てた。

グッドフェローはふたたび跳ねるように立ち上がり、怒りをあらわにした。

「何か合図したな、ええ？　罠か？　何てぇ災難だ！　話ができすぎてると思った――」

「誤解ですよ、ミスター・グッドフェロー」若造はなだめるように言った。「酒を注文したんです」

グッドフェローは振り返ってロネガンをじっと見た――黄褐色のスチームビールをグラスに注

いでいるところで、泡があふれている。

「ああ。すまんな、だんな」グッドフェローはまた座った。「ここにいると落ち着かなくてな。事情があってさ」

ロネガンがやってくると、グッドフェローは黙り込んだ。ロネガンが目の前にグラスをどんと置くと、中身の半分ぐらいが跳ね上がってこぼれた（スチームビールに家具掃除以外の有益な使い道があるかどうかは知らないが）。酒場の主人が足を踏みならして去っていくと、グッドフェローはわれわれのほうに身を乗り出し、低い、しわがれた小声で話を続けた。

「助けがいるんで、だんながた……そっちにも悪い話じゃないですぜ」

「話を聞いてなかったらしいな」私は断固として言った。「われわれは役者だ。慈善の金でも欲しいなら、教会に行ったほうがいい」

「慈善など頼んでないやね！」グッドフェローが言い返してきた。「本当の話、いい金になんのはあんたがたのほうだ――かなりのな――ちゃんとやることをやってくれりゃあだが」

「私の疑い深さはご容赦願いたいんだが」私は鼻で笑った。「どう見ても、そちらが『いい金』を手に入れられるご身分とは思えないね」

「おれが手を出せない金だからだよ」グッドフェローがさらにテーブルに身を乗り出すと、猫背の隆起がせり上がり、まるであごひげを生やした巨大なマッシュルームみたいだった。「だが、あんたがたなら手に入れられる」

「ミスター・グッドフェローには話したいことがおありのようだ」若造は私に言った。「話させてみようじゃないですか」

私はわざとらしく咳払いをし、椅子に寄りかかった――椅子のきしむ音があまりに大きくて、粉々に砕けるかと思った。幸い椅子はそのまままもちこたえ、グッドフェローもそのまま話を続けた。

これまでの人生にわたり「神の創りし緑の地上をほっつきまわった」というグッドフェローは、謀議をささやくような声で、自分がコロラドで探鉱者として成功しようとしていたことを打ち明けた。だが、彼が掘り当てた鉱脈は金《きん》ではなく石炭で、まもなく資金は尽きた。それでも最終的には銀を探す仕事に落ち着いた――他人の銀ではあったが。つまり、ホレス・テイバーのマッチレス鉱山で見張りの仕事に就いたのだった。ある日、加工されたばかりの銀を山から町へと運ぼうとしているとき、グッドフェローと見張り仲間の三人は強盗に襲われた。双方どちらにも虐殺が起き、終わったときに生き残っていたのはグッドフェローだけ――それもかろうじてのことだった。

背中を撃たれ、顔を切られたグッドフェローは、荷車に崩れ落ちて助けを待っているあいだ、こんな控えめな職に就いてさえこんなことが起きるのなら、自分の将来には何が待っているのだろうと考えていた。答えは出なかった。不自由な体になることはまぬがれるかもしれないが、神経が損なわれて治りようがないことはわかっていた。銃も撃てないし、働くこともできない。餓死するぐらいしかない――こんなに近くに大量の銀があるのに、実に皮肉な話だ。すでに大金持ちのホレス・テイバーなら惜しいとも思わないような宝のために、自分のすべてを捧げるなんて。

そのときグッドフェローは、この状況下で何をすべきかに気がついた。実際の強盗が何人組だったかを知っているのは自分だけだ。人数を多く言えば――自分が血を流して横たわり、死んだふりをしているあいだに、生き残った〝ならず者〟が銀を盗んで逃げたと言えば――誰が異論を唱えられる？　痛めつけられて流血した身に、急に希望が見えてきた。

グッドフェローは、小箱がひとつ入るぐらいの穴をどうにか掘った。そこに数本の純銀の延べ棒を入れ、最後の力を振りしぼって土や石ころで覆った。かろうじてそこまでして、戦利品を埋めた場所から二十歩も離れていない場所で、彼は気を失った。

翌日目覚めたときにわかったことは、自分たちを襲ったのが、マイク、アイク、スパイク、ダドリーの四人からなる、悪名高いウィーラン兄弟だったということだ。四人全員の死体が発見され、過去にほかの強盗団と組んだ経歴もなかった。銀はどこへ消えたんだ？　グッドフェローはそう訊かれた。

自分の計画にしがみつくしかなかった彼は、五人めの強盗をでっちあげた――馬に銀を積み込んで逃げた、謎めいたインディアンがいたと。話をした鉱山の職員や保安官は懐疑的で、最終的にはホレス・テイバー本人がベッド脇まで話を訊きにきた……そしてまったく信じなかった。

グッドフェローの回復は遅く、痛みを伴うもので、完全に治ることはなかった（そう話しながら、彼は自分の隆起した背中を叩いた）。ようやくよくなったとき、彼が失ったのは、若々しい活力だけではなかった。仕事もだ。マッチレス鉱山から解雇され、レッドヴィルに長くいすわらないほうがいいとほのめかされた。信じてもらえなかったのだ。監視も受けるだろう。

六カ月ここを離れて何とか生活しながら、あごひげを伸ばし、顔を風雨にさらして容貌も変え、銀のことを夢見た。戻ってきたのは今朝のことで、ラバを借り、年老いた鉱夫のふりをして山道を上がっていくつもりでいた。だが、まもなく気づいたのは、自分の体型までは隠せないということだった。目だってしまい、鉱山の見張り人に声をかけられてしまうだろう。きっと最後通牒をつきつけられるだけだ。陽が落ちるまでに町を立ち去らなければ、その背中のこぶを治してやる……棍棒《こんぼう》で、と。

そんなふうにして希望を失ったグッドフェローは、ここへ来て、酒を飲んで悲しみに溺れ、ささやかな宝物をあきらめて、静かに死のうと考えた。そして、二人の同郷人の話し声を聞いたというわけだ。レッドヴィルに来たばかりの連中。自由に〝演じる〟ことのできる男たち。

「われわれのことか?」私はあざけるように言った。「何をさせる気だ?」

「むろん、略奪品を手に入れてほしいんだよ」グッドフェローは小声で言った。「鉱山の道からもすぐの場所だ、ここから一マイルぐらいだよ。だけど、おれなら一マイルも行けずにつかまっちまう。あの道にいるところを見られたらすぐにでも……」彼はぼさぼさ頭をゆっくり陰鬱に振った。「だけど旅行者なら合法的に行けるよな? 誰も疑わない。いいかい、すぐにって話じゃない――これから午後の貨物が入ってくるし、誰が道に来ようと、見張りの連中が手ぐすねを引いて待ってる。でも、そうだな……四時以降なら平気だと思うぞ。何も心配はいらねえよ」

「それで、こっちがやると言ったとして、あんたの略奪品をどうやって見つけろって言うんだ?」私は訊いた。「ただ道の脇にある落ち葉の中に埋めてきたってわけじゃないんだろう?」

グッドフェローの目がきらりと光った――細めた目ではあったが、巧みな演出であることは認めざるを得なかった。

「地図がある」グッドフェローは単調なものものしい口調で言った。「体がよくなってから記憶を頼りに描いて、誰にも見られないように隠しておいた。記憶がごちゃごちゃしてくる前にね。その地図がその場所へ連れていってくれる」

若造はしばらく何も言わず、私はそちらにまっすぐ向き直った。彼は催眠術にでもかかったようにグッドフェローをじっと見つめている。

いや――それは正しい表現じゃない。ぼんやりしてるとか、眠そうとかいう表情には見えなかった。どちらかと言えば、魅了された表情だった。

彼の瞳に、興奮、興味、そして危険なものへのスリルが輝いていた。この男もいかがわしい場所に出入りしてはいるものの、せいぜい側溝でもがく下層民を見ている程度だろう。そして今、彼は堕落への誘いを受けており、そのことに興奮を感じている。

「もちろんきみは」私は若造に言った。「関わり合いになったりしないよな、こういう話に……つまり……こんな……」

「さもしいことに？　危ないことに？　無鉄砲なことに？」若造は軽く肩をすくめ、人の心配をあっさりしりぞけた。「好奇心をそそられるな」

そして金銭欲もそそられている。

「助けた場合の報酬は？」若造は訊ねた。

グッドフェローは自分のあごひげをなで、目をぐるっと回した。

「延べ棒一本」彼は言った。「駆け引きする気なら言っとくが、しゃれた格好で英国に戻るには充分な報酬だってことは考えてほしいし、払うのはおれで――」

「いいよ」若造は言った。「今、地図は持っているのか？」

「ようし！　この酒場に来たのは正解だったらしいな！」グッドフェローは大喜びで、しばらく汚らしい上着の内側を探り……そして手を止め、用心深い顔つきになった。「ちょっと待った。そっちがおれの銀を持ち逃げしないとはかぎらないよな？」

若造は涼しげに相手の顔をながめていた。

「ぼくの言葉は信じていい。人をだましたことなんかないさ」

「『ぼくの言葉』だとさ。ハ！　地図を渡す前に、約束以上の何かが欲しいね。なあ、あんたはお宝を全部持って逃げられるんだぜ、おれにむかっ腹以外の何にも残さないでな！　だめだ、だめだ……保証ってやつがいる。あんたを信じていい保証だよ」

「どんな保証が欲しいっていうんだ？」若造が訊ねた。

グッドフェローは上から下まで若造をながめ、それからごつごつした指を上げて、若造のベストのポケットから垂れている時計の鎖をさした。

「その時計はどうだ」

「父にもらったものなんだが」

「ちゃんと返すさ……銀を引き渡してくれたらな」

若造は、気が進まないながらもゆっくりと金の懐中時計を引き出し、テーブルの上に置いた。

「賢いあんちゃんだ」グッドフェローは、こっそりと左右をながめてから巻紙を取り出して、粗雑に描かれた地図が見えるまでテーブルの上に広げた。

若造はテーブルからさっと地図を取った。

グッドフェローは時計を上着のポケットに滑り込ませた。

「あんたたちはクラレンドン・ホテルにいるのか？」グッドフェローが訊ねた。

若造はうなずいた。

「わかった、じゃあ」グッドフェローは言った。「今夜九時、ホテルの裏で山分けしよう。それまでおれは隠れてたほうがいいからな」

グッドフェローはテーブルを押しやって立ち上がったが、そこを離れる前に足を止めた。

「あんたと仕事できてうれしいよ、だんな」彼はそう言い、飛び出しそうな大きな右目で若造にウインクした。

「そこまで身を落とそうとは、信じられんな」猫背が足を引きずって遠ざかるのを見ながら、私は若造に言った。

いつものように、私の非難は傲慢な若造をひどく面白がらせたようだった。

「ぼくだって信じられないですよ」若造は微笑した。「でもまあ……行くべきだろうと思うし。ただ、一時間かそこらは待たなくちゃな。そのあいだに準備しておくこともある」彼は自分の黒いフロックコートの袖を引っぱった。「探検に出るような格好じゃないですよ。クラレンドンに戻りませんか?」

「ひとりで行きたまえ」私は言った。「ここで誰かと飲んでるほうがましだ」

私の不機嫌な態度も若造をますます喜ばせただけで、彼は意気揚々とスキップのような足どりで出口に向かい、今にも口笛まで聞こえてきそうだった。

私はひとりでそこに座り、酒場の主人やほかの常連客の奇妙な(そして敵意ある)視線を遠ざけておくために、スチームビールを飲んでいるふりをしていた。が、少しすると、また飲み仲間になってくれる人間が現われた。猫背の人影が戸口から入ってきて、じりじりとこっちにやってきたのだ。

相手はまた隣に座り、私は拍手で迎えた。

「ブラヴォー。みごとな演技でしたよ」

相手は控えめに肩をすくめた。

「ものわかりのいい観客がいてくれたからね」ササノフは言った。つまり、もうとうにおわかりだろうが、ササノフとグッドフェローは同一人物だったのだ。「あいつは冒険したくてたまらないやつなんだよ。おれがネルソン提督だと名乗ったって信じたと思うね。さて……正しい寒さ対策でもしようじゃないか」

私はもちろん「ええ」と答えた。まもなくわれわれは、ミスター・ロネガンが手元に置いていた、びっくりするほど効き目の強いウィスキーで体をあたためた。が、やがてササノフはグラスを飲みほし、立ち上がった。

「来い」彼は言った。「大団円に向けて、すべての準備を整えなきゃならん」

私はササノフのあとについて、さっさと酒場を出た。ササノフがとどめの一撃を食らわせるところを、ぜひ自分の目で見たかった。その一撃は外で食らわすことになるが、できれば私は、扉を閉ざした安全な場所にとどまっておきたかった……願わくば燃えさかる暖炉のそばで、ポートワインのグラスでも手にして。

だが、ササノフの観客になることを断るわけにもいかず、われわれはすぐに鉱山への道を急いでのぼっていった。その姿はたいした見ものだっただろう。リチャード三世とフォルスタッフが肩を並べ、息を切らし、空気の薄い極寒の山を走っているのだから。ササノフは若造よりもずっと早く到着できるだけの時間を見込んでいたものの――「午後の貨物」という警告はそのためだ――それでも迅速な強行軍を主張したため、私の背中は汗にまみれ、立ち止まるとすぐつららができた。

さらに悪いことに、ササノフが選んだ隠れ場所に行くには、棘《とげ》だらけのいばらの茂みの中を這いつくばって進まなければならなかった。当然ながら、私のような体型の人間には簡単なことではなく、茂みのいちばん密生したところへ身をねじ込まなければならず、いばらの小枝が私の上着（と私のプライド）を傷つけた。ササノフのほうも、分厚いやぶの中で偽あごひげが取れそうになり、それでも何とか茂みを振りほどいて、ひげも無傷で済んだ。いっそ変装はやめたらどうかと私は言ったが、ササノフは、少しは気取るぐらいの気持ちを持てと私を非難した（そんな非難を浴びせられたのは初めてだ！）。ドラマチックに正体をあらわしてやるんだよ、と彼は言い張った。それが何よりも大事じゃないか、と。

たどりつくにはかなりの労力は要したものの、その隠れ場所にようやく落ち着いてみると、ササノフがどうしてここを選んだかよくわかった。まるで特等席から見る舞台のように、岩の多いくぼ地全体が見おろせる。そこでこれから、この茶番劇の最終幕が始まるのだ。

われわれのいる場所から四十フィートばかりの位置に、今朝ササノフが自分で積んだ石ころの小山がある。その下に埋まっているのは錠のついたぼろぼろの小箱で、少し前までは、私自身のちょっとした宝物、すなわち私の新聞記事の切り抜きが入っていた箱だ。ササノフから計画の概略を聞いたとき、私が進んで提供したものだ。今その箱には、一枚の紙切れだけが入っていて、そこにはこんな言葉が殴り書きしてある。

『おまえはクビだ！　――M・S』

計画はこうだ。若造を待つ。彼が箱を発掘するのを見守る。中身を見てうろたえるところを見物する。そこで立ち上がって、われわれがいることを知らせてやる。〝ミスター・グッドフェロー〟の正体を明かしてやる。ほくそ笑んでやる。そして立ち去る。

幕。

だが、われわれの小演目のファーストシーン――待つ場面――は、やけに長びいた。ササノフはおよそ十五分ごとに懐中時計を取り出し、むっつりとつぶやいた。「もう来るだろう……きっともう来る」ササノフが何度も見ている時計があの若造のものだということを指摘してやると、だいぶ気分がよくなったようだった。

寒さのせいで指にもつま先にも感覚がなくなりだしたちょうどそのころ、何かが道をやってくる物音が聞こえた。

「やっと来たぞ」ササノフが小声で言った。「ハエがクモの巣に飛び込んできた」

ようやく誰かが、われわれの眼下に見える空き地に入ってきた……口ひげがあり、がに股で、よれよれの丸いつばのついた帽子をかぶり、粗野な服を着て、泥跳ねのついた長靴を履いた男だった。

男の手には、今朝ササノフ自身が描いた地図があった——若造に渡したものだ。男の脇にぶら下がっているホルスターには、小型のカノン砲みたいなリヴォルヴァーが差してある。

「いったい誰だ——?」私はつぶやいた。

ササノフが、シッと言った。

男は、最初はゆっくりと歩き、視線を上げ下げし、地図から目の前の空き地へと目を走らせた。そして石ころの小山(当然ながら地図にはくっきりとバツ印がついている場所)をちらりと見ると、甲高い笑い声をたてて前進していった。小山にたどりつくと、小石をつかんで乱暴にわきへ放り投げはじめた。

ササノフのクモの巣は、どうやら違うハエをとらえてしまったようだ。そしてさらに、別の二匹までとらえようとしていた。

男は積み上がっている石ころを取りくずしながら、ちらっと顔を上げ、あちこちに目をやった。ばかみたいににやにやし、くすくすと笑ってはいるものの、そのようすは不安げで、半狂乱と言ってもいいほどだ。

やがてそのくすくす笑いがやみ、にやけた笑顔が消えた。

男がまっすぐにわれわれのほうを見た。

もちろんこっちのことは見えないはずだ、と私は自分に言い聞かせた。こちらは鬱蒼とした低木の中に低く身を屈めているし、午後の陽光はずいぶん前から灰色の夕暮れに変わりつつある。それでも男の視線は動かなかった。まるでピンスポットのようなまばゆい光に照らされたような気分だった。

「誰だ?」男が大声で言った。

われわれは黙っていた。

「いるのはわかってるんだぞ、おい!」男は怒鳴った。「白い息が見えてるぜ!」

男の右手が銃床の上で動く。

「勇気の大部分を占めるのは用心深さだ」というフォルスタッフのせりふを、私は舞台上でしょっちゅう言っている。その言葉を信じ、実践もしていて、舞台の外でもよく自分で言う。「逃げろ!」と。

しぼりだせる勇気など見つからなかった。奮いおこせる勇気など、私は持っていなかった。

私は立ち上がり、両手を高く上げた。

というより、そうしようとしただけだ。立ち上がろうとした私の体に、棘やつるが引っかかってきた。ようやくまっすぐに立ったとき、ササノフもわきで立ち上がっていて、その顔には引っかき傷がつき、あごひげにアザミがぽつぽつくっついている。

「ええと……道に戻るにはどっちへ行ったらいいかご存じかね?」ササノフは言った。「迷ったみたいなんだが」

「迷ったあげくに茂みを這いずってたってのか?」男はアメリカ訛りで吐き捨てるように言った。しわがれて、男のカイゼルひげと頰ひげのようにもさもさした声だ。「ハ！」

「いや、ただ探してただけなんだ、その……うちのプードルを」私は言った。「散歩させていたら革紐から抜け出してしまって、それで——」

「おりてこい」男はぴしゃりと言った。「早く」

ササノフと私は横に並んで、土を蹴り上げ、岩や腐った丸太の上でよろめきながら、険しい斜面をおりた。

「で」われわれが男の前にようやく並んだとき、相手が言った。「誰に雇われてんだ。テイバーか、それとも自分たちでやってんのか?」

「何の話だ」ササノフは言った。今や猫背というより、〝猫尻〟だ。背中のこぶが低い位置にずり落ちてしまい、背骨のつけ根に第三の尻のふくらみができている。

アメリカ人は腹だたしげに、ササノフのほうへ一歩踏み出した。

「おまえらは鉱山の警官か、それとも盗人か?」男は詰問した。

相手は背が高く、がに股だががたくましい体格で、ササノフと私は同時に身をすくめた。

「ど、ど、どっちでもないです」私は言った。「われわれは役者です」

アメリカ人は苦々しい笑い声をあげた。

「役者だって?　ほう、そういうことにしてやるよ！　大根役者だろうがな、それはよくわかるぜ」男はそう言って、突き出たあごを私に向けてさらに突き出した。「おまえのその紫色の屑——」さらに頭をササノフのほうに向ける。「——それとおまえにくっついたごみくずを見ればな。それでそんな気取った口をきくのか?　どうせピンカートンの連中だろ。消えた銀を探してるのか？　まあ、おめでとさんだ。銀を見つけたってわけだ。ただし持っては帰れないぜ。こいつはおれがもらう」

「あなたは状況がよくわかっておられないようだ」ササノフは堅苦しく背筋を伸ばし、偽のあごひげと三つ割れの尻を持つ男なりの威厳を見せようとした。

「あの……ちょっといいですか」私は口を挟んだ。気分の悪くなるような不快感が、みぞおちでふたたび渦を巻く。「その地図をどこで手に入れたんです？」

アメリカ人は私に向かい、まるでマルヴォーリオのように不機嫌そうに笑った。

「口出しするなと言いたいとこだが……教えてやるよ。おれがレッドヴィルからつけてった男から取り上げたのさ。そいつが正真正銘の宝の地図を持ってるって、町で噂になってたんだよ。だからそいつを小道でつかまえて……」男は銃床をぽんぽんと叩いた。「おれに引きわたすよう説得したのさ」

ササノフの顔は脂ぎったドーランが塗られているものの、顔色が青ざめていくのはわかった。ササノフの酒場での演技は巧すぎたようだ。だまされたのは若造だけではなかった――盗み聞きした連中も同じだったのだ。

「説得は……その、命にかかわるものだったんですか？」ササノフは訊ねた。

アメリカ人は肩をすくめた。

「それがわかるまで待ってたわけじゃないんでね。さてな、そっちも同じ説得を受けたくなきゃ――」男は二、三歩下がり、そばにある石ころの小山にうなずいて見せた。「掘ってもらおうか」

「でも――」私は言いかけた。

「掘れ！」アメリカ人は言い張った。

われわれは発掘を開始し、私の小箱が埋まっている浅い穴からひとつ残らず石ころをどけ、脇に転がしていった。盗まれた銀などないということを、よっぽど背後にいる山賊に話そうかとも思った。すべては、無駄口が多くて図々しい男を教育するのに必要な、でっちあげの策略だったということを。だが、この男はユーモアを理解するたちでもなさそうだ。何も知らないふりをして、男ががっかりするだけで終わることを祈るしかない。

もちろん、この男はそういうたちでもなさそうだったが。

「やったな」ササノフと私が地面から箱を持ち上げたとき、アメリカ人は小声でつぶやいた。「本当だったんだ。おれは大金持ちだ！」

「とはかぎりませんよ」私はこのあと来るはずの衝撃を和らげるべく言った。「中身が何かはわかりませんし」

「まったくです」ササノフも言った。「もう誰かが見つけてて、金庫だけ埋めなおしたのかも」

「誰がだ？」アメリカ人は声を荒らげた。「ひょっとして、おまえらか？」

「いいえ、違いますよ！　そうじゃなくて——」

「開けろ」

「でも——」

「開けろ！」

私はササノフにその名誉ある仕事を任せ、彼がひざまずくのを見ていた。文字どおり、そして比喩的な意味でも、私はできるだけその箱に近づきたくなかった。

ササノフはしかたなく蝶番《ちょうつがい》をきしませてふたをあけた——それから箱の中を見つめ、仰天したように固まった。

「ど、ど、どういうことだ」彼は口ごもった。

私も箱の中が見えるぐらいまでそばに寄り、ササノフの肩越しにのぞいたが、仰天の理由はよくわからなかった。

箱の中には、重みを持たせるためにササノフが入れておいた石ころがいくつか入っている。あの若造に思い知らせるための紙切れもそこにある。

だが、単に紙が残っていたというだけではなかった。私は紙に書かれた文字を読んだ。そして、目玉が飛び出さんばかりに驚いた。

『おまえはクビだ！　——M・S』

と書かれていたはずの紙には、次のようにあったのだ。

『やめてやる！　——S・H』

われわれは振り返り、アメリカ人の反応を見ようとした。そして、男がいないことに気づいた。男のいた場所に立っていたのは、あの若造だった。

服装はさっきのままだった。ただ口ひげと頬ひげをむしりとっただけで、若造の変身は完了していた。

若造はさっと帽子を取り、深々とお辞儀をしてみせた。まるでわれわれの驚きを、舞台上で浴びる喝采と受け取ったかのように。

「ばかな……どうやって？」私が言った。

「演技さ、もちろん」若造は体を起こしながら楽しげに答えた。「第一幕だけで四種類の衣装を使う役者が身につけた、早替えの技にも助けられてね」

そんな説明では、われわれのぽかんとあいた口が閉じないと見るや、若造は話を続けた。

「酒場を出てホテルに戻る前に、地図をたどってまっすぐここへ来て、あなたがたがどんな茶番劇を用意してるのか見たんですよ。筋書きに自分でちょっと変更を加えたあと、町に戻って、町の質屋の助けも借りて——そちらが衣装を調達したのと同じ店ですよ、ミスター・ササノフ——衣装に必要な手直しもして、それからオペラハウスに立ち寄って化粧道具を使った。あとはこのとおり《エ・ヴワラ》」

若造は両手を広げ、間に合わせの変装に対する賛辞を求めた。偽物のひげは消え、脚もがに股ではなくなり、くたっとした帽子もしっかりした眉の上ではもうしおれて見えず、私はすっかりだまされたことに驚きを感じていた。化粧も実際にはそれほど濃くはない。顔の造作を必死に隠したようには見えない。悔しいが、認めざるを得なかった——今もこの何行かを削除したい衝動にはかられているのだが——われわれはこの男のみごとな演技に打ち負かされたのだ。

[このパラグラフは、実際にはインクで塗り潰されていた箇所で、削除された内容は、手稿をX線で細かく分析した結果わかったものである。——S・B・H]

「ミスター・テイバーがゆうべの歓迎会で、消えた銀の隠し場所の地図を使った詐欺が起きていることを、あなたがたにも話したんじゃないですか」若造は言った。「ほかの客人のしわざでないことは間違いない。あなたがたはほかの客と話そうとしていなかったからね。ぼく自身がこんな詐欺のことを知ったのは、もっと直接的な形でですよ。ぼくがレッドヴィルを探索している途中、ひとりどころか三人の〝信頼に足る男〟（つまりは詐欺師）たちがやってきて、同じような話でしきりに誘ってきましたよ。それ相応にみんなたいした役者だったし、これまでに見たたくさんのイアーゴーやシャイロックよりも説得力があるぐらいだった。実際のところですね、ミスター・ササノフ、あなたは劇場で成功をおさめてきたかもしれないが、酒場の余興としては一秒たりとももちませんよ。あなたの〝ミスター・グッドフェロー〟はあまりにもウェスト・エンドの役者っぽくて、イースト・エンドのコクニーには見えませんね」

この侮辱でササノフはようやくわれに返り、さっきまでの驚きも灼熱《しゃくねつ》の怒りですっかり蒸発した。

「この高慢ちきな若造が！」ササノフは怒号を浴びせた。「きさまなんぞ二度と舞台に立てないようにしてやる！」

若造はおだやかに肩をすくめた。

「お気に召すまま」若造はくるりと背を向けて歩き出し、そこで立ち止まり、肩越しにちらりと振り返った。「ああ、ところで——時計は持っていていいですよ。それはインディアナポリスで一ドルで買ったものですから」

それだけ言うと、また若造の長い脚が動き出し、道を離れて草の生いしげる坂道をくだっていった。

それきりあの若造には会っていない。ずっと噂も聞いていなかった——あれから何年もたち、まったく違う（そして実に忌々しい）状況となるまでは。

ササノフのほうは、若造が存在したことも、あの日以来いなくなったことも認めようとしなかった。仲間の役者から訊ねられても、氷のような視線と沈黙で答えるだけだった。そんな男は一座にいたこともないと言わんばかりに。

「ここでのことは絶対に誰にも言うなよ。金輪際。誰にも」夜の闇が深まる中、町まで重い足どりでおりていくとき、ササノフが不機嫌に言った。

私は心臓の上に右手を置いた。

「ほかの誰にも言いません」

ちょっとだけうぬぼれた物言いをするなら、それがこの日最高の演技だったということだ。

ユタの花

The Flowers of Uta

ロバート・ポール

Robert Pohle

映像におけるホームズ作品の研究書“Sherlock Holmes on the Screen”（1977）の共著者。クリストファー・リーの映画研究書なども書いているが、ウェスタン小説の書き手としても知られ、アメリカ・ウェスタン小説作家協会の会員。1949 年生まれ。

「夜明け前に起こしてすまないね、ワトスン」ホームズが湯気の上がるお茶の入ったマグを差し出しながら言った。「だがここ西部ではこれが習慣なんだよ——それにあの男に追いつくためには、早く出なければならない」

「ここではコーヒーと見なされる、あのひどい代物を出さないでくれて感謝するよ」私はそう答えた。

「バッファローの糞《ふん》でこくを出してるんですよ」保安官代理のエイムズが、毛布の下で動きながらぶつぶつ言った。「アメリカのコーヒーをけなすのは勘弁してくださいよ、先生」

「まあ、そう言わずに」ホームズはエイムズにもマグカップを差し出した。「あなたの分はちゃんと入れましたよ」

「そのうえ、あんたがたは実に幸運だ」保安官代理がコーヒーをひと口飲むと、口ひげの端からゴクンという音が漏れた。「モルモン教の土地でお茶やらコーヒーやらを手に入れてるんだから……ましてや濃いものを」そう言って、ガラスのフラスクからマグカップに液体をたらした。

そのときの保安官代理と私はまだ、ガラガラヘビが彼のかかと近くに忍び寄っていることに気づいてはいなかった。そしてそのせいで、私が一世一代の馬旅に駆り出されるということも。

先に事情を話そう。

『緋色の研究』の読者なら、ユタ出身のジェファスン・ホープというアメリカ人が同郷のドレッバーとスタンガスンの二人をロンドンで殺害し、シャーロック・ホームズに捕まったことを覚えておられるだろう。ホープの殺人は、被害者二人のせいで死んだ恋人、ルーシー・フェリアの復讐と見られている。ホームズが手錠をかけ、スコットランド・ヤードのグレグスンとレストレードの二人の警部に引き渡したその夜、ホープは大動脈瘤の破裂で死亡してしまい、事件は裁判にはならなかった。

スコットランド・ヤード、そして司法という名の大車輪に携わる人々はすべて、この車輪がしっかりと回ったことに満足しているようだった。だが、ホームズは違った。満足どころではなかった。ホープには共犯者がいて、その人物が罰を免れていたためだ。ホームズが犯人をおびきよせるために出した〝拾得物〟の結婚指輪の新聞広告を見て、老女に変装してソーヤー夫人と名乗り、厚かましくも私たちの住むベイカー街の部屋にやってきた人物は、どうやら実際は精力的な若い男であったらしい。

〝ソーヤー夫人〟は、その指輪は〝娘のサリー〟のものだから返してほしい、そうでないとトム・デニスという野蛮な夫にひどい目に遭わされる、といったでっちあげを堂々と聞かせた。だが、ホームズが馬車の後部にしがみついて追跡すると、〝彼女〟は全速力で走る馬車から飛びおり、ホームズをまいて逃げてしまった。あとになってホームズが、ホープに共犯者の正体を訊いたとき、ホープは挑発的にウインクしてこう答えた。「自分の秘密でしたら何でも話しますがね、人に迷惑はかけたくありません」ホームズはホープの〝友人〟がみごとな仕事をやってのけたことは認めていたが、それでもなお、事件の一部が片づかないでいることを苦々しく感じていた。

ようやくひとすじの光が射してきたのは、なじみ深い場所からだった。けたたましく響く玄関のベル、受難を耐えしのぶようなハドスン夫人の声、玄関広間と階段から聞こえてくる裸足の足音、私たちの部屋の戸を叩く音、そういった小さな家無し子らしい儀式（もしくは儀式の欠如）とともに、ベイカー街不正規隊《イレギュラーズ》のリーダー、ウィギンズ少年がやってきた。

「見っけたよ！」ウィギンズはたいそう満足げに言った。

「何と、やったか！」ホームズはそう叫んで勢いよく立ち上がった。

どうやら少年たちは、ホームズが四輪馬車のうしろにしがみついて老女を追跡したときのルートを、ずっと調べ回っていたらしい。走っている馬車から老女が飛び降りたところを誰かが見ていれば話が聞けるだろうし――実際そのとおりだった――さらに、老女が入っていった家から紳士の格好で出てきたりすれば、やはり好奇の目を浴びたはずだというのが、ホームズの推測だった。こういう調査は不正規隊《イレギュラーズ》にはうってつけで、正確な住所を突き止めるまでは、あまり怪しまれることもない。

「女が男になりゃ、すぐに見っけられるさ」ウィギンズが言った。

「本当かい？」私が言った。

「半ペニー玉がぴんと立ったみたいなもんだからね」

「おやおや！」

「なるほどね！」ホームズも声を上げた。

「だけど、どうしてそれが同一人物だとわかったんだ、ウィギンズ。つまり、あー、着がえたあとでも？」私は訊ねた。

「わかっちゃないね、先生！」ウィギンズは得意げに笑った。「その〝ばあさん〟てのが入っていくのを見てた女の子がいてね、ばあさんの荷物に手ぇ出そうとして、ぴしゃりとやられたんだけど、そんとき右手の指先が欠けてるのに気づいたんだってさ——そんで、あとで出てきた男にもおんなじことやられて、指がおんなじだってわかった。とすりゃ、おんなじ人間だって思うよね？」

「よくやってくれた、ウィギンズ」とホームズ。「おまえだけじゃなく、その女の子のほうもな！いつも言っているが、観察の科学というものは——」

「悪いんだけどさ、だんな」ウィギンズがホームズの袖を引っぱりながら口をはさんだ。「その話ならとっくにその子にしたし、たれ込みの件じゃ二ペンスのチップも出してるんだ、それはあとで経費としてもらうけど——とにかく早く行ったほうがいいんじゃないかな」

私たち三人が問題の住所に向かうと、そこは安宿であることがわかった。私はホームズがこの状況でどう出るのか好奇心を感じたが、彼はあっさり入り口に踏み込んで、そばの机にいる男に訊ねた。「ミスター・トム・デニスはいるかね？」

「すみませんねぇ、だんな」汚れた明かりとり窓の下で、血色の悪い若者がのろのろとしゃべった。「夕方、引き払ったばっかりなんですよ」

ホームズの落胆は大きかったが、獲物の記帳名をぴたりと推測したホームズに対する私の驚きも、負けず劣らず大きかった。宿屋を出るとすぐに、私はそのことを訊ねた。

「ああ、簡単だよ」ホームズは肩をすくめた。「不必要に偽名を増やさないという基本原則さ——悪党というのは、必要もなしにいくつも名前を考え出したりしないものだ。今度は何だ？」

ホームズが視線を下げると、ウィギンズがホームズのフロックコートのポケットを引っぱっていた。

「ごめんよ、だんな」ウィギンズは言った。「おれのあとはシンプスンにそのまんまやらせるぜ、ちゃんとベイカー街に報告してくれると思うよ」

シンプスンはそのとおりにやってくれたが、かなり夜遅くのことだった。しかも報告の内容は、あろうことか、デニスがニューヨーク行きの蒸気船ニーファイトで旅立ったということだった。

「まあまあ、ホームズ」私はホームズを元気づけようとした。「それならレストレードにニューヨークの警察へ電報を打たせればいい、向こうで拘束してくれるだろう」

ホームズは椅子に深く沈み込んだ。「そうだなぁ……」ホームズはつぶやいた。「そうじゃなければ……考えているんだが……」

友人の口調に、私は不安を覚えた。「ホームズ、これ以上この件に関与する必要なんてないだろう？　ほんの何日か前にきみ自身が言ったじゃないか、『本質的に単純な事件だ』とね！　ぼくはきみの言葉を引用してるんだぞ――メモは取ってるんだからな」

ホームズはしかめっ面になった。「やれやれ、ワトスン、きみがそんなふうにぼくの言葉を引き合いに出すのであれば、ぼくはもっと慎重にふるまわなきゃならんな。ぼくが気になっているのは、立証されてもいないジェファスン・ホープの自白内容をうのみにして、証言もしていない共犯者を逃がしてしまっていいのかということだよ。何かが欠けている、それを埋めたいんだ」

「きっとニューヨークの警察が、デニスを捕まえて送還してくれるさ」私はそう予想した。

だが、予想は当たらなかった。とどのつまり、デニスはニューヨークの警察も手に負えないほど逃げ足が速かったということだ。だが、これを聞いたホームズの反応は奇妙なものだった。ますますいらだつだろうと心配していたのに、むしろ神経が高揚を招いたらしい。

その後、些細な幸運と言うべきことが起きた――のちに私がユタの険しい岩山を疾走したり、銃弾をよけたりしなければならない事態に追い込まれたことを思うと、それが幸運か不運だったのかはよくわからないが。

ホームズは、すでにこの事件でかなりの協力をしてくれていたアメリカの知り合いに、電報を打っていた。オハイオ州クリーヴランド警察のシュミット本部長の知らせにより、トム・デニスは何年も前から警察に存在を知られていた男で、ジェファスン・ホープがその管区にいたころには、彼の近辺に姿を現わしていたことがわかった。そして、まったく幸運なことに、最近デニスがふたたびクリーヴランドに忍び込んでいるという情報が、本部長の情報屋のひとりからもたらされたばかりだった。どうやらデニスは、ソルトレイク・シティに戻ろうとしているらしいのだ。この情報が果たしてあなたの役に立つかどうかはわからないが、と、シュミット本部長は回答の中で述べていた。

もし本部長がベイカー街の私の椅子に座っていたなら、その疑問はすぐに解明されただろう。ホームズはシュミットの電報を読んだとたん、迫撃砲から発射された砲弾みたいな勢いでソファを飛び出した。

「ワトスン」と言ったきり急に静かになり、セント・ジェイムジズ・パークへ散歩に誘うかのような口ぶりで言った。「ぼくと一緒に〝聖徒たちの国〟へ行ってくれないか?」

私は仰天して立ち上がった。「本気かい?」

「そうすれば事態は変わるかもしれない、そう思わないか?」ホームズはにやりとした。「事件に手こずっているときは、視点を変えると驚くべきことが起きるものさ。ぼくらには、あの忌々しいデニスを尋問するチャンスがあった。なのに今は、ぼくがいつも言うような、自分で事件の背景を調べるということもできないでいる。ジェファスン・ホープはそれほど協力的じゃなかったのかもしれない。そんないやな感じがしてしかたないんだよ」

「だけどホームズ——きみはいいかもしれないが、ぼくにはそんな金銭的余裕はないよ」

「そんなこと!」ホームズは舌打ちして片手を振った。「ここロンドンに、末日聖徒の一員で、裕福な老婦人がいるんだよ。つまり、ここにもモルモン教徒がいるってわけさ。その女性が、ぼくにこの仕事を続けさせたがっているんだ。ミセス・ポンサンビー＝マラリューは、ジェファスン・ホープが留置所で死んだあとにレストレードが新聞に掲載させた、大げさでくだらない記事に憤慨していてね。裁判もなく誰ひとり告発もされてはいないが、殺人の裏には『恋愛問題とモルモン教』がからんでいるというやつさ。それでその善良な女性が、ぼくに多額の依頼料を持ちかけてきて、経費も持つから事件を完全に解決してほしいと言っているんだ」

「だけどホームズ、いくらきみに才能があってもだ」私は諭すように言った。「ホープが死んだ今は、奇跡でも起こらなければ無理だよ」

「だが、依頼人は奇跡を信じていてね」とホームズ。「そう、奇跡をだよ。彼女はぼくがユタに行く金も払うだろうし、きみが同行するのもきっと許してくれる。奇跡を起こすにしても、その助手は必要さ」


ホームズと私は蒸気船リアホナで大西洋を渡り、その後列車で西へと向かった。最後はユタ州のオグデンで、優雅なユニオン・パシフィック鉄道から、モルモン教徒所有である支線のユタ・セントラル鉄道へと乗りかえた。ソルトレイク・シティに到着したのは七月一日だった。

ブリガム・ヤングの〈新しいエルサレム〉は、三分の一世紀前、預言者自身の手でそこに築かれた。街の人口はロンドンの何百万という数にはとうてい及ばないものの、それでも一万人ばかりがそこに群がっていて、私たちの列車が駅に入っていくあいだにもその様子が見えてきた。「モルモン教徒が自分たちのシンボルにミツバチを選んだのは正しいね、ホームズ」私は旅のあいだに汚れた列車の窓の外を指さした。「これだけの群衆の中から、どうやってデニスを見つけるつもりなんだ?」

「まあ、まあ」旅仲間はクスクスと笑った。「やるしかないだろう! ぼくが思うに、シュミット本部長の知り合いのエイムズ保安官代理が、ぼくらが食いつきそうな骨を持っているかもしれないよ」

荷物を列車からおろしたものの、ポーターや辻馬車の御者を探す必要はなかった。私たちの依頼人は、ソルトレイク・シティにいる彼女の代理人、エドガー・スミスという男が迎えに来るよう手配してくれていたのだ。彼は英国人だった。

「驚くことはありませんよ、お二人とも」スミスは言った。「ここの市民のかなりの割合が、われわれの故国から来ているということがすぐにわかります——何と言っても、〝プレジデント〟ご自身が英国人なのですから!」

「何ですって! ガーフィールド大統領《プレジデント》が?」私は訊ねた。

「いえいえ!」代理人は傷ついたような口調で打ち消した。「いいえ、私たちのプレジデントですよ、預言者です——教会の大管長《プレジデント》のジョン・テイラーのことですよ!」

ホームズが、いささか力を込めて私のあばらのあたりを突いた。私たちはスミスの馬車に乗り込んで、おとなしく宿まで揺られていった。私たちのガイドは誇らしげに、ブリガム・ヤングの公邸〝ミツバチの巣《ビーハイヴ》〟ハウスや、着工から三十年たってもまだ建設しているたくさんの尖塔のついた寺院など、神の都《シオン》のすばらしいながめを私たちに見せてくれた。

　翌日私たちは、デニスの痕跡がまだあたたかさを残しているうちにシュミット本部長の知り合いに会いたいと思い、代理人に連邦保安官事務所の場所を訊ねた。その知り合いがエイムズ保安官代理だと知ると、スミスは私たちに、問題のある人物だからあまり近づかないほうがいいと警告した。私たちが断固として譲らないでいると、彼はため息をついた。

「いずれにせよ、あの人に会うのなら、保安官事務所より〈ロバートスンズ〉へ行ったほうがいいと思いますよ」

「ロバートスンズ?」ホームズが訊いた。

「プライベート・クラブのような場所です」代理人は鼻で笑った。「あの臭い!　われわれは絶対禁酒主義です。ご存じでしょう?」

　ホームズはいやな顔をした。「臭いというのは、ミスター・スミス、アルコールのことかな?」

「それもそうですよ、もちろん!」スミスは舌打ちした。「でも、主に煙草です!　禁じられているのに!」

「まいったな」ホームズは青ざめて言った。「そこまでとは知らなかった……ですがミスター・スミス、いずれにしろその保安官とはどうしても会わなければならないので、その破廉恥な隠れ家の場所を教えてもらえませんか。仕事ですから、こちらもそのつもりで行きますよ」

「使用人にそんな場所へ案内させるような、堕落した真似をさせるわけにはいきません」スミスは首を振った。「とはいえ、どうしても行かなければならないのでしたら、地図を描きましょう」

　ホームズと私はクラブへの立ち入りを許されたが(戸口でパイプを取り出せば、それが秘密の握手と同等に扱われることをわれわれは学んだ)、最初私は、中の薄暗さに目を慣らすのに苦労した。今となってはそれも変だが、そこからが私には驚きの連続だった。そこは英国のクラブとは似ても似つかない場所だった。最初に出くわした相手――またしても英国人、ヨークシャー生まれの男――にエイムズのことを訊ねると、その男がそのまま本人のところへ連れていってくれた。エイムズはホームズよりも背が高く、ロンドンでも普通にありそうなフロックコートを着ていたが、ズボンは乗馬用の長靴に押し込まれていた。鷲のような顔で、そこもまた奇妙なほどわが友ホームズに似ていたが、風に吹きさらしにされてきたような陽焼けした肌だけは例外で、その色は暗い明かりの下でもよくわかった。いくぶん脂《あぶら》ぎった肩まである髪としおれた口ひげは、従軍時代に私が知っていたアフガン人の何人かを彷彿《ほうふつ》とさせた。

だが、エイムズがしゃべりだすと、その口調はまったくもってアメリカ大草原地帯のそれだった。「お会いできてうれしいですぜ、お二人とも」そう言って私たちの手をぎゅっと握ったが、アメリカ人の痛いほどの握手は、私にはいまだに慣れることができない。「シュミットが電報をくれましたよ。むろん、トム・デニスをねぐらから追い出す手伝いはできると思うんだが、司法権ってやつがちょいと面倒でしてね」

「そうなんですか？」ホームズは、エイムズが勧めてくれた葉巻に火をつけながら言った。

「つまりね」保安官代理は言葉を続けた。「おれたちゃソルトレイク・シティにいるわけですが、ここはソルトレイク郡でもあり、さらにユタ準州でもある。そしてむろん、おれは連邦保安官代理なんで、理屈の上じゃ、どこでもデニスの首に縄をかけることはできるんです」

「『理屈の上』というのが引っかかりますね」ホームズが言った。「この葉巻は実にすばらしい」

「こりゃどうも。特別製のを作らせて、パナマ地峡のほうから取り寄せてるんでね。……問題は、おれたちが〝聖徒たちの国〟にもいるってことです。テイラー大管長が〝地上のイスラエル〟の統治者であって、自治体、郡、準州、そして連邦に属する官吏は、誰もがテイラーの忠実な支持者でもある……まあ、彼らが忠誠心を使い分けているとまでは言いませんが、国と教会のあいだには、今ちょっとよからぬ感情があるってわけです」

「そんなによからぬ感情なんですか?」私が訊ねた。

「ちょいとばかりね」エイムズは認めた。「ワシントンが一夫多妻制をやめさせようとしたり、教会の財産を取り上げようとしたことがね……。だから穏やかに歩きまわらないといけないんですよ」

「ですが、デニスの逮捕には協力してくれるんでしょう?」ホームズが訊ねた。

「もちろんですとも」エイムズはそう言い、ダブルのウィスキーらしき液体に目を落とした。「どうやらあんたがたの追ってる男は、ここのワイオミングとのあいだで、密売のようなことをやっているらしい」

　私はつい、少し疑うような目をしてしまった。

「ああ、そんなに遠くはありませんや」エイムズは言った。「北東へ山を越えていくだけですよ――山があるのは見たでしょう。ベテランの馬乗りなら楽々行ける山道ですぜ――コーディやヒコックと一緒にポニー・エクスプレス（ミズーリ州とカリフォルニア州間で郵便物を運んだ早馬便）をやってたときにゃ、自分もよく馬で行きましたよ」

「何だって！」私は思わず声を出した。「列車でここへ来るあいだに私が駅ごとに買っていた、あのペーパーバック小説に出てきた連中のことですか?　実在の人物なんて夢にも思いませんでしたよ」

「ああ、間違いなく本物ですぜ」エイムズはにんまりとした。「ビル・ヒコックのほうは、かつては本物だったと言うべきかな——あのばかは何年か前、デッドウッドで壁に背中を向けて座るってことを忘れたせいで、あんなことになりましたがね。だが、ああいう三文小説があいつを生き返らせてくれるし、ビル・コーディ（バッファロー・ビルのこと）にとっちゃいい宣伝だ——あんたも自分の仕事の一環として真似してみたらどうです、ミスター・ホームズ。あんたみたいに自由にやれる探偵さんだったら」

ホームズはいやそうな顔をした。「頼んでおくがね、ワトスン。ぼくにかわってああいう派手な喧伝を企んだりしてくれるなよ。きみはきちんと記録を取るたちだと思うがね。とはいえ保安官、要するにあなたは、『首に縄をかける』のならこの街の外、あなたの言うルートのどこかでやるべきだとおっしゃりたいんですね？」

「そのほうが書類仕事が簡単でね」エイムズはにやりとした。「あそこらへんの山道のどれかを行くほうが、砂漠のど真ん中を行くよりゃいい……こっちが近づいてくのを悟られたくないでしょう？　馬にはどのぐらい乗れるんです？」

「残念ながら、ぼくの時代のホームズ家は、田舎での平和な仕事からは離れておりましてね」ホームズはかなり謙遜して言った。「ですが目的達成のためなら、ちゃんと馬に乗るぐらいはできますよ」

「乗馬なら、ぼくがアフガニスタンでジェザイル銃弾以外に学んだことのひとつですよ」私も控えめにつけ加えた。「しかも、このあたりの山道と同じく、軽く乗れるような状況じゃありませんでしたね」

「特に、当番兵に助けられて、尻を前にして鞍にしがみついてたときはそうだろうさ！」ホームズは笑った。「少なくとも、きみと馬との付き合いが馬券屋の記録用紙に限ったものじゃないことは確かだろうがね」

「おいおい、ホームズ！」私は言い返した。「ビール一杯できみがそんなに陽気になるとは、驚きだね！　この高度で空気が薄いからに違いない。ここでこんなにアルコールを出すことを、モルモン教徒が許しているのも驚きだ」

「実際は許してなんかいませんよ」エイムズは自分の二杯目のグラスの中身を飲みほしつつ、こっそり周囲に目をやった。「あのデニスのやつがやってる密売も、こういうのじゃないんですかねえ。そりゃまあ、任務としてやめさせる覚悟はありますよ。あのごろつきが公共奉仕をしてくれてるんだとしたって」


かくして私は、エイムズとホームズとともに、星空の下で野営をすることになったというわけだ。

「動くな」ホームズが身じろぎもせずに、小声で保安官代理に言った。「ワトスン！　軍用拳銃は持ってるか？」

だが、遅かった。武器を取ろうと体を動かすあいだにも、蛇が——あとになって確かめたが、まだらのヒメガラガラヘビが、エイムズのかかとに嚙《か》みついていた。私の銃弾はその直後にそいつの邪悪な頭を吹き飛ばしたが、時すでに遅しだった。

毒蛇に嚙まれたときにどうしたらいいかは三人ともよく知っていたし、医療かばんをどこへでも持ち歩く習慣が私に残っていたため、エイムズの命を救うのは難しくなかった。だが、デニス追跡のために山道を進むのは、彼にはとても無理だ。

「とにかく町に戻って病院に行くしかなさそうだ」エイムズは悔しがった。「誰かにあんたがたと一緒に行くよう頼んでいるあいだに、あいつはワイオミングとの州境を越えちまうだろうな。本当にすまない！　だけどデニスは、すぐにまた別の密売をやりに来ると思うんですよ。商売には執着してるようだから」

ホームズは逮捕が遅れることを喜んでいなかったし、われわれの支援者が承服するとも思えなかった。「道順を説明してもらうことはできないだろうか、保安官代理」ホームズは言った。「ワトスンとぼくとで、デニスを捕まえようと思うんだが」

エイムズは口ひげを噛み、私たちの巻く止血帯による痛みのせいか、それともわれわれの苦境を思ってか、顔をしかめた。「まあ、道は簡単ですよ――ポニー・エクスプレスの古い道だからね」

エイムズは考えをめぐらせた。「それに、あんたがたに代理を命ずることもできる。あんたがたはアメリカ人じゃないが、この準州じゃ別に問題にならんだろう。ただ、問題はそこじゃない」

「じゃあなんだ？」ホームズが叫んだ。

「わかってほしいんだが、おれたちは最初から時間ぎりぎりで動いてる。この山道はあちこち険しいところがあって、経験豊富な馬乗りでも暗いときは危険だから、夜明けまで待ったんだ。なのに、まったく！　やっと陽が昇ってきて、デニスが州境を越える前にポニー・エクスプレスでレースをやらなきゃいかんってときに、くだらん蛇のおかげで時間を無駄にしちまった！　それに率直に言うが、あんたがたが全力で、ほとんど護衛なしの状態でこんな山を行ったら、ひどいことになるかもしれないのが心配なんだよ」

「ああ、それはかまわないさ」ホームズは否定的に手を振ると、私が仰天するようなことを言った。「ワトスンはアフガニスタンの経験者だ、こういう土地なら眠ったままでも行けるさ。ただ、連邦政府の職権があるのに、なぜ州境が問題になる？」

エイムズは私の馬乗りとしての腕前を疑うように横目でこちらをながめたが、実際私も同じ気持ちだった。「連邦政府の権限は、州境の両側でなら問題なく行使される」エイムズは言った。「だが、あそこらへんには、ジャック・テイラーがモルモン教徒の見張りを適当に配置してる。寺院の信徒と駆け引きするようなことになる前に、デニスを捕まえなきゃならんぞ」

ホームズは少し考え、それから私に向き直った。「こうしよう」その口調は決意に満ちていた。「ワトスン、山を馬で行くことにかけては、ぼくにはきみほどの手並みはない。だから、きみのあとをついていくことにするよ。きみはすぐに出発して、デニスが州境にたどりつくまでに、全速力で追いついてくれ」

「待てよホームズ」私は激しく食ってかかった。「絶対に無理だって!」

「それでもやってくれ」ホームズはそう答えた。

結局、やるしかなかった。

その鋭敏な瞳に輝く炎を見ているうちに、この山麓の丘陵地帯全体でたえまなく動いていく陰のなかでも、相棒とともにしのげるのではないかという予感がしてきた。私の胸は深いため息で上下し、心臓は少し速い鼓動を打っていたものの、エイムズがみずから調教した有能なまだらの半野生馬《マスタング》、ネスターの背に鞍を載せ、あぶみに足をかけてまたがるまで、そう時間はかからなかった。自分の上官たる二人から最後の指示を受けると、私は颯爽《さっそう》と速駆けで飛び出していった。

だが、傾斜はすぐに険しくなり、道の曲線もきつくなってくると、ネスターのスピードを落として歩かさざるをえなくなった。小道がいきなり目もくらむような断崖の縁まで迫り、それが何度も何度も続くのだ。それでも私たちは思った以上に速く進みつづけ、眼下に見える岩の亀裂を見おろすような場所に来ても、馬の足どりがしっかりしていることに心底感謝した。

頭上から人の声が漂ってきたのは予期したより早く、最初は山のこだまのなせるわざかと思った。が、近づいた相手に気づかれたくなかったので、私はネスターを止め、岩壁から生えている鬱蒼とした茂みに手綱をつないだ。

拳銃を手にしながら小道を忍び足で歩き、曲がり角を曲がったとき、突然私の目の前に、いくつかのテントのある平坦でだだっ広い空間がひらけた。二、三の若い女性が何らの作業で動きまわっていたが、私はようすを見る暇もなく、あわてて姿を隠した。が、遅かった。女のひとりが私を見つけて金切り声をあげ、私の方向を指さした。すぐさま銃弾が岩壁に跳ね返る音が響き、引っ込めた私の顔のほんの少し先に、岩の破片が飛び散った。

何という窮地！　私の頭の中で頼りにできるのは、アフガニスタンでの体験ぐらいしかない。相手に何ができるのかもまったくわからなかったが、自分の状況はあまりにわかりすぎているので、ぐずぐずしてもどうしようもないと思い、大胆な行動で勝負に出ることにした。

銃撃手の位置はわかっていたので、驚かせてやろうと思い、私は岩の陰から飛び出してやみくもに二発ばかり撃った。そのうちの一発が当たった――私がふたたび身を屈めたとき、驚きと痛みの混じった叫びが聞こえ、そのあとかなりの高さから誰かが落ちる音がはっきりと聞こえてきて、私はほくそえんだ。美しいとは言いがたい女性の悲鳴のコーラスが続き、足音があわただしく響いた。

次にどうすべきかを必死に考えていた私は、すぐ近くで私を呼ぶ大胆な女性の声にぎょっとなった。「すぐ出てきなさい、誰だか知らないけど――誰も撃ち返したりしないから。それにそっちも女は撃たないでしょ、違うの？」

ばかばかしいと思われるかもしれないが、この言葉が私の紳士たる心に訴えたのは確かで、危険かもしれないとわかっていても、つい出ていきたい気持ちにかられた。実際には、私はあやうく、こちらに歩いてきた女性の両腕に飛び込んでしまうところだった。相手は風格のある四十歳ぐらいの女性で、西部の男の格好をしてはいるが、なかなか魅力的だった。

「おっと！」女性は革手袋の片手を上げた。「よかったら、その鉄の飛び道具を上にあげてちょうだい。ここには女しかいないって言ったでしょ、あんた、気の毒なトムを撃ったのよ？」

「トム・デニスか？」私は大声で叫んだ。「ひどい傷なのか？　私は医者だ！」

彼女は美しい灰色の眉を片方上げた。「あんた、ヒポクラテスの誓い（医師の職業倫理をうたった宣誓文）をあんまり守る気がないみたいね？　それとも、最初に撃っておいて、あとで治療代を取ろうってわけ？」

「誰かが血を流しているときに冗談はやめてくれないかね！」私はぴしゃりと言った。「私の名はワトスンだ。本物の医者だ。その男をロンドンからずっと追ってきたんだ、死んでもらっては困る！」

女の体がだらりと岩壁にもたれかかった。「まさか、シャーロック・ホームズのご友人？」彼女の声は小さかったが、不意に教養あるアクセントになったことに私は気づいた。「私――私たち――教会から来た人かと思ったのよ……トムならそこにいるわ」彼女が身ぶりで示した近くのテントのうしろで、数名の若い女性が集まっているのが見えた。「怪我させただけよ、先生。落ちたときの傷のほうがひどいんじゃないかしら」

彼女は私を連れ、私たちの長らく追ってきた獲物が簡易寝台に横たわる場所へと向かいながら、肩越しに私のほうへ横顔を見せ、まるで取ってつけたようにこう言った。「私はルーシー・フェリア・ホープです」

この言葉に私は愕然とし、しばしその顔をじっとながめた。だが、彼女の顔は傷ついた男への心配に満ちていて、私も説明はあとで聞くべきだと気づいた。私は冷静さを取り戻すと、寝台のそばにひざまずいて患者の手当を始めた。

デニスはひどい痛みに苦しんでいたが、モルヒネを与えると、うとうとしはじめた。私の銃撃は、デニスの攻撃を止めたという意味でも、手の親指を砕いた程度で済んだという意味でも幸運だったが、野営地の見張りを務めていた高台から落ちたせいで、足首も骨折していた。何のための野営なのかはよくわからなかった。この若い女性たちが、デニスの〝密売〟品なのだろうか？

私が患者の痛みを和らげるためにできるだけのことをしてやると、さっきの女性が私を焚き火のそばにあるキャンヴァス地の折りたたみ椅子のところへ連れていき、粗野なアメリカン・コーヒーの入ったマグカップを差し出した。私はホームズがここへ向かっていることを彼女に告げ、それを待つあいだに少し話をした。

「私があの極悪非道のドレッバーの姓を名乗ってないことにはお気づきでしょう、先生」ルーシーは静かに言った。「あんなのは結婚のうちには数えていません。誘拐でしかありません」

「よくわかっています」私は言った。「ですが、どうやって逃げたのですか？ ホープは、あなたが棺の中に死んで横たわっているのを見たと話していたのですが」

彼女は、どこか私をぞっとさせるような微笑を浮かべた。「それはそうでしょう。ヨーク・カレッジの実験室の掃除係をしていて、少し薬品について学んだことも話しませんでしたか？」

「毒物のことでしょう」私が言いなおした。

「ええ、毒物もそうです」ルーシーは認めた。「だけど、あの人が私にくれたのは、ロミオの修道士がジュリエットに与えた薬のようなものです――あの薬がチャンスをくれたんです。『この恥辱を追い払うためだ、死にも等しいこの決心も、あるいはやってみようと思われるかもしれぬ。逃れたい一心には、死とさえ取り組もうというそなただからな』あの人が〝死を悼む〟ドレッバーの妻たちのところに飛び込んできて、そこから私を運び出すまで眠らせておく薬です。ああ、目が覚めたときは何とうれしかったか！」

私は仰天していた。この事件にはとにかく驚かされてばかりだ。「だけど彼は、ただあなたの指から指輪を抜いただけだとしか言わなかったんですよ！」

「知っています」ルーシーは冷静に答えた。「牢屋にいるあの人に面会したときにそう言っていました。でもそれも、彼の荒唐無稽な作り話のひとつに過ぎません。ドレッバーが私に与えた指輪を、どうしてあの人が欲しがることがありますか？　ジェフも私もドレッバーを憎んでいたのに」

私の心はふらふらしはじめた——新しい事実の露見に、まずは二つの疑問が浮かんできた。「留置所をどうやって訪ねたのです？　たったひと晩しかいなかったのに！　それにあの指輪は復讐に必要だった、そうじゃないんですか？」

「ああ、先生！」ルーシーが首を振ると、灰色混じりでもまだ美しい栗色の髪の房が揺れ、そのまじめな顔が、何か思い起こすような微笑にゆるんだ。「ロンドンにいた何カ月かの時間を、私が有効に使わなかったとでも思います？　私は〈ワークハウス訪問協会〉で活動していたんですよ、ジェフに会う許可をもらうのも難しくありませんでした。あなたのおっしゃる〝毒物〟についても教えてあげましょうか。ジェファスン・ホープは、誰にも毒なんて使っていません。でも私は、自分の愛する人が牢屋で弱り、心臓を破裂させて寂しく死んだり、あの人がやってもいない殺人のために英国式の縛り首にされたりするようなことを、許す気はありませんでした。あの人は私にも、薬や毒のことを教えてくれていたんです！　これが私の自白です。もしあなたとミスター・ホームズが私をロンドンに連れていくというのなら、今日やろうとしている仕事さえ終わらせたら、おとなしくまいります」

私の母親は息子を礼儀正しい男に育ててくれたはずだが、そのときの私は、あまりの驚きに口をぽかんとあけていた。私の頭がおかしいのか、それとも私と話している女性のほうがおかしいのか、すっかりわからなくなっていた。「ですが、ホープは自白したではないですか」ようやく私はそう言った。

「知っています」彼女は子どもに説明でもするような口調で繰り返した。「自白したのは、どのみち長く生きられないと知っていたからです」ルーシーは陽焼けした頬にこぼれてきた涙を拭った。「それに、トムのことも守りたかったんです」

太陽は今やユタの空に昇ってきていて、英国の霧がかかったような私の脳にも、ようやく光が射してきた気がした。「あの二人を殺したのはデニスなんですね」私は言った。

「もちろんです」ルーシーはうなずいた。「トムはドレッバーとスタンガスンを、ジェフや私以上に憎んでいました。つまり、彼は自分の愛する女性を救えなかったんです。彼女は本当に死んでしまったの」

「サリー・ソーヤーさんですか」私は小声で言った。

ルーシーは驚いて私を見た。「なぜご存じですの？」

「不必要に偽名は増やさないものです」私は、夢の世界からやってきたようなホームズの格言を復唱した。「デニスがその名前を使ったんですよ、指輪を取り戻すためにやってきてしゃべった話の中で。ですが、いったい――ホープはどうして彼が来たことを知ったんですか？」

「あら、何を言うの、先生！」ルーシーはそのとき初めて声をたてて笑い、私には彼女がいまだに美しい女性に思えた。「あなたとグレグスン警部がスコットランド・ヤードへ向かう辻馬車の中でしゃべったんじゃありませんか！　ジェフは私にすべて話してくれましたわ！」

　私は傷ついた顔をしたらしく、ルーシーは優しい口調でこうつけ加えた。「ジェフは、ミスター・ホームズがいくつかほのめかすようなことを言っていたとも言いました……私のジェフが策略家だということは、あなたも認めていただけますよね」

「思っていた以上ですよ」私は心から同意した。不意にルーシーの顔に苦悩が浮かんだのを見て、私はわれわれの椅子のあいだにある距離を越えて手をのばし、彼女の手首を握った。「彼を失ってさぞ寂しいことでしょう」

「毎日そうよ！」ルーシーはそう叫び、涙のあふれる瞳を何もない空に向け、それからまた私を見た。「でも、私たちにはワイオミングで牧場をやれた、幸せな二十年間がありました。トムがドレッバーを追ってクリーヴランドへ行ったことを、ジェフが知るまでのことですが。ジェフはトムに殺人など犯させまいと決意したんです。怒りの引き金が何であれ、トムがその良心や魂に罪を抱えるなんて、ジェフには耐えられなかったから」今やルーシーは自分の話に心をとらわれ、全部話さずにはいられなくなっていた。

「私もジェフだけを行かせるなんて耐えられなかったから、一緒に行きました。クリーヴランドでトムを見つけることはできなかったけれど、忌まわしいドレッバーのほうがジェフを見つけて、くだらないでっちあげでジェフを牢屋に入れさせたんです――最初のうちは保釈もできませんでした。だってドレッバーが私に気づくかもしれないから！　ドレッバーがいなくなって、何とかジェフを出してあげられたけど、そのときはトムを止めるには遅すぎました。そうやって、まるで世界の半分を回り歩いて、資金も尽きて、ジェフはだんだん絶望していって、そこでようやくロンドンにたどりついたんです。

ジェフはトムを追いながらドレッバーとスタンガスンを守り、そのあいだに私もできることをしました——たいしたことはできなかった、あの人たちに見つかるわけにはいかなかったから。

そしてついにローリストン・ガーデンズまで来て、ジェフはすんでのところでトムを止めるのに失敗しました。ジェフの心はあれで壊れたも同然でした」ルーシーは、私にすべてを否定してほしいと言わんばかりの猛々しい瞳でこちらを見た。

「だが、巡査にも見つからないほど遅きに失したわけではなかった」私はそう指摘した。「そして彼があそこにいたことで、謎を解く物的証拠のすべてが生まれた。いつも私はホームズのことを、彼自身がバッファローの大逃走の痕跡になぞらえる犯罪現場というものを、実に賢く理論づけられる男だと言っていたのですがね」

「指輪のために戻ったというのも、ジェフの作り話です」ルーシーは言った。「先生が自分の部屋に来た『ミセス・ソーヤー』のことを話したおかげで、トムがそこでサリーの指輪をなくしたことが、たやすくわかったんです。トムはどうしてもそれを取り戻したかったんですよ。あれはトムが自分でサリーに贈ったものなんです、私とは違って」

「つまりデニスとサリーは、ドレッバーがサリーをさらうまでは夫婦だったということですか？」私は叫んだ。「何と忌まわしいことを！」

「ええ、そうですとも」ルーシーはため息をついた。「一夫多妻主義の世界では、珍しいことではありません。ときには複数の妻たちが次々交換されていました——ひどい話です。何にしても、ジェフはトムがスタンガスンを殺すのも止められず、あとはご存じのことと思います」

「ですが、あなたがたはどうして、そうまでしてトム・デニスを救いたかったのですか？」私はぼんやりと髪をかきあげながら訊ねた。「むろんご立派な行動です。お二人は賞賛に値しますが、ホープが愛する女性との幸福を危険にさらしてまで、デニスを救いたかったのはなぜなんですか？」

「自分の息子を人殺しにしたくなかったからです」

私は不意に、山の裂け目に落ちていくような目眩《めまい》を感じた。

「トムは、ジェフが私と出会うずっと前に、ほかの女性とのあいだにもうけた息子です」ルーシーは言葉を続けた。「かわいそうなトムは、これで本当に家族を失ってしまいました。ジェフが常にそうなると信じていたように、今のトムは、復讐で心の悲しみが軽くなることはないのを理解しています。だからこそ、私の仕事を手伝うようになったんです」

「仕事？」私はぽかんとして小声で訊いた。「何の仕事ですか？」

「一夫多妻の花嫁たちを逃がして、ワイオミングとの州境を越えさせて自由にしてやる仕事ですよ！」ルーシーは誇らしげに叫んだ。「ジェフと私とで何年もやってきたことで、今はトムが私とそれを引き継いで、ジェフの、そしてサリーのためにやっています——いいえ、『引き継いでいた』と言うべきかしらね。幸運なあなたが、トムを撃ってしまったから」ルーシーは陰鬱な視線を私に投げ、私は椅子の上でもぞもぞしはじめた。そう思うのは初めてのことではないが、早くホームズに来てもらいたくなってきた。

ルーシーが私の銃の腕を揶揄《やゆ》したり、私が女性の権利の主張活動のじゃまをしたと当てこすったことを、腹だたしく感じたかどうかはよくわからない。「ええ、私ひとりでだって喜んで全部やるわ！」ルーシーは言った。「私の旧友のベス・アーンのように、覆面ライダーになったっていい。だけど、男性がいなくては、モルモン教徒の見張りの目をかいくぐって、大勢の若い女性を連れ出すのは無理よ。いちばんいいのは、夫ひとりと大勢の妻たちのふりをして、旅行中のモルモン教徒一家だと思わせることなんです。どうしたらいいかわからないわ！　彼女たちを戻らせたら、家族はもう二度と逃がすようなことはしない。よけいに監視されるようになる。それに、ここでの野営も長くはできないわ。きっと見張りの応援が来てしまうもの」

ルーシーは突き刺すような目でまっすぐ私を見た。「彼女たちを私のような――あるいはサリーのような目に遭わせたいかしら？」彼女はそう訊ねた。

私は黙っていた。「いやですよね」少しのあいだ私の顔をながめ、ルーシーは考えに耽《ふけ》った。「だったら、あなたかミスター・ホームズに、偽の夫役をやってもらうしかありませんわ」

「何と！」私は笑った。「ホームズは絶対にやりませんよ！　あなたは彼の女性観をご存じない。たとえ同意したって演じきれませんよ」

ルーシーは微笑んだ。

こうして私は、高い犠牲を支払って知ったことのほかに、三つ目の大陸での女性遍歴を加えることとなった。「全部で何人いるのですか？」私はため息をついた。

「七人です」

「まいったな」私はつぶやいた。「『セント・アイヴズへの途中で出会った奥さん七人連れてる男』……か（マザーグースの一節）。女性の皆さんに紹介していただけますか。もっともらしく見せるには、名前ぐらい知っておかないと」

「ああ、それは大丈夫ですよ」ルーシーは笑った。「七人とも花の名前です、そのうち四人はヴァイオレットですわ」

疲れ果てて山麓まで戻ってきたときは、もう星が出ていて、私は相反する感情と格闘していた。善意の行ないをした自分には満足していたが、デニスやルーシー・ホープをそのまま置いてきたことを、ホームズに何と説明すればいいだろう。そもそも、どうやってこの顛末《てんまつ》を伝えるべきだろう。実のところ私は、ホームズが私にすべて任せきりにしたことに腹を立てていて、その感情をできるだけ心の内におさめるのに必死だったのだ。私のあとからやってきたホームズが、危険の多い山道で災難に遭っている可能性など考えていなかった。

そんなわけで私は、ホームズとエイムズがまだ野営地にいて、雲のような煙草の煙に包まれ、フェニキア人が新世界へ渡った可能性やモルモン書との関連性について議論しているのを見つけたときは、安堵と不愉快さが入り混じった気持ちになった。

ホームズが私を見たとき、顔には安心よりもいらだちのようなものが見えた気がした。「どうした、ワトスン？　デニスに逃げられたのか？」

「きみもそうらしいな、ホームズ」私はつっけんどんに言い返した。

「馬が足を引きずりはじめてね」一瞬のためらいのあと、ホームズはそう説明した。

「エイムズ保安官代理」私は厳《いか》めしい口調で、もうひとりの悪者に向き直った。「とっくに病院へ向かってるはずじゃなかったんですか」

「ああ、蛇に嚙まれたのなんて、どうってことないね」エイムズは得意げに言い、彼の〝万能薬〟をぐいっと飲んだ。

「まったく、ワトスン」ホームズが言った。「きみをねぎらうわけにはいかないな。われわれはこんな長旅をして、何も手に入れられなかったということか？」

「何とも言えないね、ホームズ」私は急に心が軽くなり、星が光る広大な西部の夜空を見あげた。

「いつものとおり、きみは正しいよ。視点を変えると驚くべきことが起きるものだ！」

引用『ロミオとジュリエット』新潮文庫／中野好夫訳

咳こむ歯医者の事件

The Adventure of the Coughing Dentist

ローレン・D・エスルマン

Loren D. Estleman

ミステリとウェスタン小説、メインストリームのジャンルで60冊以上の単行本を出している。PWA（米国私立探偵作家クラブ）のシェイマス賞など多くの国際的文学賞を受賞しているほか、MWA（米国探偵作家クラブ）やCWA（英国推理作家協会）の賞にもノミネートされてきた。ホームズ・パスティーシュ『シャーロック・ホームズ対ドラキュラ』（1978）は今でも新版が出ている。ミステリの代表作はエイモス・ウォーカー・シリーズ。

ミスター・シャーロック・ホームズと私が交友しはじめて最初の一年は、何だか親の取り決めに従って結婚した夫婦のようだった。おたがいに敬意は持てども、住居を共有する相手のことはよくわかっていないというようなものだ。控えめに言ってもぎこちない関係で、それは私たちがお互い、表向きにはまったく違った人間だったせいだと思う。そんなわけで、一緒に外国へ旅する機会が訪れると、どちらもためらいなく同意した。クレメンズ氏が（クイーンズ・イングリッシュへのひどい冒瀆《ぼうとく》になりそうな口調で）言ったように、「相手を好きか嫌いか知るためには、一緒に旅をするほどいい方法はない」のだ（マーク・トウェインの言葉。クレメンズはトウェインの本名）。

このきっかけを作ったのは、ある悲劇的な事件の記録を世に公表してきた、スコットランド・ヤードと《タイムズ》紙だった。私が『緋色の研究』といういくらか扇情的《センセーショナル》な題名をつけ、別の形で書き綴っていたこの事件は、イーノック・ドレッバー、ジョゼフ・スタンガスン、そしてジェファスン・ホープが絡んだもめごとが発端となっており、ホームズが受けた依頼は、事件が起きた場所を訪ね、彼の鋭い観察力によって、殺人犯の自白に見られるいくつかの小さな矛盾を消してもらいたいというものだった。《タイムズ》に費用を持ってもらうかわりに調査報告を独占的に提供するという約束で、私とホームズは、ユタ準州にあるモルモン教の総本山であり、どこかアフガニスタンの暗い記憶と似かよった奇妙で恐ろしげな街、ソルトレイク・シティへと向かうことになった。

私たちはその申し出をためらいなく受けたが、だからといって、ベイカー街の部屋で何の話し合いもしなかった、というわけではなかった。

「グレグスン警部とレストレード警部の臭いを感じるね」籐椅子でくつろいでいたホームズが、長くて細い指の先で《タイムズ》からの電報を弾いた。「船がしっかりしているときならすぐ自分たちの手柄を吹聴するのに、ちょっと水漏れしてきただけで船を棄《す》てて、ぼくに沈んでもらおうとしているんだよ」

「違いない。だが、あの解決のしかたに今でも自信があるんなら――」

「自分の名声を賭けてもいいさ、そんなものがぼくにあるならね」

「それなら」私は言った。「きみとしてはここでの研究がひと月ばかり中断される以外に失うものはないし、休暇も取れるじゃないか」

「休暇は働き過ぎの人間のためのものだ。スコットランド・ヤードのことを大目に見てやったおかげで、ぼくは途方もなく暇だよ。マスコミはこの事件を、最初から最後まで警察が捜査したものだと信じているんだからね」ホームズは、承服しかねると言いたげに、ヴァイオリンを弾くときの弓とまったく同じ動きで手を振った。そしていぶかしげな表情を浮かべた。「今『きみ』と言ったが、ぼくをひとりで行かせる気かい。特派員の仕事など、ぼくにできると思うのか？　きみは文字どおり、この事件におけるパートナーシップの片割れなんだぞ、ドクター」

「そう言ってもらえるのはうれしいが、まだ早いよ。ぼくは自分の残した記録を整理しはじめたばかりだし、出版してもらえる保証もないんだ、むしろ見込み薄だよ。ぼくは単に、語れる物語を持っている退役軍人だというだけさ。ぼくのと同じように、依頼も歓迎もされていない原稿を載せたいかだが、フリート街（当時のロンドンの新聞社街）にはたくさんひしめいてるんだよ」

「きみのは違うさ。ロマンスがあって、殺人があって、軍隊の動きだの壮大な戦略だのというのとは種類が違う。結末をすでに知っているのでなければ、ぼくもぜひ自分で読みたいね。あらためもせずに品物を受け取るのは嫌いだ。誠実さや分別を疑いなく当てにすることのできる相棒がいないなら、ぼくはこんな仕事は引きうけないよ。きみの答えは？」

「きみに質問された覚えがないんだが」

ホームズは照れたように微笑んだ。ホームズの無味乾燥な能力の内には存在しないと思っていた感情が見えかくれした。その後永久に続く私たちの絆から、遠慮がちなところがまだ抜けないまま、私たちは第二の冒険へ乗り出していったのだった。


海はおだやかだったものの、私たちの航海は平穏無事というわけでもなかった。アメリカ人の資本家とスウェーデン人密航者の事件が、この航海を彩ってくれたのだ。ただ、それをここに記すのは、私がこれから書こうとしている話から読者の気をそらしてしまうだけだろう。そろそろ世間に公表してもいい時期かもしれないが、私にはまだ語れる準備がない。私はホームズから、同じぐらい正確なのになかなか合わない船の号鐘と懐中時計の時刻がどうしたら共存できるかをさんざん聞かされたが、ホームズがどう満足な結論を導いたかもわからぬまま、ニューヨーク港に到着することとなった。

皮肉なことに、祖国から地球を半周し、さらに広大な北米大陸を横断して解決しようとしていた謎そのものは、船旅の難題よりも簡単に解けた。ホープの悲劇において、小さな、しかし決定的な役割を演じた人物は、あさましい個人的な微罪を隠すために嘘をついていたのであり、そのどうでもいい波風を《タイムズ》向けの四本のコラムに仕上げるため悪戦苦闘させられたのは、私のほうだった。それが紙面に載ることで、私たちの船賃と宿泊費は問題なく支払われたが、その後もあの威厳ある新聞社から、一行でも書いてほしいという依頼が来ることはなかった。

時間がたっぷり余ってしまったので、私たちはまれにしか見ることのない世界で見識を深めることにした。私は汽艇を雇って巨大な湖を巡航し、ホームズは一夫多妻の実践に関する論文のために大量の書き物をしたが、どちらもさらに教養を深める気が満々だったので、そのまますぐデンヴァーに向かうことにした。

途中、私たちはぬかるみだらけの小さな集落に足止めされた。そこの警察は、悪名高いジェシー・ジェイムズのギャング団の残党が来るという警告を受けていて、私たちの英国訛りと欧州らしい服装も盗賊の変装に見えたらしい。私たちの旅行書類の確認をワシントンDCに取るあいだ、私たちは町の唯一のホテルに軟禁された。見張りのひとりは、立派な口ひげをして肉切り包丁並みの大きさの拳銃を持っている愛想のいい男で、〈銀行《フェアロウ》〉という賭けトランプのやり方を教えてくれた。ホームズはすっかりこれに熟練したが、私は自分の傷痍《しょうい》年金を守らんがため、二度とこんなゲームはしないと心に誓った。

数日を無駄にしたせいで、私たちはセントルイスと同じぐらいの大都会だというデンヴァーに立ち寄るのをあきらめ、そのまま南のアリゾナ準州へ向かった。奇妙な岩や、両腕を上げている背の高い人間のような形のサボテンに囲まれながら、私はホームズに、まだアメリカ・インディアンを見られていないのが残念だ、私の三大陸の先住民観察に新たな観察結果を加えたいものだと言った。

「観察したいのなら、まず見ようとしなくちゃだめだ」ホームズは言った。「あの人影は腐食の跡じゃないぞ」

私はホームズが指さした先を見たが、砂岩の尾根のてっぺんに見える崩れかけた胸壁のように見えていたものが、通り過ぎていくわれわれの列車の蒸気を身じろぎもせずにながめている馬乗りの集団だったと気づくころには、彼らはほとんど視界から消えかかっていた。

「アパッチ族だ、ぼくが前もって読んできた本が正確ならな。ズールー族はもっと平和主義者だ」ホームズは『ロッキー・マウンテン・ニュース』と、撃鉄をおろして持っていたイーリー社製の拳銃をひざに置いた。

「そういうことなら言ってくれればいい。ぼくだって世間知らずの子どもじゃない」

「逆だよ、ドクター。きみのような熟練の兵士は、本能や身についた訓練によって反応することがある。そうなれば十中八九、後悔するような行動をとってしまうんだ」

「ぼくはそんなに短気じゃない」私はつい不機嫌な口調になった。

「そう信じる理由が見つからなかっただけさ。ひとりの紳士から紳士に対してするように、そうやってぼくに情報を与えてくれれば、そんな考え違いは繰り返さないよ」

前にも言ったように、私たちがお互いを知り合っていく期間は、スムーズなものではなかった。今は亡き妻と私でさえ、もう少し簡単だった気がする。とはいえ、求愛する前に彼女の命を救ったことは、私には有利な点だった。糸口を見つけるという意味では、これ以上うまいアプローチはないと申し上げておく。

放浪者のように日々を過ごした私たちは、ついにツーソンの約四十マイル北、ヤングブラッドという街にたどりついた。この街はもはや存在せず、存在していたことを示す石材の上には、割れた瓶や石ころさえもないと聞く。それを嘆くほどの場所ではない。

キャンヴァスのテントや羽目板だらけの放浪者ジャングルとでも呼びたくなるような、むきだしの下水道が大通りを楽しげに流れるこの場所に、私たちがなぜ降り立ったのかはよくわからない。給水のために停車して三十秒もしないうちに、ホームズは急に立ち上がり、頭上の真鍮の棚から旅行かばんをさっとおろした。風景に何か刺激的なものを感じたのかもしれない。プラットフォームで体をなめている片目の雑種犬や、汚らしい毛布に身を包み、列車から降りてくる乗客をつかまえては陶製の壺を売ろうとしている老齢のアメリカ・インディアンの姿を、今も私はあざやかに思い出すことができる。見た目がひどく不吉なその場所は、諮問探偵が商売をするには理想的な場所に見えた。そのときのホームズは、またしてもただ自分の美意識のようなものを通じ、その場所の完璧な醜さに引き寄せられたのかもしれない。

「さあ、ドクター？」ホームズは通路に立ち、私の医療かばんを差し出した。目がきらきら輝いている。

「ここで降りるのかい？」

「もちろんだとも。これほどメイフェアとかけ離れた場所があるか？」（メイフェアはロンドンのかつての高級住宅地）

これを聞き、反論しても無駄だと思った私は、かばんを受け取ると棚から軍用小型トランクをおろした。

降り口まで来たとき、ホームズは列車に乗り込もうとする男とぶつかりそうになった。ホームズが謝ったとき、相手はびくっとして、いきなりホームズの肩をつかんだ。「かまいませんよ、だんな。その訛りが本物で、シャーロック・ホームズさんのものだっていうんならね」

ひとつ言わせてもらうと、ホームズの長く傑出した経歴においても、このころはまだそこまでの知名度はない時期だった。自由の地を探し、金銀を追い求め、新たな人生を手に入れようとして当時の開拓地に押しよせたたくさんの移民たちと、何ら変わりはなかったのだ。祖国からこれだけ離れた場所で知人の名を聞くことは、平和な町角でいきなり撃たれたような驚きで、私には気味悪くさえ思えた。私の手が思わずポケットの拳銃に伸びた。

「ぼくをご存じのようですが?」ホームズはよそよそしく言った。

もちろんそのとおりだった。その見知らぬ男は、私の同居人と同じぐらい背が高く、いかにも西部人らしい長めのブロンドにみごとな口ひげをたくわえ、しっかりしたあごをしていた。幅広のつばのついた黒い帽子をかぶってはいるが、肌はよく焼けている。帽子と同様、しめやかな色合いのダブルのフロックコートを着て、その下に派手なプリント地のベストがのぞき、ストライプのズボンは黒の長靴の縁で膨らみ、腰には昔の看守が持っていたような大型拳銃を下げている。私はそれよりずっと小型の拳銃をポケットに入れたままだったが――しっかりと握ってはいた――それでもふと、私がどんなにすばやく動いたところで、向こうのほうがずっと速く、しかも破壊力があるだろうという気持ちに襲われた。

驚いたことに、男はホームズの肩を放してうしろに下がると、敬意を示すように深く頭を下げた。「不愉快に思わせたならお詫びします。あんたを見つけられないんじゃないかと思ってたし、まっこうからバッファローのように突っ込んじまっちゃあ、おれのマナーもだいなしだ。ワイアット・アープです、ホームズさん。最近までトゥームストーンで働いてましたが、そのあとは行くあてもなく、何だかんだとこんな地獄に足を突っ込んじまったところで」

その名に聞き覚えはなかったし、あまりに変わった名前なので、最初は相手が話の途中で胃に変調をきたしたのかと思った。「どうしてここで《ホワイ・アット》――ゲーッ《アープ》!」というのが私の聞きとった彼の名前だったのだ。コロラドで人気のある地方料理、豆とトウガラシの煮込みをボウル一杯食べたあとの私も、移動する数百マイルのあいだ、同じ症状に悩まされたものだ。

ホームズのほうはそんな勘違いはしなかった。後年、国王にも極悪な犯罪者にも同じように正直なあざけりの言葉を浴びせるようになるホームズが、たちどころに敬意を示した。「『ロッキー・マウンテン・ニュース』であなたの偉業を読んだばかりですよ。どこかの牧場での――」

「あれはOK牧場じゃありませんよ、C・S・フライの写真スタジオそばの通りを行った路地です。だが、《フライの路地の銃撃戦》の噂が、デンヴァーより先まで広まってるとは思えませんな。あれで三月に弟を亡くし、その三カ月前には兄がまっとうな体じゃなくなっちまった。まだ勘定の取り立ては終わってないが、別にそのためにこの列車を待っていたわけじゃないんです。あんたが北のほうで牢屋にぶち込まれたって記事を読んで――」

そこで言葉をさえぎったのはホームズのほうだった。「牢屋というほどのことはありませんよ、ホテルのシーツ類そのものは犯罪的な状態でしたがね。ぼくらが東のデンヴァーにでなく、南へ向かうことにしたとなぜわかったのでしょう。とても興味があるのですが」

「あんたは英国から休暇で来た探偵だと記事にはあった。おれ自身も似たような仕事をする人間いる人間ですよ、駅馬車強盗なんかを追っかけたりね。本当に犯罪に興味があって、そこに関わり合っている人間が、どこにでも警官がいるような場所にわざわざ行くだろうかと思いましてね。いばらにまっすぐ向かわないような猟犬など、おれだって飼う気はしないね」

「今回のいばらは、化粧や羽根飾りをほどこしたりはしない野蛮人がいる、アリゾナというわけですか。欠点も多い大ざっぱな推理だが、半年もあれば、あなたはスコットランド・ヤードの主任警部になれるでしょうな」ホームズは相手の手をがっちりと握った。「こちらは私の連れの、ドクター・ジョン・H・ワトスンです」

相手の顔がぱっと輝いた。「ドクですと？　これができすぎた広告ビラでもなければ、おれは降参だな」

私は、元トゥームストーン勤務のワイアット・アープ氏と、固い握手を交わした。じめじめした冬になると、今でも私はその握手の感触を思いだす。

「仲間と一緒の旅でよかったですな」アープはグラスからビールをすすったが、三十分たった今も、半分も減っていなかった。自分の本能的欲望をきっちり制御する男であるようだ。「英国がどんな場所かは知らないし、シェイクスピア時代よりは平和なんだろうが、カフスや食器にどれだけ興味がある人間だろうと、いい仲間を味方につけるのは大事だ」

ホームズが言った。「ドクター・ワトスンはぼくのサンチョ・パンサですよ。ぼくがジェファスン・ホープに手錠をかけるまで、ワトスンがどれほど冷静だったか、もし見ていたら驚くと思います」

私たちは、米国の田舎にある酒場の典型のような〈メスカレアロ・サロン〉の、涼しく乾いた薄暗い店内でくつろいでいた。マホガニーの長いバーカウンターが、荒削りな厚板の床と実に対照的で、痰壺《たんつぼ》はひどい状態で捨ておかれている。壁には巨大な熊の頭が飾られていて、その両脇に暗殺された二人の大統領、エイブラハム・リンカーンとジェイムズ・A・ガーフィールドの肖像画がかけてある。おそらくは愛国心が強い射撃の名人が、どちらの大統領の肖像も傷つけずに熊の眼球の片方と左の犬歯を撃ったような跡があった。明らかに自分の領分からはずれた場所にいるような気持ちで、私は三杯目の水割りウィスキーを頼んだ。私たちの新しい知り合いが語るダッジ・シティやそのほかの場所でのロマンスと銃撃戦の物語を消化するには、刺激剤が必要だったのだ。アープがギャンブラーなのか追いはぎなのか保安官なのか、それともサーカス王のP・T・バーナム並みに壮大なスケールのほら吹きなのか、私にはよくわからなかった。執筆に頓挫している物書きの私としては、彼の話を新聞に売り込んでみたくてうずうずしたが、それでも科学を重んじる人間の目からは、彼はただの大ぼら吹きにも思えた。

「ホープのことはよく知らんが、自分のセルバンテス的人生には誇りを持ってますよ」アープは言った。「おやじはおれを法律家にしたがってた」

「ラ・マンチャの男とリチャード三世が犯した過ちは、法律家にとっても何よりも示唆に富んでいますな」ホームズはビールを飲んだ。そのさまはまるで、馬乳を飲んでモンゴル人と歓談しているかのようだ。これほど違和感なく地元民に溶け込んでしまう人間は、見たことがない。「ですが、古典小説の議論のためにここへ来たわけではないようですね」

アープは煙草に火をつけることに集中するふりをしていたが、私の目には、その注意を一心にホームズへ注いでいるように見えた。「実は、おれの友人が縛り首にされそうでね。はっきり言わせてもらうと、おれは賛同しちゃいませんが」

ホームズの目がきらりと光った。率直な物言いは化学の刺激剤のようにホームズに影響を与えるのだ。「ドクター・ジョン・ヘンリー・ホリデイのことですか」

「あんたは新聞からできるかぎりの情報をしぼりとってるようですな。彼の名を知ってるなら、おれがドクなしであんな路地に出てったりはしないってことも、わかると思います。ドクは、おれを地獄に送りたがってた二人の男を殺したんだ。三十秒もかけずに両方ともね」

「それでも医者を名乗っているんですか？　医師としての誓いはどうなったんです？」自分も戦争に行ってはいたものの、私には人道主義的な職業の人間の野蛮行為というものに心の準備がなかった。

アープの爬虫類のような目つきは、ホームズが私をじっくり観察するときの目つきに、奇妙なほど似ていた。「ドクは歯医者ですよ、そう見なしていいんならね。奪った人間の命よりも抜いた歯のほうがずっと多いが、それも肺病が悪くなるまでの話だ。療養のためにジョージアを出てきた。だからといって、ここへ来て健康になれたわけでもないですがね」

アープの弟のモーガンを殺し、兄のヴァージルに大怪我を負わせた連中と対決するために、アープは〝ドク〟ホリデイと一緒にトゥームストーンを去ったのだという。それに先だつ襲撃や、たくさんの犠牲が出た路上の銃撃戦が引き起こされた原因は、私には理解できない土地の政治が複雑に絡んでいるようだった。復讐という使命はある程度成功したが、ホリデイの肺疾患が再発したため、彼は治療のためにヤングブラッドへ来た。二、三日後、アープがそこへやってきてみると、ホリデイは殺人の罪で収監されていたという。

「ゆうべのことで、おれは間に合わなかった。ドクは気さくに人とつきあう男じゃないし、モロコシシロップがハエを惹きつけるように敵を惹きつけてしまう。聞いた話じゃ、ドクと砂金掘りの男が、トランプにちゃんと四枚のエースが入っていたかどうかでもめたそうです。砂金掘りがドクを殴り倒したんだが、ドクの病状じゃ、指一本だけでも楽に倒せる状態だったろうな。ドクはその一時間ばかりあと、大勢の目撃者の目の前で、その男を撃ち殺したらしい」

「本当に撃ったんですか?」ホームズが訊いた。

「ドクは自分ではわからないと言ってる。殴られて床から起き上がってから、酒のボトルを持って部屋に戻った。そのあと町の保安官にベッドから引きずり出されて独房に放り込まれるまで、記憶がないと言うんです」

ホームズは、ホリデイは有罪になったのかと訊ねた。

「この町は単なる鉱山の野営地で、権力機構はない。巡回裁判が来るまで、みんな待てないんだ。そんなことをしたら何日も何カ月もかかるし、一攫千金を目論《もくろ》んでいる連中は我慢強くない。死んだハンク・リトルジョンは人には好かれてたんだが、嫌っていた人間が三人いた。そのうちドク以外の二人はそこまでの憎しみじゃなく、ドクみたいな男の首に縄をかけようとしたがる砂金掘りの集団を敵に回すようなことはしないだろうって話だった。ちょっとお二人に訊きたいんだが、葉巻がこんなに安くなってるときに、あそこの連中はなぜ何もせずに座ってるんだ？」アープは、バーカウンターの端で身を丸めて座っている泥だらけのオーバーオールの男たちに向けて、あごをしゃくった。ストレートのウィスキーを飲み、肩越しに私たちの席のほうをうかがっている。

ホームズはアープの目を見つめたままでいた。「入ってきたときから気づいていましたよ。彼らのリーダーは以前、連畜御者《チームスター》をやっていたようですね。さっきからこちらを見ていないのは彼だけだ」

「どうしてチームスターとわかる？」アープが言った。「みんな同じようなトゥームストーン流の正装だがね」

「あのたくましい体は通常、つるはしを振るったためか、あるいはラバや牛の集団でも扱っていた結果ですよ。あなたが彼らを『砂金掘り』と呼んだということは、まだ彼らは金塊を探しにいく段階にまではいっていない。それなら〝硬岩《ハード・ロック》〟の鉱夫ではないということになります。あの男の首のまわりにある、蛇がのたうっているような傷は、あごの端で終わっていて、鞭による事故の結果としか考えられません――セントルイスからしてきた観察に基づけば、そうした職業につきものの危険です。彼らは『牛追い《ブルワッカー》』などとも呼ばれる人々だと思います」

「あんたは探偵だ、本物だよ。へぼ記者が今度ばかりは正しいことを書いてくれたとわかってうれしいね。あれはエルマー・ダンディだ、ハンク・リトルジョンの昔からの相棒だよ。牛追いをやめてここへ来て、山で運試しをしようとしてる」

「ホームズ、彼がこっちへ来るぞ」私はポケットに手を入れた。

「落ち着け、ドクター。全員を撃つわけにはいかないさ」

エルマー・ダンディは、この土地の砂岩のような色に焼けた男で、まるで牛をつなぐくびきのような肩のあいだに、大きな禿げ頭が埋まっていた。目はちっぽけな黒い丸石のようで、その下に潰れた鼻があり、厚い下唇が垂れさがり、茶色の歯と血色の悪い歯ぐきをのぞかせている。ビールグラスでウィスキーを飲んでいて、羊肉のローストぐらいの大きさの拳がそのグラスをつかんでいる。

「友だちを作ったのかい」ダンディはアープに、ロンドンデリーの人々のようなアイルランド訛りでそう言った——まるでサボテンの棘から漏れてくるような声だった。「いつも一緒にいる人殺しとは違うようだな。どうしたわけだ、脱獄犯か?」

ホームズが口をはさんだ。「求められてもいないのに口を開く失礼をお許し願いたいが、目の前で第三者に論評されるのは慣れておりませんでね。ぼくやぼくの連れについての質問がおありなら、直接に訊いていただけるとありがたい」

ダンディはホームズを見た。ホームズは椅子の上で物憂げに体を伸ばし、腕を背中に回して脚のわきに立てかけていたステッキに載せ、足首を交差させた。「イギリス野郎か!」元御者は悪意を込めて唾を吐き、それがホームズの長靴のすぐそばに飛び散った。相手は重いビールグラスをホームズの頭に振り下ろそうとした。

そのときにホームズがやったことは、私には描写できないほどすばやかった。体をずらしてステッキの柄をつかんだだけのように見えたが、その先端が目にもとまらぬ速さで動き、ホームズの片方の肩が沈んでステッキの柄がわずかにねじられたかと思う間に、でくの坊のかかとのあいだにそのステッキが押し込まれ、床にひっくり返していた。

建物が震動して初めて私が拳銃に手をかけたが、ようやく出すころにはワイアット・アープが自分の大型拳銃を抜いて撃鉄を起こし、銃口をダンディの仲間に向け、彼らが加勢に来るのを阻んでいた。

転倒したダンディの手から今さらながらにビールグラスが落ち、床に当たって音をたてた。砂金掘りの集団がそれを見ているようすも滑稽だった。

「この店で悪い評判をたてられたくなきゃ、引きずり出すんだな」アープの声は鋼のように非情で冷たい。

「待て」私は立ち上がり、気絶している男のようすを見た。それからバーテンダーにブランデーを頼んだ。

バーテンダーはすでにカウンターの向こうから出て、つかんでいるビリヤードのキューの長さほどの距離まで来ていたのだが、騒ぎが終わったのを確かめたに過ぎなかった。「うちにあるのは〝脳天かち割《バストヘッド》り〟だけだよ」かみつくような言い方だ。

私は何の意味かわからずにアープを見たが、教えてくれたのはホームズだった。「このあたりのウィスキーの隠語だよ。今、用語集をまとめてるんだ。今の状況ではそんな単語は皮肉だが、充分に強い酒のはずだ。人間のほうは弱ってるがね」

酒が出てくると、「ダンディにつけといてくれ、こいつが立ち上がったらな」とアープがバーテンダーに指示した。しばらくして私たちは砂金掘り仲間を解放してやったが、友人を連れ帰るようにうながす必要もなかった。

アープは首を振った。「ドクに言わないとな。あんたの相棒は銃を抜くのが遅いが、たとえドクであっても、おれが脅した男から虫歯を抜こうなんて思わないだろうよ。すぐにでもあんたがたを雇いたいぐらいだが、この〈メスカレアロ〉で〈銀行〉をやるぐらいならともかく、あんたに払えそうな大金はなくてね。フライの路地での銃撃戦からこっち、運が向かなくなっちまった」

ホームズはビールをひと息に飲みほした。「事が片づいたら、依頼料を賭けてトランプをやるというのはどうです。ぼくが勝ったらあなたが支払うということで。ホリデイさんと、いつ話をさせてもらえますか?」

私たちは荷物をバーテンダーに預けた。アープが自分の荷物と同等に扱えと釘を刺し、それから三人で刑務所へ向かった。町で唯一のまともな建物である刑務所は、線路が西に移動したせいで廃止されて荒廃した、鉄道終着駅の鉄骨を使った石造りの建物だった。ここへ来てわかったのだが、アメリカの文明とは、急速に発展する未開の地がどんどん移動していくというものらしい。鋭い目をした保安官補は、ホームズの差し出した金貨を噛んでよく調べてから、五分だけ四人と面会させてくれた。

私はしばしばホームズのことを、やせこけた苦行僧のようだと書いてきたが、それでもドクター・ジョン・ヘンリー・ホリデイと比べれば栄養充分と言っていい。ホリデイは弱った南方貴族の典型みたいな男で、肌はサフランがかった色をして、薄く弱々しい頭髪の生えた頭頂部の下は平たく、ひょろりとしたカイゼルひげは何日かひげが剃れなかったせいで形がぼやけている。

縦八フィート、幅六フィートほどの部屋の簡易寝台には汗じみたトランプが毛布の上に並べてあり、忍耐強くソリティアに興じている最中だった。襟のない汚れたシャツを着て、しわくちゃのズボンからはサスペンダーがぶら下がり、あとは良質なものにも関わらず汚らしい靴下といういでたちだ。

「ソリティアは嫌いだ」挨拶のかわりにホリデイはそう言った。「鏡とヤッてるみたいな気分になるぜ、失敗して屈辱を味わうとわかっててな」

「失敗の屈辱を避けたいのであれば、クラブのクィーンを、スペードのキングからハートのキングへ動かすべきですよ」

ホリデイは並べかたの誤りを正しながら、しわがれ声で自分をののしり、それが咳の発作に変わった。袖を口に押しあてると、ピンク色の染みができた。ぎらぎらと血走った目で、ホームズを見つめる。「何てこった、イギリス野郎か。あんまり景気がいいんで、ついに縛り首の執行人まで輸入することにしたのかい？」

ワイアットに紹介されると、ホームズはまたホリデイが皮肉を言い出す前に質問を開始した。

「あなたのご友人の話では、ハンク・リトルジョンは三人の男以外には好かれていたそうですね。ほかの二人というのは誰か教えてもらえませんか？」

「アルジャーノン・ウッズとジャスパー・ライリーだよ。ウッズはおれと同じ理由でハンクとポーカーをやるのをやめた。ライリーのほうは、二人がビズビーで気に入ってた娼婦をめぐって、道ばたでけんかになったんだ。けどな、どっちかのせいにしようとして時間を無駄にするのはいやだぜ」ホリデイは咳をしながらトランプをめくった。

「その二人のアリバイは確かなんですか？」

「ジャスパーはね。ハンクが殺された夜、ジャスパーはアヘン窟をやってる中国人のところにいた。アヘンを吸っていい気分になってたことはそいつが証言してる。中国人だから町に友だちもいねえし、嘘をつく理由もない」

「嘘をつくのに理由が必要とはかぎらないですよ。ウッズのほうは？」

「アルジャーノンは自分の店で遅くまでひとりで働いてた。あいつが犯人とは思えないね、まずありえないよ。ものすごく背が低くて、しかも太ってる。夜の闇の中だっておれと間違うやつはいないさ。それに、あの晩はカボチャみたいにでっかい月が出てたんだぜ」

「ウッズは店を持っていると言いましたが。商人なのですか？」

「仕立屋と葬儀屋の兼業だ。一度あいつに仕立てを頼んだが、どうやらまた世話になることになりそうだな」

「あなたはリトルジョンが死んだときはどこにいたんです？」

「酔っ払ってミセス・ブレイクの下宿屋で寝てたよ。ウィスキーってのは、盗っ人みたいなもんだ。だけどいかさまポーカーをやめることにしたとしても酒をやめる気はないし、おれは無精な人間なんだよ」

「ありがとう。ドクター・ワトスンとぼくとで、できるだけのことはしましょう」

ホリデイはにんまりと笑った。咳をすると黒いジャックの上に血がぽたりと落ちた。「さっさとやってもらってかまわんよ。今夜はまたでかい月が出るぜ、縄を結ぶにも、いい木の枝を探すにもうってつけじゃねえか」

「あの男の言うことはよくわからないね」刑務所の外に出たとき、私は言った。

ワイアット・アープは煙草を地面に落とし、かかとで踏みつぶした。「蜂蜜とモロコシシロップみたいなゆったりした口調には慣れますよ。西《ウエスター》に向かうほど、南風《サウザー》が吹いてくるってやつだ」

「今のは口調じゃなく、性格について言ったんですよ。医者の日から見れば彼は肺疾患の第三段階に来ているが、だからといって絞首刑を冗談にする理由はない」

「ドクにとっては人生なんて冗談なんですよ。残りの人生なんて、まじめにとるにはちっぽけすぎる」

「だけどあなたは、ちっぽけとは思っていない」ホームズが言った。

「そういう意味じゃや、おれの人生だってあいつにとってちっぽけじゃないはずだ。あいつは無実だよ」

「きっとそうでしょう。死を受け入れる意思の強い人間は、すぐに嘘をついて、自分に罪があると言いたがる」

「そうするしかないんだ」

「その中国人のアヘン売りが嘘つきかどうかを調べに行きましょう。水の漏れない舟も、鉄壁のアリバイも存在しませんよ」

アープは私たちをきつい坂道に張られたテントへ案内した。雨の日にはたちまち浸水し、軽い岩盤滑りが起きたらなぎ倒されてしまいそうな場所だ。テントに生えた苔《こけ》が中を洞窟のように暗くし、折りたたみ式の軍用寝台の行列の上には、脂ぎったランタンだけがぶら下がっている。寝台のいくつかは、ほとんど意識のない男たちに占領されていた。忌まわしい煙が空気を濁らせている。アープは自分のバンダナで鼻と口をふさぎ、私もハンカチーフで同じようにした。ホームズは深く息を吸い、満足げなため息とともに吐き出した。

「パイプ、いるの？」

そう言ったのは、黒いシルクのローブを着て、中国の役人帽をかぶった東洋人だった。まぎれもなく人生の黄昏《たそがれ》時にさしかかっているが、仏陀《ブッダ》のように丸っこく、背丈は子供と変わらない。よこしまな笑顔に金歯がきらりと光る。

「パイプ、いらない。率直な話、いる。それとピジン英語はなしだ。オクスフォード訛りは聞けばわかるよ」ホームズは金貨を見せ、黄色い爪がそれをつかもうとすると、さっと引っ込めた。

老人は肩をすくめ、ローブの袖の内側に手を入れて組み合わせた。「英語を教えてくれた宣教師が、引退した大学教師でしてね。もしあんたがたが奥さんかお母さんの代理でここに来たんなら、この哀れな連中を見まわって、いなくなった男を探してくださいな。全員を紹介しようとは思わないし、実は名前もよく知らないんですよ」

「もしそうなら、ハンク・リトルジョンが殺された晩、あんたの顧客の中からジャスパー・ライリーを見分けることができたのはなぜだ？」

「客の顔も見ちゃいないとまでは言ってませんよ。大統領選の時期に、サンフランシスコの同業者たちがだいぶ捕まった。前に自分を逮捕したことのあるおとり捜査の警官の顔を、識別できなかったせいですよ」

「ライリーはあんたに金を渡して、その晩ずっとここにいたと言えと言ったのかね？」

「彼がここにいて、それなりの金を出してくれれば、もちろん受けたでしょうがね。だけど正直な話、ただの牛追いなんかが、こっちが危険を冒してもいいと思えるような金額を払えると思いますか？　彼が一カ月で稼ぐ以上の金を、こっちはひと晩で手に入れてるし、ここで中国人を吊したところで何にもなりません」

「たいへんけっこう。金貨は差し上げよう」

老人は腕組みしたままでいた。「それはあんたがさっき見せたコインじゃないですね。あんたは自分で思うほどの魔術師じゃないようだ」

ホームズはいかにも腹を立てたかのようにぶつぶつ言いながら、コインをベストのポケットに滑り込ませ、袖口の内側からもう一枚を出した。アヘン売りはせせら笑うようなおじぎをして、それを受け取った。

外に出ると、アープと私は胸いっぱいに新鮮な空気を吸い込み、ホームズは陽気なそぶりもなしに含み笑いをした。「ぼくの幸運のコインがまた役に立ってくれたよ。ドイツ人の金物屋からもらったものだが、その男は自分が英国の通貨の価値を下げたおかげでビスマルク首相に気に入られたって信じてたな。中にいる教養豊かなわれわれの友人は、嘘つきでも近視でもない。彼はライリーが支払える程度の賄賂など受け取らないだろうし、ここにあるコインもよくできた模造品だよ」

「まいったな」アープは言った。「ウッズのほうには、おれも会ってる。雄鶏ぐらい背が低くて、豚ぐらい太ってる。月夜の晩にあいつとドクを見まちがえるやつはいないね」

「凶行の現場を見ておきたいな」

私たちがアープについて鉱山の野営地から下っていくと、百ヤード四方は岩と低木だけしかない広い荒れ地に着いた。アープはガラガラヘビに気をつけろと言った。乾いた地面には荷車のわだちがあちこちに刻み目をつけていて、その上に蹄《ひづめ》の複雑な模様が残っている。

「あの晩は、日用品や食糧の貨物列車がツーソンから来てたって話だ」アープが言った。「リトルジョンとダンディがそれを見に出てきていて、元牛追い連中はそこらに座ってビールを回し合ってた。聞いた話じゃ、ドクが斜面の上にやってきて、咳をしながら悪態をつき、リトルジョンに呼びかけて、自分が来たことを知らせた。リトルジョンが地面から立ち上がったとき、ドクがあいつの腹を撃った。それが事のしだいだ、証言は一致してる」

「撃たれたとき、リトルジョンはどこにいたんです?」

「今おれが立ってる場所だ」

「ドクター、ミスター・アープの言う、ドク・ホリデイのいた場所に立ってみてくれないか?」

私はそこへ行った。

「ミスター・アープ、この状況のドクター・ワトスンを、ホリデイと見まちがう可能性はあると思いますか?」

「いや、ないな。酔っ払ってたってありえない。ワトスンさんは頭ひとつ背が低いし、胸板が二倍ぐらいある」

「夜でも? 彼のそのときの服装は考えないでください」

「その夜の月はもうすぐ満月ってところだった。何を着ていても問題じゃない。やせた男なら服装しだいで太く見せることはできる、枕なんかを詰めたりすればな。だが、太った男をやせぎすに見せることはできないし、背の低い男を高く見せるには竹馬でもないとだめだ」

「ミスター・ウッズにも会いにいくべきですね」

木枠のついたテントの開いた垂れ幕の上には、雑な作りの木の看板が紐でぶら下げてあり、〈仕立屋と葬儀屋　A・ウッズ経営〉と白い塗料で書いてあった。私たちが身を屈めて中に入ると、キャンヴァス地の椅子から立ち上がった男が挨拶してきた。ストライプのベストと袖をとめる黒のゴムバンド、灰色のフランネルのズボンをきちんと着てはいるものの、まず目につくのは不自然なまでの背の低さ——せいぜい四フィート二インチだろう——そして丸々とした体つきだった。ウッズは血色がよく、きちんとひげも剃っていて、青い目は澄み、私が彼の主治医であれば肥満の対処ぐらいはしたかもしれないが、肺病持ちということはありえなかった。歓迎の表情が、アープの姿を見て曇った。

「ミスター・アルジャーノン・ウッズですか？　シャーロック・ホームズと申します。こちらはドクター・ワトスン、ぼくの友人で、もうひとりはあなたもご存じと思います」

「会ったことがありますよ」ウッズの声は、この住居の大きさを考えたらびっくりするぐらいに野太く、険しい響きをともなっていた。「この人は、おれがホリデイに似た誰かを雇って、リトルジョンを殺させたと言い張ったんですよ」

「ぼくもジャスパー・ライリーに関してはその仮説を考えましたが、あきらめました。ヤングブラッドは狭いし、まだ人口も多くない。ホリデイに似ている住人がいたらすぐに疑われたはずで、よそ者でも気づかれて疑念を持たれたでしょう。ほかに容疑者がいないので、三人の男のうち誰かが殺人犯だと結論するほかはない」

「犯人はもうつかまってるじゃないですか」

「ホリデイはあなたに服を仕立ててもらったことがあると聞きましたが」

「妙な男でしたよ。黒じゃなく灰色のコートで、シャツは色つきが好きなんです。あの人が仕上がりに文句ばかり言うので、くず布の山が二倍になりましたよ」ウッズの言う余り布の山は、巻いた布地に覆われている架台式テーブルのあいだに積まれていた。

「人と違うものを好むんですな」ホームズが言った。

「ただの目立ちたがり屋ですよ」

「あの体調からして、そう望まずにはいられなかったんでしょう。あなたは葬儀屋だが、リトルジョンの検死もしたんですか？」

「弾丸を除去しようとしましたが、貫通してました」

「徹底しているとは言えませんな。もう埋葬したのですか？」

「埋葬？　まだですよ。奥に置いてます。あんたは何者なんですか、ピンカートン探偵ですか？」

「正義を求めるただの旅行者ですよ。ドクター・ワトスンが遺体を調べたいと言ったら、反対なさいますか？」

ウッズは何か言いかけたが、そのときワイアット・アープが何げなくコートを広げ、拳銃のグリップを見せた。ウッズは口をつぐみ、よたよたとした足どりで、テントを二分しているキャンヴァスの垂れ幕の脇を回っていった。

検死からわかった臨床上の詳細を、ここでくどくど述べることはしないでおく。私はホームズの指示に従い、醜悪な傷口を調べ、それから裸の遺体にシーツをかけて手を拭いた。

「下向きの弾道で腹部を貫通している」私は言った。「三十度の角度だ」

「ホリデイはリトルジョンより背が高い」ウッズが言った。「下向きの角度になるのは自然ですよ」

ホームズは耳を貸さなかった。「ミスター・アープ、犯罪現場の傾斜角度は三十度ぐらいだと思いませんか？」

「そのぐらいだろう。以前、線路の整備工をやってたことがあって、そのへんはいろいろ学んだよ」

「ありがとう。あなたの遺体修復の技能もたいしたものだ、ミスター・ウッズ。化粧用の紅や蠟で、ミスター・リトルジョンがすばらしく健康だったように見せている。〈メスカレアロ・サロン〉で一杯おごらせてもらえませんか。あなたを疑ったお詫びがしたいのですが？」

「ホリデイの仲間とは飲みませんよ。信用できない」

ホームズはアープを脇に連れていくと、低い声で何か話していた。しばらくしてアープは立ち去ったが、歩き出す前に、肩越しにウッズに向けて陰鬱な視線を投げていった。「ミスター・アープは遠慮するそうです。私たちの祝杯にもつきあえないと」ホームズが言った。

一杯のウィスキーが三杯に、そして四杯になった。私には節酒の習慣はないが、酒飲みというわけでもないので、慎重に自分の酒量を確かめつつ、小さな同席者とホームズの飲みっぷりに驚いていた。二人の声はだんだん大きくなり、ろれつが回らなくなってきた。ホームズがここまで酔っ払ったのを見たのは初めてで、彼自身とわが祖国のことを思うと恥ずかしく、暗くなるころには私はすっかり落ち着きを失っていた。だが、酒場は牛追いや鉱夫で埋まり、みんな私の同席者と同じように酒を楽しんでいるようだ。私は、明るい月夜は首つりにはうってつけだというホリデイの言葉を思い出した。看守もきっと全部は阻めないだろう。

ホームズは危険にも鈍感になっていた。彼はウッズを送りにいこうと言い出したが、立ち上がったときには、客人に負けないぐらい足もとがおぼつかなかった。私はポケットの拳銃を握りしめ、悪い企みに満ちた煙たい酒場を通り抜けながら、頼れるのは自分しかいないという思いにかられていた。

友人の判断力のあやうさが本気で心配になってきたのは、ホームズがウッズを、彼のテントに向かうのとは反対方向の小道に連れ出したときだった。「ホームズ、こっちじゃ――」

ホームズは軽くシッと言い、唇に人差し指を当てて私を黙らせた。もう片方の手で小さな客人の襟をつかんでいて、ほとんど彼を持ち上げているも同然だ。ウッズは足が地面についていないようにも見える。ホームズがウインクして見せたとき、私は初めて彼がしらふだと気づいた。

少しは勇気づけられつつも、何が起きているかよくわからず、私は二人について鉱山の野営地の外を歩いていった。そして、ハンク・リトルジョンが殺された場所へ下る坂にさしかかった。「ホームズ！」私は拳銃を取り出した。坂の下に男たちの一団が立っている。リトルジョンのけんかっ早い相棒であるエルマー・ダンディ。そして、彼が酒場で私たちに近づいてきたときに一緒だった砂金掘りたちがいる。

「撃つな、ワトスン」ホームズが言った。「彼らは証人だ」

「さっさと終わらせようぜ」ダンディの口調に荒っぽいところはなかった。口調に滲《にじ》んだユーモアに、私は逆に怖さを感じた。「準備はいいぜ」ダンディは、端に輪を作った縄を上げてみせた。

「ちょっと待ってくれ。ミスター・アープ？」

「ここだ」アープは松の木陰から、ホリデイの言ったような『カボチャみたいにでっかい』月の光のもとへ出てきた。手に拳銃を持っている。

ダンディとその仲間はうなるような小声を漏らした。ずっとひとりごとを言い、鼻歌を歌っていたアルジャーノン・ウッズが、そこでおとなしくなった。いくらか正気を取り戻したらしい。

「何なんだ？　おれのテントは？」

「ホリデイだ！　脱獄しやがった！」砂金掘りのひとりが指さした。

振り返った私たちが坂のてっぺんに見つけたのは、背が高くやせおとろえた人影だった。たっぷりした淡色のコートを着て、広いつばの帽子をかぶり、顔の上半分やくぼんだ頬が陰っている。男がぐいと突き出した骨ばった腕は、袖口よりだいぶ先に伸び、肩の高さまで上がると、銃身の長い拳銃をまっすぐホームズとウッズに向けた。

ダンディの仲間たちはぎょっとして自分のオーバーオールをつかんだが、アープの止める声、そして一団に向けてかまえた銃の撃鉄を起こすカチリという音が聞こえると、おとなしくなった。

ホームズのほうはウッズを放し、酒のせいとしか思えない無謀さで坂道をジグザグにのぼっていくと、傾斜のてっぺんにいる人影の隣に立った。「彼のかまえを見てください。いつものホリデイらしく見えますか?」

「誰に聞いてもそう言うさ」アープが言った。「腰から撃つなんて、ばかだけがやることだよ」

「ミスター・ダンディはどうですか?」

ダンディは仲間たちと協議し、うなずいた。彼は口ごもっていた。ホリデイと見えた男は、ホームズより頭二つ分背が低いことが、誰の目にもわかる。

ホームズは、紐を巻いて玉にしたものを取り出した。紐の先端をガンマンの銃身に結びつけ、ガンマンから銃を取ると、自分で同じかまえをした。「ワトスン!」

私はあわてて銃をポケットに戻し、ホームズが私の方向へ投げて寄こした紐の玉を受け取った。

「ミスター・アープ、あなたはリトルジョンと同じぐらいの身長じゃありませんか」

「せいぜい一インチの誤差だな。目の高さが同じぐらいだったよ」

「よろしければ、ミスター・ウッズの場所に立ってみてもらえませんか」

よろしければ、などと言われるまでもなく、アープは小さな仕立屋を乱暴に押しのけ、立ち位置を交換した。証人たちに銃を向けたまま、アープはそこに立った。私はホームズの目的を理解し、玉から紐をほどいていった。

「ぴんと張ってくれ、ワトスン! 弾丸は二つの地点の最短距離を進むんだ」

私は紐を張り、玉をアープの体につけた。胸の上のほうに来た。

「リトルジョンは腹部の低いところを撃たれました。次は、みなさん、ぼくがホリデイぐらいの背丈だった場合をお見せします」

異論は出なかった。ホームズが自分よりだいぶ背の低い隣の男に銃を返し、ガンマンは肩の高さまで銃を上げ､坂の下を狙った。この角度で紐を張ると､今度はその先がアープの腹部に来た。「おわかりですか、みなさん。傾斜三十度の高い位置に小柄な人間が立つと、同じ位置で見るよりも背が高く見えるものです。ですが、物理学の法則には関係がありません」ホームズはそう言いながら、ホリデイに変装した男の帽子を取った。

「おどかして失礼」中国人のアヘン売りがにんまりとして、観衆におじぎをした。「パイプ一服ずつサービスしますよ、ミスター・ホームズのおごりでね」

「仕掛けそのものは単純だ」ミセス・ブレイクの下宿屋に落ち着いたあとで､ホームズがそう言った。向かいの部屋ではドク・ホリデイが、監獄での疲れを癒やすように、いびきと咳を交互に発しながら眠っている。「ウッズはホリデイの服の好みを知っていて、似た衣装を自分でデザインし、袖を手首より短くして、ズボンが足の甲の上で揺れるようにした。ウッズは愚かにもその服を余り布の中に残していて、われわれが〈メスカレアロ〉で食事をしているあいだに、アープがそれを見つけてくれた。潜在意識の印象では、服装に対して背が高すぎる人間は、背丈そのものがあるように見える。ゆるいコートは、どれだけ恰幅のいい体であろうと、やせぎすに見せる。それに葬儀屋のウッズになら、病気による衰弱の最終段階でやせこけた肉体のひどいありさまを生み出すだけでなく、ふっくらした頬も化粧で簡単にガリガリにできる。アープをウッズの店に押し入らせたのは、ぼくだ。それと、紐の玉をあそこからこっそり盗んできたのもぼくさ。

ホリデイの特徴的な母音をのばした発音で咳をして悪態をつければ、さらに錯覚を強められる」ホームズは言葉を続けた。「ウッズ自身が言ったように、ホリデイは目立ちたがり屋だった。あとはそこを劇場にするだけさ」

私は言った。「あの中国人に協力させるには、金貨がもう一枚必要だっただろう」

「彼はかなり楽しんで演じていたと思うね。きっと半額でもやったさ。だが、人の命に値段はつけられない。ホリデイのように弱りきった陰険な男だろうとね」

「ウッズはどうなんだ？　あんなちっぽけな独房じゃ、いつまでもダンディの報復を阻めないと思うぞ」

「ワイアット・アープが、巡回裁判が来るまではウッズを守ると約束してくれたよ。彼の正義感は、ぼくに負けていないね。友人に対する忠誠心も、きみといい勝負だ」

この言葉に、私は何も言えないぐらいあたたかい気持ちになった。私たちのあいだにあった壁はいつしか消えていた。「それで、正義のほかに、きみは何を得たんだ？」

ホームズは両手をこすり合わせた。「〈銀行〉でワイアット・アープをこてんぱんにするチャンスさ。もらえる報酬はいただくとしよう」

消えた牧師の娘

The Minister's Missing Daughter

ヴィクトリア・トンプスン

Victoria Thompson

助産婦サラ・ブラントと部長刑事フランク・マロイの〈ガス燈ミステリ〉シリーズで知られる作家。ミステリを書きはじめる前はヒストリカル・ロマンスの作家で、20 冊の本を出してきた。作家のかたわら、ペンシルヴェニア州立大学やシートンヒル大学で大衆小説の創作講座を受け持っている。

悪党モリアーティの手によって死んだと思われていたわが友シャーロック・ホームズが奇跡の生還をとげてのちの何年か、私もホームズもひどく忙しい日々を送っていたということは、以前にも言及したことがあると思う。開業していた医院を売ってしまってからは、私もホームズが必要とするときには全力で手助けできる立場となっていたし、ホームズも以前の依頼人たちからたっぷりと報酬をもらっていたので、金銭的な心配をする必要もなく、ただ自分がやりたい事件の調査だけを選べるようになっていた。

そのころにはホームズの評判もぐんと高まっていたので、ホームズの助言や助力を求める人間は、毎日のようにベイカー街の住居の階段にぞろぞろと集まってきた。ホームズは、事件の話も聞かずに相手を帰らせることなどまずできないたちで、その結果、休んだりくつろいだりする時間もほとんどなく、じゃまをされずにひと晩ゆっくり眠ることさえ珍しかった。私は友人の健康が心配になりはじめ、休日に一緒に旅行でもしようと長いことかかって説得し、そしてそれに成功した。

長年、たくさんのアメリカ人と関わってきたホームズは、常に彼らを人間として興味深い対象だと考えている。また、イギリスはいつかアメリカとの違いという壁を乗り越え、もう一度ひとつの国になるべきだという思いをよく口にしてきた。私はホームズが、この議論をみずからわれわれの元植民地に聞かせるチャンスに興味を示すのではないかと考えていたのだが、旅をすることにようやく同意してくれたのは、数週間もの説得ののちのことだった。

アメリカに行けばホームズの助けを請う人間もいなくなってくれるだろう、と無邪気に考えていたものの、私が書いた以前の事件の記録が私たちより先に海を渡っていることは、考慮に入れていなかった。ニューヨークに到着してわかったことは、ホームズが母国にいるときと同じくらい有名人であるということだった。いくらかましなのは、一般人がホームズの居所を知らないことぐらいだが、おかげで人々の懇願は免れることができそうだった。

それでもなお、特定の世界の人間は私たちの居場所を突き止めることができ、かくして私たちは、ニューヨークに到着してから二週間もたたぬころ、セオドア・ローズヴェルト夫妻に自宅での夕食会に招かれた。ローズヴェルト氏は、新しいアメリカ大統領のウィリアム・マッキンリー政権で何らかの地位につくことが噂されている人物だったが、その時点ではまだニューヨーク市警の本部長を務めていた。そんなわけで彼は、著名な探偵シャーロック・ホームズをもてなすのは自分の義務であると感じたのだ。

パーティは驚くほどこぢんまりとしたものだった。ローズヴェルト氏と市警本部で会ったとき、あらゆる点からこの訪問を「たいっへんに喜んでいる《ディーライテッド》」と彼に言われ、どうやらこの人物は自分に起きたことのほとんどすべてに「たいっへんに喜ぶ《ディーライテッド》」性質と見えたので、きっと夕食会にもローズヴェルト氏の友人たちが大挙してやってきて、大物の客人と知り合いになろうとやっきになるのかという気がしていた。だが、ローズヴェルトは招待客を厳選し、大事な客人と知的な会話ができる人間だけを呼んでいて、ホームズの評判をひたすら畏れ敬うような人間は誰ひとりいなかった。ひょっとすると私たちは、地上でシャーロック・ホームズの奉仕を必要としない数少ない人間たちと出会っているのかもしれない、と私は思いはじめていた。だが、食事も中盤にさしかかり、魚料理が片づけられたばかりのとき、夕食会の同席者が、ついにホームズのたぐいまれな天職の話題を持ち出してきた。

「物語によれば、あなたは鋭い観察眼をお持ちのようですが、あれは本当ですの、ミスター・ホームズ？」ブラント夫人が訊ねた。ローズヴェルト氏の長年の友人と紹介された、三十前後の魅力的な女性だ。「それともワトスン先生が事実を超えたフィクションをお書きになって、私たちにそう信じさせようとされているのかしら？」彼女はそう言いながら、私にちらりと目を向けて楽しげに微笑み、質問が皮肉でないことを伝えてきた。私も不快に思っていないことを知らせるために微笑を返した。

「自分がほかの人間よりも優れた観察能力を持っていると主張したことはありませんよ」ホームズが返事をした。「そういった自然な能力を最大限に使うために、単純な訓練を積んできただけのことです」

「あなたの能力を見せていただいてもかまいませんか？」

ホームズは、この奇妙な頼みに片眉を上げた。

「あらいやだ、失礼を申し上げましたわ」ブラント夫人は声をあげた。「申しわけありません。母は私を、二度とどこにも連れていこうとしなくなってしまうわね」彼女はローズヴェルト氏の右側に座っている婦人が今の話を聞いていたかうかがったが、何を話しているにせよ、彼女の母親はホスト役との会話に夢中になっているようだった。「あの、ミスター・ホームズ、これはつまらない好奇心などではないんです。あなたを試したい理由があるんですのよ」

「まことにけっこう、ミセス・ブラント」ホームズは面白がっていた。「あなたについて観察できたことをお話ししましょうか？」

ブラント夫人はこの言葉に喜んだようだった。「ぜひ」

ホームズは相手をながめるように少し間を置いたが、すでに彼女の実像をつかんでいることは私にはわかっていた。「あなたは未亡人ですね、ミセス・ブラント。まだお若くていらっしゃいますが、ご主人は何年か前に亡くなっていて、あなたのご両親は、ご主人をあなたより社会的地位が劣る人間だと考えていた。ご両親はこの縁組に反対されたが、あなたはその意思に逆らって結婚なさった。あなたはご家族のもとに戻るよりも、低い地位にとどまることを選び、この世で自分の道を切りひらいてきたご自分の能力に誇りをお持ちになっておられる。再婚はされていないが、あなたの愛情を勝ちとった男性のご友人がいらして、今回も社会的地位の低い方だ。あなたの母上はあなたを自分の友人たちと関わらせようとしているものの、あなたはめったに応じず、ご自身の知り合いと過ごすのがお好きなようです」

ブラント夫人は仰天してホームズを見つめ、あまりに驚いたせいでメイドが次の料理を目の前に置いたことにも気づかないでいた。「どうしてそんなに私のすべてがおわかりになりますの？」そう言ったものの、彼女はすぐ自分の質問に自分で答えた。「ああ、なるほどね、セオドアがあなたに話したんだわ」

「われわれのホスト役は、あなたのご事情など何も話されていませんよ」ホームズはきっぱりと言った。

「それならなぜ、会ったばかりなのに、そこまで全部おわかりになりますの？」彼女は挑むように言った。

「私の能力をごらんになりたいとおっしゃいましたね、ミセス・ブラント、ですからお見せしたまでです。まず、未亡人だとわかったのは、ブラント夫人と紹介されたにもかかわらず、あなたが結婚指輪をしてらっしゃらないからです」ブラント夫人は反射的に左手を見おろし、ホームズの観察を確かめた。「最近ご主人を亡くされたのなら喪に服すはずですが、亡くなられてずいぶんたったので、また明るい色の服を着るようになり、指輪もはずされたというわけです」

「なるほどね」ブラント夫人は納得してうなずいた。「でも、亡くなった夫の社会的地位まで、どうやってわかりましたの？」

「ブラントというのはドイツの名前ですね。アメリカ人もまだ少しばかり、自分たちの上流社会で受け入れる人間を選ぶところがあります。あなたの母上は、明らかにそういった階級の一員でおられる」

「私の両親が結婚に反対したというのは？」

ホームズは申しわけなさそうに微笑した。「娘の結婚相手の地位が娘より低いと思えば、それに賛成する親などいませんよ」

彼女もその意見を認めた。「では、夫が亡くなったあとも両親のもとに戻っていないというのは？」

「失礼をお詫びしなければなりませんが、今日のあなたのドレスは、とても美しいものではありますものの、少しお直しをされているようだ。つまりはほかのどなたかの持ち物です。母上でしょうか？　あなたは今日着られるような服をお持ちでないが、母上があなたを何としても社交界へ連れ出したくて、服を貸してくださったのでは？」

ブラント夫人はまた言葉を失い、ホームズは先を続けた。

「この世の中で自分の道を生きてきたことに誇りを持っていると申し上げたのは、あなたがご自分に対する自信のようなものをお持ちだからで、自分に満足している女性はみんなそんなふうです」

「それはお世辞かしら、ミスターさん?」問いただすような口調だった。

「そう思わない男性もいるでしょうね」ホームズは正直に答えた。

「そのとおりです」彼女は言った。「それと最後に、なぜおわかりになったのかしら、私に……男性の友人がいると?」

「ミスター・ローズヴェルトがあなたとあなたの母上をわれわれに紹介されたとき、母上は、あなたのさまざまな才覚を自慢したり、あなたが優れた女性であることをドクター・ワトスンやぼくに印象づけるようなことはなさいませんでした」

「どうしてそんな必要が?」彼女はすっかり困惑している。

「ミセス・ブラント、ドクター・ワトスンもぼくも、独自の収入のある独身男性です。未婚の娘を持つ母親のすべてにとっては、関心を抱く対象なのですよ。われわれ英国人は、どういうわけか、ここアメリカでは輪をかけて好ましい相手と見られます。われわれがこの国に着いてからというもの、どれだけの自慢げな母親が、気の毒な娘さんをぼくらの前に突き出して注目を惹こうとしたか、お聞きになってもきっと信じないと思いますよ。母親たちの言うことを信じるなら、どの娘さんも美徳や才覚のお手本のような存在で、あらゆる英国人、とりわけドクター・ワトスンやぼくの妻にぴったりだというわけです」

すでにブラント夫人は口に手をやり、大声で笑い出しそうになるのをこらえていた。やっと落ち着きを取り戻すと、彼女はこう言った。「これはお詫びしなければなりませんわ、ホームズさん。必死なアメリカの母親たちの代理として。彼女たちはきっとそうせずにはいられないんですよ」

「そうかもしれません」ホームズは言った。「ですがあなたの母上は、娘を男性の鼻先に突き出す必要は感じておられないようでしたね、ミセス・ブラント。あなたの愛情がほかにあることをご存じなのでしょう」

彼女は顔を赤らめた。「またしても社会的に地位の低い男性ですけれどもね」そう虚勢を張った。

「そうですね」ホームズは言った。「でなければ今夜、あなたとご一緒されていたでしょう」

「単にほかの用事があったのかもしれませんわ」彼女は言った。

「でしたらミセス・ローズヴェルトが不在の理由をお訊ねになるでしょうな」

ブラント夫人が返事をする前に、ローズヴェルト氏が英国からのお客さまのために乾杯をしようと皆に呼びかけ、自宅に私たちを招くことができて「たいっへんに喜ばしい《ディーライテッド》」と高らかに言った。ローズヴェルト氏は普通の人間より十本は歯が多いのではないかと見え、彼が「たいっへんに喜んでいる《ディーライテッド》」ときは、その歯を全部見せる勢いで笑う。私もつい目を惹かれたぐらい、その笑顔はひんぱんに見られた。

その後話題が変わると、ブラント夫人はホームズの天職について何も言わなくなったが、時間がたち、紳士たちがブランデーや煙草を楽しんで、ふたたび客間の淑女たちのところへ戻ったとき、またその話を持ち出してきた。私がローズヴェルト夫人と話をしていたとき、まるで私たちのホスト夫妻が手はずを整えていたかのように、ブラント夫人がホームズをわきにつれていった。だが、何分もしないうちにホームズは、ブラント夫人と内密の話をしていた部屋の奥のすみから私を呼んだ。

「ワトスン、ブラントさんが非常に興味深い事件の話をしてくれているんだが、一緒に聞いてくれないか」ホームズはそう言い、彼女の隣の椅子を私に示した。「ミセス・ブラント、今のお話は、ワトスン君の前でも気兼ねなく話していただいて大丈夫ですよ。どうぞ続けてください」

「今ホームズさんにお話ししていたのですけれど」彼女は口を切った。「つい先日、若い娘さんが、不思議な状況で姿を消したのです。この街でも非常に尊敬されている牧師のひとり、キリスト教会のペニー牧師のお嬢さんです。彼女は教会の地下室でボランティアの仕事をしていて、突然ふっつりと消えてしまいました。それ以来、誰も姿を見ず、連絡もないままで二週間がたっています」

「その話は新聞で読んだ気がしますな」ホームズが言った。「ちょっとあいまいな記述でしたし、いくつかの記事で異なる話が書かれたりしていましたが」

ブラント夫人は首を振った。「残念ながらニューヨークの新聞は、ほとんど正確性というものに注意を払っていませんのよ。それよりもスキャンダルのほうに興味があるんですわ、そのほうが新聞が売れるから。ハリエット・ペニーが異界の幽霊に連れ去られたという話から、バルバリア海賊（北アフリカ沿岸の海賊）に誘拐されたなんてものまで、私もさまざまな説を見ましたわ」

ホームズは寛大に微笑んだ。「あなたご自身の説はいかようなものなのですか、ミセス・ブラント？」

「私の？」彼女は驚いて問い返した。「本当のところはわかりません。警察が何を考えているかぐらいはわかっていますが」

「何を考えていると？」ホームズは興味を示して訊ねた。

「拉致されて売春宿に連れ込まれたと推測してるんです」

私は、ブラント夫人のような上流の淑女が礼儀正しい場でそんな言葉を使ったことに驚き、ついそれを顔に出してしまった。

「驚かせたのでしたら失礼しました、ワトスン先生。でも、さっきホームズさんが節度あるお言葉でおっしゃってくれましたが、私がこの世の中で自分の道を切りひらいてきたというのは本当なんです。私は看護婦や助産婦の訓練を受けております、きっと私の両親が認める以上の世界を見てきたんじゃないかしら」

それを聞くころには私の驚きもさめていたし、もちろんホームズのほうは彼女の率直さにも平然としていた。「警察は、その若いお嬢さんが見つかりそうな……そういう場所を、捜索しているところなのではありませんか」私は言った。

「ええ、ですが見つかっていないのです。この街にはそんな場所はたくさんありますし、罪もない若い女性を本人の意思にかまわず連れ込んだのなら、それを認める人間などおりませんわ。お察しと思いますが、ご両親は取り乱してらっしゃいますし、牧師の教会の人々も同様です。実のところ、この街で分別ある人々の怒りは、日増しに強くなってきているんです」

「確かにひどい話だ」ホームズも同意した。「ミス・ペニーはあなたのご友人なのですか？」

「いいえ、個人的には知りませんが、話を聞いた人間なら誰でもそうなるように、私も彼女のつらさを思うと心が痛みます。私も何とか手助けをしたいと思っていたのです、世界最高の探偵さんのお力をお借りすることになってでも」ブラント夫人は愛らしい微笑みを添えた。「彼女を見つけられるとお思いになりますか、ホームズさん？　この街にはなじみがないことと思いますが――」

「喜んでお手伝いしましょう」ホームズは確約した。「警察がぼくの意見を聞くことに同意してくれるならですが」

「ひとり、そうしてくれそうな人間を知っています。もしあなたに協力していただけるのなら、ミスター・ローズヴェルトも許可を与えるとおっしゃってくれていますの。マーロイ部長刑事に、明日の朝いちばんで、あなたがたのホテルに向かうように言っておきますわ」

ホームズの表情は変わらなかったが、私と同じことを考えているのはわかっていた。ブラント夫人が選んだ男が警官なら、彼女は本当に社会的地位の低い男性が好みであるらしい。

翌朝、ホームズと私がまだ朝食も食べ終わらないうちに、くだんの部長刑事が現われた。その顔を見るかぎり、よほど歯が悪いか、あるいはよほどホームズの助言を受けるのが腹だたしいらしい。彼は勧められた椅子にしぶしぶ座り、ご親切にも私たちと一緒にコーヒーを飲んでくれつつ、ペニー嬢の行方不明事件の詳細を話した。ブラント夫人からすでに聞いた話と同じだった。

「ミセス・ブラントが事件の話をしてくださったときは、簡単な事件だと言ったら不愉快だろうと思ってやめたのですが」ホームズは言った。「ぼくの経験上、若い女性が姿を消すというのは、たいていの場合、若い男、もしくは芝居一座の役者が絡んでいて、その両方ということも多い。とはいえ、そんなことはあなたもとうにわかっておられるでしょうね」

「もちろんですとも」マーロイはじれったそうに言った。「ただ、ハリエット・ペニーは牧師の娘で、劇場に行くことを禁じられていました。それに通常、女性が駆け落ちする場合は真夜中に窓から抜け出すものですし、旅行かばんを持つはずでしょう。ハリエット・ペニーは、真っ昼間に、着の身着のままで消えてるんです。そのうえ、聞いた話を総合すると、彼女は二十五歳で、実にさえない女性だったそうです。ぼくの知ったかぎりでは、これまで彼女に関心を持った男性はひとりとしていなかったとか」

「まさか警察は、彼女が愚かにも街のよからぬ場所にさまよい込んで、そこで親切なマダムに面倒を見てもらっていると考えているんですか？」

「いいえ、彼女はだまされたと考えてるんですよ」マーロイは不快感もあらわに言った。「マダムが、〝カデット〟と呼ばれる若い男を雇って、寂しい女性に声をかけて誘惑させ、駆け落ちさせるんです。待っているのは結婚生活じゃなく、売春宿に閉じ込められて恥辱を強いられる生活というわけですよ」

「ミス・ペニーのような純真な若い女性なら、そういう男にも簡単にだまされるかもしれんな」私が言った。

「そうだな。ミス・ペニーについてほかに情報は？」ホームズがマーロイに訊ねた。

「そんなにありません。教会の人間は全員彼女を知っていましたが、両親に献身的に尽くし、きちんと仕事をする娘さんだと言うばかりでした」

「友人は？」

「親しい友だちはいません、信頼しているような友人は。いつも母親と過ごしていたそうです、そばで一緒に」

「そんなすばらしい生活からおびきだされる若い女性が、どれぐらいいるものかな」ホームズは皮肉っぽく言った。「ご両親にお会いできますか？」

「親御さんも何があったかわかってないんですよ」マーロイはホームズを牽制《けんせい》するように言った。

「もちろんそうでしょうが、ミス・ペニーのことをもっとよく知る助けにはなるかもしれません」

「あなたに会ってもらえるかどうか訊いてみましょう」マーロイはそう言ったが、あまり望みはなさそうな口ぶりだった。

だが、マーロイ刑事は午後にまたやってきて、ペニー牧師とその妻が自宅へ私たちを招きたがっているという知らせを伝えた。

「先に教会へ立ち寄ってもかまわないかな？」ホテルのロビーを歩いているとき、ホームズが訊ねた。「姿が見えなくなったときに彼女がいた場所を見ておきたいんですが」

「お望みであれば」マーロイが言った。「彼らの家から一ブロックしか離れてません」

マーロイが雇った辻馬車に乗り、だいぶ不愉快な思いをして混み合う街の通りを進んでいくと、やがて風格のある木々の葉に陰った静かな地区に出た。教会は灰色の石造りで、たくさんのステンドグラスの窓に彩られている。中では黒っぽい板が明るく輝き、豪華な祭壇が設置されている。信徒はたっぷりと寄付をしていると見える。それでもなお、英国の教会のような個性はない築二、三十年程度の建物だが、二、三百年もたてば、古典的な建物とまでは言われなくとも、建築様式の一時代の美しい見本ぐらいには見なされるかもしれない。マーロイは私たちを連れて地下室に続く階段を下りていき、いくらか中身が入っている数個の樽が置かれた部屋に入っていった。東にまとめた服が片側の壁際に積んであり、ゴミ山から拾ってきたようなテーブルが部屋中央にある。仕分けに使うテーブルらしいが、今は何も載っていない。

「ミス・ペニーは、みんなが宣教師のために寄付してくれた古着を選り分けていたんです」マーロイは積まれた服の束のことを説明した。「集めたものは樽に入れ、海外に送られるんです」

ホームズは服の束のいくつかを調べ、そのあと、あたかもペニー嬢が樽の中に隠れているんじゃないかというようなそぶりで中をのぞいた。だが、樽には多少の物が入っているだけだし、たとえ小さな子どもでも、その中に長く隠れているのは難しい。「ここは彼女が消えたときのままになっているんだろうか、それともあとで誰かが片づけたのですか？」調査を終えるとホームズはそう訊ねた。

マーロイは眉をひそめた。「ぼくがここへ来たときのままです。誰かが何かする時間はなかったと思います」

ホームズは、その返事が何か謎めいた秘密の意味を含んでいるかのようにうなずいた。「地下室から直接外に出る出入り口は？」

マーロイは私たちを暗い廊下の先にある戸口へ案内した。教会の裏の路地に出られる戸口だ。路地は隣の通りにある家の裏庭と隣接していて、ゴミ缶やその他の屑が散乱している。人通りはあるが、教会の戸口から出てきたわれわれ三人に特別な注意を払う人間はいなかった。みんな自分のことに気を取られていて、どこかほかの場所へと急いでいる。

「彼女が姿を消したのは何時ごろですか？」ホームズが訊いた。

「午前中、九時から正午のあいだです」

「そのあいだ誰も彼女を見ていないと？」ホームズは驚いたように言った。

「みんな教会の中で仕事をしているると思ってたんですよ」マーロイが説明を繰り返した。

「ひとりで？」

「母親が一緒に来ていたんですが、具合が悪くなって帰ったそうです。ミス・ペニーは残ったんです」

「じゃあ、その話は母親に訊くべきだろうな」ホームズが言った。

マーロイはあきらめのため息をつき、私たちをともなって路地から隣の通りへ出ていった。

教会は牧師に広くて居心地のいい家を与えていた。玄関に出てきたのはアイルランド系の若いメイドで、マーロイの顔を見て眉をひそめ、自分の主人の家に侵入しようとしている二人の英国紳士の姿には、あからさまに非難がましい目つきをした。メイドに案内され、私たちはきちんとした客間に通されたが、そこは最近の流行りと見なされるような重々しい家具と無数の骨董品のひしめく場所だった。上品な身なりの初老の夫婦が私たちを待っていた。

マーロイが私たちを紹介したが、どうやらペニー牧師はわが友人の評判を知っていて、こちらの助力を心から喜んでいた。六十を超えたきちんとした男性で、ふさふさした髪は気品のある灰色になっていて、真ん中のあたりは少しくすんだ色になっている。

ペニー夫人は、若いころはさぞ美人だったと思わせる女性で、夫と同じぐらいの年だが、今も整った顔立ちをしている。彼女は客人の姿に釘づけになっていた。

「ミスター・ホームズ、ミスター・ローズヴェルトがみずからあなたに、私たちのかわいそうな娘の捜査を頼んでくださったとお聞きしましたわ」ペニー夫人は、セオドア・ローズヴェルトのような重要人物の注目を惹いたことに、明らかに喜びを感じている。

「警察が実に入念な捜査をしてくれてはおりましたが、ミスター・ローズヴェルトは、ひょっとしたらよそ者のほうが、新鮮な目で事件を見られるのではないかとお考えになりましてね」ホームズはすばやくそう言い、マーロイ刑事のほうにうなずいてみせた。たとえ警察が無能だとしても、ホームズは公に彼らを蔑むようなことはしない。「お嬢さんについて話していただけるでしょうか？」

「どこからお話ししたらいいものやら」ペニー夫人が迷いながら言った。

「何をお話しすれば助けになりますか？」ペニー牧師が訊ねてきた。

「ご家族のことを教えていただけますか」ホームズがうながした。「お嬢さんはひとり娘ですか？」

「ああ、いいえ」ペニー夫人が言った。「違います。ハリエットは五人きょうだいの末っ子です」

「予期せぬときにできた子でした」牧師がそうつけ加えたが、恥じているわけでもなく、かといって、こうした話をする人々にありがちな喜びの表情もなかった。「もうこれで子供は最後だと考えてのち、何年かたって生まれた子なのです」

「幸運でした」ペニー夫人があわてて言い添えた。「ハリエットが生まれてから私の健康状態が悪くなりだしましたので、あの子は私のなぐさめでした。ほんの幼いころのあの子が、私はパパとママとずっと一緒に暮らして、年をとったらお世話をしてあげたいのって、たわいのない願いを口にしていたのを覚えていますわ」

私は自分の仕事柄、ペニー夫人が実に健康で、二十五年も前から体が弱りはじめているようには見えないことに気づかずにはいられなかった。

「ハリエットは美しい娘です」この牧師の言葉はマーロイの話と矛盾するもので、牧師の妻は驚き、否定的な目をした。「内面的な美ではありますがね」牧師はあわてて説明した。「精神の美とでも言いましょうか」

「ほかの子たちは本当に整った目鼻だちなんです」ペニー夫人は、自分の基準を満たさない子供を産んだことで人に低く見られたくはないという態度で、私たちに理解を求めた。「だけどかわいそうなハリエットは……。そんなわけであの子は、結婚して家族を持つという願望など持つべきじゃないんですよ」

「だけどあの子には善良な心があります」牧師は続けた。「われわれ宣教師の家族と手紙をやりとりしたり、彼らのためにいつも物を集めてやったりしておりました」

「いなくなった日、どうしてお嬢さんは教会にひとりで残っていたのですか?」とホームズ。

「朝はもちろん私が一緒にまいりました」ペニー夫人が、ほとんど弁解でもするように言った。「いつもそうしているようにです。古着を選り分けて樽に詰めて、異国の地にいる宣教師たちに送ろうとしていました」

「ええ、ミスター・マーロイもそう説明されておりました」

「ですが、着いてすぐに」ペニー夫人は言葉を続けた。「ハリエットが私に、『ママ、今日は何だか顔色が悪いわ。家に戻って休んだらどう?』と言い出したんです。ハリエットはいつも私の体調を気遣ってくれるんです」

「それで彼女をひとり残して戻ったのですか?」私は思わずそう言った。

「もちろん違います!」ペニー夫人は声をあげた。「ミセス・ジェンキンズとミセス・スミスがすぐ来るはずだったんです。あの子がひとりになるのは、せいぜい二、三分のはずでした」

「それで、そのお二人は実際にはいつ?」ホームズが訊ねた。

「来ませんでした」妻が返事をする前に牧師が言った。「結局来なかったのです。どうやら……あの二人が、教会に来るはずの日を勘違いしていたようで」

「次の日だと思い込んでいたんですよ」マーロイが口を挟んだ。これは自分が担当する事件で、すべての事実は把握しているとでも言いたげだ。

「あの人たちが来なかったことは一生許せません」ペニー夫人がはっきりと言った。「来てくれていたら、娘はまだ私たちのそばにいたはずです。ああ、ミスター・ホームズ、かわいそうなハリエットは戻ってこられるでしょうか?」

「もちろん居場所を探します」ホームズは軽々しい口約束を避けながら言った。「その朝に教会へ行ったのは徒歩ですか、それとも馬車で?」

「ああ、いつも歩きます。教会まではすぐですから」

「ハリエットさんは何か荷物を持っておられましたか?」

「服の束を。ご近所を回って集めた、樽に詰める寄付の服があったので。あの子はいつも人様のことを考えていましたから」

「運んできた服をお嬢さんが仕分けするところは見ましたか？」

ペニー夫人は妙な顔をした。「見ていないと思います。ハリエットが私に家へ帰ったほうがいいと言ったのは、着いて早々のことでしたから」

「ハリエットさんは結婚して家族を持つ願望がなかったとおっしゃいましたが、興味を示して言い寄ってくる若い男性もいなかったのですか？」

ペニー夫人は悲しげに首を振った。「残念ながらいませんでした、ミスター・ホームズ。かわいそうなハリエットは、とても恥ずかしがり屋で、あの子には、その……若い女の子がお若い紳士を惹きつけるようなものが、何もなかったんです」

「それにおわかりのように、私が聖職者ですから」ペニー牧師も言った。「ハリエットには、求婚者が望むような美しさや魅力がないだけでなく、それを補えるような金銭的な利点もありません」

「これまでの人生にわたってずっと、お嬢さんを気にかけてくれる男性はひとりもいなかったということですか？」ホームズは仰天したように訊ねた。

ハリエットの両親はとまどったように視線を交わしながら記憶を探っていたが、そんな男性のことはひとりも思い出せないようだった。私はハリエット・ペニー嬢のことを、心底気の毒に思いはじめた。

両親が返答できないでいると、ホームズが言った。「その朝のミス・ペニーはどんなようすでしたか？」

「ようす？」そんな単語は知らないというような顔で、牧師が訊き返した。

「そんなことを訊かれるのも妙なものですが」ペニー夫人はその単語を理解してくれた。「その朝、あの子はとても陽気だったんです。あんなに機嫌のいい娘は見たことがないぐらい。ああ、待って、あるわ。あの子がミスター・イーサリッジをチェスで負かしたときよ」

「ミスター・イーサリッジというのは？」ホームズが関心を示した。

「プリンストン神学校の学生さんで、去年、実地訓練のために私どもの教会に来たのですよ」どうでもよさそうな口調でペニー牧師が言った。

「ここにいたあいだに、何度かハリエットとチェスをしていました。きっと彼が勝たせてくれたんですわ」ペニー夫人が明かした。「ハリエットはチェスも下手だったから」

「ミスター・イーサリッジはその後どうなったのですか？」

「ここに半年いたあと、神学校へ戻りました」牧師が言った。「もう一年になりますが、特に連絡はありません」

「ミス・ペニーが最近ほかの男性と知り合ったということはありませんでしたか？　たとえば最近教会に来て、お嬢さんと親しくなった人などは？」

「まったくいません」ペニー夫人はぴしりと言った。「ハリエットは静かな生活をしていました。今どきの女の子たちのように出歩くこともないですし、男の方と会うことにも興味はありませんでした。申し上げましたように、あの子には結婚にも興味がなかったのです」

「そうですね。ご両親の豊かな暮らしのために、すべてを捧げておられたのでしょう」ホームズが言った。実を言えば、私はホームズのそのさりげない皮肉に声を上げて笑いそうになり、咳払いでごまかした。マーロイでさえも手で口をこすり、笑いを隠していた。

ペニー夫妻のほうはこの皮肉にまったく気づかなかった。

「あの子はどうなったんでしょうか、ミスター・ホームズ？」ペニー夫人は心から心配そうに言った。「どう思われますか――？　つまり、新聞があまりにひどいことを書いているもので」彼女は身を震わせた。

「変に希望を持たせるようなことは申しませんが、できるならぜひこの事件を調べてみたいと思います」

「ああ、よかった」ペニー夫人はうれしそうに言った。「お願いします！　たとえ最悪の事態になっていようと、あの子を探してください。ああ、あの子がそばにいない人生なんて考えられません」

ホームズは立ち上がり、マーロイと私もあとをついていった。私たちはペニー夫妻に別れの挨拶を告げ、メイドが出口に案内してくれた。「きみはメイドとしてずっとここで働いているのかね？」メイドが帽子を渡してきたとき、ホームズは彼女にそう訊ねた。

メイドは身を固くし、英国人がどんな不快なことを言ってくるかと身がまえた。「はい、そのとおりです」

「ミス・ペニーの世話も？」

「そうです、あんな優しい女性はほかに存じません」

「ぼくの頼みを聞いてほしいんだ、ミス・ペニーの服を調べてみてくれないか」

「何のためですか？」メイドはホームズの指示を聞くべきかどうか図りかね、そう訊き返した。

「何かふだんと違うことがないか見てもらいたい」

「何かなくなっているかもしれないってことですか？」メイドは小馬鹿にするように言った。「ミス・ペニーがあの朝いなくなってから、誰も持ち物には触れてません。間違いありません！」

「きみは勘違いしているね。彼女の持ち物を調べれば、意外な物が見つかるはずなんだ。ぼくたちはたぶん明日もまた来ることになる、そのときに見つけたものを報告してもらいたいんだが」

メイドは眉をひそめ、この英国人こそ間違っていると言わんばかりに、私たちの背後で少し大きな音をたててドアを閉めた。

「両親は何の助けにもならないと言ったでしょう」マーロイが言った。

「それどころか、とても参考になりましたよ」

「まさか彼女の居場所がわかったとでも言うんじゃないでしょうね？」

「ほぼわかりました」ホームズがそう言うと、マーロイは愕然とした。「ホテルに戻って、いくつか問い合わせをしたり、電報を打つ必要はあります。返事がもらえたらすぐ、もう一度ペニー夫妻の家へ同行してほしいのですがね」

マーロイは疑念たっぷりの顔で私たちと別れ、われわれはホテルまで戻った。ホームズはホテルの電話でどこかに連絡を取り、それからマーロイにも言ったとおり電報を打った。その後、まだ陽が高いので自然史博物館に行こうと言い出した。だが、私が事件のことを訊ねようとしても、電報の返信が来るまではと、何も話してくれない。返信は翌日の昼食の直後に届き、ホームズはマーロイを呼びにやった。その午後遅くに私たちはペニー家に到着したが、ホームズはペニー夫妻と話すまではだめだと言い張り、マーロイにも私にも状況を説明しようとしなかった。

きのうのメイドが出迎えたが、今日はずっと敬意ある態度でホームズに接し、小声で何か報告していた。話の内容が何であれ、その瞳は驚きに大きく見ひらいている。ホームズはメイドが何を言ってくるか全部わかっていたかのようにうなずき、それから自分たちをペニー夫妻のもとへ案内させた。

夫妻はあのごちゃごちゃした客間で私たちを待っていて、その顔は期待に満ちていた。

「あの子を見つけてくださったんですか、ミスター・ホームズ？」ペニー夫人が急かすように訊ねた。「あの子は無事なんですか？　私たちのもとへ連れ戻してもらえるんでしょうか？」

「ほら、母さん、そんなに期待しすぎてはいけないよ」ペニー牧師は不安そうに眉をひそめて妻をいさめた。「ミスター・ホームズが連れ戻してくれたとしても、もうあの子は今までどおりのあの子じゃないかもしれないんだ、わかるね」

「確かに、今までどおりのお嬢さんではなくなっていると言えますね」ホームズがそう言うと、ペニー夫人はぎょっとして息をのんだ。「とはいえ、あなたがたの娘さんが安全な場所で無事にいることをお伝えできるのは、うれしく思いますよ」

「でも、いったいどこに？」ペニー夫人は叫んだ。「なぜ家に戻ってこないのですか？」

「なぜなら彼女は、自分の意思でここを去り、戻りたいとは思っていないからです」

今度はハリエット・ペニーの両親どちらもが息をのんだ。「そんなばかな！」父親は憤激して叫んだ。「娘が自分から姿を消すはずがないことはわかっていますよ」

「自分から消えたというばかりでなく、入念に計画されたものです。説明いたしましょうか？」

「ぜひそうしてもらいたいですね、私があなたを家から放り出さないうちに！」ペニー牧師のハンサムな顔は怒りでまだらに染まっている。

「まず最初に申し上げますが、ミス・ペニーはその朝、教会でひとりきりになれるように手はずを整えていたのです」

「なぜそんなことをする必要が？」ペニー夫人が訊ねた。

「お嬢さんはほかの二人の女性に、来てもらうべき日は明日になったと告げ、その朝は教会に来させないようにしたのです。それから彼女は、ミセス・ペニー、あなたに家に戻るように言い、古着を分別するなどという不愉快な仕事から解放してやったのです。あなたがあっさりその申し出に応じることは、お嬢さんにはわかっていたに違いありません」

ペニー夫人は返事をしなかった。彼女は怒りの顔で黙りこくり、ホームズをじっと見つめていた。

「お嬢さんは、まったくひとりきりで、誰からも見られていない状況になると……たぶんこれまでの人生でも数えるほどしかない機会だったんじゃないかと思われますが、そこで教会を立ち去り、ユニオン駅まで歩いていき、サンフランシスコ行きの列車に乗りました」

ペニー夫妻は激しく反発し、マーロイでさえも異論をとなえた。

「彼女が教会を出たところは誰も見ていないんですよ」マーロイはホームズに言った。「そのことは近所中に訊いたんですから」

「何と訊ねたんです?」ホームズが言った。

「男と一緒に教会を出ていく若い女性を見なかったかと」

「だが、彼女は男と一緒ではなかったし、強いられたわけでも、何かにおびきよせられたわけでもなかった。静かに外へ出て、人ごみの中に消えたんでしょう。路地にいた人間は誰も気にとめなかった、彼らがきのうのぼくたちを見もしなかったのと同じように」

「あの子が家や家族を置いていくなど、まして列車に乗ってどこかへ行くなどありえませんよ!」ペニー牧師は言い張った。「母親や私にそんな心配をかけるようなまねは、絶対にしませんん!」

「それに、どうしてサンフランシスコなんかへ?」ペニー夫人が言った。「あそこに知り合いなんてひとりもいないのに!」

「いいえ、います。ミスター・イーサリッジがサンフランシスコに住んでいます。プリンストンを卒業したあと、そこの教会に招かれたのですよ」

「イーサリッジ？　ハリエットがどうしてイーサリッジの居場所など知ってるんです？　そもそも、なぜあの子がそんなことを気にかけるんです？」ハリエットの父親は小馬鹿にしたように言った。

「ミス・ペニーがミスター・イーサリッジに好意を持つようになり、彼のほうも同様だったからだと思います」

「そんなはずはない！」ペニー牧師は言い張った。

「彼が神学校に戻ってからも、二人は何カ月も手紙をやりとりしていたのです」

「あの子が誰かと文通していたら、私が気づかないはずないわ！」ペニー夫人が泣き叫んだ。

「ペニー牧師ご自身がおっしゃったように、お嬢さんは宣教師に手紙を書いておられた」ホームズは指摘した。「そうした郵便物にイーサリッジへの手紙をまぎれ込ませ、同じように返事を受け取ることも簡単にできたはずです」

「でも……」ペニー夫人は、ホームズの主張をくつがえせる反論はないかと必死に考えた。「それでも自分から出ていったはずはありません。ヘアピン一本持たずに出ていってるんですよ！」

「その朝に家を出たとき、お嬢さんが服の束を持っていたとおっしゃったのは、あなたご自身かと思いますが」ホームズは言った。

「中古の服ですよ」ペニー夫人は言った。「近所から集めてきた服です。私がこの目で見ています！」

「ですが、その日束にしてあった服は、選り分けるところまでは見なかったとおっしゃいましたね。メイドを呼んでいただけますか？」

話題と無関係に見えるこの発言に驚きながらも、ペニー牧師は呼び鈴の紐を引いた。メイドはすぐさま現われたが、その瞳はまだ驚きで大きいままだった。

「きのうおいとまする前に」ホームズは言った。「こちらのメイドさんに、何かなくなったものがないか、ミス・ペニーの服を調べてほしいと頼んでおいたのです。引き出しは空っぽだったかな?」ホームズはメイドに訊ねた。

「いいえ、全部きちんと中身が詰まっていました」

「ほらね」ペニー夫人が言った。「言ったじゃありませんか!」

「何かおかしなところは見つからなかったか?」ホームズはペニー夫人を無視して質問を続けた。

「はい、ありました」メイドは熱心にうなずいた。「引き出しの中の服は、どれもミス・ペニーのものではありませんでした!」

「誰のものだったんだ?」ホームズが言った。

「わかりません」メイドは答えた。「ですが、みんなぼろぼろで古くて、捨ててしまうようなものばかりでした」

「あるいは、異国にいる宣教師に送るようなものだね」ホームズが言った。

「いったい何の話をしてらっしゃいますの?」ペニー夫人が叫んだ。

「ミス・ペニーは自分の持ち物を、宣教師に送るはずの服と一緒に束ねて、引き出しには集めた古着を残しておいたのです。おそらく準備段階で、あらかじめ教会に旅行かばんを隠しておいたのでしょう。あの朝、あなたが教会を出ていってから、彼女は家から運んでおいた自分の持ち物をかばんに詰め、それを持って列車に乗ったのです。ミスター・イーサリッジが送ってくれた切符を使い、彼のもとへ向かったのですよ」

「すべて憶測です」ペニー夫人は怒りに顔を真っ赤にして叫んだ。「そんな言葉、何も信じません」

だが、ペニー牧師のほうは少しおとなしくなり、考えるように眉をひそめ、ホームズをじっとながめていた。「そういうことですか、ミスター・ホームズ。あなたはこんな無茶な話を懸命にでっちあげて、妻と私を安心させようとしているんですね。娘がすでに堕落した女になって、どこか見つけることのできない場所に閉じ込められているとお考えなのでしょう。もしそういうことでしたらはっきり言いますが、私たちには真実を耳にする覚悟はあります、それがどんなことであろうとも」

ペニー夫人は苦悩の叫びを上げ、夫が言うほどには覚悟がなさそうなようすを見せたが、ホームズはそれを無視した。ホームズはコートの内ポケットに手を入れ、今日受け取った電報を取り出した。「相手に無礼なこととは思いましたが、きのう、プリンストン神学校に電話してみました。あちらがご親切にも、ミスター・イーサリッジのサンフランシスコでの住所を教えてくれましたので、彼に電報を打ち、ミス・ペニーが姿を消したせいでニューヨークが大騒ぎになっていると知らせました。そんなまずい事態になっているとは思ってもいなかったようです。おそらく彼とミス・ペニーは、両親以外に彼女がいなくなったことに気づくような人間はいないと思っていたのでしょう。そんなわけで、二人はあなたがたに、自分たちは三日前にサンフランシスコで結婚したと伝えてほしいと言ってきました。祝福するのが筋かと思います」

ホームズは電報を差し出したが、ペニー牧師はまだ狼狽《ろうばい》していて、先にマーロイがそれをひったくった。

「本当だ」電報をながめたマーロイ刑事が言った。

「恩知らずのあばずれが」ペニー牧師はきっぱりと言った。「よくもこんな自分勝手なまねを。

母親と私をこんなにおびえさせておいて、すべては自分だけのためにやったたっていうのか！」

「そういえばあの子、ほんの何週間か前に私に訊いてたわ。もし私と結婚したがってる人がいたらママはどうするかって」ペニー夫人が怒りをあらわにして言った。「ばかなことを言うんじゃないのって私は言ったのよ、誰もあんたと結婚しようなんて男性はいないし、あんたにはパパと私の世話をする義務があるんだって。それでもあの子は私たちを捨てる道を選んだのよ！」

「ぼくには新聞社に友人がいます」マーロイが言った。「話を伝えますよ。事件の真実は明日の新聞に載るでしょう、それで街も静かになってくれるはずだ」

「社会面に結婚の公告も載せるべきですな」ホームズが提案した。「少なくとも結婚を認めたという印象だけは与えておくために。しばらくはゴシップにならずにすむでしょう」

自分の考えや勇気など持ちあわせていないと信じていた娘に裏切られ、衝撃を受けているペニー夫妻を残し、私たちはそこをあとにした。

「ハリエット・ペニーにそんな度胸があるなんて、誰が考えたでしょうね？　どうしてそんなことがわかったんですか？」私たちが辻馬車を探して並木道をのんびり歩いているとき、マーロイが訊ねてきた。それが彼が思いつくことのできた、精いっぱいのホームズへの賛辞だった。

「ミス・ペニーはさえない女性だったときみが言ったとき」ホームズは小さな笑みを浮かべながら事件を振り返った。「それを聞いて、どうしてマダムに雇われた若い男が……そういう男を何て言うんでしたかな？」

「カデットですよ」マーロイが答えた。

「そのカデットとやらが、そんなに魅力のない女性を選ぶようなことをするだろうかと思ったんですよ――そうでなくても、そうした商売にはだいぶ年もいっている女性をね――この街にはもっとましな女性がいくらでもいるのに。そんなわけで、売春宿に誘拐されるというのはなさそうに思えましてね。前に言ったように、若い女性が姿を消すときは、たいてい男か役者が絡んでいる。いなくなった牧師の娘が劇場に行ったことがないとすれば、あとは、どれほどそんなことをしそうにない男であれ、その男の正体を突き止めるだけでよかった」

「彼女は賢明でしたね」マーロイが言った。

「あの二人から逃げ出す必要があったということでしょう」ホームズは言った。賢明だったかもしれないが、シャーロック・ホームズほどではないだろう。

クロケット大佐のヴァイオリン

The Case of Colonel Crockett's Violin

ギリアン・リンスコット

Gillian Linscott

エドワード時代の女権拡張論者、ネル・ブレイを主人公とした長編ミステリで知られる。その第8作『姿なき殺人』は、2000年のCWA最優秀歴史ミステリ賞を受賞した。作家になる前は『ガーディアン』誌のレポーターやBBCラジオの議会担当レポーターをしていた。イングランドのヘレフォードシャーで築350年のコテージに住み、プロの庭師としても仕事をしている。

「認めたまえ、ワトスン。テキサスは、きみの期待どおりじゃなかったろう」

わが友人は、ホテルのバルコニーに置かれた籐椅子でのんびりくつろぎながら、口元にかすかな笑みを浮かべていた。海上で過ごした日々が、彼の健康と精神状態に奇跡をもたらしていた。うっすらと日に焼けた彼の顔に、パナマ帽のつばが影を落としている。

「想像どおりじゃなかったね」私は認めた。

彼は笑った。

「きみは、投げ縄や六連発拳銃を持ったカウボーイや、ワシの羽根がついた戦闘用の頭飾りをかぶったインディアンの酋長を期待していたんだろう」

ベイカー街でめまぐるしい日々を送っていたわれわれのもとに思いがけない招待状が届いたとき、脳裏に浮かんだのはまさにそういう光景だったので、私はいらだちを必死に隠そうとした。

「確かに、サン・アントニオはずいぶん平穏そうに見えるね」と私は言った。

二階下、メンガー・ホテルの中庭では、バナナの木の大きな葉っぱが静かに風に揺れている。ラウンジと寝室が二つ、それにバスルームがついたわれわれのスイートルームは、清潔で居心地が良く、ロンドンのどのホテルにもひけをとらないどころか、もしかするとそれ以上かもしれない。私が立っている位置からは広場の一角が見え、日向と日陰とを出たり入ったりしながら通り過ぎてゆく男たちは、暑さゆえにゆったりとした歩調で歩いている以外は、どこにでもいるビジネスマンとほとんど変わりがなかった。灰色のポニーに引かれた一台の簡素なランドー（二人乗り四輪馬車）が、白い服の婦人を乗せ、小走りに視界に飛び込んできてはまた消えた。

「荒々しい時代《ワイルド》を見るには、来るのが遅すぎたんだよ、ワトスン。七十年前なら、ぼくらも幌馬車に乗ってやって来て、好戦的なきみの期待どおり、勇ましいメキシコ人戦士たちに追い回されたかもしれない。正直言って、ぼくはマロリー汽船の旅のほうが好きだがね」

私たちはマロリー社の三千トンの蒸気船アラモでニューヨークからガルヴェストンまで海岸沿いに南下し、そこから先はプルマン・カー（豪華な寝台付き特別列車）に乗り継ぐという快適な旅をしたのだった。招待状には、くれぐれも旅費は惜しまず、便利な方法でお越しくださいとあった——他人ではなく自分の考えで必要と思うだけの時間と金をかけるホームズには、どちらも無駄な忠告というものだが。彼は立ち上がり、バルコニーの手すりのところへやって来ると、私と一緒に中庭を見下ろした。白いスーツに白い帽子の紳士が、受付のところからわれわれの部屋へ通じる階段のほうへ歩いてきた。ホームズは満足そうに含み笑いをした。

「ぼくの勘違いでなければ、依頼人のお出ましだぞ」

ベンジャミン・オースティン・バラットは五十がらみの紳士だが、今なお活力にあふれていた。背筋がぴんと伸びて肩幅は広く、髪はふさふさと黒いし、小さな口ひげを残して、ひげはきれいに剃られている。彼は礼儀正しく、自分が生まれ育った町へやってきたわれわれを歓迎するのが唯一の目的であるかのように、私たちの体調と旅の安否を訊ねた。前置きをさえぎって仕事の話を切り出したのはホームズだった。

「いただいたお手紙には、〈テキサス共和国の娘たち〉に代わって手紙を書いているとありましたが、あなたのことは、彼女たちの代理人と考えてよろしいのでしょうか？」

「はい、さようです。ご存じとは思いますが、テキサスはアメリカ合衆国の一部になる前は独立した共和国として独自の主権をもち——」

「ええ、そのことは知っています」

ホームズは、じれったそうに言った。テキサスへ南下する旅の道中で一緒になった人々から、ホテルに到着したときに部屋に荷物を運んでくれた青年に至るまで、これまでに出会った人々のほぼ全員が、われわれの顔を見るなり、この事実を教えてくれたのだった。バラットは少しも不快感を表わすことなく説明を続けた。

「ご婦人がたは、あなたに接触するのは、われわれの社会においてある程度の地位を確立した実業家が望ましいと考えたのです。私は彼女たちが推進するアラモ・プロジェクトの後援者のひとりとして名を連ね、議題である問題にも関心を抱いておりますから、私からあなたにお手紙を差し上げるのがいいということで話がまとまったしだいです。手紙から、われわれが置かれた困難な状況をいくらかお察しいただけるのではないでしょうか」

「多すぎるデイヴィー・クロケットのヴァイオリンの事件ですね」

ホームズの口調は軽かった。この一件に好奇心をそそられた彼は、なかば浮き浮きした気分で招待状に応じたのだった。一瞬、バラットの態度が硬化し、声にはかすかに非難の調子が感じられた。

「ええ、そうです、クロケット大佐のヴァイオリンです、ミスター・ホームズ。わが国の歴史上、最も有名な楽器です。あれが戦火を逃れて現存しているのは、奇跡のようなものなのです。それが二つも存在するのではいかにもばつが悪いので、ご婦人がたは、世界で最も偉大なる探偵であり、たまたまヴァイオリンのアマチュア奏者でもあるあなたに、この問題の解決を委ねるしかないという結論に達したのです」

その賛辞に、ホームズは当然とばかりにうなずいた。

「お手紙には、急を要するとありましたが」

「そのとおりです。〈テキサス共和国の娘たち〉は今年、六十九年前に戦いの舞台となった、かつてのアラモ伝道所の遺跡を保護する役目を担うことになりました。彼女たちは、そこを国の聖地兼博物館として公開する予定なのです。当然ながら、クロケット大佐がテネシー騎馬ライフル部隊を率いてアラモ砦《とりで》の防御に加わった際にたずさえていたヴァイオリン、包囲攻撃を受けるあいだずっと部下を励ますために弾いていたというヴァイオリンは、最も貴重な展示物となるでしょう」

「デイヴィー……クロケット大佐が、アラモにヴァイオリンを持っていったというのは事実だよ」と私は口をはさんだ。「ある晩、彼はバグパイプを演奏する男と張り合って……」

ロンドンを発つ前、私は少しばかり本で知識を仕入れておいたのだが、それがもたらしたものは、ホームズから向けられたいらだたしげな視線だけだった。

「それは定説として受け入れてもいいでしょう。しかし、メキシコ軍が一気にアラモ砦を襲撃してきたとき、ほかは何もかもが壊滅したというのに、ヴァイオリンのような壊れやすいものがどうやって破壊を免れたのか、説明がつくんですか?」

「ヴァイオリンのうちひとつは、私が所有しております」バラットが言った。「明日の晩、私どもと夕食をともにしていただければ、ぜひそのときの話をさせていただきたいと思いますが、ヴァイオリンの来歴には充分な根拠があり、どなたにも納得していただけるものと信じております」

「で、もうひとつのヴァイオリンは?」とホームズ。

「ミセス・ルグランジェはきっと、ご自分のヴァイオリンこそ確かな歴史的根拠をもつ品だとおっしゃるでしょうな。彼女があなたにお目にかかるつもりなのはわかっています。ひとつだけ、はっきりさせておきたいのですが」

これまでの会話で初めて、彼はためらいがちな声で言った。

ホームズは片方の眉を上げ、話の続きをうながした。

「ミセス・ルグランジェと私のあいだには、何ら敵対心はありません、これっぽっちも」とバラットは言った。「彼女は非常に魅力的な、愛国心の強い女性で、われわれはみな彼女のことを尊敬しております。彼女も私も、この件についてはできるだけ事を荒立てず平和に解決するべきだということで意見が一致しておりますし、双方、あなたのご判断に素直に従うつもりです。明日の晩六時に、馬車でお迎えに上がってもよろしいですか?」

ホームズは、それで結構ですと答えた。

バラットが中庭を通って帰っていくとき、反対側からやってきたホテルのメッセンジャーボーイが彼とすれ違い、一通の封筒を手に、われわれのスイートルームへ通じる階段を上ってきた。

「もうすぐ、二つ目のヴァイオリンの持ち主から招待状が届くぞ」とホームズは言った。

ドアをノックする音がした。私が出ると、メッセンジャーボーイは一通の封筒を手渡した。

「開けて読み上げてくれないか、ワトスン」

手紙には、カールやループだらけの、まるでもつれた釣り糸のような文字で、〝エヴァンジェリーン・ルグランジェ〟と署名があった。私は手紙を読み上げた。

ホームズ様

紹介もなしにいきなりお手紙を差し上げるご無礼をお許しください。明日の昼、あなたとワトスン博士をサン・ペドロ・スプリングズでのピクニック昼食会《ランチョン》にお誘いしたいのですが、ご都合はいかがでしょうか。もしよろしければ、十一時にギグ（一頭立て二輪軽馬車）を差し向けます。

ホームズはメッセンジャーボーイを待たせておいてくれと私に言うと、ホテルの便箋に、申し出を受ける旨の丁重な手紙をさっと書いた。

「彼女は住所を書いていないよ」と私は言った。

「住所など必要ないさ。反対側の窓から外を見れば、灰色のポニーが引くランドーに乗って待っている彼女の姿が見えるはずだ」

てっきり、彼が気づいていないものと思っていたが、間違いだった。

その日はずっと、私はサン・アントニオの町を探索して過ごした。だがホームズは日陰になったバルコニーから引き離されるのを拒んで、パイプをふかしながら、究明すべき謎とは何の関わりもない本を読んでいた。サン・アントニオは、第一印象そのままの穏やかで繁栄した町だ。どちらの方向へふらふらと歩いていっても、決して川岸から遠く離れることはない。そよ風が、奇妙にねじ曲がった樫の木立にサラサラとそよぎ、南国の熱をさわやかにしてくれる。うれしいことに、まぎれもないカウボーイたちの姿も見えた。彼らは幅広いつばのついた帽子をかぶり、革のオーバーズボンをはいて、痩せこけた馬に乗せた、クラブのひじ掛け椅子さながらの大きく深い鞍にゆったりと身をまかせていた。もうじき日が沈むというころ、私は丘の上にある兵舎まで行き、夕食前に散歩しようと友を説得するために、ふたたび丘を下った。私が出掛けているあいだにホームズが活動した形跡はなく、そのとき彼の目が大きな広場のかたすみで燃える炎をとらえなかったならば、外に連れ出そうとする私のもくろみは失敗に終わっていたかもしれない。

「なんてこった、ホームズ、建物に燃え移ったんじゃないか？」私は大声を上げた。

「それほどの大惨事じゃなさそうだ。見に行ってみようか？」


まず彼の鋭い感覚が香辛料と黒焦げになった肉の匂いを嗅ぎつけ、まもなく私のほうもそれを悟った。夕闇に包まれた広場をぶらぶらと横切っていくと、その一角に、焼肉用こんろがあるメキシコ人の露店が十軒ばかりあった。楽団がアコーディオンとヴァイオリン、それにガラガラと音のする楽器で軽快な音楽を奏で、曲の途中で入る女の物悲しい歌声が、かすかな哀愁と切なさを添える。私たちは、薄闇の中で歯だけがやけに白く見える褐色の笑顔と、黒髪に銀の飾りを編み込んだ女たち、そしてスペイン語のささやき声に囲まれていた。広場をほんの数歩横切っただけで、はるばるリオグランデ川の対岸へ渡り、メキシコそのものにやってきたような気分だった。思いがけないことが起きるといつもそうだが、ホームズはうれしそうだった。彼は物売りの女から、くるくると巻いたパンケーキのようなものまで買っていた。

「おいおい、ホームズ、何を食べているんだい？」

「何だかわからないが、かなりいけるよ。きみも食べてみるといい」

香辛料が効きすぎて、私は咳き込んでしまった。ホテルまで歩いて戻る途中、メキシコ人の男がひとり、どこからともなく現われ、こちらへ近づいてきた。年は三十くらいだろうか、ハンサムで、礼儀もわきまえていた。

「失礼ですが、セニョール、あなたはシャーロック・ホームズさんではありませんか?」

男は英語で話した。ホームズがうなずくと、一片の紙を差し出した。

「私の住所です。ぜひお訪ねいただきたいのですが」

男は挨拶をすると、現われたときと同じように、闇の中へすーっと消えていった。

「新しい依頼人が現われたようだね」私は笑いながらそう言った。「消えたラバのことで相談したいのかもしれないよ」

「おそらくね」

ホームズはそう言ったが、思案ありげなようすで、紙切れをていねいにポケットにしまい込んだ。


翌日の午前中、一台のギグがやってきて、私たちを町から一マイルほど北にあるサン・ペドロ・スプリングズへと運んでいった。それまで見たことのない楽しい公園で、岩山から湧き出た三つの澄んだ泉が、草に覆われた斜面やペカンの木立のあいだを流れ落ちている。われわれを招いてくれた女主人は、そうした木立のひとつに場所を定め、まわりでは入念にピクニック・ランチョンの準備が進められていた。折りたたみの椅子やテーブルが用意され、テーブルには覆いを掛けた皿やワインクーラーがいっぱいに並んでいる。黒人とメキシコ人の使用人が四人いて、われわれよりも先に到着した客たちに飲み物をふるまっていた。エヴァンジェリーン・ルグランジェは、堤防のように重ねたクッションに腰掛け、空色のドレスと、顎の下で青いリボンを結んだ白い帽子に、ちらちらと木の葉の影が揺れていた。うれしそうな声を上げてぱっと立ち上がると、草につまずきながらこちらへやってきた。

「ミスター・ホームズ……なんてご親切に……とても信じられないわ。そしてあなたは、ワトスン先生ですね、お会いできてうれしいです」

白い手袋をはめた彼女の小さな手は私の手の中にあり、あたりの空気にはジャスミンの香りが漂っていた。帽子の下の束ねていない髪は、黒っぽいヒースの蜂蜜のような色で、肌は雪花石膏のごとく真っ白でなめらかだった。あえて女性に酷なことを言うならば、近くで見ると、木陰にいたときよりは年かさに見えたが――おそらく三十代後半だろう――身のこなしや話しぶりは、少女のようにはつらつとしていた。彼女は男性客にクッションを積み上げさせ、自分の横に私たちの席をこしらえると、使用人のひとりを呼んで、氷で冷やしたシャンパンを持ってこさせた。カリフォルニア産のシャンパンだ。フランスのものよりもずっと上等ですよ、と何人かが味を保証した。私たちが席につくと、彼女は客と使用人に向かって手を叩いた。

「これからミスター・ホームズとヴァイオリンの話をしますから、ちょっと席を外してください。どうせ、みなさんはもうご存じの話ですから」

みんなは素直に方々へ散っていき、そばを流れる小川のように心地よく響く声で彼女が語ったのは、次のような話だった。

「ご存じのように、アラモ砦の兵士たちは、サンタ・アナ将軍率いるメキシコ軍に包囲されていました。けれども、その古い建物に詳しい地元の人々は、秘密の出入り口があるのを知っていました。もちろん、砦を守る勇敢な兵士たちはそこから出入りしようとはしませんでしたが、それ以外の勇気のある人たちが、そこから食料を運び込んだり、砦に入って怪我人の世話をすることができました。そうした人たちの中には女性もいて、私はこれを誇りに思っているのですが、そのひとりが私の母方の祖母マリアンでした。当時まだ十九歳で、砦を守る兵士のひとりが恋人だったのです。勇敢な娘は、夜になると寝室を抜け出し、アラモにいる恋人のもとへ食料と水を運びました。それが五度続き、六度目のとき、兵士たちはもう終わりが近いのを悟っていました。クロケット大佐はみずからマリアンをそばへ呼び、もう来てはいけないと告げたのです。私には、そのとき大佐が言った言葉をそっくりそのままお伝えすることができます。その言葉は祖母のマリアンから母に、母から私に伝えられました。大佐は言いました。『これまでよくやってくれたね。だが、これからのテキサスには、勇敢な妻や母親たちが必要になる。われわれの務めはテキサスのために死ぬこと、きみたちの務めはテキサスのために生きることだ。さあ、帰って女たち全員にそう伝えておくれ』」

ルグランジェ夫人は声をつまらせ、頬を伝う涙を手袋をはめた指でぬぐった。

「で、ヴァイオリンは？」ホームズは、にべもなく訊ねた。

彼は涙を見るのが大嫌いなのだ。夫人はぶっきらぼうな口ぶりなど気にせず、彼に微笑みかけた。

「ええ、彼のヴァイオリンです。そのときに、大佐がマリアンにくださったのです。今回も、そのとき大佐がおっしゃったとおりの言葉をお伝えしますわ。『これからは、ここで音楽を奏でる機会などめったになくなるだろう。このヴァイオリンは、これまでずっと私と苦楽をともにしてきたが、もっと優しい手で触れてもらえば喜ぶだろう』こうして、マリアンはヴァイオリンを持ち帰り、以来、わが家の大切な家宝となりました。これがそうです」

夫人は背後のクッションの山に手を突っ込み、金細工をほどこした白いモロッコ革で覆われた長方形のケースを取り出した。金の留め金を外してふたを開けると、青いヴェルヴェットにくるまれたヴァイオリンと弓が現われた。彼女に目でうながされたホームズは、ヴァイオリンを手に取って、両手で裏を返して見た。その細長い指には楽器を扱う際の慎重な手つきが感じられるが、特別に畏敬の念を感じているようでもなかった。銅赤色のサクラ材でできたヴァイオリンは、いかにも辺境の開拓者が持っていそうな庶民的な品に見える。

「大佐のあとは、誰も弾いていません」と夫人は言った。

ホームズがただうなずいてヴァイオリンを返したとき、彼女の目にちらりと落胆の影が見えたが、一瞬にして消え去った。そして楽器をそっとわきへよけると、たちまち愛想のいい女主人になった。続々と招待客が到着していたので、そうならざるを得なかったのだ。どうやら、ホームズに会うために〈テキサス共和国の娘たち〉の大半とその友人や家族が招かれているらしく、木立はまもなく、人々の笑い声やおしゃべりの声で満たされた。客の中にはベンジャミン・バラットと彼の家族も含まれており、ルグランジェ夫人が彼らに特別に気を配っているのがわかった。あたかも、彼らとのあいだには何の争いもないことを世間に向かって強調しようとしているかのように。バラットが彼女に向けるまなざしから、はるか昔、二人のあいだには何らかの〝愛情〟があったのではないかとも思えた。もしそうならば、その気持ちは彼の息子のリーによって、そっくりそのまま受け継がれているらしい。容姿の整った、二十歳《はたち》かそこらの士官候補生である彼は、始終ルグランジェ夫人のそばにいるか、彼女のために使い走りをしていたのだ。私たちが帰るとき、リー・バラットはあの大切なヴァイオリンを夫人のランドー馬車に運ぶ役目さえ与えられていた。

その晩、夕食のあと、バラット邸の立派な居間で、私たちはもうひとつのヴァイオリンにまつわる話を聞いた。こちらのヴァイオリンは深みのあるマホガニー色で、大理石のマントルピースの上にガラスケースに入れて飾られ、その上にはテキサスの旗が、両脇には柄に房飾りのついた剣が置かれていた。ベンジャミン・バラットは、ブランデーグラス片手に暖炉の前の敷物の上に立っていた。

「お二人とも、この話はもうご存じだと思いますが、もはや勝てる見込みはないと悟ったとき、守備隊の指揮官トラヴィス大佐は、部下の兵士たち全員に自由な選択権を与えました。彼と一緒に残って死ぬか、あるいは砦を脱出するか——脱出しても決して責めはしないと。脱出を選んだのはたったひとりでした。その男の名はルイス・ローズ。トラヴィス大佐は約束どおり彼を責めはしませんでしたが、ほかの兵士たちは、当然ながらその男を軽蔑しました。クロケット大佐は、トラヴィスの言葉の手前、あからさまに侮辱するわけにもいかず、別の方法で軽蔑の気持ちを表わしました。彼は自分のヴァイオリンをローズに与え、こう言ったのです。「ローズ、きみはもう兵士じゃなくなったようだから、練習して、こいつをなりわいにしたらどうだ」ローズはヴァイオリンを受け取りましたが、サン・アントニオに自分の居場所はないとわかっていました。そこで彼は、慈悲深い男として知られる私の父のところへ真夜中にやってきて、町を出ていくための金を貸してほしいと頼み、借金のかたにヴァイオリンを差し出したのです。ヴァイオリンが彼の手に渡ったいきさつを綴った説明書を書くことを条件に、父は金を与えました。さっき私がお聞かせしたのは、そのときローズが書いたとおりの話なのです。ローズが署名し、父の使用人が証人となったその書類は、私の机にしまってあります。お二人にお見せしましょう。父には、貸した金が返ってくることはないとわかっていました。以来ずっと、私どもは大佐のヴァイオリンを守りつづけてきたのです」

　ホームズがその書類を読んでいるあいだ、女主人であるバラット夫人は、努めて礼儀正しく私と話をしようとしていたが、どうも落ち着かないようすで、しょっちゅうマントルピースの上の時計ばかり見ていた。

「すみません、リーのことが心配で。ルグランジェ夫人はピクニックのあと、そのままサン・ペドロ・スプリングズの北で牧場を経営しているお友だちを訪ねるということで、リーがお供を申し出ました。それはそれで礼儀にかなったいいことなのですが、もうとっくに帰っていてもいいころなのです」

　私は、バラット夫人は息子の身を案じているのだろうか、それともルグランジェ夫人の魅力が彼に及ぼす影響を案じているのだろうかと思った。ところが、まもなく玄関のあたりが急に騒がしくなり、それが無意味な思案だったことが証明された。全員で駆けつけてみると、頭に血のにじんだ包帯を巻いたリーが、ルグランジェ夫人の使用人二人に支えられて立っていた。彼らのうしろにはルグランジェ夫人がいて、頬を涙で濡らし、とらえられた小鳥のように打ち震えている。

「私のせいです、すべて私が悪いんです。どうすれば許していただけるでしょう……」

　バラットは手際よく場を仕切り、客間に長椅子を用意させた。私は傷を見ましょうと申し出たが、職業上の礼儀から、かかりつけの医者にも来てもらうよう勧めた。医者はまもなくやってきて、私の診断を裏づけるように、重たい物で頭を二度殴られたことによる脳震盪《のうしんとう》で、命に別状はないが、絶対安静で寝ているようにと指示を出した。

私が居間へ戻ると、ルグランジェ夫人はひじ掛け椅子に深く腰掛けて身を縮め、ほんの少しずつブランデーを飲んでいた。ホームズのほうは向かいの席に腰掛けている。

「厄介なことになったよ、ワトスン。どこかのならず者が、ミセス・ルグランジェのヴァイオリンをひったくっていったらしい」

「リー青年は、しきりにヴァイオリンについて何か言おうとしていたよ」と私は言った。

「すべて私が悪いんです」ルグランジェ夫人は、また同じ言葉を繰り返した。「彼に馬車まで運ばせたりしなければよかったんです。でも、わが家のほんの玄関先であんなことが起きるなんて、誰が思うでしょう?」

すすり泣きとブランデーをすする合間に、彼女は私のためにもう一度語ってくれた。牧場を経営する友人への訪問が予想以上に長引いたため、サン・アントニオに戻る前に日が暮れてしまった。リーは馬で、夫人のランドー馬車と並んで走っていた。家に着くと、御者には馬を二頭とも小屋へ入れるよう、リーにはケースに入った大切なヴァイオリンを持って自分についてくるよう指示をして、夫人はそのまま二階へ上がった。下から響いた叫び声に驚いて一階に戻ってみると、リーが意識朦朧《もうろう》とした状態で歩道に倒れ、ヴァイオリンはなくなっていたという。

「あの卑怯な男は、背後から近づいたんだわ。リーは相手の顔をまったく見ていないんです。こんな卑劣なやり方、聞いたことがあります? もし、かわいそうなリーが死んでしまったら……」

私は、静かに寝てさえいればそんな心配はないから大丈夫ですよと慰めた。

バラット夫妻は二人とも息子にかかりっきりなので、ホームズと私が貸し馬車でルグランジェ夫人を家まで送り届け、家政婦の手にゆだねることになった。ホームズは意外なほど優雅にふるまい、私よりもひと足早く、馬車から降りる彼女に手を貸し、玄関で別れを告げるときには、手袋をはめた彼女の手首を自分の口元まで持ち上げさえした。私は笑いを噛みしめながら、南国の風と風習が、わが友をいつも以上に多感にさせたのだろうと思った。ホテルまではそう遠くないので、私たちは歩いて帰った。


「ああまでして彼女のヴァイオリンを盗んだということは、その男はきっと、あれが本物だと信じていたんだね」

「それは誤った結論だよ、ワトスン。こそ泥なんかじゃなかったのかもしれない」

「きみは信じていないのかい?」

「ああ、人目につく場所でヴァイオリンを盗むような度胸のある泥棒なら、もっと処分しやすいものを狙うだろうからね」

「じゃあ、ルグランジェ夫人のほうが本物のクロケット大佐のヴァイオリンということになるのかい? 正直言って、意外だな。バラット氏の話のほうがもっともらしいと思ったんだが」

問いに答える代わりに、彼は左手で上着のポケットをぽんぽんと叩いた。

「パイプ一服ほどの問題さ。ところで、パイプを入れたのはどっちのポケットだったかな?」

「右側であることは間違いないね」

本国にいるときは、いつもドレッシングガウンの右側のポケットがパイプの重みで下がっていた。彼は反対側のポケットを叩き、顔をしかめた。

「ないよ」

「まさかチョッキのポケットには入っていないだろう。ひょっとして、何かの拍子に間違ってぽくのポケットに入れてしまったんじゃないかな？」

私が自分のポケットを叩きはじめると、彼は笑い出した。

「おいおいワトスン、ぼくはテキサス人並みの洗練されたマナーは身につけていないかもしれないが、きみだって、さすがに女性のいるディナーパーティーにパイプを持っていくほど野暮な男だとは思っていないだろう。パイプはきっとあるべき場所に、つまりホテルのテーブルの上にあるさ」

「しかし……」

私は彼をじっと見つめた。

「考えてみたまえ、ワトスン。それはそうと、きみはリーが頭を二発殴られていると言ったね。きみが見るかぎり、どちらかがもう一方の一撃よりも強烈だったということはあるかい？」

「あるよ。だが珍しいことじゃない。泥棒の最初の一撃は、彼を倒すには不充分だった。そこでもう一発殴ったんだろう」

「まあ、どうとでも推測はできるな。だがそれは、あくまでも推測にすぎない」

その晩、彼からそれ以上の話は聞き出せなかった。


翌日、バラットは、われわれが泊まっているホテルの向かいのオペラ劇場と同じ建物にある彼のクラブで、昼食をごちそうしてくれた。息子に関するニュースは希望のもてるものだった。意識が戻り、頭痛はあるが、それは当然のことであり、長期的に損傷が残る心配はなさそうだった。ホームズは、殴られた相手についてリーが何か覚えていないかどうか訊ねた。

「それが、何ひとつ覚えていないというのです」とバラットは答えた。「しかし、何はともあれ悪党は捕まりました」

ホームズは眉を吊り上げた。

「ほう。その男は罪を認めたんですか？」

「いいえ。ですが、息子が襲撃されてまもなく、ルグランジェ夫人の家からほんの半マイルのところで目撃されたその男は、ヴァイオリンを持っていました」

「すると、その場で捕まったんですか？」

「いいえ。目撃した紳士は、今朝になるまで盗難があったことを知らなかったのです。当然ながら、彼は前の晩に見たものを思い出し、しかもたまたまその男――そのメキシコ人の商人とは顔見知りでした。今朝、保安官が泥棒の家に乗り込んで逮捕しました」

「それでヴァイオリンは？」

「その男の家で見つかりました」

「そのメキシコ人は、何という名前ですか？」

バラットの驚いた表情からは、そんな細かいことをホームズに話しても無意味だと思っているのがありありとわかった。

「名前はファン・アルバレスといって、サウス・フローレス街の家畜留め置き場があるあたりに住んでいます」

そのころにはもう、私たちはクラブに到着していた。われらがホストが横を向いているすきに、ホームズはポケットから小さな紙切れを取り出すと、唇に人さし指を当てながら急いで私に見せた。私は、驚きではっと息を飲むのを必死にこらえなければならなかった。それは、おとといの晩にあのメキシコ人が彼に手渡した紙切れで、そこに書かれた名前と住所は、逮捕された男のものだったのだ。スープを飲みながら、ホームズは勾留されている男と話ができないかと訊ねた。バラットは驚いていた。

「あなたが関心を寄せるほどの事件だとは思いませんが、気晴らしになるのでしたら、ぜひどうぞ」

一時間後、われわれ三人は留置場の小部屋にいて、目の前には手錠で椅子につながれたセニョール・アルバレスがいた。そんな状況に置かれながらも、男の態度はやましいところなど何もないという感じだった。彼はホームズの目をまっすぐに見ると、まるで古くからの知り合いに会ったときのように会釈をした。バラットが卑劣な襲撃について何か話し出したが、ホームズは片手を上げて制し、男に直接話しかけた。

「ゆうべホテルを訪ねてくれたとき、留守にしていてすまなかったね」と彼は言った。「ぼくがいたら、こんな不愉快な目に遭わずにすんだかもしれない」

アルバレスは、先日と変わらない礼儀正しい口調で答えた。

「お待ちしていましたがお越しにならないので、私のほうからお訪ねしたのです」

「ヴァイオリンを持って?」

「はい、セニョール。ヴァイオリンを持っていきました」

バラットは怒りで爆発しそうだった。

「この悪党めが! ルグランジェ夫人のヴァイオリンを返して、ホームズさんから褒美をもらおうとしたんだな。何と厚かましいやつだ」

「だが、あのヴァイオリンはルグランジェ夫人のヴァイオリンじゃなかった。そうだね?」とホームズ。

「では、いったい誰のなんです?」

「実際に見てみようじゃありませんか。証拠品として没収されているはずですよ」

かろうじて不快感を抑えながら、バラットはドアのほうへ行って郡保安官を呼んだ。テーブルクロスで無造作にくるまれたヴァイオリンが運び込まれ、ホームズに手渡された。彼はクロスをほどき、全員に見えるように高く掲げた。

「ほら、ルグランジェ夫人のものとは似ても似つかないでしょう」

確かにそうだった。目の前のヴァイオリンはまったくの別物で、白っぽい木でできており、薄い琥珀色もはげていた。

「となると、ルグランジェ夫人のヴァイオリンはいったいどうなったんですか?」とバラット。

「それに、息子を襲ったのは誰なんです?」

ホームズは立ち上がった。

「今晩お訪ねしてもよろしければ、今の二つの質問にお答えできると思います。さしあたり今は、ワトスン君もぼくもすることがありますので、これで失礼します。とりあえず、セニョール・アルバレスの釈放をお求めになることですね。サン・アントニオでは、ヴァイオリンを持って道を歩くのが違法だというなら別ですが」


ホテルに手配してもらった馬に乗ってみると、使いにくそうに見える鞍も意外に快適だった。私たちは、先日ピクニックをしたサン・ペドロ・スプリングズを通過して、自転車のハンドルよりも幅のある角をもつ牛が放牧されている、乾燥した広大な牧草地にはさまれた未舗装の道を北へ向かった。ホームズはしきりに左右に視線を走らせ、まるで猟犬のように空気の匂いを嗅いでいる。二マイルほど進んだところで、彼は手綱を引いて馬を止めた。

「向こうの林の中だ」

私たちは左折してさらに細い道をたどり、ライブオークの木立のほうへ向かった。そこは寂しげな場所で、人の住む家はおろか、納屋ひとつ見当たらない。さらに近づいていくと、一本だけ葉が茶色く焦げた木があり、その下に小さな灰の山ができていた。ホームズは馬から降りて、灰のそばにひざをついた。

「冷えているが、まださらさらして乾いている。火がつけられたのは、きのうの午後か晩だな」

彼は小枝を拾って灰をつつき、満足げにため息をついた。

「思ったとおりだ。これが何かわかるかい?」

彼の手には、ふちの焼け焦げた白いモロッコ革の切れはしが握られていた。

「ルグランジェ夫人のヴァイオリンが入っていたケースじゃないか」と私は言った。「すると、ヴァイオリンそのものはどこにあるんだろう?」

ホームズはもう一度灰をかき回した。

「ここだよ、ワトスン」

その晩バラット邸に到着したとき、ホームズはわれらがホストに、まずは息子さんにお目にかかりたいと申し出た。バラットはそれを怪我人への気遣いと受け取ったが、われわれが病室代わりの客間に案内されて入っていったときの青年の驚きの顔は、彼が何か事情を知っていることを物語っていた。

「しばらく、リー君とわれわれだけにしていただけないでしょうか」とホームズは言った。

父親のほうも驚いた顔をしていたが、部屋を出ていった。リーは重ねた枕にもたれて起き上がり、私たちをじっと見つめた。顔は青白く、目のまわりには隈《くま》ができている。ホームズは長椅子のそばにある椅子に腰掛けた。

「あれを考えたのはきみかな？　それともルグランジェ夫人のほうかね？」

青年は何も答えなかった。

「どちらでもかまわないが、ぼくは、あれは夫人のアイデアだろうと思っている。彼女は馬車に乗ったまま、きみがヴァイオリンを燃やすのを見ていた。それからきみは彼女と一緒に家に戻り、ちょっと立ち寄るふうを装って、計画の次の部分を実行した。あえて言うならば、より過酷な部分だ。ひざまずいて二発目を待つあいだ、きみとしては相当な覚悟が必要だっただろうね」

そのときの記憶が蘇り、リーは思わずたじろいだ。ホームズが微笑む。

「本当らしく見えるようにもっと強く殴らなければだめだと、きみはルグランジェ夫人に言った。そして夫人は、二度目でどうにかうまくできた。重たい真鍮の火かき棒で殴るのだから、たとえ女性の力でも笑い事じゃすまない」

「じゃあ、彼女はあなたに話したんですね」リーは青白い頬を紅潮させ、うっかり口を滑らせた。

ホームズは否定しなかった。

「父も知っているんですか？」

「まだだ。だが、知らせないわけにはいかない。ぼくよりも、きみから聞いたほうがいいだろう。お父さんを呼んでこようか？」

リーは目を伏せたままうなずいた。私たちが廊下に出ると、心配そうに待つバラットに、息子さんが話したいことがあるそうですよ、とホームズは伝えた。

　客間のドアが閉じられると、私はホームズに向き直った。

「いったいどうやって、火かき棒だとわかったんだい？」

　彼は微笑んだ。

「きみも見ていたと思うが、ぼくはあのご婦人の手にキスをした。きみの表情で、ぼくが彼女の魅力のとりこになったと思っているのがよくわかったよ。だが実は、彼女の手袋の匂いを嗅ぎたかったんだ。ぼくはすでに、リーの靴の片方に灰がついているのに気づいていたんでね……」

「それで彼女の手袋に灰の匂いを嗅ぎ取ったというわけか。さすがだね」

「いや、きっと灰の匂いがするはずだと思っていたんだが、考えが甘かったよ。彼女は、そんな仕事は共犯の青年にまかせたんだろう。手袋からは、予想とはまったく違う匂いがした――金属用の磨き粉だ。だが、彼女のような身分の女性が家庭用の道具類を磨いたりするわけがない。となると、つい最近、何か金属製の物に触ったことになる。青年の怪我の具合から見て、火かき棒にほぼ間違いないと当たりをつけていたところ、彼の反応がそれを裏づけてくれたというわけだ」

「しかし、なぜそんなことを？」

「それはわかるだろう。彼女は、ぼくがヴァイオリンにまつわるあのロマンチックな話をこれっぽっちも真に受けちゃいないと気づいていた。競争に負けるくらいなら、いっそ壊してしまおうと思ったのさ――自分に夢中になっている若者の手を借りてね」

　しばらくして客間のドアが開いた。深刻な面持ちのバラットが出てきて、私たちを居間へ案内した。

「息子があんな大芝居を打ったことを、お二人にお詫びしなければなりません」

「あれはルグランジェ夫人が打った大芝居のはずですよ」とホームズ。

「リーは、ご婦人に罪を着せるようなまねはいたしません」

「それに値するご婦人であっても？」

「あなただって、彼女を責める気持ちにはなれないはずです。彼女はあのヴァイオリンが本物だと信じていたのですから」

「あなたがご自分のを本物だと信じておられるように？」

ホームズは、マントルピースの上に丁重に祭られた楽器をちらりと見た。

「ともあれ、ひとつだけいいことがあったじゃありませんか」私は、場の雰囲気を明るくしようとして言った。「競争の場には、これでミスター・バラットのヴァイオリンしかなくなったわけですから」

ホームズとバラットは顔を見合わせた。先に目を伏せたのはバラットだった。ホームズはひじ掛け椅子に腰を据えた。

「こちらへ来る前、アラモの歴史に関する本を読んでおくべきだとワトスン君に言われましてね」ホームズは打ち解けた調子で語り出した。「彼も知っているように、ぼくは無駄な知識を頭に詰め込むのが嫌いです。しかし、ひとつだけ興味深い点がありました。歩調を乱す人間はきまって、足並みをそろえる人間よりも興味深い。そう思いませんか？」

これがどんな話につながるのか私にはわからなかったが、どうやらバラットはぴんときたらしい。

「ローズですか？」

「そう、ルイス・ローズ、〝アラモの卑怯者〟。あなたのお父上のもとへクロケット大佐のヴァイオリンを持ってきたと信じられている男です」

「信じられている？　あなたは父の言葉を疑っておいでなのですか？」

「お父上が、あなたがおっしゃったとおりの状況であのヴァイオリンを入手されたのは間違いないと思っています。同様に、お父上が裏口に現われた放浪者をルイス・ローズだと信じておられたのも確かでしょう。しかし、彼は別人だった」

バラットの口から反論の言葉が飛び出すかと思ったが、彼は何も言わなかった。

「ぼくは、ローズに関する本を少しばかり読んでいました」ホームズはさらに続けた。「そしてある事実に興味を惹かれました。彼は無学でした。読み書きができなかったんです。あなたは頭のいい方だ。きっとご自分でも調査をなさったはずです。彼に例の書類が書けたはずがないことを、あなたもご存じだったと思います」

バラットは押し黙っていた。

「しかし、卑怯者として名高い人物になりすましたりなどするだろうか？」と私は言った。

「その男が何者だったかは知らないが、とにかく金が必要で、売りに出せるヴァイオリンを持っていたんだろう」とホームズ。「アラモの砦から持ち出された英雄のヴァイオリンならば、ただの年代物のヴァイオリンよりもはるかに高値で売れると気づくだけの、知恵があったんだ」

ホームズがポケットからパイプを取り出し、吸ってもいいかと許可を求めると、バラットはぼんやりとうなずいた。

「このあいだお宅におじゃました晩、歩いてホテルへ帰る途中、ぼくはワトスンにちょっといたずらをしましてね」とホームズは言った。「ぼくは彼に、パイプを入れたのはどっちのポケットだったかな、と訊ねました。彼はその問いに気をとられて、明白な事実を見過ごしてしまった――そもそもぼくは、パイプなど持っていかなかったんです」

「そうか、ホームズ、ぼくは……」

彼は私の言葉を無視してバラットに語りつづけた。

「ぼくが何を言いたいのか、おわかりいただけたようですね。あなたがぼくに提示された問いは、初めから二つのうちどちらかというものでした。そのささやかな難問によって、ほかの可能性からぼくの気をそらすのが狙いだったのでしょう。実際のところ、ぼくがどちらを選ぼうと、あなたにはたいした問題じゃなかった。何よりも重要なのは、いずれアラモに展示されることになるヴァイオリンが本物であると、ほかならぬシャーロック・ホームズのお墨付きを得ることだった。そうすれば、誰も文句は言わなくなる。あなたはきっと、ぼくがローズに関する問題点を見つけ出し、さも得意げにルグランジェ夫人のヴァイオリンに軍配を上げると思ったのでしょう。ところが運悪く、あなたはそのもくろみを彼女に伝えるのを怠ってしまった。自分のヴァイオリンを侮辱されるよりはましだと、彼女はそれを破壊し――そうすることで、一家に伝わる逸話を本気で信じてはいなかったことを証明してしまった。もし信じていたら、あんなことはできなかったでしょう」

「すると、あなたたちはどちらも、自分のヴァイオリンが本物だと信じていなかったということですか？」私が驚いてバラットに訊ねると、彼は目を上げて私をじっと見た。

「ものごとには、頭で信じることと、心で信じることがあります。私の心は、あのヴァイオリンは戦いを生き延びたはずだと告げているのです」

　ホームズはパイプをふかした。

「セニョール・アルバレスがぼくに会いたがっていたのを覚えていますね？」

　バラットはうなずいたが、心ここにあらずなのは明白だった。ホームズは、ポケットからよれよれの紙切れを取り出した。

「スペイン語は読めますか、ミスター・バラット？」

　バラットは首を横に振った。

「もしクロケット大佐のヴァイオリンが現存しているとしたら、メキシコ人の手に渡っている可能性が高いように思えるのです」とホームズ。「ことわざにもあるでしょう――『戦利品は勝者のもの』と」

　バラットは放心状態からぱっと抜け出たように、ホームズをまじまじと見つめた。

「それはつまり、あのアルバレスという男が持っているヴァイオリンだと？　証拠はあるんですか？」

　ホームズは何も答えず、紙切れのしわを伸ばした。バラットの顔からは内心の苦悶《くもん》が見て取れた。

「クロケット大佐のヴァイオリンが、メキシコ人の手に？」

　ホームズはまだ黙っていた。バラットは部屋の中をしばらく行きつ戻りつしていた。

「あなたにおまかせしましょう」バラットがついに言った。「あの男の話が本当だと思ったら、われわれに代わって交渉してください。必要ならば五百ドルまで値を上げてくださって結構です」

「ありがとうございます」

ホームズは立ち上がり、パイプを立てるしぐさをした。

「では今夜行っていただけますか?」バラットが訊いた。

「お望みなら、もちろん。さあ行こう、ワトスン」


このあいだぶらぶら歩き回ったおかげで、私は家畜留め置き場のある界隈への行きかたを知っていた。セニョール・アルバレスの家は、白いペンキを塗った四角い住宅で、両隣は金物屋と、明かりのついたショーウインドウに色鮮やかな砂糖をまぶしたパン菓子がきらびやかに並ぶパン屋だった。家のドアは大きく開け放たれ、中からスペイン語で話す陽気な声が聞こえてきた。ホームズが声を掛けるとファン・アルバレスが現われ、さながら貴公子がもうひとりの貴公子を迎えるように歓迎してくれた。私たちは、おいしそうな料理が鍋でくつくつと煮えている暖炉のそばの席に案内され、彼の妻と子供たち、そして祖母に紹介された。それが数分続いたあと、ホームズが仕事の話を切り出した。

「あなたのヴァイオリンのことで、何かぼくにお話があったのでしたね」

「はい、セニョール」

ヴァイオリンはまだテーブルクロスに包まれたまま、棚に寝かせてあった。アルバレスはそれを棚から下ろし、ホームズに手渡した。

「これはクロケット大佐のヴァイオリンで、メキシコ軍の将校だった私の父の父が、破壊されるところを救ったのです。クロケット大佐の遺体のそばでこれを見つけ、勇敢な敵の記念に持ち帰りました。クロケット大佐自身が弾いて以来、まだ誰も弾いた者はいません。ぜひあなたに最初に弾いていただきたいのです、セニョール」

ホームズはヴァイオリンを受け取ってうなずき、立ち上がった。弓が差し出されると、彼はそれをぴんと張り、満足がいくまで楽器を調整してから、やがて弾きはじめた。彼が選んだのはシンプルなメロディーで、カウボーイが口ずさんでいるのを聴いたことがある『ラレード通り』という曲だった。暖炉の火に照らされながら夢中で演奏する彼の顔と、うっとりと聞き惚れるセニョール・アルバレスとその家族の表情、それにこの素朴なヴァイオリンが象徴するすべてのものを思うと、涙が浮かんできた。演奏が終わると、しばし沈黙があった。ホームズは一礼して、楽器をアルバレスに返した。

「ミスター・バラットから、このヴァイオリンを五百ドルで譲り受けたいという申し出がありますが」とホームズは言った。

「彼らの博物館に飾るために？」

「ええ」

アルバレスは立ち上がり、しばらくじっと考えていた。

「勝ったのはわれわれで、彼らじゃなかった」ようやく彼は言った。「ここはわれわれの国で、彼らの国じゃなかったんだ」

彼はいきなりヴァイオリンを石の床に叩きつけ、踏みつけた。まるでスペイン舞踏でも踊っているかのように、粉々になるまで何度も踏みつぶした。

「何とも残念だね」暖かい夜気に包まれてホテルへ戻る道すがら、私はまだ震えが止まらなかった。「せっかくクロケット大佐のヴァイオリンを見つけたのに、あんな無残な最後を見届けることになるとは」

ホームズは笑った。

「おいおいワトスン、きみはいったいなぜ、あのヴァイオリンがあとの二つ以上に本物だと思うんだい？　クロケット大佐が死んだときには、きっとヴァイオリンではなくライフルを持っていたはずだよ。アルバレスの一家に伝わる話は、ほかの二つと同じように作り話だ。もっとも、彼は本気で信じていると思うがね」

「だがホームズ、あの紙が――きみがバラットに見せたスペイン語が書かれた紙があるじゃないか。あそこに書かれた内容は、きみを納得させるのに充分なものだったようだが」

彼は笑った。

「ぼくがそう言ったかい？　ぼくはただバラットに紙切れを見せただけで、彼が勝手に自分なりの結論を導き出したのさ。ちょっとした賭けをしたのは認めるよ。もしたまたま彼がスペイン語を読めたとしたら、とっさに何か策を考えなければならなかっただろうね」

「ホームズ、いったいどういうことなんだ？　あの紙には何が書いてあったんだい？」

「覚えているだろう？　最初の晩、メキシコ人の市場を歩いていたとき、ぼくは口に合うメキシコ料理を見つけた。けさ、ぼくらが泊まっているホテルのキッチンに下りていってみると、幸運にもメキシコ人の料理人がいたんだ。彼女はほとんど英語を話せなかったが、親切にぼくが食べたいものが何かを理解してレシピを書いてくれた。〝タマーリ〟と呼ばれる料理らしい」

「するときみは、ミスター・バラットを誘導して、そのレシピを証拠書類と信じさせようと――」

「ぼくはどこにも誘導などしていないよ、ワトスン。彼は自分で自分を誘導したのさ。おそらく彼には崇高かつ愛国的に思える理由から、ぼくの名声を利用しようとした。これはささやかな仕返しだ」

「彼に何て言うつもりだい?」

「お気の毒ですが、アラモ博物館はクロケット大佐のヴァイオリンなしですませるほかなさそうです、テキサスは立ち直りの早い州のようにお見受けしました、この残念な結果ともうまく折り合いをつけていってくれるよう期待しています、とでも言うさ」

ホワイト・シティの冒険

The Adventure of the White City

ビル・クライダー

Bill Crider

これまでに50冊以上の長編ほか、多数の短編を発表。ダン・ローデス保安官シリーズ第1作『死ぬには遅すぎる』で、1987年アンソニー賞最優秀処女長編賞を受賞。また、ゴールデン・ダック賞を最優秀ジュヴェナイルSF部門で受賞したほか、妻のジュディと共著の“Chocolate Moose”(2002)では、アンソニー賞の最優秀短編賞をとっている。

私はシャーロック・ホームズの合衆国における冒険についてほとんど書いたことがないが、かの地でどんな仕事に従事したかを書かずにいてほしいと、彼自身が望んだわけではなかった。ホームズと私のあいだには、私がどうしても書き留めておきたいならば、英国での活動にかぎったほうがいいという暗黙の了解があったのだ。また、とかくホームズには、私が彼の功績をいくぶん誇張して書いていると思い込む傾向があった。

しかし、ホームズも今ではロンドンを離れ、英国海峡を見渡す土地で養蜂を楽しみながら平和な隠居生活を送っているので、せめてひとつくらい彼の新世界での冒険を書き記したとしても、気を悪くすることはないだろう。いつか彼もそう言っていた。脳裏に浮かんでくるのは、ウィステリア荘での奇怪な事件の翌年に起きた出来事だが、ある晩ベイカー街二二一bの部屋で語り合ったように、ホームズと私にとっては、ことさら忘れがたい理由があった。

あの晩のことはよく覚えている。空には満月が昇り、通りを見下ろす窓から月の光がきらきらと差し込んでいた。窓は閉まっていても、身の引き締まるような風が通りを吹き抜けると、緩みかけた窓ガラスが時おりガタガタと鳴った。私をはるかに凌《しの》ぐ集中力の持ち主であるホームズは、かすかな物音などまったく気にするようすはなく、聞こえている気配すらなかった。座って新聞を読んでいる彼に、私はこう言った。「きみとしてはだいぶ不愉快だろうね、ホームズ」

彼は目の前に掲げていた新聞を下ろし、その上からのぞき込むように私を見た。「それはどういう意味だい、ワトスン?」

「今世紀で最も残忍かつ非情な殺人者と同じ名前だということがだよ」

「こいつは驚いたな」ホームズはそう言うと、新聞をひざに置いた。

「それだけじゃない」と私。「同じ街にいながら、きみは彼の忌まわしい略奪行為をまったく知らずにいたのが癪《しゃく》にさわってしかたがないはずだよ」

「今朝はやけに冴えているじゃないか、ワトスン。ぼくは今まさに、そんなふうに考えていたところだ。いったい全体、どうやって見抜いたんだい?」

「きみのやり方は心得ているよ、ホームズ」私はちょっといい気になりすぎていたかもしれない。それまで幾度となく、人の心を読み取るかのようなホームズには驚かされてきたが、実際のところ、彼は単に私を観察していただけだった。こうして形勢を逆転させることができて、私は実にいい気分だった。

ホームズは新聞をわきに置いてマントルピースの前へ行き、煙草入れに使っているペルシャ・スリッパを手に取った。そして部屋着のポケットに手を入れると、ブライヤー・パイプを取り出した。

パイプに葉を入れて火をつけながら、彼は私を見て言った。「きみは当然、すでに新聞に目を通し、H・H・ホームズとして知られる悪名高き〝拷問医師〟の裁判に関する記事を読み、あとの残りを推測したに違いない」ひと呼吸置き、煙草にちょうどよく火が回るようにスパスパとパイプをふかした。「名前が似ている件が話題に上ったことはないはずだが、きみの言うとおりだよ、ワトスン。確かに、マジェットがぼくと同じ姓を選んだのはいささか不愉快だ。だが、彼の偽名はそれひとつじゃなく、ほかにもたくさんあった」

「彼はまもなく、マジェットという本名で、当然の報いとして死を迎えることになるだろうね。ぼくが言ったもうひとつの点も当たっていたかい？」

「マジェットの近くにいながら彼の犯罪に気づかずにいたのが癪に障るという話かい？　そうとも、ワトスン。あのとき、何らかの情報をつかんでいたらと思うよ。そうと知っていたら、彼があれほどの大量殺人を犯す前に食い止められたかもしれない」

「何人殺したんだい？　そもそも人数はわかっているのかな？」

「いや。彼の手にかかった犠牲者は百人を超えるだろうと推測する者もいるが、ぼくは二十七人という数のほうがはるかに妥当だと思う」

ホームズはふたたび椅子に腰掛け、新聞を手に取った。

「きみはシカゴの万国博覧会を見にいきたがっていたね」と私。「そして、バッファロー・ビルの《ワイルド・ウェスト・ショー》をもう一度観たいと」

ホームズは、バッファロー・ビル・コーディと初めて会って以来、この人物とアメリカ西部の歴史を熱心に学んできた。彼はまた新聞を脇へ置き、壁に弾痕で描いた愛国的な「V・R」の文字をちらりと見た。

「ああ、確かにそうだよ、ワトスン。ヴィクトリア女王のゴールデン・ジュビリー（在位五十周年記念式典）の際、カーネル・コーディ（「カーネル」は、アメリカ南西部の州で軍と関係なく与えられる名誉称号）と出会ってとても興味を惹かれた。彼とぼくとは、きっとどこか似ているんだよ」

私はただうなずいただけだった。わざわざ訊ねなくとも、彼が何を言いたいのかはわかる。彼は一度ならず、バントラインとイングラハムによるバッファロー・ビルの冒険小説には、私がホームズについて書いた以上の内容は盛り込まれていないと言ったことがあるのだ。

「われわれがホワイト・シティ（シカゴ万博会場の通称。白亜の建物が並んでいた）を訪れたとき、マジェットに関する情報は得られなかったかもしれないが、きみは手腕を発揮して人の役に立つ機会を得たじゃないか」

ホームズはかすかに笑みを浮かべて言った。「いいかい、ワトスン。きみはぼくのやり方を心得ていると言うが、ぼくもきみのやり方を心得ている。きみはいつだって、ノートに書き留めておいて、いつか読者のために冒険譚を紡ぎ出せるネタはないかと鵜《う》の目鷹の目で捜しているんだ」

私は笑った。「見抜かれてしまったな。さっき頭に浮かんだのは、まさしくその手の考えだった。ぼくはきみが考えていることを読み取り、きみはぼくの考えを読み取ったんだから、これでおあいこだ。実は、アメリカでのわれわれの冒険について、ぜひ発表したいと思っているんだ」

「あまりにも遠く離れた場所で起きた出来事だから、きみの読者が興味を抱くとは思えないがね」

「アメリカにだって、きみを知っている人は大勢いるよ」

「わかったよ」とホームズ。「いつの日か、きみがあのことを語る機会が訪れるだろう」

そしてついに、その日がやってきたのだ。

ウィステリア荘で奇怪な事件に遭遇したあとだけに、「現代文明が成し遂げた最高級の成果」を見にホワイト・シティへ赴くのは、ホームズと私にとってこの上なく魅力的なアイデアだった。どんなに退屈していても、万博会場をひと目見れば気分が高揚するはずだと思ったのだ。

驚いたことに、バッファロー・ビルの《ワイルド・ウェスト・ショー》は会場の一部に組み込まれていなかった。カーネル・コーディは万博の一部として加わりたかったはずだが、その栄誉は与えられなかったのだ。しかし、商魂たくましい興行主である彼が、そんなことであきらめるはずはなかった。会場のすぐ外に張った彼のテントの広さは、野営地と舞台となる広場とを合わせて数ブロックに及んだ。彼は大々的に宣伝を打ち、メキシコのバケーロ、コサック族、南米のガウチョ、インディアン、カウボーイ、その他大勢が四五〇頭以上の馬を乗り回す〈荒馬乗り軍団〉がやってくると謳《うた》った。

「バッファロー・ビルの《ワイルド・ウェスト・ショー》は、相当にスケールの大きな興行になりそうだな」シカゴに到着した翌朝、ホテルを出る準備をしながらホームズが言った。「女王陛下の前で上演したときよりも規模が大きそうだ」

「リトル・ビッグホーンの戦いの場面がもう一度観られるかもしれないね」私は、かつて味わったわくわくするような興奮を思い出していた。

ドアがノックされたのは、ちょうどそのときだった。ホームズの目が大きく見開かれたとき、正直のところ私はびくっとした。人が近づいてくる音など聞こえなかったし、ホームズにだって聞こえていなかったはずだ。彼は立ち上がってドアのほうへ向かった。

ホームズはドアノブに手を掛けて立ち止まり、こう言った。「カーネル・コーディさんではありませんか?」

彼がドアを開けると、そこには偉大なる興行主の姿があった。つばの広いグレーのフェルト帽をかぶり、黒い上着に乗馬ズボン、ウェスタンブーツといういでたちだ。髪にも口ひげにも、ヤギひげにも白いものが混じり、突き刺すような鋭い視線がホームズの顔をとらえた。

「ホームズさん」コーディは、さっと帽子を脱いだ。「また会えるとは、実にうれしい。だが、ドアも開けないうちに、どうして私だとわかったのかな?」

「この街で、ホテルの廊下を誰も気づかないほど静かに歩けるのは、偉大なる平原の偵察者《スカウト》をおいてほかにいるでしょうか?」

返事を待ちながらコーディが右耳をわずかにこちらへ向けたすきに、ホームズは私だけにわかるようにこっそり鼻に手を当てた。かすかに家畜の臭いが漂ってきたので、彼の言わんとする意味はわかったが、それがヒントだったなどとコーディに言う必要はない。

「確かにそうだな」コーディは、にこやかに笑って言った。

ホームズは、身振りで彼を中に招き入れた。「ドクター・ワトスンは覚えていらっしゃるでしょう」コーディは覚えていると答え、アメリカ人らしく気さくに私と握手した。改めて紹介が行なわれると、ホームズは彼に椅子を勧めた。腰を下ろしたコーディは、両足を床につけて両手でひざをつかむようにしながら、わずかに身を乗り出した。彼が何かを話しかけたとき、ホームズが片手を上げて止めた。

「訪ねていらした理由をうかがう前に、われわれがシカゴにいるとなぜわかったのか教えていただけませんか?」

「簡単だよ」とコーディ。「新聞で読んだんだ」記事になるということは、私が言ったとおりきみが北米でも名が知れている証拠じゃないか、とホームズに言いたい気持ちをぐっとこらえた。

「なるほど」ホームズはそう言うと、私の頭の中はお見通しとばかりにこちらをちらりと見た。

「新聞記者か誰かが、ぼくたちが駅に到着したのに気づいたんでしょう」

「だろうな」とコーディ。「そのあと最新版に間に合うように記事を書き上げたんだろう。そいつを読んですぐ、きみの居場所を突き止めてやろうと思ったんだ」

ホームズは部屋を横切り、肩でマントルピースにもたれかかった。「大平原で獲物を追うよりは簡単だったでしょう。しかし、追跡劇について語るためにいらしたわけじゃなさそうですね」

「ああ。実はきみに助けてほしいことがあって来たんだ」

ホームズは、マントルピースに置いてあったパイプとペルシャ・スリッパ（わざわざ英国から持参したのだ）を手に取った。彼はスリッパに入っている煙草をパイプに詰め、ちょうどよく火がついたのを確かめてから、こう言った。「そんなことだと思いました。この時期に、あなたのような役目と責任を負った方が、ただ顔を見るためだけにいらっしゃるとは思えません。どういった問題なんですか？」

コーディは真剣さを示すかのように、さらに身を乗り出した。「それが、なかなか説明が容易じゃないんだ。万博の展示物のひとつに、〈シッティング・ブルの小屋〉というのがあるのを知ってるかね？」

ホームズがこちらを見た。それを合図に私は言った。「新聞では読みましたが、まだ娯楽エリア《ミッドウェイ》を見て回っていないのです。確かその場所では、毎日《出陣の踊り《ウォー・ダンス》》が上演されるとか。こう言っては失礼ですが、あなたのショーの演《だ》し物と似ていますね」

「そのとおり。中には、張り合っていると思う連中もいるかもしれないな。だが、問題はそんなことじゃない」

「しかし、その小屋と関係があるはずですよ」

「そうだ。誰かが小屋をぶち壊そうとしているようなんだ」

「いったいなぜです？」私は口をはさんだ。「それに、どうやって？」

「どうやって？　まあ、計画じゃ燃やすつもりらしいが。なぜかって？　そりゃわからない。カスター（リトル・ビッグホーンでの戦いで死んだ騎兵隊長）の戦死にひと役買ったシッティング・ブルを、決して許そうとしない連中がいる。あいつがラコタ族の警官の手で殺されたあとも、復讐熱が冷めないんだ。小屋をぶち壊して、死んだあとまであいつを痛めつけたいんだろうな」コーディは、ため息をついた。「しかし、問題はそれだけじゃない。もし小屋が破壊されれば、少なくとも非難の矛先の一部は、私やショーの役者たちにも向けられるだろう。短いあいだだが、シッティング・ブルは私のショーに出ていたし、私は今でもまだ、政府や国民の多くが保留地に閉じ込めておきたがっているインディアンの役者を何人か抱えているんだ。小屋を焼き払うのは復讐のためだろうが、そんなことをされたんじゃ、私や役者たちの立場がなくなる」

「警察には知らせましたか？」と私は訊いた。

「もちろん。だが、どうも警察は動いてくれそうもない」

ホームズは同意するようにうなずき、つけ加えた。「万博会場と観光客のすべてに対応するために、彼らはだいぶ手薄になっていますからね。単なる噂にもとづいて、ひとつの展示物に二十四時間体制で監視を置くのは難しいでしょう」

「うわさじゃない」とコーディ。「確かな情報だ」

「では、その話はどうやって耳に入ったんですか？」ホームズが訊いた。

「アニー・オークリーとフランク・バトラー（二人は射撃の名手でショーのスター）から聞いた。あの二人は、男二人が話しているのを偶然耳にしたんだが、ひとりが『シッティング・ブルの小屋を燃やせ』と言っていたそうだ。バトラーが言うには、声ははっきり聞こえて、もうひとりの男も同意していたらしい。声は一列に並んだテントの陰から聞こえてきた。もちろん、バトラーはテントのはしまで走っていったが、そこへ着いたときにはもう男たちの姿はなく、ショーで働く人々の群れに紛れてしまっていた。なにしろ何百人もいるんだ」

「その会話を聞いた人は、ほかに誰もいないんですか？」

「ひとりもいない。近くのテントは空っぽだったし、野営地の騒々しさを考えれば、バトラーの耳に入ったのが不思議なくらいだ。それでホームズさん、手を貸してくれるのかな、それとも私はほかの誰かに頼まなくちゃならんのか？」

「バトラーは、ほかには何も聞いていないんですか？」

「意味をなさない言葉ばかりだ。野営地まで来てくれれば、あいつから直接話を聞いてもらえるんだが」

「わかりました」とホームズ。「行こう、ワトスン、われらがアメリカの友人のお役に立てるかどうか見てこよう」

カーネル・コーディは感謝の言葉を述べると、頭に帽子を載せた。ホームズと私はしたくを整え、彼と一緒に万博会場へと向かった。


われわれはまず、ホテルから比較的近い位置にある、ミッドウェイのインディアン村へ行った。道をはさんでその向かいにあるラップランド（スカンジナヴィア半島北部地域）村には、芝で覆われた板材の建物とテントがひとつあった。その隣には、『世界各国の民族衣装』の展示会場があり、「四十カ国からやってきた美女四十人——美女たちの世界会議」という文字が掲げられていた。私は建物の中をのぞいてみたくてたまらなかったのだが、ホームズは当然ながら興味を示さなかった。

「ぽかんと口を開けて見とれるために来たわけじゃないんだよ、ワトスン」

ミッドウェイのずっと先には、高さが地上二五〇フィートに達する巨大な観覧車があった。私はこれにもすっかり心を奪われたのだが、ホームズはインディアン村以外にはまったく目をくれなかった。

彼はまず、ウォー・ダンスの上演を告げる看板を念入りに調べた。「開演時刻を書き留めておいてくれ、ワトスン」

私はメモをとり、そのあと三人でインディアン村へ入っていくと、小屋はすぐに見つかった。外壁が弾丸の跡であばたのようになり、血しぶきらしきものが飛び散っているようすからすると、シッティング・ブルが最期の瞬間を迎えたあとの場面らしい。

入り口のそばに、インディアンの男がひとり立っていた。鹿革《バックスキン》の晴れ着をまとい、長い三つ編みを垂らして、髪に羽根飾りを一本付けている。コーディが声を掛けると、男は脇へよけて中へ通してくれた。私たちが入っていくと、男がひとり、そそくさと裏口から出ていった。袖口とひじと肩の部分に深紅色の線が入り、胸元が大きな「V」の字形に赤く染められたゆったりしたシャツを着ていた。私たちよりも遅れて入ってきたコーディは男の姿を見なかったが、ホームズは無言のままじっと扉のほうを見つめていた。

しばらくすると、ホームズはいつものように建物全体を極めて念入りに調べはじめたが、何を見つけ出そうとしていたのか、私にはわからなかった。このような小屋のことは何もわからないし、特に不自然な点も見当たらなかったからだ。あちこちで焚き火をしているせいか、小屋の中は煙の匂いがした。その匂いが、煙草の匂いと一緒に木の壁に染みついていた。

探索を終えたホームズが、バトラーと話をする準備ができたと告げたので、コーディは私たちを案内してミッドウェイをさらに進んでいった。途中、目を奪う展示物が数えきれないほどあったが、何よりも壮大なのは観覧車だった。イリノイ・セントラル鉄道の線路沿いに数ブロック歩いていくと、やがて道と交差し、それからさらに、いくつも並んだコーディのショーのテントや家畜たちの横を通ってしばらく歩き、線路と万博会場のあいだに位置する野営地に到着した。そのはるか東側には、ミシガン湖と呼ばれる広大な湖があり、そこから吹いてくる風で空気がひんやりと冷たかった。

野営地は、荒馬乗り軍団を始め、世界各地のカラフルな衣装に身を包み威勢よく歩き回る人々でごった返していた。もちろん、北米インディアンや各種カウボーイもいた。何の目的もなく歩いているように見えても、コーディによれば、彼らはみな一定の役割を担っているのだそうだ。あたりの空気は、かなり家畜臭かった。

「できるだけ早く、ミスター・バトラーと話をしたほうが良さそうです」とホームズは言った。

「きみを捜しに出掛ける前に、テントにいてくれと言っておいたんだ」コーディは人混みを縫って私たちを案内した。

歩いている途中、まわりで交わされる言葉は、文字どおりわけのわからないざわめきだった。こんな状態で、はたしてバトラーは本当に言葉をはっきり聞き取ることができたのだろうか。ホームズが彼に疑念を抱いたのは、何よりもその点だったに違いない。

案内されたテントは、ほかと比べていくぶん大きく豪華だった――〝豪華〟という言葉がテントにふさわしいならばだが。入り口のフラップがめくられ、私たちは中に入った。

そこで私が見たのは、シッティング・ブルの小屋の中とはまるで違う光景だった。テントの中には、ホームズと私が泊まっているホテル並みに家具がそろっていた。ソファのそばに、黒い上着を着た背の高い男が立っている。黒髪に黒い口ひげを生やした男は、にこやかにコーディに挨拶した。「さっき言ってたのは、この人たちのことかい？」彼はあからさまに私たちを値踏みした。

「そうだ」コーディは答え、ひととおり紹介した。それがすむと、バトラーとホームズはソファに、コーディと私は近くの椅子に腰掛けた。私は〝小さな射撃手《リトル・シュア・ショット》〟に会えるかと期待していたのだが、彼女の姿は見えなかった。

「アニーなら、メイン・テントにいるよ」私の落胆を感じ取ったかのように、バトラーが笑顔で言った。「いつも練習してるんだ」

例によって、ホームズは不必要な情報には耳を貸さなかった。「あなたが聞いたという会話について話してください、ミスター・バトラー。できれば一言一句たがえずに」

バトラーは、自分はテントの中にいて、外で男たちが話すのを聞いたのだと説明した。言葉ははっきりとは聞き取れず、コーディが言ったとおり、彼がその場所に行ったとき、すでに男たちの姿はなかった。

「ひとりが、シッティング・ブルの小屋を燃やしてやると言ってたんだよ」とバトラーは語った。「でも、あとはあんまりはっきり聞こえなかった。だから、一言一句たがえずってのは無理だな」

「ほかに何も聞かなかったんですか？」とホームズ。

「ちょっとは聞いたが、意味の通ることは何にも」

「それでもかまいませんから、話してください」

「テントの前は騒がしかったが、この壁は見た目ほど薄くないんだ。最初、風が吹き荒れ《ブラスター》て空気《エア》が揺れ《ウェイヴ》るとかいう話が聞こえてきた。それほど真剣に聞いてたわけじゃないし、何年も耳のそばでライフルを撃ってきたせいで、あんまり聞こえが良くなくてね。ちっとも意味がわからなかったから、おれの聞き間違いだろう。だけど、シッティング・ブルの小屋を燃やすっていう話になったんで、おれは聞き耳を立てたんだ」

ホームズは何やら思案しているようすだったが、バトラーが語った天気予報のような話を彼がどう判断したのか、私には見当もつかなかった。

「さっき外で、世界各国からやってきた人々を見かけました。彼らの大半は英語があまり話せないはずです。あなたが話し声を聞いた男たちは、自分の国の言葉のように英語を話していましたか？」

バトラーは、しばらく考えて答えた。「英語は話してたけど、あんたやおれみたいに上手じゃなかったよ」

ホームズは片方の眉を上げたが、何も言わなかった。私も同様に沈黙を守っていた。

「当てはまる人間があまりにも多すぎる」とコーディ。「しかも、ふるいにかける方法が何もない。こりゃ、とてつもなくたいへんな仕事になりそうだ」

「あんたを恨んでるやつに心当たりはないのかい？」バトラーが言った。「ショーに関わってる連中の誰かって意味だ」

「ないね」コーディは言った。自分は誰からも好かれていると信じて疑わない人間の、自信に満ちた口ぶりだった。「そんなやつはいない。だから何が起こっているのかさっぱりわからん。私のところで働いている連中が、ショーに害を与えたいと思うわけがないだろう？　われわれは家族みたいなもんなんだ」

長年ホームズと付き合ってきた私には、いかに和気あいあいとした仲間内であろうと、誰かに害を与えたいと思っている人は必ずいるとわかっていたが、今ここでそれを言うのははばかられた。

するとホームズが口を開いた。「しかし、問題が存在するのは確かですし、どうやら最初に思った以上に深刻な事態のようです。カーネル・コーディ、給与支払い用の従業員リストはありませんか？」

「あるが、人数が多すぎてとても全部は調べきれないし、誰かが今にも何かしでかそうってのを食い止めるには、間に合わんよ」

「それでも、リストを拝見したいのですが」

「よし、わかった。一緒に来てくれ」

ご協力ありがとうとバトラーに礼を言い、コーディのあとについて別のテントへ行くと、そこでは帳簿係がひとり、覆いかぶさるように机に向かっていた。ホームズがほしがっているものをコーディが説明すると、帳簿係はリストを出してくれた。ホームズは捜しているものが何かわかっているかのように――私はちっとも気づかなかったが、彼はわかっていたに違いない――すばやくリストに目を通した。

「思ったとおりだ」帳簿係にリストを返すと、彼はコーディのほうに向き直った。「キッキング・ベアとショート・ブルを雇っておいでですね」

「ああ、そうだとも」コーディは、ホームズが彼らの名前を知っているのに驚いたようだった。

「世間じゃ、あの二人を保留地に閉じ込めておきたがっているがね。あいつらが問題を起こすとは思えない。捕まったらどうなるかわかっているからな」

「もうひとつ名前があります」とホームズ。「ジャック・ウィルソンです」

「その男は知らんな」しばらく考えたあと、コーディは言った。「カウボーイは大勢いるから、全員の名前まで覚えられないんだ」

「ジャック・ウィルソンは、ウォーヴォーカが使っている英語名です」とホームズは言った。

「何だって！」とコーディ。

「ウォーヴォーカ？」驚きのあまり、私はつい大声を出してしまった。「ゴースト・ダンスを創始した、あのインディアンの教祖かい？」

ホームズがいつか話してくれたことがあった。今ではジャック・ウィルソンと名乗っているウォーヴォーカは、あるとき幻視を見て、ゴースト・ダンスを踊ることで、白人を埋めた新しい土に覆われた新しい地球に生まれ変わると信じた。その大地に緑の草木が育つまで、インディアンたちは空中にとどまり、また新たに川が流れてふたたびバッファローが草原を歩き回るようになると、先祖の幽霊とともに地上に帰ってくる。これは夢としては魅力的だったかもしれないが、多くのインディアンがこの新たな教えを信じてゴースト・ダンスを踊ったにもかかわらず、何の効果も現われなかった。そして迎えたシカゴ万博は、白人流の生活の勝利を証明するのに充分なものとなった。

「そうだ」とホームズ。「ゴースト・ダンサーたちと関わりがあったとしてシッティング・ブルが殺されたとき、キッキング・ベアとショート・ブルは彼と一緒にいた」

「シッティング・ブルは私の友だちだった」とコーディ。「彼は、本当はゴースト・ダンス運動に関わってなどいなかった。彼を逮捕しにやってきた警官に殺されてしまったのは、残念な手違いだった」

「それはそうかもしれませんが、キッキング・ベアとショート・ブルが二人ともあなたに雇われていて、さらにウォーヴォーカまでがここにいるのは、単なる偶然とは思えません」

「偶然かもしれないよ」コーディは反論した。「もしそうじゃなかったとしても、それとゴースト・ダンスがどう関係するんだね？」

「カスターに最初の頭皮（戦果として頭皮を剝ぐことから、勝利の意味）をもたらした点で、あなたも関係があります」

「イエロー・ヘアを殺したことか……」コーディはつぶやいた。

　私にも事情がだんだん飲み込めてきた。イエロー・ヘアが殺された話は、コーディの《ワイルド・ウェスト・ショー》を観た者ならば誰でもよく知っているし、ホームズもとりわけ興味を抱いていた。私はずっと、ホームズがアメリカの西部に関する本を読みまくるようになったのは、あの場面を再現した芝居を観たのがきっかけのような気がしていた。あの一件はコーディの人生の山場であり、アメリカのフロンティア征服において、インディアンの形勢が不利に転じた出来事でもあっただろう。

「カスターだ」とホームズが言った。「風が吹き荒れ《ブラスター》たんじゃない。バトラーは聞き間違ったんだ。それに、あなたはイエロー・ヘアの頭皮を空中《エア》で振り回《ウェイヴ》しましたね」

「すると、バトラーが思い出した会話は、天気の話なんかじゃなかったわけだ」と私は言った。

「もちろん違うさ」とホームズ。「それくらい、ぼくはすぐにわかったよ」それから彼は、コーディのほうを向いて言った。「あなたは今でも、ショーでイエロー・ヘアの死の場面を再現しているんですか?」

　コーディは、そうだと答えた。

「ウォー・ダンスは何時からだったかな?」とホームズ。

　私が答えると、彼はうなずいた。「ちょうど《ワイルド・ウェスト・ショー》では頭皮剝ぎのシーンが演じられているころだ。小屋を燃やすのは、きっとそのときだと思いますよ」

「なぜだい?」私は訊いた。

「カスターじゃなく、シッティング・ブルの死への復讐だからだよ。彼らは、一連の出来事の発端はイエロー・ヘアの死で、それが必然的にゴースト・ダンス運動の失敗とシッティング・ブルの死を招いたと考えたに違いない」

「するときみは、彼らが小屋でゴースト・ダンスを踊るつもりだと?」

「そうだ。ぼくたちが小屋に入ったとき、入れ替わりに出ていった男を覚えているかい、ワトスン?」

「ああ」

「彼はゴースト・シャツを着ていた。着れば銃弾を通さないと言われているシャツだよ。おそらく、彼は今夜のダンスに関係していると思う」

「たいへんだ」とコーディが言った。「そいつらを止めなくちゃならん! でないと、私と、私のために働いてくれているインディアンたち全員の評判に傷がつく」

「ワトスンもぼくも、全力を尽くします」

私はホームズにそうできるだけの案があることを願った。われわれ二人で破壊行為を食い止めるなど、とうてい無理そうに思えたからだ。大混乱が起きて、インディアンたちが懐かしむバッファローの群れのごとく、万博を楽しむ観光客たちがパニックを起こしてどっと逃げ出すのではないかと、心配だった。

「手助けが必要だろう」とコーディ。

「感づかれないよう、あなたにはいつもどおりショーを進めていただかなければなりません」

「こいつはウォーヴォーカのしわざだ! ほかの連中も関わっていたとしたら、やつにそそのかされたせいだ」

「彼らは関与していないかもしれませんよ」とホームズ。「でも、これ以上時間を無駄にするわけにはいきません。さあ行こう、ワトスン、持ち場に着こう」

持ち場というのがいったいどこなのかわからなかったが、私はいつものごとくホームズのあとに従った。ショーの大きなテントを急ぎ足で通り過ぎながら、ピストルを持ってくればよかったと思ったが、ベイカー街に置いてきてしまったのだ。なんとも遠くへ来てしまったものだと思い、私は悲痛な気持ちになった。コーディから腰のベルトに付けたピストルを一丁借りてくるべきだったかもしれないが、今ごろ気づいても遅すぎる。ホームズはかなりのペースで歩いているため、私にはついていくだけで精一杯だった。

息をつく合間に、私はゴースト・ダンサーたちが何をしようとしているのか、どうすればそれを食い止められるだろうとホームズに訊ねた。

「彼らはきっと、シッティング・ブルの死と、その後に起きたウーンデッド・ニーの大虐殺へとつながる一連の出来事はコーディのせいだと思い込み、彼に復讐しようとしているんだ」

西部の歴史に関するホームズの知識は、私のそれをはるかに凌《しの》いでいた。その大虐殺については、シッティング・ブルが殺されたあと、南北両ダコタ州のウーンデッド・ニーという村で三年前に起きたアメリカ騎兵隊との戦いで、女子供を含めた多数の先住民が殺害されたという以外、私はほとんど何も知らなかった。

「彼らにはまた、自分たちが置かれた苦境に人々の目を向けさせる狙いもあるのかもしれない」ホームズはさらに続けた。「彼らのほとんどは保留地にとどまっている。白人は誰も住みたがらないし、住めもしないような場所だ」そこで彼は間をおいた。「もしかすると、ウォーヴォーカは注目を浴びたいだけなのかもしれない。ゴースト・ダンス運動が失敗に終わり、彼は影響力と信望を失ってしまったからね」

ホームズは幻視というものを信じないし、そのようなものに固執する人間を見下していた。特に、それがほかの人々に害を及ぼす可能性がある場合はなおさらだった。

「小屋が燃やされるのを食い止めるために、充分な余裕をもって到着しないといけないな」ホームズは話を続けながらも、歩調をゆるめることはなかった。「さっき消防警備本部の建物を見なかったかい？」

あいかわらず、ホームズの観察眼は私よりも勝っている。私は、正直に見なかったと答えた。

「むろん、きみは大観覧車のほうを見ていたんだろう」と彼は言った。「その建物はインディアン村のすぐそばにあって、何百人もの警備隊員が詰めている。もしかすると千人以上いるかもしれないが、もちろん全員が一カ所に集まっているわけじゃない」

「コーディには、そのことを言わなかったじゃないか」

「彼らの能力と存在に確信がもてなかったんだが、ミッドウェイをひととおり歩いてみて、今では人数面での心配はなさそうだと感じている。彼らに気づかなかったかい？」

またしても、私は気づかなかったと白状せざるをえなかったが、彼に言われてみて初めて、そういえば制服姿の男たちが大勢いたなあと思い出した。

「彼らは、シカゴ万博を安全に運営するために特別に補充されたんだ。さっきまでは能力と存在を疑っていたが、彼らの協力は充分に期待できるはずだ」

彼の言うとおりであってほしかった。ミッドウェイに到着すると、そこはおびただしい数の男女や子供たちでにぎわっていた。特に大観覧車のまわりの混雑ぶりはすさまじかった。私たちは「失礼」と謝りながら群集を掻き分けて進み、まもなく消防警備本部の建物に到着した。ホームズはドアに近づき、その場にいた帽子をかぶり制服を着た若者に、責任者の方にお会いしたいと伝えた。

「私が責任者だが」その男は言った。まばらな口ひげは、かなりの剛毛だ。「用件をうかがおう」

ホームズはおとなしく従うような人間ではなかったが、事は急を要する。彼は何も言わずこう告げた。「何者かが、インディアン村にあるシッティング・ブルの小屋を燃やす計画を立てていると思われます。なんとしても阻止しなければなりません」

若者は躊躇しなかった。ポケットを探って警笛を出し、耳をつんざくような音を鳴らすと、あちらこちらから、さらに建物の中からも男たちが集まってきた。若者は警笛をまたポケットに突っ込み、大声で指令を出しはじめた。

このときは、めったに見ることのできないホームズの呆気《あっけ》にとられた顔を見ることができた。実際、このとき以外に見た覚えはなかった。彼はこれほどまでの反応は期待していなかったのだが、入場券を持っているかと訊ね、些細な違反行為を疑っては客にけむたがられるばかりの警備隊員たちは、いつもと違う腕の見せ所を待ち望んでいたらしい。

だが不運にも、彼らは頭数と態度で未然に問題を防げるだろうという思いつきで雇われているにすぎなかった。本物の危機に直面した彼らは、群集に、そしてお互いに向かって大声を張り上げながら人々を押しのけて四方八方に駆け出し、ミッドウェイ全体に大混乱をもたらした。人々はわが子の手をしっかり握って離さず、一方で、子供がはぐれてしまった親たちは、大声を張り上げながら血眼になって捜し回っている。

「まいったね、ホームズ！」人波に飲まれながら、私は嘆きの声を上げた。「何でこんなことになったんだろう?」

ホームズは——意外に思うむきもあると思うが——ユーモアのわからない性質《たち》ではない。彼は口元にうっすらと笑みを浮かべながら言った。「結局のところ、警備隊に対するぼくの不安は的中していたらしい。しかし、これだけの大騒動でも計画を頓挫させられなかったら、何をもってしても無理だろうね」

「でも、計画を立てた張本人たちはどうなるんだろう？　混乱に紛れて逃げてしまうんじゃないかな？」

「それを止めるのがぼくらの役目だよ」

「どうやって彼らだとわかるんだい？」

「ゴースト・シャツさ。あのシャツを捜すんだ」

小屋で見かけたあの男を思い出した。少なくとも、私は充分に観察していた。私たちは、群集に押し戻されながらも強引に突き進んだ。赤と青の装飾をほどこした高い塔のある中国館のところへやってきたとき、ホームズが私の袖をぐいと引いた。

「あそこだ、ワトスン！」彼が指さす。

大勢の人々の頭の向こうに、丈の長い黒の上着を着て、黒い帽子を顔が隠れるほど深くかぶった男の姿が見えた。

「あれがウォーヴォーカだ」

ゴースト・シャツは見えなかった。「彼は目立たないように文明社会の服装をする習慣を身に付けたんだな」ホームズは、なおも言い張った。「彼を追うんだ、ワトスン！」

私たちは大急ぎでそちらに向かったが、ウォーヴォーカに気づかれてしまった。追跡されているとわかったのか、相手は一目散に逃げ出した。最初のうちは、人混みのせいでわれわれよりも速くは移動できなかったが、人々のほとんどが警備隊が向かった小屋のほうへ引き寄せられていったので、群集はたちまちまばらになった。するとウォーヴォーカは走るスピードを上げ、われわれもあとに続いた。

ウォーヴォーカが観覧車に到着したころには、私たちは彼との距離を縮めていた。前方で、とてつもなく大きな車輪が、巨大な軸を中心にゆっくりと回転し、重たいかごが静かに揺れながら回っている。驚いたことに、ウォーヴォーカは一列に並んでいる人々を押しのけ、私たちを阻むために何人かを地面に投げ飛ばしながら、乗り場の台へと続く階段を駆け登っていった。

彼は私たちがこの巨大な機械を怖がると期待したか、あるいは、彼が高いところから空へ逃れ、宙に浮いているあいだにゴースト・ダンスが世界を変えてくれると思ったのかもしれない。しかし、それにはまず、彼はかごに乗り込まなければならないが、係員は車輪を止めようとはしなかったし、かごは窓の金網とロックされたドアで保護されている。

ウォーヴォーカには、捕まる気などなかった。彼は台から飛び上がり、動いているかごの屋根にしがみついた。数秒のうちに、屋根の上によじ登っていた。中に乗っている人たちは椅子から立ち上がり、呆気にとられて見ていた。

「彼は自分で自分を罠に追い込んでしまった」ホームズがそう言うあいだにも、かごは上昇していった。「巨大な円を描きながら、一周してぼくらがいるこの乗り場へ戻ってくるしかないんだ」

ほんのつかのま、私はライヘンバッハの滝と、深い深い滝つぼへ落ちていく人影を思い浮かべた。「ホームズ、彼がかごに乗ってここへ戻るのとは別の道を選んだら、どうなるんだろう？」

「その場合、彼は戻らないさ。だが、ぼくはきっと戻ると思うよ、ワトスン。ゴースト・ダンスは円を描いて踊るダンスで、彼は今円を描いている。円を完成させるために、彼はきっと戻る」

ウォーヴォーカが車輪の頂上に達したとき、私たちは彼がかごの上で立ち上がり、天を仰ぎ、広げた両腕を高く掲げるのを見た。それは驚くべき光景だった。大平原の男が、文明社会が生み出した機械のてっぺんに立ち、みずからが追いつづけてきた何かを——人間や機械の力を超えた何かを求めて、大きく両腕を広げている。青空と雲にどんな答えを求めていたのかはわからないが、その答えは見つからなかったのだろう。彼は身じろぎもせず、かごの上に立ちつづけた。

車輪は回転を続け、彼が乗ったかごが下降を始めると、ウォーヴォーカは脚を組んで座り、がっくりと肩を落とした。ふたたび乗り場に到着すると、彼はかごから飛び降り、待ち構えていたホームズの腕にとらえられた。

彼はきっと、空へ引き上げられ、土がわれわれを――ホームズも、バッファロー・ビルも、シカゴ万博そのものも覆いつくす日まで宙にとどまることを願っていたのだと思う。ところが今、彼の空虚な瞳には、ひとかけらの希望すらなくなっていた。

それからしばらくあと、私たちはコーディのテントの中で腰掛けていた。フランク・バトラーのテントよりもさらにぜいたくな設備がそろっている。ショーは終わり、コーディもその場にいた。ウォーヴォーカも、私が彼を観覧車の下に引き留めておくあいだにホームズが警備隊から救出してきたキッキング・ベアとショート・ブルもいた。私たちは二人とも多くを語らず、ウォーヴォーカもほとんど話さず、ほとんどコーディがひとりでしゃべっていた。

「おまえたちは、私に恥をかかせたんだぞ」彼はインディアンたちに向かって言った。「だが、シャーロック・ホームズさんのおかげで、おまえたちはとんでもないことをしでかさずにすんだんだ。彼が止めてくれたおかげで、おまえたちもほかの誰も警備隊に痛めつけられずにすんだ。本当にラッキーだったんだぞ」

確かにそうだ。ミッドウェイでのあの大混乱で誰も怪我人が出なかったのは、われわれみんなにとってラッキーだった。

「もし私がおまえたちを当局に引き渡して告発すれば」コーディはつづけた。「キッキング・ベアとショート・ブルは保留地へ逆戻り。ウォーヴォーカは刑務所行きだ」

結局、コーディが疑っていたとおり、首謀者はウォーヴォーカだった。彼がほかの二人を説き伏せて、最後にもう一度だけ、古き良き時代と生活様式を取り戻そうと試みたのだ。

「私はおまえたちを誰ひとり保留地や刑務所に閉じ込めたくはないんだよ」とコーディは言った。確かかどうかはわからないが、その言葉を聞いて、ほんの少しだがインディアンたちの緊張が解けたように思えた。

「キッキング・ベアとショート・ブルは、私と一緒にここに残っていい。私が目を光らせておけるからな。ウォーヴォーカはわれわれの前から立ち去り、二度と戻ってこないと約束するんだ」

「どこへ行けばいいんだ？」インディアンは訊いた。

コーディはそれには答えなかった。彼はインディアンたちと同じように身じろぎもせずじっと座っているホームズを見つめた。彼の横顔は確かに、同郷の男たちにも似ているが、それ以上にインディアンによく似ていた（ワトスンはかつて、ホームズのたたずまいがアメリカ・インディアンを思わせると書いた）。

「どこへでも好きなところへ行けばいい」ホームズは言った。「きみが求める日々は二度と戻ってこないと、もうわかったはずだ」

ウォーヴォーカはうなずいたが、最初の言葉に対してうなずいたのか、最後の言葉にか、それとも両方に対してなのか、私にはわからなかった。彼はひざに置いていた帽子を手に取り、頭に載せた。それからもう一度ホームズにうなずき、ほかの誰にも目を向けることなくテントを出ていった。以来、彼の消息を聞いた者はいない。

その晩、ホームズと私は巨大な観覧車に乗った。かごに乗っていたのは、われわれのほかに五十人ほどいただろうか。その全員が西のほうを向いていた。万博会場は電灯で明るく輝き、はるか下方で、広い通りをぞろぞろと歩く人々は、けし粒のようにちっぽけだった。遠くに見える黒っぽい湖に張り出すように建ち並ぶ、堂々たる建物の輪郭が見える。

「ぼくは間違っていたよ、ワトスン」ホームズがついに口を開いた。その声は、耳を澄まさなければ聞こえなかった。彼は目の前の景色を指さした。「ウォーヴォーカの動機は復讐じゃなかった。彼はこれを恐れていたんだ。彼が最後のゴースト・ダンスで破壊したかったのは、これなんだ」

「だけどホームズ、壮大な眺めじゃないか。これが未来なんだ。今日、かごの上に立ちながら、ウォーヴォーカもそう悟ったはずだよ」

かごは徐々に下降を始めた。ホームズは何か言葉を返したのかもしれないが、私には聞こえず、二人ともそれっきり二度とその話題には触れなかった。

甦った男

Recalled to Life

ポーラ・コーエン

Paula Cohen

19 世紀のニューヨーク社交界を舞台にした、ロマンスとサスペンスとゴシック・ホラーが融合された小説『運命の園に囚われて』(2002) でデビュー。ニューヨーク市生まれ。女性シャーロッキアン団体 “Adventuresses of Sherlock Holmes” では 1975 年以来の古株会員。

「ニューヨーク市」

これが、先日私が受け取った電報の中身だった。たったこれだけの文面で、私には即座に、差出人が誰であるかまではっきりとわかった。シャーロック・ホームズは、隠居生活を送っているイーストボーンにほど近い丘陵地帯から、彼の並外れた活躍を世に伝えようとする私の最近の試みを見守り、折に触れて、彼が「つまらない作り話」と呼ぶ物語の材料になりそうな話のヒントを与えてくれるのだ。

彼が関わった事件をできるかぎり正確に記述したいのは山々だが、読者が求めているのは、純然たる事実や、ホームズの非凡なる能力を導く鉄壁の論理ばかりではないのだということを、私はいまだに彼に納得させられずにいる。人々がいつまでも〝作り話〟に関心を示しつづけるのを、ホームズはいささか不愉快に感じているのだ。しかし、最近届いた電報に示された一件に関して言えば、冷徹な論理にのっとった彼のやり方を私がうまく伝えきれなかったとしたら、それはホームズ自身の責任である。私はその場でことの展開を見守ったわけではなく、彼がのちに語ってくれた事実と、いつも以上に働かせたわが想像力に頼って書くよりほかなかったからだ。

実はその出来事は、一八九一年の春から一八九四年の春までのあいだ、つまり私も含めて世界中が、ホームズはライヘンバッハの滝壺で死んだものと思い込んでいた時期に起きたものだった。読者諸氏は覚えておられるかもしれないが、一八九四年の四月に彼が〝復活《レザレクション》〟——私は常にそう考えていた——を果たした直後、ホームズは私に、死とモリアーティの手先たちから奇跡的に逃れたあとどこへ行っていたかを、打ち明けた。彼はフィレンツェのことや、チベットで過ごした二年間、アラビアやペルシャ、兄マイクロフトと外務省からの命を受けてスーダンで果たした仕事のことなどを、話してくれた。

彼が手掛けた仕事にはデリケートな問題が数多く含まれるという理由から、当事者に賞賛や非難が及ばなくなったのち、充分な時間が経過するまでは公表せずにおく必要があったため、当時は語ることができなかった。だが、スーダンのハルツームを離れたあと、ホームズはふたたび東へ向かい、インド洋と太平洋を横断してアメリカ合衆国へ赴いたのだった。

アメリカは、ホームズにとって常に魅惑的な国だった。おもて向きは死んだことになっており、さまざまに身分を変えていつでもどこへでも自由に旅ができる上、祖国のために非凡な才能を発揮できる能力をもつ彼にとって、アメリカでの滞在は合理的でもあり、好都合でもあった。一八九三年の夏、彼はアメリカ東海岸のボルチモアで、ふたたび国家の命を受けた任務を遂行していた。それは祖国の安全にとって極めて重要な任務であったわけだが、その間、ホームズはアメリカの海軍に非常に深い感銘を受けた。彼は今でも、アナポリスの米国海軍士官学校は、グリニッジの英国王立海軍兵学校と寸分たがわず同等だと評価している。

一八九三年が終わる数日前に任務が完了したので、ホームズは英国に帰ることにした。しかし、乗船場所に選んだのはニューヨークだったため、せっかくだから二週間ほど骨休めをして、故郷ロンドンとはだいぶ趣が異なるが、妙に似通ったところもあるニューヨークの街をざっと見て回ろうと思ったのだった。

ボルチモアから南下する列車で出会った人の勧めで、彼はマディソン・スクウェアからさほど遠くない場所にある、アルベマールという評判のいい小ぢんまりとしたホテルに部屋を取った。ニューヨークで過ごす最初の晩、八時ちょうどに食堂へ下りていくと、地味な服装をした男がひとり、大勢の客たちのあいだをすりぬけながら、誰かを捜しているが見つからないといったようすで、彼のいるあたりをしきりに見回しているのが目に留まった。共用の談話室は正装をした男女で混み合い、廊下もオペラやその他の催しに出掛けていく人々でいっぱいだった。英国の大邸宅をよく知るホームズは、女王との謁見の席でも通用するほど華やかな装いの女性たちがいるのを見て驚いた。

それでも、地味な服装の男からずっと目を離さず、一定の距離を保ちながら、きらびやかな群集のあいだを縫ってついていくと、男は並外れて立派ないでたちの若者に近づいてそっと肩に触れ、壁の窪み《アルコーブ》へ導いた。二人は小声で短い言葉を交わし、何かの受け渡しが行なわれると、若いほうの男は廊下を飛び出し、広い階段を一目散に駆け下りて姿を消した。

地味な服装の男は、若者から受け取ったものを確かめて胸のポケットにそっとしのばせ、静かに人の流れの中へ戻り、今度はホームズがいるほうへ向かって歩きはじめた。すぐそばまで近づいたとき、ホームズは一歩わきへよけて男を通したが、そちらへ身を寄せて耳元でそっとささやいた。

「彼の相棒は、グリーンのドレスを着たあの上品な若い女性ですよ。向こうの、あの時計の下に座っています。レティキュール（小さな手提げ袋）を調べれば、お探しの鎖のついた時計が見つかるはずです」

男はびくっとしてくるりと振り向き、座っている女のほうにちらりと目を向けてからホームズを見た。男の茶色い目は鋭かった。「お名前をうかがってもよろしいですか?」

「ぼくの名前はグリーヴズ」とホームズは答えた。「サイモン・グリーヴズです」

「では、ここで待っていていただけますか、ミスター・グリーヴズ」と男は言った。「この場所を動かずにいてください」

「わかりました。ここで待っています」

最後にホームズを一瞥すると、男はきびすを返して廊下を横切り、グリーンのドレスの女のほうへ向かった。彼が身をかがめて声を掛け、上着の下襟をわずかに折り返して見せると、女は顔を真っ赤にして立ち上がりかけたが、また椅子に腰を落とした。震える両手でレティキュールを開き、手を突っ込んで何かを引っ張り出した。上に向けた男の手のひらに載せたとき、その何かに光が当たって、一瞬きらりと輝いた。二人のあいだでさらにいくつか言葉が交わされたあと、女は立ち上がり、さっきの若者と同じように、青ざめた顔で一目散に階段を駆け下りて、どこかへ消えた。

「逃がしてやったんですね」待っていた場所に男が戻ってくると、ホームズは言った。「それが賢明だったのかな?」

男はため息をついた。「二人ともまだ子供のようなものです。ただスリルを味わいたいだけで、金のために盗んだわけじゃありません。時計も現金も、まだなくなったことに気づかれていませんし、盗まれた紳士も、これを返せば、もっと用心しなければいけないと教訓を得ることでしょう」

「さっきの若い二人組は?」

「ハネムーン中の新婚夫婦で、ここに泊まれるだけの余裕があるんです。彼らに必要なのは震え上がらせてやることですから、そうしてやりました。あの二人は犯罪者クラスの人間じゃありませんし、どちらも独房での一夜など似合いませんよ」男は肩をすくめた。「ぼくの人を見る目が正しければ、あの二人はこれからはおとなしくなるでしょう」

男はホームズをじっと見つめた。ほっそりとした体つきで、ホームズよりも一インチか二インチばかり背が低いが、彼を品定めするその目には冷静な落ち着きがあった。

「蛇の道はへびと言いますからね、ミスター・グリーヴズ。ご出身は英国……ぼくの耳に狂いがなければ、ロンドンでしょうか。もしやスコットランド・ヤードにお勤めでは？」

「いえ違います、ミスター……」

「バトル。ロバート・バトルです」

探偵が差し出した手を、ホームズは握った。「いいお名前ですね」とホームズ。「われわれのような仕事に従事する人間にとっては。ぼくは独立して仕事をしています。私的な活動で、スコットランド・ヤードでは、ぼくをアマチュアと見なしているようです」

バトルは憤慨するように鼻を鳴らした。「アマチュア？　ぼくを〝見破った〟人は、これまでひとりもいませんでしたよ、ミスター・グリーヴズ。あなたがアマチュアのはずがない」彼はホームズの服装にすばやく目を走らせた。「あなたは今日の午後に到着し、それ以来まだホテルの外には一歩も出ず、食堂のそばまで来たところで、われらが若き友人が被害者のポケットから時計と現金を盗み、時計を妻にこっそり渡すところを目撃した。ということは、ぼくの推測では、あなたは夕食を召し上がりたいはずで、それはぼくも同じです……勤務は終わりましたから、もしほかにご予定がなければ夕食にご招待したいのですが、いかがですか？　交代の者に、これから非番に入ると知らせてきますから、しばしお待ちを」

ボーイ長が二人を案内してくれた席からは、何にもさえぎられることなく食堂全体が見渡せ、入り口からもさほど遠くないので、出入りする客の姿がすべて見えた。ホームズはテーブルの位置に納得し、うなずいた。

「『警察の仕事があるかぎり』」ホームズはホストに微笑みかけた。「『警官はいつも貧乏くじ』。非番だとおっしゃいましたね。なのに、のんびり食事もできないんですか?」

「『ペンザンスの海賊』ですね」バトルは笑みを返した。「あそこから引用なさるとは奇遇ですね。ぼくは一八七九年の大晦日に、世界で初めてここニューヨークの〈フィフス・アベニュー・シアター〉で上演された『ペンザンスの海賊』を観たんです。作曲家のサリヴァン本人が指揮台に立っていました。まだロンドンで公開もされないうちに、ニューヨーク公演が三カ月も続いたんです」地元の人間としてのプライドたっぷりにそう言うと、彼はナプキンを広げてひざに掛けた。「のんびり食事する件ですが、ぼくはむしろ、まわりで何が起きているのかを常に把握しておきたいんです。周囲を観察できないと気がすまない。習い性とでも呼んでください」

「確かに」とホームズ。「まったく同感です。われわれには、だいぶ共通点があるようだ。ただし、きっと当たりだと思いますが、あなたはかつて警察の一員でしたね、ミスター・バトル」

「なぜばれてしまったのかな?」バトルは笑った。

「あらゆる場所を見ているようで、同時にどこも見ていないような目付き。優秀な探偵は自分の捜査の助けとなるものだけに注目するものですが、警官は用心深く、前ばかりではなく背後にも目を配り、騒動を未然に防ぐ必要がある。あなたは街をパトロールしていましたね」

バトルは唸った。「十五年間です――警察を辞めるまでずっと。努力して警部に昇進したんですよ」

「なのに辞めてしまった?」急に相手のあごがこわばるのを見て、ホームズはなだめるように手を上げた。「これは失礼。驚いただけで、ぶしつけな質問をするつもりはなかったんです」

一瞬の沈黙のあと、バトルは言った。「ぼくはスコットランド・ヤードの内部事情はほとんど知りませんが、ニューヨークのほうはいろいろあるんです……政治的な駆け引きやなんかが。一般の人間ならば刑務所に入れられてしまうようなことが、ここの警察ではあたりまえのように日常的に行なわれていると言えば、充分でしょう。そういうのが、だんだんいやになってしまって」

ホームズが何も言わずにいると、しばらくして、バトルはもう一度微笑んだ。「でも、ぼくは期待しているんです」彼はそう言いながらウェイターに合図をした。「改革の話が持ち上がっているんです。ところで、グリーヴズさん、何をお飲みになりますか？　ぼくはアルコールは飲みませんが、体質に合わないだけですから、どうぞ遠慮なくお飲みください。ここにはすばらしいワインセラーがありますし、それにバーボンは――バーボンになじみがあるかどうか知りませんが――大絶賛の味だそうです」

ホームズは、ふだんはあらゆるかたちの人づきあいを嫌がるのだが、その気になれば抜群に魅力的にもなれるし、かなりの話上手だった。彼はバトルの中に、珍しく気心の通じあうものを見出していた。長時間にわたる楽しいディナーのあいだ、二人はお互いに、バトルいわく犯罪者相手の〝戦争体験談〟で相手を楽しませ、コーヒーが運ばれてきたころには、ホームズはいつになく快活な気分になっていた。

「ギルバートとサリヴァンがお好きなら、ほかの種類の音楽も聴かれるでしょう。オペラも好きですか？」

「ええ、好きです」バトルは答えた。

「ワーグナーは？」

「大好きです」

「それはいい！　ぼくは月曜の晩に『ニュルンベルクのマイスタージンガー』を観に行きたいと思っているんですが、この街には誰も知り合いがいないので、すっかりひとりで行く覚悟をしていたんです。もし、あなたが非番で、ぼくのほうも厄介な雑用が入らなければ、ご一緒にいかがですか？　あなた以上に趣味の合う相手は思いつかない。もし、それだけじゃ食指が動かないというんなら、その晩はエマ・イームズとジャン・ド・レスケも歌いますよ」

ホームズはそれまでの数日間、昼と、それに夜も一、二度、くたびれたオーバーオールに厚地の短い外套《がいとう》を着て、垢じみた布の帽子をかぶったアイルランド人労働者になりすまし、氷の張ったニューヨークの街で過ごしていた。寒さはかなり厳しく、何も細工をほどこさなくても自然に鼻が赤くなり、眉毛に霜がついたが、朝になるとなぜか生えている三日分の無精ひげは、夜になってニューヨークの裕福な人々に囲まれて夕食の席に着くころには、跡形もなく消えていた。

「みごとなものだ」ある朝、ホテルの通用口からのろのろと出てくるホームズの姿を見て、ロバート・バトルはくすくすと笑った。「正体を知らなかったら、グリーヴズさん、ぼくはあなたを呼び止めて、ポケットの中身を見せろと言っていたでしょうね」

ホームズは指でちょっと帽子に触れると、一月の冷たい霧の中に消えていった。行き先は毎日異なり、ホームズがロンドンを知っているのと同じくらいニューヨークを知り尽くしているバトルが勧める場所だった。二、三日もすると、ロンドンならばさしずめライムハウスかホワイトチャペルといった、不潔ですさんだあちこちの地域に少なくともひとりずつ、会えばうなずき合う程度の顔見知りができた。

「いいかい、ワトスン」彼はのちに、こう語った。「ロンドンは千年以上のあいだ、巨大な人間の掃《は》き溜《だ》めだった。白人がマンハッタン島に足を踏み入れ、底知れぬ邪悪な行為や残酷な行為、絶望の種を考案し、またたくまにゴミ溜めを生み出してしまうまでは」

そしてロンドン同様、このはるかに若い街にも、上流と下層とのあいだに大きな差が生じていったのだった。次の月曜日の晩、ホームズとバトルは、新しくできたメトロポリタン歌劇場の味気ない黄色いレンガの正面扉をくぐり、風通しの悪い安アパートやゴミだらけの街の住人たちには決して想像もつかない、まばゆいばかりに豪華な世界へと足を踏み入れた。バトルには、警察時代に親しくなった友人が今でも何人かいるので、コネを通じて一段目のボックスに席を確保することができた。

男二人は、時間の余裕をもって自分たちの席に落ち着き、ホームズは豪華な光景にうっとりと見入っていた。この場にいるのは、ニューヨーク市を豊かさと貪欲さの代名詞に変えた男たちと、きらめく宝石で身を飾った同伴の妻や娘たちだった。バトルは立派な身なりをした男性を何人かそっと指さし、あれはみな刑事で、観客の楽しみを妨害するようなことが起きないよう、劇場内の要所要所に配置されているのだと言った。

劇場内の照明が薄暗くなったとき、向かい側のボックス席がにわかにざわついた。控えめな刑事たちを見ていたホームズは、横にいるバトルが身をこわばらせるのを感じ、見ると、彼は歯を食いしばっていた。バトルの視線をたどっていくと、年配の男二人とかなり年若い女性がひとり、ちょうど席に着くのが見えた。

可憐で服装にも品があり、のど元と黒髪をパールで飾った若い女性は、一方の男性の腕にすがり、手袋をはめた指で彼の袖をぎゅっと握りしめ、彼女を見ようと振り返る下の席の観客たちと、ボックス席にいる全員が向ける視線にたじろいでいた。劇場全体で小さなささやきが起こる中、その女性をエスコートしている白髪で背筋がぴんと伸びた紳士は、外から見えにくいように、ボックス席の柵から奥まった席に彼女を座らせ、そのあと自分も席に着いた。

ところが、バトルが拳を握りしめて見つめているのは、もうひとりの男のほうだった。

「彼を知っているんですか?」ホームズは訊ねた。

「知っています」バトルは片時も目を離さずに答えた。

「面白い取り合わせの三人組だ」とホームズ。「彼らは何者なのか教えてもらえませんか? それと、あの女性はなぜ、あれほど人々の関心を集めているんです?」人々のささやきはおさまることなく、指揮者が指揮台に立ってもまだ、多くの目が――バトルの目は別だが――彼女のほうを向いていた。

「背の高いほうの男性は、ヘンリー・オグデン・スレイド。この街の名士のひとりで、かなりの大富豪で、すばらしい慈善家でもあります」バトルの声は小さく、明らかに彼をとらえているはずの感情を少しもさらけ出さなかった。「あの女性は、彼の被後見人です。彼女は、一般に言われているとおりならば、スレイドと取引のあったユダヤ人銀行家の娘です。スレイドは数年前に彼女を引き取ったのですが、その理由は誰も知らず、謎に包まれています。二人の関係に不適切なところは何もなさそうですが、そうじゃないと思いたがる人も人勢います」バトルはそこで黙り込んだ。

「で、もうひとりのほうは?」とホームズ。バトルが厳しい視線を送っていた相手は、でっぷりと太り、顎が何重にもなった、スレイドよりも頭ひとつ分以上も背が低い男だった。眼鏡と、始終絶やすことのないかすかな笑みが、彼の外見に感じのいい優しそうな印象を与えていた。

「もうひとりは、サディアス・チャドウィックです。スレイドの弁護士で、大親友でもあります。

二人そろっていないときはめったにありません」

序曲の演奏が始まり、会話はそこで打ち切られた。精神をいくつもの区分に分割する能力に長けたホームズは、椅子にもたれ、長い指で調子を取りながら音楽にすっかり没頭しながらも、同伴の仲間が舞台上で起きていることなど少しも理解していないのに気づいていた。

世界的に有名な話だが、ワーグナーの曲は簡潔ではなく、第一幕のカーテンが下りたときには、ホームズは両脚を伸ばせるチャンスが来たのをありがたく思った。暗黙の了解で、彼とバトルはボックス席を離れて下の階へ向かった。込み合う玄関ホールをはずれて、人の少ないわきのほうへやってきてからようやく、ホームズはふたたびサディアス・チャドウィックの話を持ち出した。

「気づかずにはいられなかったんだが、彼が現われてから、きみは気もそぞろだった。出会ってまもないぼくがその理由を訊ねるのはでしゃばり過ぎだと思うなら、そう言ってほしい」

バトルは、意を決したように答えた。「ぼくが警察を辞めた原因は、ミスター・チャドウィックにあるんです。ぼくが警察を放り出された原因、と言ったほうがいいでしょう。グリーヴズさん、せっかくこうして仲良くなれたあなたに嫌われてしまうかと思うと、できれば言いたくなかった。でも、あなたはもうすぐ英国に帰ってしまうんだから、どう思われようとたいした違いはありませんが」

「まだ真相も知らないのに、ぼくにどうやってきみを判断できるのかな？」とホームズは言った。

「どうやって？　大勢の人たちが、以前は仲の良かった人たちが、今ではまるで見知らぬ他人です」彼は深いため息をついて語りだした。

「ミスター・チャドウィックは、もちろん弁護士としての評判は申し分なく、ミスター・スレイドのほかにも、この街で最も高い地位にある顧客が大勢いました。しかし、ミスター・チャドウィックはまた、警察にもその名を知られていました。良からぬ陰謀の多くは、糸をたぐれば彼にたどりつき、彼の名前は、隠れみのに使っている人物の名前を通して、この街の至るところにある最悪の場所、最も忌まわしい状況とつながっていました」

バトルは、ホームズをまっすぐに見つめた。「簡単に言いましょう。チャドウィックは警察に名が知れていると言いましたが、必ずしも敵としてではありません。ここ数日であなたがごらんになった場所の多くは、ミスター・チャドウィックが所有する土地にあります。彼自身が商売に関わっているわけではありませんが、経営者たちからかなりの金を吸い上げているので、悪行に手を染めているのも同然です。ぼくはそういう場所を調べていました。そこでは子供たちが、まだ六つの幼い少年や少女たちが……グリーヴズさん、そういう場所が存在するのはあなたもご存じですから、もうこれ以上は言いません。ぼくはああいう場所と、そこから利益を得る人間の少なくとも一部を、この地上から消し去ることができたはずなんです。もう少しで、あとほんの少しで、ぼくの捜査は完了でした。

ところが、前に言ったように、ニューヨークにはいろいろあって……チャドウィックは自分に手を貸してくれる相手には気前がいいものですから、警察の上層部の多くが……」彼はそこで大きく息を飲み、顔をぬぐった。手が震えていた。「ぼくは、捜査をやめろと言われました。いやだと答えると、自分からやめなければ、無理やりやめさせられることになると。それでも、ぼくは拒みました。

できるかぎり用心しましたが、それでは不充分で、ぼくが護衛を頼んだ相手は、見てみぬふりをするよう買収されていました。ぼくが法廷に証拠を提示するはずだった日の前の晩、五、六人の男が家になだれ込んできて、ぼくは押さえつけられ、クロロホルムを染み込ませた布で顔を覆われてひきずり出されたのです。何時間かたって目を覚ますと、以前調べたことのある建物の一室にいました――ありがたいことに、ひとりで――ところが、誰かに酒を一本丸ごとぶちまけられたみたいにアルコールくさく、ふらつきながら立ち上がったとき、警笛と叫び声が聞こえてきました。警察の手入れです。そしてぼくは、まるで数年来の常連客であるかのように逮捕されたのです」

バトルはうなだれ、金めっきの柱に寄りかかった。彼の言葉は静かな淡々としたものに変わっていた。「その朝、法廷で証拠を提示する代わりに、ぼくは留置所にいて、証拠はすべて破壊されていました。床板の下に隠していたんですが、彼らはわざわざ捜す手間を省き……手っ取り早く、証拠もろとも家を焼き払いました。火事もぼくのせいにされ……発見されたときにいた場所へ行くときに、酔っ払ってランプを倒したという嫌疑がかかりました。そのときからずっと、誰も火事で死ななかったことを、神様に毎日感謝しているんです。それもぼくのせいにされたでしょうからね。

最悪だったのは……身分を証明できるものを何も持っていなかったことで、ぼくが自分が言うとおりの人物かどうかを確かめるために――逮捕した警官たちは、ぼくを知っているのに――彼らはぼくのフィアンセとその父親を警察署まで連れてきて、身元の確認をさせたのです。ええ、そうです、グリーヴズさん、ぼくは婚約していました。無精ひげを生やし、酒の臭いをぷんぷんさせながら、手錠と足かせをはめられて、まだ足元をふらつかせながら、ぼくはあの……あの地獄のような場所から引き出され……美しいフランシスは、目を丸くしてぼくを見つめていました。あのときの彼女の目……」

ホームズは、彼を近くの壁際にある誰もいない長椅子まで連れていき、無理やり座らせた。観客たちはまた客席のほうへ流れていき、玄関ホールはたちまち閑散とした。

「絶対にここを動かないで」とホームズは言った。「すぐに戻るから」

バトルは、うなだれたままうなずいた。二、三分後、ホームズはグラスに入った水を持って戻ってきて、バトルの青ざめた唇に近づけた。

「少しだけウィスキーが入っているが」味に顔をゆがめてグラスを押し戻そうとするバトルに、彼は言った。「顔に血の気が戻る程度で、きみの体に障るほどじゃない」

バトルはもう一度飲むと、がたがた震えながら立ち上がった。「なぜあなたにこんな話をしてしまったんだろう」

「何年も付き合っている友人よりも、ときには他人のほうが秘密を打ち明けやすいものですよ。でも、あなたはフランシスさんに対して厳しすぎるのかもしれない。そうは見えなくても、彼女は今でもあなたを信じているんじゃないかな?」

「ぼくは、もう二度と彼女には近づけません。身の潔白が証明されるまでは――でも、そんな日は決して来ないでしょう。罪のない女性と、世間に飲んだくれの道楽者として知られる男が結ばれるなど、たとえ夢でもありえない話じゃありませんか?」

ホームズは微笑んだ。「確かに、女性はぼくが得意とする分野じゃない。しかし、その晩以降、彼女はすでにほかの誰かと結婚したのかな?」

「いいえ。知人を通じて聞いたところでは、まだ父親と一緒に暮らしているそうです」

「なら、おそらく彼女は、きみが思う以上にきみを信頼しているんだろう。きみも彼女をもっと信じるべきだったのかもしれないね。さあ」バトルが近くのテーブルにグラスを置くのを見計らって、彼は言った。「第二幕はとっくに始まっているよ。席に戻ろうか、それとももう帰ろうか?」

から」

「せっかくの晩を台無しにするわけにはいきません。あなたはオペラを楽しみにしていたんですから」

「そんなのは構わないさ」

「いいえ、ぼくはもう大丈夫です。事情を知っても、ぼくと一緒にいるところを見られても構わないのでしたら、席に戻って……」

「これはこれは、バトル君」二人の背後から乾いた声が聞こえてきた。「きみじゃないかと思ったんだが、この目がとても信じられなくて、自分で確かめにきたよ。名うての不埒《ふらち》な人間をここへ入れるとはいったい何を考えているんだと、株主たちに問いたださなければいけないな」

バトルはあまりにも急激にぐいと動いたので倒れそうになり、ホームズはそっと彼の腕に手を添えて支えた。チャドウィックは、そんな二人を穏やかに見つめていた。実際に顔を突き合わせ、ホームズは初めて相手の男の眼鏡の奥にある目を見た。始終かすかに浮かべた微笑みは目にまでは及んでおらず、侮蔑をむき出しにしたその目で、チャドウィックはバトルを上から下まで舐めるように見た。

「まだ酒を飲んでいるようだな」そう言うと、彼はホームズのほうを向いた。「どなたか存じませんが、この男とは付き合わないほうがいいとご忠告申し上げましょう。ごく控えめに言っても、この男の評判はかんばしくありませんからな」

ホームズは、バトルの腕を握る手に力をこめた。「お気遣いはありがたいのですが、ミスター・チャドウィック、ご忠告は無用です」

「ああ、英国の方か。われわれのすばらしい街を観光にいらしたのでしょう」チャドウィックは言った。「とにかく、〝警告は警備〟と申しますからな。会ったこともないのに私の名前をご存じのようだが、お名前をうかがってもよろしいかな？」

「サイモン・グリーヴズです」

「では、ミスター・グリーヴズ、あとはあなたとご友人とでごゆっくり」チャドウィックはくるりと背を向けて立ち去りかけたが、忘れていたことを思い出したかのように、手袋をはめた指をパチンと鳴らし、引き返してきた。

「ああ、そういえば……うわさで聞いたよ、バトル君、小ぢんまりとした高級ホテルで職にありついたそうじゃないか。支配人は何を考えていたのか、いったい誰に人物照会をしたのかわからないが、朝になったら私が直接出向いて、きみの本当の経歴を教えてやろう。どんなホテルだって、きみのような人間が同じ屋根の下にいたんじゃ、贔屓の客を失いかねないからな。残念だったな」と彼は言った。「きみのことなどほとんど忘れかけていたのに、今夜ここで出くわすとは。もう忘れられそうにないよ。では、お二人ともごきげんよう」

二人は、チャドウィックが玄関ホールを横切り、胴体と釣り合わない細い脚でちょこちょこと歩いていくのを見つめていた。

「危険な男だ」ホームズはつぶやいた。

「殺してやる」バトルは、わなわなと震えていた。

「いや、それはだめだ。きみは真っ先に疑われてしまう。どうやら、ミスター・チャドウィックが死ねばいいと思っている人間はほかにも大勢いそうだがね。その仕事はほかの誰かにまかせなければいけないよ、バトル。

それに……」もうオペラを聴く気分ではなくなったので、歩いてホテルへ戻る途中、ホームズはさっきの話を続けた。氷のように冷たい風に押されて、二人はブロードウェイを南へ向かって進んだ。「それにきみは、身の証を立てて名誉を回復するまでは彼に死んでほしくないだろう」

バトルは歩道で足を止めた。「あまりにもひどすぎるじゃありませんか、グリーヴズ。あなたも聞いたでしょう！　これまでの仕打ちでは飽き足らず、ぼくを完全に破滅させようとしているんですよ！　あの男が、ぼくが立ち直るのに手を貸すと思うんですか？」

ホームズは微笑みだけを返し、バトルを引っぱっていった。「この話は、中に入ってから、温かい食事をとりながらすることにしよう。雪になりそうだが、われわれには断然好都合だ。うまくいけば、ミスター・チャドウィックを説き伏せられるかもしれない」

翌朝、トリニティ教会の鐘が九時半を告げると同時に、サディアス・チャドウィック弁護士にミスター・サイモン・グリーヴズの名刺が手渡された。チャドウィックは習慣を厳しく守る男で、ひと晩中降った大雪にもさほど影響を受けることなく、いつもどおり九時ちょうどに到着した。もっとも、いつもならばロウア・ブロードウェイにあるオフィスの外からは、鉄張りの車輪がたてるやかましい音や馬のひづめの音が聞こえてくるのだが、その日は、かわいらしい橇《そり》の鈴の音《ね》と馬具の音が聞こえる以外は静寂の世界が広がっていた。

チャドウィックのオフィスは広々として心地良く、机の真向かいにある暖炉でぱちぱちと爆《は》ぜる炎が、温かく客を出迎えた。チャドウィックは客をたっぷり一分以上も目の前に立たせておいたあと、読んでいた訴訟関係の書類からようやく顔を上げた。

「さて、ミスター・グリーヴズ」彼は書類をわきへぽいと放り、机の上で太い指を組み合わせた。「こんなに早く再会しようとは、いったい誰が予想しただろうね？」そう言うと、チャドウィックは気だるそうに椅子を指し示した。「お掛けになって、思いがけぬ訪問の理由をお聞かせください」

ホームズはその言葉に従った。「事前の約束もないのにお会いくださってありがとうございます、ミスター・チャドウィック。雪のせいで、あなたの来客予定にいくらか空きができたのではないかと思ったものですから。どうやら読みが当たったようで良かった」

チャドウィックは不満そうにぶつぶつと言った。「それで、何のご用件でいらしたのかな?」

「ロバート・バトルに対するあなたの虐待をやめさせるためです」

チャドウィックの絶えることのないかすかな笑みが、信じられないとばかりに大きく広がり、顎に幾重にもしわが寄った。

「ミスター・グリーヴズ、私は非常に忙しい身で、ばかな冗談に付き合う時間も趣味もない。確かに、きみには驚かされたよ。なぜなら、第一印象できみは知的な男だと思ったのでね。すぐに玄関へ案内させるが、その前に、このような驚くべき要求をする理由を、ぜひ聞きたいものだ」

「もちろん結構ですとも」ホームズは、胸のポケットから一枚の紙を取り出して広げた。「さきほどおっしゃったように、あなたは非常にお忙しい方ですから、手短かに言いましょう。ゆうべ、午前二時から三時のあいだに、何者かがあなたのオフィスに忍び込んで金庫を開けました。あの金庫です」彼は部屋の反対側の壁の半分を占める、堅固そうな鉄の金庫を指さした。

チャドウィックはぎくりとして、無意識のうちに金庫のほうに目をやり、それからくすくすと含み笑いをしながらホームズを見た。

「これは驚いた! ミスター・グリーヴズ、きみとロバート・バトルは似たものどうしらしい。どちらも救いようのない人間だ。あの金庫は、私以外には誰も開けられないんだよ」

「でも、開きましたよ」

「誰が開けたんだ?」

「ぼくです」

チャドウィックはまだ笑みを浮かべていたが、その顔には、かすかな疑念がじわじわと忍び寄っていた。「きみは嘘をついている」

「ぼくが？　ならばぜひ開けてみてください。そして、あなたが近代的なビルディングに――最新の防犯設備を採用し、裏手に鉄の非常階段を備えた建物にオフィスを構えられたことにお礼を言わせてください。それに、八インチにも及ぶ積雪も、ぼくが残したかもしれない足跡をきれいさっぱり消し去ってくれました。金庫の錠ですが、ミスター・チャドウィック、それ自体は開けやすい簡単なもので、あの金庫を破るのにたった五分しかかかりませんでした。

ぼくは金庫から書類を何枚か取り出しました。それはすなわち……」ホームズは手に持った紙を見ながら言った「不動産の権利書で、あなたが長年にわたって、チェリー、バクスター、マルベリー、ウォーターの各通りにある多くの物件の所有者であることを示すものです。そうした地域にある、口では言えない商売をしている場所は警察もよく知っています。もっとも、賃貸や転貸が多いため、不可能ではないとしても、本来の権利書そのものを見なければ、あなたが所有者だと突き止めるのは難しいでしょう。

事実、三年前にミスター・バトルが明らかな酩酊状態で発見されたのは、そうした建物のひとつでした。その結果、彼は警察から追放されました。彼がその場所やほかの同じような場所を調べ、所有者を突き止めようとしていることは、彼の上司を含めて多くの人々が把握しており、彼の上司を通じてあなたの耳に入りました。もちろん、あなたはそれゆえに彼を破滅させなければならなかったのでしょう」

チャドウィックは顔を真っ赤に染めていたが、横柄に片手を突き出した。「その一覧表を見せてくれないか?」ホームズは紙を手渡し、弁護士が目を通すあいだじっと黙って座っていた。

「どうです、間違いないでしょう」目を通し終え、憎々しげな目付きで、机の向こうから紙を投げつけてきたチャドウィックに、ホームズは言った。「実際に権利書を見たことがなければ、物件をすべて把握しているはずがありません。請け合いますが、金庫を開けたとき、あなたは書類がなくなっているのに気づくでしょう」

「あの書類を、いったいどうするつもりだ?」

「別にどうもするつもりもありません。いや……それはちょっと違うな。あの書類をどうするつもりか——もっとはっきり言えば、あの書類をどうしたのかというと——ぼくはあれを英国へ郵送しました。政府の信頼できる人物に宛てて、あなたの決して手の届かないところへ。しかし、あなたから金をゆすり取る気などさらさらありませんよ、ミスター・チャドウィック。そういう懸念を抱いておられるのなら。ぼくは、あなたの権利書を安全に保管しようとしているだけです。それと、あなたには、ミスター・バトルに着せた汚名をそそいでいただきます」

「どうやってそうしろと言うのかね、ミスター・グリーヴズ?」

「それはぼくの知ったことじゃありませんよ、ミスター・チャドウィック。あなたは——誰よりもあなたご自身がご存じのはずですが——この街で最も高い地位にある人々とコネがおありだ。ご自分で引き起こしたことは、ご自分で正せるはずですよ。どんな方法をとるかは、聡明なあなたがご自分でお決めください」

チャドウィックは椅子の背にもたれた。「もし私が警察に通報し、きみがたった今言ったことを告げたらどうなる?」

「ぼくが言ったこと?」ホームズは、チャドウィックが彼に向かって投げつけてきた紙を拾い上げると、部屋を横切って暖炉のところへ行って紙を投じ、火がついてめらめらと燃え上がり、やがて真っ黒になって、炎の中で小さくしぼんでいくのを見つめた。

「もうなくなってしまったあのリスト以外に、あなたの権利書の盗難についてぼくが何かを知っていると証明できるものは何もありません」

チャドウィックは眼鏡を外し、太い指で鼻梁《びりょう》を押さえた。手が震えていた。感情を抑えるのにしばらくかかったが、それでもどうにか気持ちを静め、また眼鏡を掛け直す。

「こんなことをして、きみは何の得をするのかね、ミスター・グリーヴズ？　バトルにはもう何もない。そうなるように、私は彼の家を焼き払わせたんだ。きみにしてもらったことに、彼はどうやって報酬を払えるんだ？」

「報酬などもらいません」

「じゃあ、もう一度訊くが……きみは今回のことで何の得をするのかね？　ほしいのは金じゃないと言ったね。金でなければ、いったい何がほしい？　あの書類を返してくれるなら、バトルと違って、私はかなりの金を払える。きみを愚か者だと思った私が間違っていたようだ。きみと私は、二人とも賢い男だ。いくらほしいんだね？　金額を言ってみたまえ」

ホームズは笑ってふたたび椅子に腰を下ろすと、長い脚を前に伸ばし、チョッキの前で両手の指を組み合わせた。「さっきも言ったように、あなたから金をゆする気はありません。あの書類は、あなたに行儀良くしてもらうための担保にすぎないんです。バトルの名誉を回復していただければ、この街で最悪の地獄のうち、五、六軒はあなたが所有しているという事実は、誰の耳にも入らないでしょう」そこで彼の笑顔が消えた。

「しかし、せっかく訊かれたので、もっと欲を出しましょう。ミスター・チャドウィック、ああいう場所はすべて閉鎖してもらいます――そして永遠に閉鎖しつづけること。誰かに売るだけじゃ、その人間がまた引き継いで、太古の昔からある商売に励むことになるから、きっぱりと、未来永劫おしまいにするんです」彼は椅子に掛けたまま身を乗り出した。「ぼくは、それがなくなったからといって、この手の商売が根絶されると信じるほど単純じゃありません。だが少なくとも、しばらくのあいだは数が減るはずです」

「ほかの連中が同じことを始めるだけだ」とチャドウィックは言った。

「間違いなくね。しかし、それはあなたの商売ではなく、あなたがそこから利益を得るわけじゃない。それから、これから言うことを、ようく覚えておいてください……ぼくは二、三日のうちにニューヨークを発ちます。それまでのあいだに何かが起きたら、つまり、何らかの理由でぼくが無事に英国に戻れなかった場合、あなたの権利書を受け取るはずの人物は、それをどうすればいいか悟るでしょう。それから」そこで彼は椅子から立ち上がり、ドアのほうへ歩いていった。「ロバート・バトルもまた同じように保護されていますが、彼のほうは、いつまでという期限がありません。

彼が元気に無事でいてくれるよう祈ったほうがいいですよ、ミスター・チャドウィック。万が一、馬車に轢かれたり、道で滑って転んで頭蓋骨を骨折したり、急性の肺炎にかかるようなことがあれば、必ずあなたの秘密が暴露されるようにしておきますから」

「きみは誰なんだ？」チャドウィックも机の椅子から立ち上がり、震える指でホームズを指した。「きみはいったい何者なんだ？」

「喜んでお教えしますよ、ミスター・チャドウィック、ただしロンドンへ着いてからですが。無事帰国したという、ぼくからの電報を待っていてください。あなたには真っ先にお知らせしましょう。今はとにかく一刻も無駄にせず、ミスター・バトルの名誉を回復しなければなりません」

一八九四年の春は、シャーロック・ホームズの長い職業人生において最も多忙な時期のひとつだった。世界中が知っているように、彼のロンドンへの帰還は、ロナルド・アデア卿の不可思議な殺人事件を解決し、さらにモリアーティ一味の筆頭セバスチャン・モラン大佐に最後の審判を下すという快挙によって世に伝えられた。ホームズ復活のニュースは、一国の頂点に立つ者から一般庶民に至るまで、彼が長年にわたって手助けしてきた全世界の人々の喝采を受け、その後の数カ月間というもの、ベイカー街には彼が受けきれないほどの依頼が持ち込まれ、事件に明け暮れる日々が続いていた。

彼の不在中、私の身辺にも変化が生じていたため、ホームズはかつてのわれわれの部屋でまた同居しないかと誘ってくれ、私はありがたく応じた。年が明け、すがすがしく晴れわたったある一月の晩、私たちは心地良い暖炉の前に落ち着き、ホームズは分厚いスクラップブックに新たな切り抜きを加え、私は読書をしていた。と、そのときドアのベルが鳴り、玄関のほうから声が聞こえてきて、ホームズはむしゃくしゃしたようすで刷毛《はけ》を投げ捨てた。あまりに忙しかったせいで、彼が入念に進めてきた資料集めに影響が出はじめていた。

「いったい誰だろう?」と彼は言った。「今夜は邪魔されたくなかったんだが」

ところが、まもなくハドスン夫人に案内されてやってきた男の顔を見るなり、彼のいらだちは大きな喜びに変わった。

「ロバート・バトル!」ホームズはそう言うと、片手を差し出しながら大きく前へ踏み出した。「また会えるとは、実にうれしい! それに、ずばぬけた推理力などなくともわかりますよ」そう言って、彼はバトルが前へ引き出した黒っぽい髪の美しい女性のほうを向いた。「こちらはミセス・バトルですね？　お二人に心からの祝福を申し上げます。ロンドンへはどういった用事で？」

「ぼくたちはハネムーンでこちらへ来たんです、ホームズさん」バトルは答え、私たちは客人の身の回りのものを預かり、部屋へ案内した。「ぼくたちが乗った船は今日の午後に入港し、さっきホテルに落ち着いたところです。あとはフランシスもぼくも、見物よりも何よりも、真っ先にあなたにお目にかかることしか頭にありませんでした」

「ワトスン」とホームズは言い、紹介が行なわれた。「ロバート・バトルと、ニューヨークでのぼくのささやかな冒険について話したのを覚えているだろう」

「もちろん覚えているよ」私はバトルと握手を交わした。「お会いできて、とてもうれしいです。そしてあなたにも、ミセス・バトル」

「この瞬間を待ちわびていましたの」バトル夫人は言い、ホームズが彼女の手を取ると、バトルはいとおしそうに妻に微笑みかけた。「わたくしどもがこんなに幸せになれたのは、ホームズさんのおかげですわ」

「ええ、そのとおりです」頰を赤らめる妻を見つめ、バトルはハンサムな顔を輝かせた。「彼女はずっとぼくを待っていてくれたんですよ。あなたがおっしゃったとおり、決して信頼を失わずにいてくれました」

「お二人は賢く正しい選択をされ、お互いを選んだということですね。ワトスン、グラスを……バトルご夫妻の幸せを祈って、ぜひ乾杯をしよう。ミセス・バトルにはシェリーを頼むよ。きみはウィスキーかブランデーはどうかな、バトル？」彼はそう言ったあと、酒びん棚《タンタロス》に手を伸ばしかけた私を制止した。「おっと、忘れていた。ミスター・バトルは酒を飲まないんだった。これは失礼」

バトルは首を横に振った。「ニューヨークでお会いしたときのぼくなら、決して飲もうとしなかったでしょう。それは、逮捕された晩に飲んだくれの汚名を着せられたせいで、ぼくはもう二度と自分に酒の臭いなどつけたくなかったのです。でも、もう一度まともな暮らしに戻ってからは、たまには酒も味わっています。それに、今以上に酒が似合う場面はほかに思いつきません。ぼくはブランデーをいただきます」

四つのグラスがすべて満たされると、バトルは立ち上がってグラスを掲げたが、妻が彼の腕に手を置いて止めた。

「私にさせて、ロバート」

バトルは驚いて妻の顔を見たが、にっこりと微笑んで彼女に従った。それから彼女も立ち上がり、ホームズと私も立った。明るい茶色の目ははにかんでいたが、彼女はグラスを持ち上げてこう言った。

「まずはあなたに乾杯しなければいけませんわ、ホームズさん。だって、この幸せはあなたのおかげなんですもの。あなたは魔法使いか守護天使様のように現われて、わたくしたちに喜びをもたらしてくださいました。いくら感謝しても感謝しきれないくらいです」

「そのとおり！」バトルが高らかに言った。「シャーロック・ホームズに乾杯！」

「シャーロック・ホームズに乾杯！」私も繰り返した。

次にホームズがグラスを掲げた。「ロバート・バトル夫妻に乾杯。誰よりも祝福されるべきカップルに！」

酒を飲み干し、私たちがまた腰を下ろすと、バトルは笑って言った。「実は、〝バトル警部夫妻〟

なんです。ぼくはまた元の身分に戻り、名前も犯罪記録もすっかりきれいになりました。だからこそ、またフランシスに求婚することができたんです。名前といえば、もし一年前にミスター・サイモン・グリーヴズが実はミスター・シャーロック・ホームズだと知っていたら」と彼は言った。「ニューヨークにいらっしゃるあいだ、ぼくはもっとずっと周到に考えて専門的アドバイスをしたんですが」

「とんでもない」とホームズ。「ぼくがこの街を知っているように、きみはあの街をよく知っている。きみがくれた情報は、不案内なぼくにはとてもありがたかったし……おかげで、この世に不要な場所をいくつか排除することができた」

「それに、不必要な人間も」とバトルは言った。「きっと興味がおありだと思いますが、サディアス・チャドウィックは去る十月に死にました。殺されたんです」と彼はつけ加えた。「ぼくにじゃありませんよ。もっとも、もし可能なら、ぼくはきっと犯人と固い握手を交わしていたでしょうね」

「それは確かにすごいニュースだ」そう言って、ホームズはそばにある糊《のり》の容器とハサミが載ったテーブルと、床にできた大量の新聞の山を指さした。「ここ数カ月はゆっくり新聞を読む暇もなかったから、今ようやく新しい情報を拾いはじめたところでね。それで、どんなふうだったのかな?」彼は興味津々のようすで身を乗り出した。

「刺殺されたんです、自宅で、知り合いの若い女性に」

「動機は?」

「決め手となるものは何も」彼は微笑んだ。「ええ、ぼくがその事件を調べたんです。そのころにはもう警察に戻っていましたから。でも実を言えば、あまり突き詰めた捜査はしませんでした。単純な家庭内のいざこざのようでした。その若い女性は、当時彼と一緒に暮らしていました。もみ合った結果火事になり、その女性も亡くなりましたし、状況の解明に役立ちそうな関係者もいませんでした……」そう言って彼は肩をすくめた。

「しかし、彼の死以上に興味深いのは、その数週間後に明るみに出た、チャドウィックに関するある事実でした」

ホームズは微笑み、私のほうに顔を向けた。「チャドウィックは特殊な才能のある男だったんだな、ワトスン。十月に、同居する若い女性に刺されて死んだ彼が、十一月になってもまだニュースになっているんだから」彼はまたバトルのほうを向いた。「これは好奇心を掻き立てられるね。続きを聞かせてくれたまえ！」

「要点を言えばですね、ホームズさん、彼の死後、寝室の壁に埋め込まれた金庫が発見されました。もちろん覚えていらっしゃるでしょうが、オペラを観にいった晩、チャドウィックと一緒にいた紳士と若い女性がいましたね？　あのときの紳士ヘンリー・オグデン・スレイドは、あれからわずか一カ月後に亡くなったのですが、彼の遺言では、被後見人だったあの若い女性には何も残されていませんでした。ところが、チャドウィックの寝室の金庫から、もっとずっとあとになって書かれた遺言書が発見されました。それによると、スレイドはあの女性を正式に娘として認め、全財産を残していたんです」

「ということはつまり、チャドウィックは財産目当てに、何らかの方法で友人を死に追いやったということかな？　大親友が聞いてあきれるね。まあ、驚くには値しないがね。なにしろきみとぼくとで、チャドウィックの収入源のかなりの部分を剝奪してしまったんだから」

バトルは首を振った。「ぼくがそれに何も関与していないのは、あなたがいちばんご存じじゃありませんか、ホームズさん。あれはあなたひとりのお手柄で、あの方法は――明らかに違法ではありますが――極めて効果的でした。あなたがニューヨークを発たれて一カ月後、ぼくは警察本部長から直々に呼び出され、証人が何人か現われて、ぼくがずっと主張してきたとおり濡れ衣だったことを裏づける証言が得られたから、もし望むならば元の職場に戻ってもいいと告げられました。もちろん、ぼくはそのときにはすでに、あなたがどんなことをなさったかが書かれたお手紙を受け取っていました」

ホームズは、さも誇らしげに笑った。「ああ、あのときはどうしても書かずにはいられなかったんだ。確かきみに話したと思うが、ワトスン、その気にさえなれば、ぼくは犯罪者として大成していたんじゃないかと思うことがよくあるよ。もちろん、ロンドンじゃあんな冒険は味わえなかったはずだ――もしぼくがここで〝夜盗〟のまねごとをしたら、スコットランド・ヤードは面白くないだろう――だがニューヨークなら、誰も知ったことじゃない。それに――」彼は、にこやかに微笑んでいるバトルに向かってグラスを掲げた。「今回の場合は、極めて尊い動機があった。ところできみのほうはどうなんだい、バトル?」ホームズは訊ねた。「警察では、どんな仕事がきみを待ち受けているのかな?　すべて水に流したのかい?」

「水に流す以上です。ぼくが以前から望んでいたようなさまざまな改革が進められ、フランシスと結婚する少し前に、ぼくは新任の警察委員長の補佐役に任命されました。セオドア・ローズヴェルトという名前を聞いたことがありますか?」

「もちろんあるとも。実に善良な男だ」

「とても善良で、しかも清廉潔白です。彼は新しい箒《ほうき》となって、ニューヨーク市全体を掃き清めてくれるでしょう」

彼は立ち上がると、ふたたびグラスを高く持ち上げた。「では、もう一度あなたに乾杯しましょう、ホームズさん。あなたのおかげで、ぼくはあふれんばかりにしあわせです」

それから全員が立ち上がった。「あまりおだてないでくれよ、ワトスン」彼を称えて乾杯したあと、ホームズはにっこり笑った。「さて、続きは〈シンプソンズ〉でのディナーに持ち越そうじゃないか。こんな寒い冬の晩には、すばらしいアメリカの友人とともに、おいしい英国のローストビーフを味わうのが何よりのぜいたくだ」

七つのクルミ

The Seven Walnuts

ダニエル・スタシャワー

Daniel Stashower

1999年刊行の『コナン・ドイル伝』でMWA賞最優秀評論賞とアガサ賞最優秀ノンフィクション賞を受賞。また、本書の共著者ジョン・レレンバーグとの共編書『コナン・ドイル書簡集』(2007)でもMWA賞最優秀評論賞を受賞した。コナン・ドイルの未発表処女長篇(未完の作)"The Narrative of John Smith"(2011)では、レレンバーグとともに解説および注釈を担当。ホームズ・パスティーシュ『ロンドンの超能力男』を始め、多くのミステリ長短編を発表している。ベイカー・ストリート・イレギュラーズ会員。

東六十九番ストリートのわが家という小さなステージには、いろいろな人がはなばなしく登場しては去っていったが、余興の興行主として名高いミスター・ギデオン・パトレルが不意にやってきたときほどの驚きと嫌悪を味わった思い出は、ほかにない。一八九八年十月の、あるさわやかな朝、ミスター・パトレルはぼくの母親のキッチン・テーブルについて、自分の口をすみずみまで調べさせてから、おもむろに咳払いをすると、胃の奥底からひとつまたひとつと戻したクルミを、次々と吐き出しはじめたのだった。

ミスター・パトレルがこういう奇異な芸をしてみせたことには、理由があった。長身で棒のようにやせた、品のいい物腰と非の打ちどころのない身なりのこの紳士は、ぼくの兄、ハリー・フーディーニと雇用契約を結ぶ可能性について相談すべく、わが家の朝食にやってくることになったのだ。

そのときハリーはとっくに二十四歳になっていて、ぼくは二十二になったばかり。兄は仕事の面で不遇をかこっていた。努力しても――誰にも負けないほどがんばっているのに――三流どころの興行からなかなか抜け出せないのだ。ただ、新進気鋭の芸人という知る人ぞ知る評価は安泰だった。旅回りのサーカスや博覧会場の催し物テントといったさまざまなステージでひとしきり働いては、巡回ショーの荷馬車に吊ったハンモックで眠り、鉄道線路脇でキャンプファイア料理を食べる日々が、何週間も続いた。ぼくら兄弟は二人とも、いやというほどそういう生活をしてきた。

ハリーとぼくは、小さなころから一緒に芸をしてきたのだが、兄がベスと結婚した五年前に、当然それも変化した。その日以来、ステージの上でもそれ以外でも彼女が兄のパートナーとなり、ぼくは出演契約や舞台裏の仕事を受け持った。はっきり言って、ハリーの下交渉人としての仕事は、猛烈にたいへんというわけでもなかった。後年、兄の芸は演劇界をあげて大歓声でもてはやされるようになるが、当時はぱっとしないさざめき以上のお呼びもめったにかからなかったのだ。ぼくが受け取った、演し物に急に穴があいたというミスター・パトレルからの手紙は、数週間ぶりの仕事の見込みでもあった。

ぼくは、その日の朝早く母のフラットへやってきた。そのころ、遊び人だとうぬぼれていたぼくは、何ブロックか離れたミセス・アーサーの下宿屋にひと部屋借りて、結婚相手にぴったりなニューヨーク・シティの若い独身男にふさわしい、はなやかで活気のある社交生活を愉しもうとしていた。現実には、ぼくの社交生活の大半は、ひとりで公園を散歩するとか公立図書館で本を読むとかの域を出なかったのだが。

ハリーのほうは、ベスと結婚してからも実家暮らしを続けていた。自分が母親のことを考えているのだと思っていられるばかりでなく、節約にもなるからだった。ぼくが顔を出すと、ハリーとベスはもうテーブルについていた。母はいつものようにレンジの前に立って、せっせと深鍋でオートミールを用意している。

「お座り」と、入ってきたぼくに声をかけた。「何か食べさせてあげるから。やせたんじゃないの」

「おはよう、ダッシュ」と義理の姉。「それ、新しいタイ？　ずいぶんおめかししたわね」

「新しいってわけでもないんだ、ベス」と、ぼくは言った。「スコットのバザーで手に入れたのさ」

ぼくは喉もとの最高級シルクの蝶ネクタイをいじった。ダブルの格子縞スーツのボタンをはずせば、もとの持ち主がつけた油のしみが見えてしまう。「ミスター・パトレルの受けをよくしようと思ってね」

兄のほうを向いて「おはよう、ハリー」と声をかけた。ブラウン・トーストにバターをぬっている兄は、憂鬱そうにしかめた顔を上げようともしない。

ぼくはベスを振り返った。「どうかした?」

「すねてるの。《テン・イン・ワン》の仕事に戻りたくないのよ」

「おれがやるような仕事じゃない!」ハリーは声をあげ、バターナイフを振り回した。「いろんな演し物が十もあって、どれも十セント《ダイム》ぽっきりだと! 演壇に芸人が十人並んで、品評会で賞をとった豚みたいな見世物になるんだぞ! ジャグラーにひげ女、風船売りにいれずみ娘に——」

「わかってるわよ、ハリー」とベス。「落ち着いて。ただの当座しのぎの——」

「おれはハリー・フィーディーニだぞ、正当に名をあげた脱出芸人《セルフリベレーター》の! 《ミドルタウン・デイリー・アーガス》に〝目が離せないすばらしいエンターテイナー〟と呼ばれた男なんだ」

「もちろん絶賛されてるわよ、ハリー」ベスがなだめるような口調で続けた。「だけど、フーディーニとて地代は払わなくちゃいけないじゃない。わたしたち、働かずにそろそろひと月になるわ」

ハリーはうなり声をあげると、またトーストにバターをぬりだした。

ベスがたたみかける。「それに、ミスター・パトレルも気をつかってくれてるじゃない。わざわざダウンタウンへ呼びつけるんじゃなくて、こっちまで会いにくるっていうのは」

「どうだか！」と、兄は叫んだ。「ダッシュなら、大喜びで十三番ストリートまで出掛けていったところなのに。ミスター・パトレルがここまで来ようと申し出たのは、うちのママがこのあいだブラックベリー・トルテをひと切れ食べさせてやったからに決まってる」

それについてはハリーが間違いなく正しい。ペストリー・ブラシとドッカーをあやつる母の腕前は伝説的だった。「ねえ、ハリー」と、ぼくも声をかけた。「大事なのは、彼のところに働き口があるってことだよ。誰だってダイム・ミュージアムなんかじゃ一生働かずにすませたいけど、みんな、どうにか食べていかなくちゃならないんだし。ともかく、ミスター・パトレルの話を聞くだけは聞いてみようよ。彼の申し出が気に入らなきゃ、別の口をさがすことにしよう」

「わかった」とハリー。「話は聞こう。それだけだぞ。仕事を受けると決めたわけじゃないからな」

ミスター・パトレルは約束の時間にフラットの玄関に現われて、母に念を入れてていねいな挨拶をした。雰囲気は明るかったが、顔が青白くやつれていたうえに左腕を厚ぼったい帆布の三角巾で吊っていた。中に入ってきながら、腕の包帯はどうしたんだというぼくらの質問を払いのけるように手を振って、たいした怪我ではないと安心させた。紫がかったグレーのホンブルグ帽をサイドボードに置くと、朝食のテーブルにつき、ドボシュ・トルテ（薄く重ねたスポンジケーキのあいだにモカチョコレートをはさんだトルテ）を出されると、にんまりと笑った。そのあいだベスが彼を相手に、最近ニューヨークの区が五つ合併したがろくな結果にはならないだろうと、愛想よくおしゃべりしていた。パトレルがヴァン・ワイク市長の悪政を長々と分析しにかかるに及んでようやく、ぼくの義姉も話を仕事のほうへ向けようとしたのだった。

「確か、〈パトレルズ・ワンダー・エンポリウム〉にお仕事の口があるとか？」とベス。

「そうなんだよ！」と、経営者はほがらかに言って、いいほうの腕を空中で振ってみせた。「ちょっとやってみようか」上着のポケットから四角いリネンをひっぱり出すと、軽く唇にあてて控えめに咳をした。そして、しばらく手をはでにひらひらさせながら口に入れると、大ぶりな殻付きのクルミをまるごと一個引き出したのだ。「口の中は空っぽですね」と、兄のほうへ顔を向けてちょっと確かめさせた。「食道が詰まっていない証拠に、お茶をひと口飲んでみせましょう。ところが、ほら！」手をさっとひと振り、二個目のクルミを引き出すと、テーブルの端に置いてある一個目のクルミのそばに並べた。

その奇妙なショーがもう四回繰り返され、彼の前に六つのクルミが一列に並んだ。「どうだい？」と、収穫物の上で手を振った。「なかなかいいだろう？」

説明しておいたほうがいいかもしれないが、ミスター・パトレルが披露してくれた芸には、先例がないわけでもない。当時、サーカスなどの余興《サイドショー》やカーニバルでは、剣をのみ込む曲芸や水芸から派生したいわゆる〝吐き戻し芸〟がそこそこの人気を博していた。続々と珍しい吐き戻し芸が現われて、酔狂はとどまるところを知らなかった。小さな岩石をのみ込んでまた取り出してみせる芸人もいれば、さらに大胆に、そのわざを金魚やカエルに向けるつわものまでいた。コインや指ぬきなど、いろいろな小さいものをのみ込んで、観客の要求に応じて特定のものだけを取り出すという、独自の見せ方を工夫した芸人もいた。吐き戻し芸人は、正直なところぼくの好きなエンターテイナーの部類ではない。一緒のステージに立つのは勘弁してほしかった。グロテスクな芸ゆえに、観客が怖じ気づいたり不快感をもよおしたりしがちなのだ。もっと悪いことには、いやな臭いがする。

義姉にもぼくと同じような嫌悪感があるようだった。「ミスター・パトレル」とベス。「いつも思うんですけれど、こういうタイプの芸は見苦しいですわ」

「それでも、クルミが六つとはね！」ぼくは雇ってくれそうな人物の気分を害したくなかった。

「たいしたもんだ」

「おれなら七つはいける」とハリー。「おまけにジャガイモ一個もつけるぞ」

「ほんとに？」パトレルはちょっとがっかりしたようだった。「まあ、私はまだ初心者のようなものだから。この吊った腕が困りものでね。片腕じゃ、投げもの芸はできないし、投げものができないとしたら、どうやって客に十セント払わせる？」

　もっともだ。ギデオン・パトレルがインド製棍棒《インディアン・クラブ》でジャグリングするところといえば、ニューヨーク・シティでおなじみの見世物だ。経営する〈ワンダー・エンポリウム〉の外でショーの前に毎回、彼が歩道に立ってみごとなカスケードやシャワーの芸を見せると、見物の人だかりができてくる。それが彼の店の由緒正しい客寄せ《バリー》、カーニバル・テントの外で見られる無料のパフォーマンスであり、そのあいだに客引き《トーカー》が――このごろではバーカーとは言わなくなった――「このままどうぞ」と入場料を払うよう誘いをかけるのだった。そのころのぼく自身、そこそこ経験を積んだ有能なジャグラーだったが、パトレルはアーティストの域に達していた。彼のオーバーハンド・エイト・パターンは驚異の見ものだった。

「ミスター・パトレル」とベスが腕を組んで言う。「お困りなのは本当によくわかりますけれど、それよりはもっといい選択肢があるんじゃありません？　咳をしてクルミを五、六個吐き出してみせて、いい客引きになると本気で考えていらっしゃいます？」

　パトレルの顔が曇った。「どうしたらいい？　客寄せ口上と一緒に何か、どうしても見せなくちゃ」

「おれが手錠抜けをやってもいいですよ」とハリー。「きっと客が詰めかける！」

「ああ、ハリー、あの手錠抜けなんてたわごとはもう持ち出さないでくれ！　どんなにたいへんなことになるか――きみは自分のことを何て呼んでたかな？　エスケーピテーター？」

「エスケーパロジスト（脱出奇術師）」

「まあ、何にせよ。男が手錠をすり抜けるのを見たがるやつなんていないよ、ハリー。奇術《マジック》の芸に徹してくれ」

　ハリーは腕を組んだ。

「ちょっとうかがってもいいですか、ミスター・パトレル」ぼくは口をはさんだ。「ハリーに脱出芸をお望みでないのでしたら、なんでまたここにいらしたんです？」

「マジシャンがほしい――〝カードの王者《キング・オブ・カーズ》〟がほしいんだ」

「アディソン・テートはどうしたんです？　つい先月、彼はこれまで雇った中で最高のカード師だっておっしゃってましたよ」

「テートのやつ！」パトレルの顔がかげった。「誰もあいつを雇おうとしなかったとき、私の一座に入れてやったのに！　二つの枠に出演させてやって！　そのお返しがこれだ！」

　ハリーが身を乗り出した。「あんたのところを抜けたんですか？」

「私のところを抜けた？　いいや、フーディーニ――私を撃ったんだ！」

　ベスとぼくは驚きのあまり口もきけなかったが、ハリーはそれを聞いて大いに喜んだようだ。

「へえ！」と叫んで、彼は両手の指先を突き合わせた。「謎だな！」

「謎だと？　謎なんかあるもんか」とパトレル。「あいつは銃を取り出して、私を撃ったんだ！　あいつをつかまえたら、見てろ、私と出会ったのを後悔させてやる。片腕でだってぶちのめしてやるぞ」

「あんたの事件は実に興味深い」と兄。「事実を全部、初めから話してくれませんかね。おれにとって重要だと思われる詳細については、あとからご質問させてもらうから。何ひとつ省略はしないように。些細なものほどはかりしれない重要性をもつというのが、おれが長いあいだ原則としていることです」

パトレルは目をむいた。「おいおい、フーディーニ、すごくへんだぞ。いったい何のつもりなんだ？」

その答えはもちろん、シャーロック・ホームズだ。ぼくの兄はろくに読書なんかしないくせにこの名探偵の大ファンで、《ハーパーズ・ウィークリー》でその冒険譚を欠かさずいつも熱心に読んでいたところ、ミスター・ホームズはモリアーティ教授の手にかかって死んでしまった。おかげでハリーは何週間も落ち込んでいた。もうほぼ五年になろうかという今でも、ハリーはあの名探偵の冒険が終わったとは認めようとしない。その話題になると必ず、彼はあっさり首を振って、ライヘンバッハの滝での出来事を書いたワトスン博士の物語は何らかのごまかしだと言い張るのだった。「善良なる博士には博士なりのわけがあったんだよ」と。

むしろハリーの熱中ぶりは、名探偵がこの世を去って以来いちだんと高じた。この前の年、まったくふとしたことから、ぼくらは五番街の大物殺人事件を捜査するはめになり、一連の状況のもとで、とワトスン博士なら言うのだろうが、ぼくがその顚末を別のところで記録している。その一件で思いがけず成功したものだから、正当と認められていないまでも、シャーロック・ホームズの後継者に選ばれたと、ハリーはすっかりその気になってしまったのだった。

「その異常ななりゆきについては、もうちょっと詳しく話してくださるべきじゃないかしら、ミスター・パトレル」とベス。「《テン・イン・ワン》では出演者たちが撃ち合いを始めそうなのかと思うと、安心して働けるとは言いかねますもの」

パトレルはため息をついて、目の前のテーブルに並んだクルミのひとつを指でいじくった。「話すようなことはあまりないんだ。アディソン・テートが一座に来たのは七月末のことだった。腕のいいパフォーマーだし、お呼びがかかればどこへでも喜んで馳せ参じるやつなんだが、うさんくさいところがあるとは思っていた。若いころに刑務所にいたっていううわさは、みんな知っていたな。賭博場で人を撃ったらしい」

「本人は否定していましたよ」とぼく。「その男とは何度もカードで遊んだことがあるけれど。いかさまディーラーが撃たれて、警察は同じテーブルにいたやつを全員逮捕したんだとか。悪事に加担したことはないって力説していました」

「私もやつの言いぶんは知ってるさ、ダッシュ」パトレルは卓上ナイフを手にすると、クルミの殻をコツコツたたきはじめた。「やつを信じた。心から信じていたんだ。ところが、ほとんどしょっぱなから、もっと金をよこせとしつこく言い出しやがった。母親が手術しなくちゃならんのだと！　よくある作り話――」

「母親のかげんが悪いとは気の毒に」とハリー。

「かげんが悪い？　フーディーニ、やつの母親は手術する必要なんかないんだ！　昔っから本なんかで使い古されてる呪文じゃないか！　金鉱の株券を売りつけようとしなかったのが意外なくらいだね」包帯をしたほうの腕を支えにして、パトレルはナイフをクルミの殻の継ぎ目に刺し込み、こじあけた。

「それでもまだ、あんたが撃たれることになったいきさつはわからない」とハリー。

パトレルはクルミのかけらをつまんで、もぐもぐやりはじめた。「おとといの晩、最後のショーのあと、テートが一座の者をひとり残らず私のオフィスに連れてきた——まるまる全員だよ、ひげ女までね。私がその週の売り上げを計算して、給料袋の用意をしているころだと知ってのことだ。かなり入りがよかったから、机の上にはたんまり金が積み上がっていた。テートのやつ、帽子を手にしてやってくると、一週間の売り上げをまるごとくれって言うんだ。たいした見ものだったよ、ほんとうに。やつの話じゃ、ひとりひとりと話をつけて、みんなが自分の給料をやつの母親の手術費用にあてるって言ってくれたんだと」

「一座の全員が了解したんですか?」と、ぼくは聞き返した。

パトレルがうなずく。「信じられなかったね。みんなにはできるだけ早く借金を返す、とテートは言うんだ。やつの話にはとんでもなく説得力があったに違いない」

「本当にすごいわ」とベス。「でも、失礼ですけれどミスター・パトレル、雇い人たちがミスター・テートに自分の給料を渡すことにしたのなら、あなたの知ったことじゃないのでは?」

「おっしゃるとおりですよ、ミセス・フーディーニ。ですが、彼の要求はそれだけじゃなかった。私に、入場料収入を全額渡せという——私が一週間に稼いだ十セントコインを一枚残らずだよ。それはできない相談だ。経費だってかかっている。やっていけなくなってしまう」

「断ったんですか?」とハリー。

「もちろん断ったさ! だがテートは私に、別に悪く思いはしないと言った。握手して、友好的に別れた——そう私は思った。ところが、やつはあとで、ほかの者が帰ってしまってから戻ってきた。最後にもう一度だけ寛大なはからいをするチャンスをくれるってな。改めて断ったら、もういやも応もないんだという。『こんなことになって気の毒だが、追い詰められているんでね』と。そのときだ、やつが銃を取り出したのは」

「海軍用コルトでしょう」とぼく。「握りが象牙の」

ハリーが眉を吊り上げた。「どうしてそれを知ってるんだ、ダッシュ？」

「ハリー、アディソン・テートは《ワイルド・ウェスト・ショー》をやるんだよ。巧みな拳銃さばきはニューヨーク随一だ。あの銃は何十回も見てるね。兄貴だって見てるはずだよ。彼はあの銃を宝石なみに大事にしてるんだ」

ハリーは自分のあごに一撃をくらわせた。「なげかわしい失策。見てはいても観察してなかったってやつだ」

ぼくはパトレルに向き直った。「アディソン・テートがそんなことをするとは、信じられないな。そんな男じゃありませんよ」

「撃つつもりじゃなかったんだと思うよ、ダッシュ」とパトレルは言って、かすかにたじろぎながら包帯をした肩に手をやった。「きっとそうだと思う。だが実際は、あいつが金に手を出したとき、私がそれを押しのけて、かき集めた金を金庫に戻そうとしたんだ。覚えているのはそこまでだ。銃声がした以外ではな。意識を取り戻してみると、部屋に人がいっぱいいて、肩がひどいことになっていたんだが、テートも金も消え失せていた」

「事故だったに違いない。彼はあの銃にヘアー・トリガー（触発引き金）を付けてたから」とぼく。

「金をとったのは事故じゃないぞ、ダッシュ。それに、撃つつもりがあろうがなかろうが、法的見地からするとまったく同じことだ。あいつをシンシン刑務所にぶちこんでやらないうちはおさまらん。見つかりさえすれば！」

「そこで、当面の仕事の話ですが」と、ハリーは目の前のテーブルに両てのひらを広げた。「おれを雇いたいんですよね」

「いかにも」とパトレル。

「そう、そのとおり。いかにも。もっと早く相談してくれればよかったのに。きっと今ごろはもう、警察がきわめて重大な手掛かりをいくつも踏みつぶしてしまっていることでしょうが、真相を見つけ出すべく調べ——」

「おい、フーディーニ、今日はほんとにへんだぞ」パトレルは、残ったクルミの殻を払い落としてハンカチに受けた。「探偵になったつもりでいるのか?」

「おあつらえむきの人間に話をもってこられたんですよ。おれがアディソン・テートを捜し出し、彼が失踪した謎を解いてさしあげましょう。でなければおれの名は——」

「謎なんかないんだ、フーディーニ! やつは、銃が暴発したあとに逃げただけだ。警察がじきに見つけ出すさ」

ハリーは落胆の表情だった。「謎はない? じゃあ、どうしておれに会いにきたんです?」

「きみはまだマジシャンなんだろう?」

「おれは〝カードの王者〟」と、ハリーが背筋を伸ばした。「この国いちばんのトランプ札あやつり師にして、カードを——」

「——カードを指先できらきらと踊らせてみせる」パトレルが、耳にたこができるくらい聞かされたといったうんざりした口調で、ハリーの自慢をひきとって言い終えた。「そこでだ、フーディーニ、カードを指先できらきらと踊らせるってやつなんだ、アディソン・テートが〈パトレルズ・ワンダー・エンポリウム〉でもうひとつやってた芸は。言っておくが、なかなかうまかったぞ。その枠を誰かに埋めてもらわなくちゃならん。私がやってもいいんだが、片腕を吊ってちゃ、手わざの芸はとうていうまくやれそうにないからな」

「ハリーが喜んでお役に立ちますよ」ぼくは、事実上兄のマネージャーというつもりだった。「もしあなたのほうも喜んで条件に応じてくださるなら」

「週に三ドル出そう」とパトレル。「ミスター・テートに出していた額より五十セント多い」

「おれの出演料はいつも決まった額だ」とハリー。「変更はしない、いっさいもらわないときを別として」

「何だって?」とパトレル。

「週に三ドルでけっこうですとも」と、ぼくはあわてて言った。

「うん」ハリーは鼻の頭を意味ありげに叩いている。「たぶん、ただの出演者として一座に加わるのがいちばんいいだろう。おれがそこにいる本当の理由をおもてざたにしてはいけないんだ。捜査のじゃまになるだろうからな」

パトレルがぼくのほうを振り向いた。「ダッシュ、いったい——」

「週に三ドルでけっこうです」ぼくは繰り返して言った。


「完璧な隠れみのだ」その日の午後、ダウンタウンの〈パトレルズ・ワンダー・エンポリウム〉へ向かいながらハリーは言った。「おれはただのカード奇術師を装ってみせる。おれが細かいことまで何でもかんでもひそかに観察しているなんて、誰も思ってもみないだろうさ」

「ハリー」と、ベスはため息まじりに言う。「あなたは装わなくてもただのカード奇術師なのよ。アディソン・テートのことは警察に任せろって、ミスター・パトレルもおっしゃったでしょ。捜査することなんかないの」

「ベスの言うとおりだよ、ハリー」とぼく。「ちょっかいを出すのはよそう。ぼくらには金がいる。

芸のことだけ考えるんだ」

「仕事はいつもどおり、プロとして立派にやるさ」とハリー。「その点は安心してくれていい」夢見るような調子を帯びた声だった。「おれが犯罪の専門家になったら、演芸界はすばらしい芸人をひとり失ってしまうことになるな」

「ハリー……」

しかし、彼は座席に深くもたれかかって、それ以上ひとこともしゃべらなかった。

ぼくらは激しい秋風に襟をそばだてて、鉄道馬車で七番街を下っていた。ベスは、ぼくがいつも〝砂糖菓子の妖精〟みたいだなと思っている、薄く透き通って脚がすてきに見えるデザインの衣装をつけた上に、長いコートをまとっていた。「凍えそう」と言って、コートの重ねをしっかり引き寄せた。「ミスター・パトレルが今度はなんとか暖かいところを見つけてくれたんだといいんだけど。あの人が古びた魚市場の外で興行したときのこと、覚えてる？　髪の毛に市場の臭いがついちゃって、一生とれないんじゃないかと思ったわ」

〈パトレルズ・ワンダー・エンポリウム〉は、その来歴二十年のあいだに何十カ所もの会場を巡ってきた。始まりはセントラル・パークの外に張ったテント小屋。《ワイルド・ウェスト》の実演が、まだ夏の娯楽の定番だった時代だ。年間を通じていい客がついてほしいと思ったパトレルは、徐々にダウンタウンで興行するようになっていった。倉庫や織物などの会社が廃業するとなれば駆けつけて、その所有者から残り期間の借地契約を割引で買い上げ、それに応じた期間のショーを開催するというのが、得意のやり方だった。

ぼくらは十四番ストリートで降りて、西から〈ワンダー・エンポリウム〉へ向かった。半ブロックほど先から、バナーの列が見えてきた。明るい色づかいで、「はっと目をみはる不思議な」珍しい演し物の数々を描いたキャンヴァスのパネルが並んでいる――ひげ女、曲芸師、カエル少年、〝ボルネオの野蛮人〟、ヘビつかい、生きている骸骨、〝本物のレプレホーン〟（つかまえると宝の隠し場所を教えるという、アイルランド伝説のいたずら好き小妖精）、大でぶ女、射撃の名人、そしてカードの王者。人目をひく絵柄だし、すばらしく奇想を凝らしたものではあった。レプレホーンなどは、普通サイズの人間のてのひらに立って、ちっちゃな帽子を振りかざしながら陽気にジグを踊っているところだ。『不思議なおちびさん！』と、太字で右肩上がりの見出しが入っている。『壺いっぱいの金貨を見つけてみませんか？』とも。実際の芸人は――ベンジャミン・ゼイラーといって、ぼくは何度か一緒にホイストをしたことがあるが――四フィートちょっとの身長だった。壺いっぱいの金貨を持っているんだとしても、ぼくにその話はしてくれなかった。

「ちっともおれに似てないな」と、ハリーがカードの王者を描いたパネルを指さした。まったくそのとおりだった。キャンヴァスのパネルでは、金髪の魔王《サタン》みたいな人物が、トランプのカードを指先から稲妻のように噴射している。三匹の赤い小鬼《インプ》が、その足もとにしゃがんで目をそむけていた。

「上演レパートリー用のただのありものの絵だ」とぼく。「道ゆく人たちに見てもらうためのね。パトレルだって、ヘビつかいがもっといい話につられていくたびに新しいバナーを描かせるってわけにいかないんだろ。どの絵だって実際の芸人にはちっとも似ていない」

「わかってるさ」とハリー。「だけど、おれのファンががっかりするな」

一回めのショーが始まるまでに二十分しかなかったので、パトレルは入り口のところで待っていた。彼が先に立って中へ入り、ぼくらを間に合わせのステージに案内する。窓が並んだ下の壁に張った赤と青の幔幕《まんまく》と向かい合う、狭い演壇だった。ほかの出演者たちはステージでもうそれぞれの位置について、パトレルがその日最初の観客を呼び集めるのを待っている。興行主は急いで紹介すると、ハリーとベスに演壇の所定の場所を教えた。生きている骸骨とヘビつかいのあいだだった。

それがすむと、パトレルはチェーンにつけた銀の大型懐中時計をひっぱり出して、「五分前だ、みんな！」と予告した。そして、ぼくを振り返る。「ダッシュ、カエル少年の代役をやってもらえないだろうか？」演壇の三番めの位置にある、木と布を組み合わせた妙なもののほうへ手を振ってみせた。真ん中に木の切り株そっくりに色づけした円柱が立っている。切り株のうしろにしゃがむような格好でおさまって、緑の布のフードがついたくびきに頭を突き出せば、間延びしたカエルの胴体に人間の頭がついているように見える。うまいことできてはいるが、膝立ちの姿勢はきつい。

「なんだってぼくが？　アディソン・テートはカエル少年も受け持ってたんですか？」

「そうじゃない。実は先月、若い女の子を雇ったんだ。マティルダ・ホーンといってね。かわいい子なんだが、まだ姿が見えないんだ。ゆうべの出来事で動揺したんじゃないかと思う」

「週に三ドル要求しますよ、兄と同じで」

「二ドルだ」

「二ドル五十」

パトレルは鼻を鳴らして、クルミの入ったポケットに手を突っ込んだ。「ダッシュ、才能の必要な枠じゃないんだぞ」〝ボルネオの野蛮人〟の展示にある石ころを拾い上げると、それで殻を割った。「きみのお母さんだってカエル少年はできる。ミス・ホーンが復職するまで週に二ドル進呈しようというんだ。どうだ？」彼が割ったクルミを差し出したので、ぼくは半分もらった。

「ゲロゲロ《リビット》」

ぼくらが《テン・イン・ワン》の演し物になった続く三週間は、平穏無事に過ぎていった。昼間はずっとぱっとしなくても、観劇や食事に出掛ける若いカップルが決まってぶらぶら通り過ぎる夜の時間には、もっと大勢のずっとにぎやかな客を引いた。ぼくは演壇の上ではもちろん舞台裏でも、さまざまな枠を埋めては重宝された。二、三日してマティルダ・ホーンがカエル少年の職務に復帰すると、最近アディソン・テートが抜けて空いていた射撃の名人の枠に昇格させてもらった。正直なところ、ぼくには拳銃わざの素質なんてないのだが、ミス・アニー・オークリー――〝比類なき小さな射撃手《リトル・シュア・ショット》〟――が国際的に成功したものだから、世間の要望に応えて、アメリカのダイム・ミュージアムやカーニバルはどこでも、これをやらないわけにはいかなくなったのだ。これまで本物の銃を扱ったことは空砲でさえなかったぼくだが、ほかの連中もよくやっているように、手品でけっこう代用できることを知った。ぼくの演じる射撃の名人の演し物では、観客のひとりに、ひと組のトランプからカードを一枚選んでもらう。適当に時間をかけてカードを混ぜたり切ったりしたあと、さっきの見物人を呼んでトランプの束を空中に放り投げさせる。ばらばらになったカードがひらひら舞い落ちる中、ぼくはものすごい叫び声をあげ――正統派ユダヤ教のラビの息子演ずる反乱のおたけび（南北戦争で南軍の兵士が叫んだとされる）だ――そして、銃を発射する。客が自分の選んだカードを見つけ出してみると、そのど真ん中に弾丸で穴が開いているというわけだ。この演し物は演じるたびに熱烈な拍手喝采を浴びたが、リトル・シュア・ショットがぼくを脅威とは思うわけがないと言うにとどめておく。

一方ハリーは、カードさばきの手技で大いに貢献していた。派手でかっこいいオーバーハンド・

シャッフルや、手から手へのカスケード、はたまた浮かび上がるカードや消える鳥かごといった舞台効果で、観客を喜ばせる。ときには挙動が、ぎこちないとは言わないまでもなめらかでないことがあったが、観客はたいてい大目に見てくれた。それは、そばでいろいろなポーズをとるべスという、うれしいおまけがついていることと関係があるのだろう。言わせてもらうが、彼女の姿は目の保養になる。

ショーの合い間に、ハリーは暇さえあればアディソン・テートの失踪について聞き込みをしていた。いつもの彼はほかの芸人たちとすぐに歓談なんかしないのだが、ぼくらの新しい友人たちが——特に、生きている骸骨のミスター・グレーダーは——ろくに食べていないんじゃないかと心配したうちの母が、毎朝ペカン・ロールを何皿も届けてくれるもので、ずいぶん打ち解けやすくはなった。それにしても、ごくさりげない話題だろうと、ハリーが会話を始めようとすると、習いはじめたばかりの言葉を練習しているように聞こえてしまう。「なあ、ひょっとして今朝の新聞を見たかい?」彼はよくそんなふうに声をかけていた。「ブルックリン・ブライドグルームズのジミー・シェッカードがまたヒットを打ってたな! バットをうまく使うもんだよなあ? アディソン・テートも野球が好きだったかな? 彼はいったいどうしたんだろう、なあ?」

うまい話のもちだし方ではなくとも、ミスター・テートがぷっつりいなくなったことを一座の仲間たちが話ししぶる気配は、まったくなかった。芸人たちはショーの合い間になるといつも舞台裏へ引きあげて、水筒のお茶を回し飲みする。会期が進むにつれて、飲むのはお茶からもっと元気の出るものに変わり、会話はもっとよどみなく流れ出るようになっていく。二週めの終わりごろには、ぼくらの新しいお仲間はアディソン・テートがいなくなったわけを、脳炎にかかったというものから、ふと逃げ出してフランス軍の外人部隊に入隊したくなったというものまで、ざっと十数通り考え出していた。ある日の午後、エマ・ヘンダーソンは〝ひげ女〟の付けあごひげをはずしながらこう言った。「彼、ここにやってきてすぐに、よからぬことをたくらんでいたわよ。いつ見かけても演壇の裏でこそこそしてて。すごくへんよね、それって」

「こそこそしていた?」とハリー。「どういうことだい?」

「裏路地のほうへ行こうとするのよ。何かを探しているのか、誰かと会おうとしてるかなんだけど、人には知られたくないみたいだった。お母さんが病気だって話は信じちゃいなかったわ、私はね」

「あのときはそんなふうに言ってなかったじゃないか、エマ」と、ナイジェル・ケンドリックスが、〝ボルネオの野蛮人〟のかつらと仮面をあいているスツールに置きながら言った。「みんなと同じように、喜んで給料一週間分をやったくせに」

「ああ、あいつは女たらし《チャーマー》だったの、ほんとよ」とミス・ヘンダーソン。「あなたもたらしこまれたんでしょ、マティルダ? まったく悪党なんだから、あの男」

ミス・ホーンはぱっと顔を赤らめて、目をそらした。「何のことだかわからないわ、エマ」

ミス・ヘンダーソンは鼻を鳴らした。「あの男を見る目つきでわかったわ。目が節穴だって、あれに気づかなかったはずはないくらいよ」

ぼくは身を乗り出して、ミス・ホーンの腕をぽんとたたいた。「まあ、まあ。この先どうなるかなんてわからないよ。いつだって待ってれば次のトロリー(路面電車)がやってくるんだって言うじゃないか」彼女に、魅力的《チャーミング》で悪党っぽいつもりの笑顔を見せる。

ミス・ホーンはぼくのほうをちらっと、ちょっとおしゃべりぐらいにはつきあわなくちゃならない無邪気な相手という目つきで見た。「たぶんね。でも、私は歩くほうがいいわ」彼女は立ち上がると、カエル少年の演し物で着る緑色のマントのひだにブラシをかけた。「ちょっと失礼、三時の回の準備をしなくちゃ」彼女は向きを変えると、すうっと演壇のほうへ向かい、ミス・ヘンドリックスもそのあとをついていった。ぼくは立ったまま両方の手をポケットに突っ込んで、二人を見送った。

「不思議だ。あの女、おまえの魅力《チャーム》にどうやって抵抗しおおせたんだろうな、ダッシュ」と、ハリーがぼくのうしろににじり寄ってきた。「誰あろう、三つの区を股にかけて女を手玉にとってきたおまえなのに」

「ちょっと社交的なだけじゃないか」とぼく。

「私だったらあんまり社交的にしないわ」と、ベスがぼくの肩に手を置いた。「ミスター・パトレルはミス・ホーンに下心ありとみたわね」

「どうして?」

「一日半も仕事に出てこなかったのに、クビにしなかったのよ。ギデオン・パトレルにとっちゃ、それって、結婚を申し込むようなものじゃない」

「ミスター・パトレルが関心をもってるのは、ショーで最高の利益を上げることだけさ。ぼくだってそんな感じだけどね」ぼくは海軍用コルトをホルスターから抜いて、検査するふりをした。

「たぶんな」とハリー。「それにしても、関係者一同にとっていちばんなのは、おまえが――おい、へんだぞ」

兄はぼくをじっと見ている。「何が?」とぼくは訊いた。

彼はぼくの手から銃を取った。「こいつはアディソン・テートの銃だって? ミスター・パトレルを撃って、落としていったやつか?」

「まさにその銃だよ。ミスター・パトレルから、射撃の名人の芸を引き継ぐことになったとき渡されたんだ」

ハリーは銃を慎重に調べ、おずおずと銃身の臭いをかいだ。「この銃、発砲されたことがあるぞ、ダッシュ」

「もちろん発砲されてるよ、ハリー。ぼくもこの二週間で、一日に八回発砲してきた。土曜日には十回」

「だけど、おまえのは空砲だろ」

「空砲だって、火薬の臭いはしっかり残るんだ。その臭いだよ」

「本当か？」そんなことは眼中になかったとでもいうように、ハリーは片手を振った。手にした銃を何度もひっくり返してみる。「おまえ、ずいぶんうかつな扱い方をしてるんだな、ダッシュ」

「どうして？　ぼくが撃つのは空砲だ。怪我人を出したりはしないよ」

「この柄のところだよ。本物の象牙だって言ってただろ？」

ぼくはうなずいた。

彼は、象牙の握りの尻に沿っていくつもあるでこぼこを指さした。「おまえ、テートはこの銃にものすごく気をつかっていたと言ってたな。毎晩、ミスター・パトレルに金庫にしまわせてまで。それがどうだ、犬にかじられたみたいなありさまだぜ」

ぼくは銃を手にして、きずだらけの握りをよく見てみた。「ああ。今まで気づかなかった。テートが落っことしたときのきずじゃないかな」

「かもしれん。もちろん些細なことにすぎないが、些細なことほど重要なものはないんだ」

「ハリー、どうしてそんなに謎にこだわるんだ？　お次はパイプ三服分の問題だとでも言い出しそうだね」

彼はため息をついた。「そこなんだよ、ダッシュ。おれが喫煙者じゃなくて、いかにも残念だ」

「ハリー、しっかりしてくれよ。真相に近づいてなんかいない。アディソン・テートはミスター・パトレルを撃って逃走中。奪った金を持っていずこともなく消えた。行方はようとして知れない」

「それは違うぞ、ダッシュ。おれは解決してみせる。ものの見方が間違っているだけなんだ。揺さぶりをかけてみなくちゃならん――ひっくり返して《ターン・ゼム・アップサイド・ダウン》みるんだ。やり方はわかっている」ハリーは謎めいた笑いを浮かべた。「実はな、必要な手はもう打ってあるんだ」

「どういうこと？」

「それ以上は言うまい。慎重にしないとな」

「何の話をしようとしてるんだい？」ぼくはベスに向かって訊ねた。

彼女はハリーの腕に自分の腕をさっとからませ、ステージのほうへ連れていく。「あなたには言ってなかったの？　手紙を書いたのよ――」

「シッ！」ハリーがぼくらを脇のほうへ引っぱっていった。「人に聞かれるじゃないか！」

「聞かれるって、何を？」

ハリーはあたりを見回して、誰も聞き耳を立てていないことを確かめてから話を続けた。「しかたがない」と両手をこすり合わせる。「おまえには打ち明けよう。おれには解決がおぼつかないから、勝手ながら事件を専門家にお願いすることにした。世界一の諮問探偵に手紙を書いたんだ」

「世界一の諮問探偵？」

「そうだ」

「手紙の相手って――」

「そう、シャーロック・ホームズだ。事実をすごく面白い物語にまとめてな。ワトスン博士にも感心してもらいたくて、ある程度文学的いろどりも添えた」

「だけど……シャーロック・ホームズは――ハリー、ホームズは、その――ええと、彼は――」

「死んだ？　ライヘンバッハの滝であった、あの不運な出来事のことを言ってるのか？　その件について、おれの見解はわかってるだろ、ダッシュ。ホームズは死んじゃいない。おいそれとは明かせないわけがあって、世間から身を隠しているだけだ。それでも、この特殊な事件のことを知れば、きっと例外をつくってくれると思う」

「例外？」

「そうだ」

「死んでいることを除外して？」

「そうだ、どうしてもそういう言い方をしたければな。彼もハリー・フーディーニの偉業を聞き及んでいるはずだ。おれは世界にたったひとりしかいない脱出奇術師なんだ。彼がただひとりの職業諮問探偵であるようにな。彼とおれは二つのオリジナル。新たな険しい航路を海図に記し、しいたげられた人々を励ます」

「しいたげられた人々を励ます？」

彼は聞こえなかったかのように話しつづけた。「またとない名誉だが、重責でもある。彼とおれはこの唯一無二の絆で結ばれているんだ。兄弟のようにな。おまえにはわからないだろうが」

「兄弟のように」と、次のパフォーマンスのために演壇に上がりながら、ぼくは復唱していた。

「そうだな、ぼくにはわからないだろうな」

続く何週間かが、あっという間に過ぎていった。単調でつらい《テン・イン・ワン》の仕事に巻き込まれていると往々にしてあることだが、ぼくらは時間のたつのを忘れていきはじめた。どんどん去っていく日々とともに、芸人たちがアディソン・テートの名前を口にすることも少なくなっていき、ミスター・パトレルまでもが、その話はもうすんだことにしたがっているようだった。ぼくとしては、決まりきった仕事にすっかり打ちこむしかなかった。ただし、ひとつだけままならないことがある。懲りることなくミス・ホーンに気のあるところを見せるも、やんわりと、しかしあくまできっぱりと振られてばかりなのだ。毎日、最後のショーが終わると、彼女はまるで大砲で撃ち出されたみたいな勢いでドアから飛び出していき、ぼくが散歩がてら送っていこうと申し出る隙もなく、姿をくらましてしまう。

　十二月はじめのある寒い朝、母のフラットにハリーとベスを迎えに行ってみると、朝食のテーブルにいる兄がすっかり元気をなくしたようすでうなだれていた。

「どうかした?」ぼくは母のほうを見ながら訊いた。「誰かが――」

「手紙がベイカー街から戻ってきたのよ」とベス。

「戻ってきた?」

「開封されずにね。見てごらんなさいよ」テーブルの上に、ハリーの角ばった字で〝シャーロック・ホームズ様〟と宛て名の書かれた、分厚い封筒があった。封筒のおもては消印や移送スタンプだらけで、ぼくが手にとってよく見ると、下側の縁に沿って、しっかりした斜体文字で一行手書きされている。「ミスター・ホームズはもう当住所に住んでいません。差出人へご返送ください」と。隅のところに、封筒の裏面を示す矢印が殴り書きされていた。裏のたれぶた《フラップ》に、ハリーの名前と住所が念入りに書いてあるのだ。

ぼくは封筒をテーブルに戻した。「ハリー、かわいそうに。さぞかしがっかりしただろう」

「最悪だ。大ばか者になったような気分だよ」どんよりした力ない声だった。

「だけど、兄貴は本気じゃ――つまり、まさかほんとに信じちゃいなかったんじゃ――」

「シャーロック・ホームズが事件解決に手を貸してくれるってことをか？　もちろん信じてたとも」

ベスがテーブルの向こうから伸ばした手を、彼の手に重ねた。「こんなばかばかしいことはさっぱり水に流して、目先のことに専念しましょ。ダッシュ、私たち、ミスター・パトレルのところでもうふた月近く働いたわ。そろそろ潮時だと思わない？　ねえ、ダッシュ？」

「何だっけ？　今ぼくに話しかけてた？」

「どうしたの？　そんなへんな顔して！」

「なんだか――その――確かじゃないんだけど――たぶん――」

「何よ？」

ぼくはハリーの手紙を手に取ると、手の上でひっくり返した。「シャーロック・ホームズが事件を解決してくれたみたいなんだ」

「八時間ぶっとおしで演壇に立ってなくちゃならなかっただけでも、いいかげん疲れたわよ。このうえまだ残ってなくちゃならないの？」エマ・ヘンダーソンが付けあごひげをむしり取った。「それに、なんでまたミスター・パトレルのオフィスでなくちゃならないのよ？　みんな、舞台裏のほうが気楽なはずよ」

そりゃそうだ。ハリーとぼくは芸人みんなに、ミスター・パトレルのオフィスというかなりせま苦しい場所に集まってくれと頼んだんだから、ほとんどの者が立っていて、ぶざまに壁にもたれかかる者もいる。どうしても必要な措置だったのだ。しかし、ミス・ヘンダーソンの質問に、ぼくは肩をすくめて応えるだけにしておいた。

「がまんしてよ、エマ」とマティルダ・ホーンが、これまで見せたことのない思いやりと優しさのこもった表情で、上目づかいにぼくを見た。「ダッシュには何か考えがあるのよ」

「考えがあるですって？」とミス・ヘンダーソン。「あんたたち、いつの間にそんなに仲よくなったのよ？」

「気がつかなかったのかい？」と言いながらベンジャミン・ゼイフーが、使われていない梱包用木枠の縁に小さめなその体を載せた。「一日の半分がた、二人して裏口のところでささやき合ってたんだぜ」

ギデオン・パトレルはいつもどおり、机の向こうの椅子に腰かけた。「お母さんがまたペストリーでも届けてくれたのか、ダッシュ？　なんでまたみんなを集めた？」

「キフリ（三日月形のハンガリー菓子）をね」とぼく。「ミスター・グレーダーが最後のひとつを食べちゃったんじゃないかな」

「グレーダー！　そんなに甘いもの好きな生きている骸骨なんて、見たことがないぞ」とパトレル。

「すみません、ボス」と、彼はぺちゃんこのおなかを叩いてみせた。

「じゃあ、いったい何なんだ？」パトレルは、ジャグリング用の棍棒でクルミを割っている。「そういえば、兄貴はどうした？」

「ここにいる」とハリーが、〝ボルネオの野蛮人〟をひきずるようにして部屋に入ってきた。「遅れてすまない。ミスター・ケンドリックスと、今夜のパフォーマンスのことで準備があってね」

「パフォーマンスだと?」とパトレル。「今日の分八回は終わったところだぞ、フーディーニ。もう帰宅時間だ」

「もうちょっとだけ居残らせてくださいよ」とハリー。「いまだステージではお見せしたことのないアンコール公演を企画したんでね。今夜、弟とおれで、この部屋で起きた恐ろしい犯罪を再現してみようと思うんです」

「犯罪を再現する?」パトレルは彼をじろじろ見た。「いったいなんでまた?」

「ミスター・テートを見つけ出して、金を取り戻したいって言ったじゃないですか」

「ああ、だがやつがいなくなってもうずいぶんたつ。金はやつが持っているし」

「違うかもしれない」ハリーはタイをまっすぐに直した。「いや、答えはあんたが思っているよりも近くに転がっていると思う。ミスター・パトレル、おれたちの実演のために、ちょっとそのまま、机のそっち側にいてください。ダッシュ、今夜の芝居でアディソン・テート役をやってくれ」

ぼくは前に進み出た。

「さて」兄貴はほかの面々のほうを向いた。「ミスター・パトレルは、みんなが帰っていったあとアディソン・テートがオフィスに戻ってきて、金を要求したと言った。ダッシュ――金を要求しろ」

ぼくは肩をすくめた。「金をくれ」

「だめだ、だめだ」と、ハリーが前に出てきた。「それらしく役づくりをしてもらわなくちゃ困る。銃を出せ! 脅すんだ!」

ぼくは海軍用コルトを抜いた。「金をくれ」いささか弁解がましく同じせりふを繰り返す。

「どうしようもないやつだな、ダッシュ」と、ハリーがぼくの手からコルトをひったくった。「こうやるんだ」パトレルのほうを向くと、机の向こうにふんと鼻息をひっかけて、銃をふりかざして脅す。「ほれ見ろ、この下劣野郎の、はったり屋の、やくざ者の、破廉恥漢の、堕落した、卑劣な、けちな、誠意のない――」

「もう充分だと思うぞ、フーディーニ」とパトレル。

「そうだな」ハリーがころりと口調を変えて、ほがらかに言った。銃を置いて手から離すと、なにげなくジャグリング用棍棒を指先でくるくる回した。「そしてそれから、あんたが金を渡そうとしないもんだから、彼は発砲して金を盗み、闇にまぎれて逃げる」

ベン・ゼイラーが、梱包用木枠の上で気まずそうにもじもじした。「もう知っていることばかりだよ、フーディーニ」

「いかにも」と言って、兄貴は咳払いした。「ところが、その晩もっと遅くに、さらに驚くようなことが持ち上がる。テートはその晩逃げ出すやいなや、生き証人となるミスター・パトレルを放ってはおけないと気づく。いつ捕まってしまうかわからない身では、二度と顔を出すことはできない。殺人未遂の罪に問われるだろう」

エマ・ヘンダーソンが震えながらあえぎ声を出した。「テートがミスター・パトレルを片付けに戻ってきたっていうの？」

「まさにそう言おうとしていたんだよ、お嬢さん。そこでテートは、はたと途方に暮れる。相手を負傷させたのは確かだが、オフィスに足を踏み入れて直接対決するのは無理だ。パトレルがそのころには助けを呼んでいるだろう。かてて加えて、テートはさっき銃をとり落としてしまった。武器がない。ではどうするか？　ああ、いいことを思いついたぞ。舞台裏にこっそり忍び込んだテートは、ミスター・パトレルのオフィスに直接通じる通風孔を見つける」

「通風孔?」グレーターが骸骨じみた頭をかいた。

「そう、新鮮な空気を循環させるための。もと魚市場だったような地所には必ずある。テートは、隙間からかすかな明かりがもれているのを見て、ミスター・パトレルがまだオフィスにいることを知る。物音はしないから、ほかに人はいないようだ。あの銃撃で意識を失っているのかもしれない。テートは躊躇なくこのチャンスをつかむ。外套の奥に手を突っ込み、インド原産でなりは小さくても猛毒の沼毒蛇《スワンプ・アダー》をひっぱり出す。自分が扱うあいだは安全を期して――」

「よしてよ、ミスター・フーディーニ」とミス・ヘンダーソンが金切り声をあげた。「聞いたこともないくらいばかげた作り話だわ!」

「途方もないことを」とパトレルは言って、もうひとつのクルミに手を出した。「ひょっとして、ホームズ物語の筋書きをしゃべってるんじゃないか? 『まだらの紐』だろう?」

ハリーは異論を払いのけるように手を振った。「テートもそこから思いついたんだろう。ともかく、あと残っている問題としては、その毒蛇を通気孔づたいにミスター・パトレルのオフィスへ這っていかせることだ。どうしたらいいか? 舞台裏を探し回って、テートがたまたま――」

クルミの割れる音がして、ハリーが急に言葉をとぎらせた。大きな笑いが顔いっぱいに広がる。

「見たな、ダッシュ?」と叫んで、飛びついてきた。「見たな?」

「見たとも、ハリー」

「何を見たんだ、ダッシュ?」とベン・ゼイラー。「おれにはわからない」

「ミスター・パトレルが手に持っているものが見える?」とぼく。

ゼイラーが机のほうを向いた。「おまえの銃だな。それが何か?」

「それを使って何をしたかわかるかな？」

「クルミを割ったよ。それで？」

「握りが象牙の海軍用ピストルの台尻で、クルミを割った。あの握りにはアディソン・テートがあの銃を大事にしていたころにはなかったきずがいくつもついているから、彼があんなことをしたのは一度だけじゃないってことだ」

「だけど、それがどうしたっていうの？」とミス・ヘンドリックス。

「アディソン・テートはミスター・パトレルを撃ってはいないんだ」ぼくはみんなに教えた。「パトレルが自分で撃っちまったんだ。何度も何度も目にしてきたことだけど、クルミが好物のミスター・パトレルには、手近にあるものなら何でも道具にして殻を割る癖がある——卓上ナイフ、石ころ、ジャグリングの棍棒といったぐあいにね。今夜は、ハリーが机に銃を置いて、ジャグリングの棍棒を持ち去っておいた。もう一個クルミを割りたくなると、彼はいちばん近くにあるずっしりしたものを手につかんでいた」

「あの銃だ」とゼイラー。

「そのとおり。それと同じことだったんだ。ミスター・パトレルが負傷した晩に起きたのは。アディソン・テートに撃たれたって話になっている晩のことだよ。だけど、テートは誰も撃っちゃいない。ギデオン・パトレルはうっかり自分を撃ってしまったのさ、クルミを割っていて」

「今夜、銃が発射されなかったのは、ダッシュが引き金装置を調整しておいたからだ」とハリーが口をはさんだ。「だが、アディソン・テートは手ごたえが軽いほうが好みだった——ヘアー・トリガーくらいのな。だから、ミスター・パトレルが握りでクルミを叩いたら発射されてしまった。死なずにすんだのは強運だよ」

「ばかばかしい！」とパトレル。顔色がどす黒かった。「沼毒蛇の話よりも、もっと途方もない！」

「不思議だな、同じことを二度もやっちまうなんて」とぼく。「一度痛い目にあったんだから、もうちょっと用心深くなってるはずなのに」

「だからこそ、思わず引き込まれるような話で気をそらせたんだ」とハリー。「自分のやってることに気づかせないようにな。片腕を三角布で吊ってるうちに、すぐそこにあるものなら何でもつかむことしかしなくなったのさ」

エマ・ヘンダーソンが、恐ろしいものに魅入られたような表情でパトレルを凝視している。「どうしてそんなことを？　事故だったんなら、どうしてアディソン・テートのせいにしたの？」

「理由は二つある」とぼく。「ひとつは、テートがいなくなれば、ミス・ホーンを口説き落とすチャンスがあると思ったこと」名指しされた娘が真っ赤になった顔をそむけた。「それとともに、そうすることでパトレルは、金をひとり占めできる。さすがだよ。自分で自分を撃ってしまったとき、災いを福に転じる方法をとっさに考えつくなんて。確かに頭の冴えてるところを見せてもらったよ」

「わからないことがあるんだけど」とミス・ヘンダーソン。「どうしてアディソン・テートは、はっきり話をしたうえで自己弁護しないの？　あの晩、彼はミスター・パトレルのオフィスを、私たちみんなと一緒に出ていったのよ。みんな、彼のために証言するわよ」

「テートはあの晩、あとから戻ってきたんだ。話のその部分は事実なのさ。もう一度パトレルを説得して、金を渡してもらいたかったんだ。パトレルから二度目にも断られたんで、テートはもうどうしようもないと思った。回れ右して帰っていった。いつものように、金庫にひと晩しまっておいてもらうために、銃は置いてね。あとになって、パトレルが撃たれて警察が自分を探していると聞き、うろたえて逃げた」

「なんてこった」とゼイラー。「じゃあ、犯罪を再現だの通気孔に蛇だののつくり話は——あれは、ミスター・パトレルがクルミを割るのを待っていただけだったのか?」

「そのとおり」とぼく。

「つくり事だらけだ」とパトレル。危険を感じるほど低い声になっている。「何もかもでっちあげだ」

「そうでもないんだな」とハリー。「いったんいきさつがわかってみると、アディソン・テートを見つけるのは簡単だった——もちろんミス・ホーンに協力してもらってね」

「見つけたの?」とミス・ヘンダーソン。「どこにいたの?」

「そりゃもちろん、お母さんを見舞ってたのさ」とハリー。「お母さんは病院で手術を待っていた。ミスター・テートの話のとおりね。彼は毎日そばに付き添っていたんだが、用心のため〝ワイルド・ウェスト〟風あごひげと口ひげを剃ってしまったんで、すぐには彼だとわからなかったんだ。今日の午後、彼は警察でおれたちの友人に洗いざらい話をしてきたよ」

「またまた嘘を!」パトレルはあきらめない。「やつは今ごろ、大西洋を半分がた横断していることだろうよ」

ちょうどそのとき、部屋のうしろのほうがざわざわしたかと思うと、〝ボルネオの野蛮人〟がかつらと仮面をとった。現われたのは見慣れたナイジェル・ケンドリックスではなくて、彼よりも若い男のつるりとした顔だった。

パトレルがかすれた叫び声をあげる。「おまえ! こいつは——」

「ごきげんよう、ギデオン」とアディソン・テート。「ぼくのコルトを返していただけないでしょうかね?」

「それにしても、無茶だったよ!」ぼくは翌朝の朝食の席でハリーに言った。「とんでもない無茶だ!」

「何もかも計画のうちさ」とハリー。「あいつが銃に手を出すまでしゃべりつづけろって、おまえが言ったんじゃないか」

「そうだけど、まさか……通気孔に沼毒蛇だって?」

「すごくしっくりする話だったと思うがな」ハリーはブラウン・トーストに手を伸ばした。「それにやっぱり、あの部屋には毒のある蛇がいたんだよ、ミスター・パトレル本人を数に入れるならね。それより、なあ、ダッシュ。シャーロック・ホームズがこの問題の答えをくれたってことを、まだ説明してもらってないぞ」

「ああ、そうだった。ゆうべはいささか混乱してたからね」

「ちらっと、テートがほんとにパトレルを撃つんじゃないかって思ったわ」とベス。「それに、警察がやってきて説明を求められたらまた、二度とあそこから出られないんじゃないかって気がした。マリー警部補はいい人だけど、細かいことにまですごくうるさいんですもの」

「警部補も、ミスター・パトレルをどうしたものかよくわからないみたいだった」とぼく。「パトレルはアディソン・テートを正式に告訴していなかったから、この犯罪の性質はあいまいだからね」

「ミスター・パトレルがテートのお母さんの手術費用をもつって申し出たとか」とベス。「テートはこの件をなかったことにするんじゃないかしらね。特に、マティルダ・ホーンが関係していなかったとあれば。彼女のほうはどう見ても、彼と一緒に逃げて、いつまでも幸せに暮らしたがってるみたい」

「たいした人だよ」とぼく。「彼は無実だって信じて、ちっともぐらつかなかったんだから」

「なるほどねえ」ベスがぼくの腕をぽんと叩いた。「あなたになびかずにいられるには、何かわけがあるはずだと思ったわ」

「それで、シャーロック・ホームズのことは?」ハリーがしつこくせがんだ。「おれの手紙は未開封で戻ってきたんだぞ!」

「本当はね、ハリー、兄貴が言ったことが発端だったんだ。事件が行き詰まりそうになったとき、『物事をひっくり返してみる《ターン・シングズ・アップサイド・ダウン》』っていうようなことを言ったよね。あれがぼくの頭に種を植えつけた。そして、シャーロック・ホームズ宛ての手紙を見たときに、すべてのことがあるべきところにおさまったんだ」

「だけど、どうやって?」ハリーはポケットから封筒を取り出して、じっくりと見た。「ただの開封してない手紙だぞ」

「おもてに書きつけがある。どうしろって書いてある?」

「わからん。言ってることはただ——そうか!」ハリーが顔をほころばせた。「裏返せと言っている! ひっくり返して反対側を見ろって。おまえがあの銃で、まさにそれをやったわけだ。ひっくり返して反対側を見た」

「そうしてみると、あれが武器としてではなくて、クルミ割りに使われたってことがわかったんだ」

「『物事をひっくり返してみた』わけか、おれが言ったように」ハリーは椅子にもたれかかって、満足そうにため息をついた。「いやあ、ダッシュ、今度の仕事でおまえは実に立派だったよ」

「おだてないでくれよ、ハリー」

「その立派さたるや――」

「あの封筒にメッセージを書いた人のごとし?」

彼は封筒をしばらくそっとなでていた。「まったくな、ダッシュ」と、封筒をポケットにすっと戻す。「で、誰が無茶だったたって?」

ボストンのドローミオ

The Adventure of the Boston Dromio

マシュー・パール

Matthew Pearl

2003年の『ダンテ・クラブ』で小説家デビュー。40以上の言語に翻訳され、ベストセラーとなった。ハーヴァード大学やエマーソン大学で講師を務めている。2006年にはエドガー・アラン・ポーの死を題材にした第2作『ポー・シャドウ』、2009年には“The Last Dickens”を発表した。

「『もっとモルヒネをくれ！』、『もっとクロラール（催眠・鎮静剤）をくれ！』」大声でそう語る彼の小さな目は、ひどく落ち着きがなかった。「きみは信じないかもしれないがね、ワトスン、アメリカ人の患者は、医者を馬番みたいに顎で使うんだ」

これは、私が健康回復のためにアメリカ各地を旅行した際、ドクター・ジョゼフ・レイヴィーが朝食をとりながら口にしたせりふである。レイヴィーは、アフガニスタンの戦地で負傷した私を治療してくれた外科医だ。ロンドンに住んでいたが、今はボストンのコマーシャル街に居を構え、数年前に奥さんを肺炎で亡くして以来、ひとり寂しく鬱々と暮らしている。彼はかなり取り乱した口調で、減りつづける開業医の収益や、ここ数週間のメイドの無能ぶりといった、大小さまざまな問題への不満を漏らした。

「頼みもしない料理を運んでくるし、昼間はずっと仕事もせず部屋に引きこもっているんだからな！」

実はこの旧友レイヴィー医師の憂鬱な愚痴が、驚くべき出来事を示唆していたのだが、そのときの私は知る由もなかった。

レイヴィーのようすがあまりにもあわれっぽいので、朝食が終わってやっと解放され、ボストンのガイドブック片手に自由に歩き回れるようになったときには、ほっとしたものだった。だが、その二日後の夕食時、レイヴィーがふたたび宿へやってきた。息を切らし、顔は恐怖に塗り込められている。

「おや、レイヴィー、具合が悪そうじゃないか」私は言った。「何か食べ物を持ってこさせよう」

アヘン常用者のような兆候が見えた気がしたので、近くでもっとよく彼を見たかったのだ。

彼は両手を眉のあたりに打ちつけながら、押し殺した声をふりしぼった。「死んでいる！」

「何だって？」

「彼女が死んでいるんだよ、ワトスン！　刑事たちが、ぎらぎらした疑いの目で私を見るんだ。ワトスン、きみは奇妙な事件にいろいろ関わってきたじゃないか。私には、この世で友人と呼べる者はもうきみしかいないんだ。私を助けてくれ！」

レイヴィーが言うには、その晩、彼はドシンという大きな物音で目を覚ました。急いで服を着て、壁に立て掛けてあったライフルを手に、転げ落ちそうになりながら階段を下りていくと、メイドのメアリ・アン・ピントンがキッチンの床に倒れて死んでいた。彼が覚えているのはそれだけだった。次に意識を取り戻したとき、彼はライフルを持ったままメイドの死体に覆いかぶさるように倒れ、警察に揺り起こされていたのだという。私はふと、この途方もない話は、アヘンに冒された彼の精神がつくり出したものかもしれないと思った。

「レイヴィー、頼むから今夜はここに泊まっていってくれ」

「いや。彼女がいないんだ。彼女の面倒を見てやらんと！」彼は不可解な言葉を残し、私の言葉には耳も貸さずにそそくさと帰っていった。

翌朝、新聞を開いたとたん、驚愕のニュースが目に飛び込んできた。ジョゼフ・レイヴィー医師が、私の命の恩人が、メアリ・アン・ピントン殺害容疑で逮捕されたのだ。

私はすぐに、友人であり旅の相棒でもあるシャーロック・ホームズに宛てて、いちばん早い列車でボストンへ向かってほしいと電報を打った。彼は個人的な用事があって、メイン州ポートランドのホテルにひとり残り、私だけがニューイングランド地方を巡る旅を続けていたのだ。

その時期、私とホームズの名前は、ボストンの新聞のコラム欄に何度か登場した。私がボストン市民の目からシャーロック・ホームズを必死に隠そうとしている、ニューハンプシャーを通過する際、私が自分の上着で彼の顔をずっと覆っていた、彼を人前に出すのを私が拒んでいる、といった内容だった。大勢の主筆が、私を英国へ追い返してもっとましな相棒を、できればアメリカ人《ヤンキー》を後釜に据えるようホームズに訴えかけた。一方で私は、ホームズにモデルになってほしいという似顔絵画家や写真家、彼の髪の毛を少し分けてもらえるなら二十ドルまで出してもいいという崇拝者などからの手紙を、どっさり受け取っていた。

そんなこんなで、気の毒なレイヴィーを救う私の試みは妨害された。だが、ある午後、小さな机に向かって弁護士宛ての手紙を書いていた私は、水差しを取ろうとふと振り向き、開け放った窓のそばのひじ掛け椅子に人が座っているのを見てびっくりした。

「ホームズ！」

「ボストンてのは、年をとりすぎた大学生みたいな街だな」シャーロック・ホームズが、ぼんやりと言った。

友が戻ってきてくれたことは、私にとって何よりの喜びだった。

アメリカの都市を訪れた多くの英国人が経験するように、彼もまた、よどんだ空気や建物や列車内の換気不足によって、皮膚や爪、肺などに生じる軽い疾患にかかっていた。それでも、体の不調を精神で補うかのように、細身の機敏な体はいつも以上に元気できびきびしていた。私は、レイヴィーの一件について知っていることを詳しく話して聞かせた。

「つまり、この宿での彼との再会は、あまり愉快なものじゃなかったんだね?」ホームズは両手の長い指の先を突き合わせた。

「レイヴィーはもともと神経質な男なんだ。だけど、アメリカ人の奥さんと一緒にいたときは、善良な市民だったよ。奥さんはアミーリアといって、賢いし芯の強い女性でね、ぼくの友人でもあった。彼女が肺炎で亡くなってから、彼はまた元の状態に戻って、慰めを求めて麻薬に手を出したんだろう」

「すると、彼とはもう何年も会っていなかったんだね」

「ああ。だが必要ならば、ぼくは昔の同僚を全面的に助けたいんだ――アフガニスタンから移されたペシャワールの本隊病院で、彼が軍医としての本分を果たしてくれたおかげで、ぼくは命拾いしたのさ」

「昔の恨みというやつだね」

「感謝だよ、断じて恨みなんかじゃない」私は本気になって抗議した。「ぼくを死から救ってくれた恩人への感謝の気持ちだ」

「きみは勘違いしているよ、ワトスン。きみに対する彼の恨みという意味だ。ほかの男の命を救うほど癪にさわることはないからね。彼は今になって、きみを懲らしめているんだ。まあ、きみがそれほど思い入れがあるなら、この事件はわれわれで調べてみてもいいだろう。わかっていると思うが、きみが望む結果になると約束はできないよ。だがぼくとしても、ボストンの刑事たちのやりかたをじかに観察して、長年の好奇心を満たすのはやぶさかではない――連中がいるのは、アメリカでも最古の犯罪捜査部門なんだよ。ボストンの悪党といえば、彼らが引き起こす犯罪は、決してシカゴほど巧妙じゃないし、ニューヨークほど凶悪じゃないが、一種独特で、世間の目を盗んで行なわれる。そうだ、ワトスン、ドクター・レイヴィーが逮捕されてから、彼と会ったかい？」

「ああ。今朝留置所を訪ねたんだが、彼には弁護士のひとりもついていなかったよ。自分では何もできないんじゃないかな。何も覚えていないんだから殺人など犯せたはずがないと、あわれっぽくぶつぶつつぶやいていた」

「殺された被害者の上に倒れているところを発見されるとは、世間がどう思うかを考えると、極めて不運だ。その娘について彼がどう説明するのか、興味のあるところだね。ミス・ピントンと言ったかな？」

　私はうなずいた。「彼はほとんど知らないんだ。ミス・ピントンは二十三歳か二十四歳で、どこか西のほうの出身らしい。非常に魅力的だが結婚歴はなく、家族の話もしないし、家に誰かが訪ねてきたことも一度もなかったそうだ」

「きみの言うとおり、ドクター・レイヴィーはほとんど何も知らないようだが、われわれには好都合だ。きみもすでに考えたとは思うが、メイドなら、主人の使いで出掛けた際に、あらゆる種類の悪党と出会う可能性がある」

「確かに、ぼくもそう考えた。ここ数週間で彼女を使いに出した場所を全部教えてくれと、レイヴィーに頼んだ。マクナリー（アメリカの地図専門出版社）のガイドブックの地図にしるしをつけておいたよ。赤いマークが彼の自宅だ」私がそれを見せると、ホームズはとても満足そうだった。

「すごいじゃないか、ワトスン！　そのうち、これが決め手となって、事件の全貌がわかるかもしれないよ」

「実はもうひとつあったんだよ、ホームズ。有望な手掛かりかもしれないと思ったんだが、結局は役に立たなかった。このあいだ、レイヴィーがひどく動揺した状態でここを立ち去るとき、ぼくは泊まっていけと勧めたんだが、彼は『彼女がいないんだ。彼女の面倒を見てやらないと！』と言っていた。よく考えてみると、おかしな言葉だなと思ったんだよ」

「うん、理由はわかる」

「それで今朝、独房にいる彼に、いったい誰の面倒を見るために帰ったのか、患者か誰かなのかと訊ねてみた。実を言うと、ぼくは彼が愛人を気に掛けているのかと思ったんだよ」

「気のきいた訊ねかたじゃないか、ワトスン。それで、彼はかわいい動物のことをきみに話したのかな？」

「ホームズ、相変わらず驚かせてくれるね！　そうなんだよ！　レイヴィーはぼくをぼんやりと見つめて、こう言った。『いや、違う。私はただ、モリーの、このあいだメアリが連れてきたかわいそうな子猫の面倒を見なきゃならないと言ったんだよ』しかしホームズ、きみはどうやって彼の奇妙な言葉がペットをさしているとわかったんだ？」

ホームズは、手で振り払うしぐさをして笑った。「あまりにもつまらない推理で、話す価値もないよ、ワトスン。もしもレイヴィーとメイドのメアリが、ひっそりとした家で一緒に何かの世話をしていて、メアリが急にいなくなったせいでその負担が主人のほうにかかってきたとすれば、何らかの動物と考えてほぼ間違いないが、彼の最近の気分からすると、大きすぎたりかわいらしくない動物であれば、すでに排除されていたはずだ。とりあえずこの話はここまでにして、きみが見落としていた重要な事項をひとつ二つ集めることにしよう」

私たちは警察署を訪ねた。担当のデューガン刑事は、ホームズの名を聞くなり、さっそく殺人現場を見にいく手はずを整えてくれた。質素な三階建ての家は、海岸にほど近いみすぼらしい住宅地にあった。妻の死後、レイヴィーはバックベイのすてきな通りからここへ引越し、三年間暮らしてきたのだ。

「事件だとわかってすぐ、家を封鎖したんですよ、ホームズさん」デューガンは刑事としての自信に満ちた調子で言った。「死体はキッチンにありました——あっちです。レイヴィー医師は気絶して彼女の上に倒れたんですな、ライフルを握ったまま。見てすぐに《フロム・ザ・ジャンプ》、私には何が起きたのかわかりました」

「彼女は飛び降り《ジャンプ》たんですか、デューガン刑事?」私はキッチンを見回した。

「違うよ、ワトスン」ホームズが口をはさんだ。「〝ジャンプ〟は、ぼくの間違いでなければ、〝初めから〟という意味だ。旅行を始めて以来、ぼくはアメリカ語法を研究しているから、英国に戻ったら、それに関するささやかな論文を書いて発表するつもりだよ。どうぞ続けてください、刑事さん」

「私は、彼女が顔を圧迫されて窒息死したとわかったんです。彼女の死体を見た瞬間《フロム・ザ・モーメント》にね」

彼はそう言って、わざとらしく眉を上げた。「口のまわりの皮膚が変色し、鼻はつぶれて、上から圧迫されたように痣《あざ》になっていました。彼は殺すところを誰にも聞かれたくなかったんでしょうな。ほかには頭にも体にも傷や痣はなく、ライフルも発射されていませんでした」

「おみごとです! 後半の点については、あなたが先におっしゃらなかったら、ぼくのほうから質問していたでしょう」とホームズ。

わが友に褒められたデューガンは、少年のような笑顔を見せた。「ドアも調べておこうと思いましてね、どこもこじ開けられた形跡はありませんでした」

「ほかに家の近くで目撃された者はいませんでしたか？」私は刑事に訊ねた。

「いちばん近い隣人たちは、レイヴィー医師が気絶する前に大声で助けを呼んだ声を聞くまで、外を見ていません。残念ですが、ワトスン先生、あなたのご友人にとってかなり不利な証拠がそろっています」とデューガンは言った。「ひとつ目、家にはたった二人しかいなかった。二つ目、レイヴィーはメイドの死体を発見したが、そのときの状況を覚えていない」

「まさにそこなんですよ、デューガン刑事」私は言った。「もしレイヴィー医師が、奥さんが亡くなったあとアヘンを常用するようになっていなかったとしたら、ぼくもその点にかなり驚いたでしょう。しかし、彼が混乱していたのも、最終的に気絶してしまったのも、アヘンで説明がつきます。こちらの国にも私の国にも、この悪習に手を染めている医者が大勢いるんです」

「よろしいでしょうか、ワトスン先生。三つ目、ここ数週間、彼が近所の人たちに、ミス・ピントンのメイドとしての資質に不平を漏らしていたのが判明した。四つ目、あなたも証言しておられるように、彼は最近ではかなり大量にアヘンを常用していたため、暴力的になっていた可能性がある」

「ボストンの捜査機関は、極端に系統的だね」ホームズは面白そうに私に耳打ちしたが、こちらは笑える気分ではなかった。

「ですがね、刑事さん」私はきっぱりと言った。「私の経験では、アヘンを摂取した者は、暴力的になるよりもむしろ不活発で鬱々とした状態になる傾向があるんです」

「もしそうだとしても、ワトスン先生、五つ目の証拠があります」

「五つ目？」

「そう、五つ目」とデューガンは続けた。「彼は、メイドのずさんな仕事ぶりから、彼女が近々辞めて別の働き口を探し、その結果、自分の悪癖が町中に知れわたるのを恐れた。そうなれば、医者としての名声に修復不能な傷がついてしまう。まあ、ざっと言えばこんなところです」

「そうだとしても」私は食い下がった。「人に聞かれてはまずいと、わざわざ音をたてないようにして女性を窒息させた男が、その直後に助けを呼んだりするでしょうか?」

「麻薬のせいで理不尽な行動をとることもありますよ」一瞬の間をおいて、ボストンの刑事は答えた。

ホームズはキッチンのあちこちに目を向けていた。「ここからわかる情報はすべて得たと思います。ひとつだけ、この家のペットがどこへ行ってしまったのかが気になりますが」

「えっ、何ですか?」デューガンは気まずそうにホームズから目をそらした。

「子猫、ですよ」ホームズは、その言葉をわざとゆっくり発音した。

「ああ、そうですね」刑事は答えた。「今ごろはもう、飢え死にしたか、暑さにやられているかもしれません――おいきみたち、ミスター・ホームズに検討していただくから、手分けして猫の死体を捜してくれ!」彼は一緒に来ていた二人の巡査に命じたが、二人が部屋を出ていくと、すぐホームズのそばに寄ってきた。

「実はホームズさん、われわれが最初にここへ入ったとき」彼は申しわけなさそうに小声で言った。「子猫が私の靴に手を掛けてニャーニャー鳴いていたんです。皿にミルクを入れてやったんですが、ほかの連中はばかにして笑っていました。新聞で、カーヴァー街に新しくできた団体が、空き家に猫を置き去りにして死なせてしまうのを非難している記事を読んだものですから、現場を離れるときに、私は子猫をポケットに入れて、頼むから静かにしていてくれよと言い聞かせながら、まっすぐそこへ連れていったんです」

「よくわかりました」とホームズ。「あなたの善行は、ぼくたちの胸だけに納めておきますからご安心ください。なんなら、これからその団体を見にいってもかまいませんが」

宿へ戻る途中、ホームズと私は、〈動物救済連盟〉という名前を掲げた三階建てのレンガ造りの建物の前で馬車を降りた。まだよく知りもしないうちから、どうやらこの新しい動物愛護団体は議論の的になっているらしいとわかった。というのは、付近のあちらこちらの壁に、次のような文章の印刷されたちらしが貼られていたからだ。


人類は、気まぐれな博愛主義と道楽半分の慈善事業にはうんざりしている。ボストンの中心街は困窮した野良猫のことで大騒ぎし、庶民の心には、付き添い《シャペロン》なしで垣根の上を歩くひとりぼっちのメス猫への憐憫の情が呼び覚まされる。だが、人間はどうなのか？　この街の通りにいる、家のない子供たちはどうなのか？　スズメを守ろうと人だかりができる一方で、幼い命が消えてゆく。そのひとつひとつが、何羽ものスズメよりもはるかに価値のある命が。


その文の下には、ボストンの牧師の署名があった。ホームズも私も聞いたことのない名前だが、そのあとに続く一連の名誉学位は、地元の名士であることを物語っていた。

入り口でシャーロック・ホームズの名前を告げるとすぐ、誰かが連盟の会長を自宅へ呼びにいき、応接室で待つあいだ、私たちはこの施設に関する資料に目を通した。女性職員がひとり、熱心に机に向かっていた。壁には、「みんなが最低五セントずつ出し合えば、毎年今よりさらに数百匹多い犬や猫の世話ができる」、「思いやりが世界を向上させる」という標語が掲げられている。珍しいことに、私たちの目の前にある太字で書かれた二番目の標語を見つめるホームズは、何やら悩んでいるふうに見えた。

「お二人のような著名なお客様をお迎えできて光栄です」会長のブレントン大佐はそう言うと、深々とおじぎをし、心のこもった握手をした。「私どものささやかな連盟は、開所してまだほんの数カ月です」

「もしよろしければ見学させていただきたいのですが」とホームズが言った。

ブレントンは、私たちを連盟の面会室へ案内した。そこには犬や猫が集められ、訪れた客たちにかわいがられていた。ブレントンは、連盟はこの街にできた最初で唯一の拠点であり、ここに持ち込まれた野良猫や野良犬は、新しい家を与えられるか、あるいは街なかで餓死したり虐待や拷問を受けるよりももっと人道的な方法で殺処分されるのだと説明した。

「私どもは、往々にして人の心の中で凝り固まっている、物言えぬ動物たちへの思いやりの気持ちを大きくはぐくみたいのです。それはなぜか――私自身もときどき、ゴミ箱にはまり込んで抜け出せずにいる動物を見つけ、助けてやりたいと思うことがあります。しかし、そこへ到着するころには別のことを考えていて、すっかり忘れているのです」彼は思案げに薄い口ひげをこすった。「思いやりは電気のごとくふんだんにあります。世界にはそれがいくらでもあるのに、ボタンを押して何らかの効果を出すには、電線がつながっていなければなりません。さらに、電線がつながったあとでも、回路は容易に途切れてしまうのです」

「詩的情緒にあふれるお話ですね、大佐」ホームズは愛想よく言った。「しかし、われわれの案内役を、そろそろ連盟を実際に取りしきっている方と交代していただけませんか。ぼくの思い違いでなければ、女性のはずですが」

ブレントンも私も、信じられない思いでホームズを見つめた。

「なぜです、ミスター・ホームズ、私はこの団体の会長ですぞ！　便箋をよくごらんになるといい、それが証拠だ！」ブレントンは声を張り上げた。

ホームズは立ち上がって待った。しばらく言い逃れや反論が続いたあともホームズがまだ折れないので、ブレントンは無残にも降参せざるをえなかった。「ここでお待ちください。ミセス・ハンティントン・スミスを呼びましょう」

「気づかなかったかい、ワトスン」二人きりになると、私の困惑を見て取ったホームズが言った。「あの立派な大佐が、たどたどしく不慣れな足どりで、前方ばかり見ながら歩き、建物に足を踏み入れたのはせいぜい三度か四度しかないといった感じだった。それに、ここを自由に歩き回っている犬や猫たちの中で、彼に見覚えがありそうなものや、彼を見て喜んだものは一匹もいなかった。動物は、親しい相手が来れば、姿が見えるずっと前からわかるものだ」

「きっときみの言うとおりなんだろうが、実際にここを取りしきっているのが女性だと、なぜわかったんだい？」私はお手上げ状態だった。

「いたって簡単さ、ワトスン。大佐が男なら、真の権威者は男のはずがない。彼を会長に据えたのは、男のほうがおもて向き格好がつくというだけの理由からだ。それに、英国と同様この国でも、動物や子供の愛護団体のほとんどは女性によって設立されたという事実もあるから、ぼくはささやかな推理に絶対の自信があった。あの弁護士にばつの悪い思いをさせる気などなかったんだが――彼の態度や声の調子から、弁護士だとわかったよ――彼じゃあ必要なものが何も得られないからね」

私は、その必要なものとは何なのかと訊ねるところだった。これまでのすべてが、もっと差し迫った調査からかけ離れた奇妙な回り道のように思えたからだ。ところがそのとき、小柄できびきびとした女性が部屋に入ってきて、《ボストン・ビーコン》紙の編集長ハンティントン・スミスの妻、アナ・ハリス・スミスだと名乗った。

テリアの雑種犬が一匹駆け寄ってきて、スミス夫人の脚を前足で引っかく愛情表現をした。

「なるほど、犬がうれしそうにしているね！」私は言った。

「このとおりです」彼女は私たちに言った。「動物たちが幸せそうなのは、ここが施設ではなく、本物の家だからです。私たちは、どんな動物も狭い部屋に閉じ込めておきたくありませんから。自己紹介は必要ありません。お二人がいらしたことは、主人の新聞で読みましたから」

「実は、ミセス・スミス、あなたが保護しておられる、ある動物を見せていただきたいのですが」とホームズは言った。「だいぶ面倒なお願いでしょうか？」

「ここでは動物たちに関する非常に正確な記録をつけていて、どこから来たか、受け取ったときはどんな状態だったか、そしてどう処理されたかを毎日書き込んでいます。人に譲り渡すときには、動物には優しく接し、もし気に入らなかった場合は連盟に返すと約束する契約書を交わさなければなりません。私たちのほうにも、いい家庭かどうかを見極める目が必要なんです。厳しいとお思いかもしれませんが、文明の進んだ時代になってもまだ、動物を機械以下と見なし、便利なうちは利用して、猫を生きたネズミ捕りのように扱い、あとは自転車やミシンの手入れ以下の世話しかしない人たちがいるんです」

「おっしゃるとおりです！」ホームズの言い方は、難事件の解決策を考えついたかのような嬉々としたものだったが、あとからこの驚くべき事件を振り返ってみると、さもありなんという気がする。

例の子猫がここへやってきたときの状況をホームズが語ると、スミス夫人はすぐに、天窓から日の光が差し込む、囲い付きの温室のような部屋へ案内してくれた。そこでは猫や子猫たちが遊んだり、伸びをしたり、眠ったりしていた。スミス夫人は、すばやく動く優しい手で、猫たちをかき分けはじめた。

「夏が近づくと、ひとに預けたり捨てられたりする動物がどっと増えるんです。夏休みでボストンを離れるあいだ、飼っている猫を外に放り出したり、家に置きっぱなしにして餓死させたり、人間はずいぶん残酷なことをするものですね。暑い外で立ちっぱなしの馬が飢えと渇きで衰弱するのも、自分の馬にえさをやるよりも、新しい馬を買ったほうが安上がりだという残酷な飼い主がいるせいです。馬たちは通りで倒れたり、馬泥棒に連れ去られて売り払われ、殺されてしまうんです。人間にいちばん忠実に仕えてくれる動物の末路がそれなんですから。キリスト教の国として、そろそろもっと立派になるべきだと思いませんか？」

「何らかの法的な保護があるはずですよ、ミセス・スミス」と私は言った。

「今はまだありません。この夏、私たちは大勢の男たちを街の通りに常時配置して、悲惨な状態の馬を追跡させ、馬泥棒の気配に耳を澄まさせています。ああ、ここにいたわ。首に巻いたリボンに、〝モリー〟という名前が書いてあります」

その子猫は、薄茶と白の流れるように豊かな毛並みで、片方がブルーでもう片方が御影石のようなグレーの目で私たちをじっと見つめ、まばたきをした。

「美しい猫ですね」ひと目見てホームズは言った。「あなたのご尽力はよくわかりました。ずいぶんお仕事の邪魔をしてしまってすみません、相棒のワトスン君も恐縮していると思います」

階段へ向かう途中で通り過ぎた部屋には、少年少女が十人ばかり集まっていた。子供たちは、ソファでうたた寝をしている太った猫や元気のいい子猫と優しく遊びながら、ひとりずつ立ち上がり、動物への善行について語っていた。

「あれは、私たちの〈思いやりクラブ〉です」スミス夫人は誇らしげに言った。「子供たちは夏休みのあいだほぼ毎日ここへやってきます。もしこのクラブがなかったら、あの子たちの多くは、夕方になると街へ出て、退屈してお互いにけんかをしたり、弱いものをいじめてしまいます。育ちざかりの年代に慈愛の気持ちを教え込むことができれば、それ以降の世代では、もう残虐な行為に立ち向かう必要はなくなるでしょう」

丸々と太った男の子が、重たい荷馬車を引いて体をこわしたのに世話をしてもらえず、通りに放たれて弱っていた馬に、水を与えた話をした。もうひとりの子供は、心からの拍手を送った。見ているうちに、いつの間にかこちらまで感動してしまう。気がついてふと振り向くと、ホームズはスミス夫人に何やら小声で話していた。かろうじて聞き取れたホームズの言葉は、「掘り出し物《バーゲン》」というひとことだった。夫人のきらきらと輝く目に宿る力強さは、初めて会ったときのホームズを思い出させた。

カーヴァー街で、待たせておいた馬車にふたたび乗り込んだとき、〈動物救済連盟〉の男性職員が、横のほうに穴を開けた小さなグリーンの袋を持ってくるのが窓から見えた。彼はそれを馬車の中にいるホームズに手渡した。この袋はきっと、さっきホームズがスミス夫人に声をひそめて話していた件と関係があるのだろう、と私は思った。職員は、毛糸遊びが好きですが、飲み込まないように注意してくださいと言った。

「たしか衣装戸棚の底のほうに毛糸があったな、ワトスン、気がついていたかい?」馬車で戻る途中、ホームズが訊ねた。

「これはどういうことなんだい、ホームズ？」

ホームズが袋の口を開いた。モリーは袋のふちから顔を出してじっと見ていたが、座席に登ろうとしているうちに仰向けに倒れてしまった。それから数日間、ホームズは粗末な部屋に閉じこもり、いたずら好きな子猫のそばをほとんど離れなかった。

私はしばしば、毛糸球に飛びかかるモリーを溺愛する相棒をながめる以外に、とりたててすることがなくなってしまった。ところが静かな夜の時間になると、彼女は私の顔に飛びかかってきて、鉤爪で鼻の穴を直撃するのだった。モリーはしだいにホームズになついてきて、夕食のあとは、安く手に入れた猫に関する手引書を読む彼のひざで丸くなった。

「ねえホームズ」私はあるとき訊いた。「ドクター・レイヴィーの事件に専念しようってときに、彼女をいつまでここに置いておくんだい？」

「ワトスン、きみが物言えぬ生き物のことでいらだつとは、ちょっと驚きだね。彼女は、あともう少しできみの旧友を殺人の重罪から救えるところまで来ているんだよ」

その日の晩、私はホームズとともに、彼がガイドブックから選び出したレストランにいた。上品な並木道に囲まれたボストンの高級住宅街にある店での食事は、日ごろ質素を好む彼の傾向からすると、いささか驚きだった。出発したあとになって、私は彼がモリーをグリーンの袋に入れて連れてきているのに気づいた。当然ながら私は、店は彼女を入れてくれないだろうし、たとえこっそり持ち込んだとしても、ニャーニャーとひっきりなしに鳴き出したら（彼女はいつもそうだった）、つまみ出されてしまうよと忠告した。

「確かにきみの言うとおりかもしれない。ここはペット同伴に寛大なパリじゃないからね」ホームズはそう言うと、長いリボンをポケットから出して猫の首に結び、もう一方をレストランの窓から見える街灯の柱に結びつけた。アメリカの通行人にとって、これはいささか風変わりな光景だったと思う。食事が始まってまもなく、高そうなシルクのドレスを着た二人の若い女性が立ち止まり、モリーをなでようと手を伸ばしたが、猫はあとずさり、女性たちを冷ややかに見つめた。親しくなろうと何度かちょっかいを出すがうまくいかず、二人はついにあきらめた。しばらくして、ホームズがいつになくデザートを注文したとき、あわれな生き物にさらに劇的な苦難が襲いかかった。身なりのいい二人の少年が、彼女に石を投げはじめたのだ。モリーは鳴き声を上げ、レストランのほうへ駆け出そうとした。

私は椅子から立ち上がって、武器代わりにステッキを構えた。ところが意外にも、ホームズは動き出さない。

「ホームズ、ガキどもにいじめられているのを放っておくのか?」

幸いなことに石が的をはずれると、悪ガキどもは通りを渡ってモリーがいるほうへやってきた。私が騒ぎに割って入ろうとしたちょうどそのとき、子猫ではなく犯人めがけて石ころが雨あられと飛んできた。窓から首を突き出して見ると、スミス夫人の〈思いやりクラブ〉で見た男の子が三人いた。モリーをいじめているガキどもよりも小さいが、数では勝っているので、うまく彼らを追い払い、どうやら無力な動物をいじめたらクラブが必ず仕返ししてやるぞと脅しつけているようだ。

「どうも変だと思わないか?」店を出てから私は言った。「ミセス・スミスの〈思いやりクラブ〉の少年たちが、このあたりにいるなんて!」

「少しも変だとは思わないよ」リボンをほどいたモリーを片手で高く持ち上げながら、ホームズはそう答えた。「ここへ来るようにと、ぼくが指示を出しておいたのさ。ぼくがこのかわいい同僚の身に何も起きてほしくないと思っているのは、きみだってわかっているはずだよ、ワトスン」

その後、ホームズと別れて旧友レイヴィーに面会に行くと、彼は検察官が最も重い訴因で起訴したという知らせを聞いて泣いていた。そして、私が彼に薬を投与するのを許可するよう看守を説得してくれと懇願した。震え、汗をかき、抑えきれず大あくびをしているのを見て、彼がアヘンのことを言っているのだとわかった。

そのころホームズは、マサチューセッツ工科大学の研究所にいる科学専門の記者を訪ねたり、ハーヴァード大学のそばにある、有名なパークマン博士殺害事件（ハーヴァード大学の講師が同僚を殺害した事件）の現場を訪ねたりしながら、のんびりと過ごしていた。ホームズは非凡な頭脳の持ち主だとわかっているので、レイヴィーの事件への彼の関わりかたについて、私はあらゆる疑念を排除していた。そのため、宿に戻るとホームズがドアのところで待ち構えていて、すぐに警察署へ行って朝になったらチャールズタウンの刑務所を訪ねたいとデューガン刑事に伝えてきてくれと言われても、特に驚きはしなかった。彼はまた、われわれが到着するまでにデューガンに実行しておいてほしいいくつかの事項も提示した。

「こんなことをする目的は伝えなくていいのかい、ホームズ？」

「きみは、この事件に対するぼくのやりかたを疑問視しているようだね、ワトスン。もしきみが各段階におけるデータとぼくの行動に注意を払っていたら、そういう気持ちはなくなると思うよ。しかし、殺人事件の容疑者との友情がじゃまをしたんだろう。なぜなら、きみはその男のためだけを思い、犯罪の論理をかえりみないからだ。その致命的なミスは、多くの探偵たちを単なる慈善事業家に変えてしまった。この事件の場合、あの男は手掛かりにすぎず、それ以上じゃない。またデューガンの件だが、彼がもしぼくの風変わりな希望をかなえてくれるなら、ニューイングランド全域で指名手配されている凶悪な逃亡犯を挙げてやると言えばいい」

翌朝、チャールズタウンの刑務所に到着するとすぐ、デューガンがホームズの要望をきっちり実行したのがわかった。狭い中庭に、周囲をぐるりと看守に囲まれて、十五人は下らない囚人たちがぞろぞろと入ってきた。そこへホームズが大股で登場し、ポケットからレンズを取り出して、順に進みながら彼らの手と腕を調べていく。視線を上げて顔を見ることもなく、彼はある囚人の前で立ち止まり、デューガンを手招きした。

「デューガン刑事、この男は何の罪で逮捕されたんですか？　それから、どう名乗っています？」

「馬泥棒ですよ、ホームズさん。名前はジュリアス・マッカーサー、刑期は二カ月」

「ぼくの間違いでなければ、マッカーサーは偽名だと判明するでしょう。彼の名前はジョージ・シンプスン。ブランズウィックの保安官補を殺した犯人で、重婚者、詐欺師、そしてメアリ・ペインティング――メアリ・アン・ピントンとして知られるメイドを殺した真犯人です」

「メアリが死んだ？」問題の男は、怒りを爆発させるようにホームズに言った。「そんなわけねえだろ？　おれは乱暴するつもりなんかなかった、一緒に連れていこうとしただけだ！　メアリ、まさかおれのメアリが！」彼はそれからさらに何度か吠えるように彼女の名を叫び、がっくりと膝をついて泣きじゃくった。二人の看守が、あわれな獣を連れ去った。私がホームズのほうを振り向いてじっと見つめると、刑事も同じように見つめていた。そのときは、すでに塀の中にいた犯人を挙げるという思いがけない方法で、まさか彼が瞬時にして事件を解決したとは思わなかったのだ。

「ああホームズ、おかげでレイヴィーは助かったよ！　だけどいったいどうやって、メイドを殺した犯人がこの刑務所にいるとわかったんだい？　この悪党たちの手を見ただけで、どうやって？」

「おいおいワトスン、灰色のフランネルを着た熱心な聴衆の前で、彼らに利用されるかもしれない方法を明かせと言うのかい？　実は電報が届いてね、ぼくらはすぐニューヨークへ向けて出発し、旧友のハーグリーヴと一緒に、ある重大な事件に当たらなければならない。だが、もしデューガン刑事が最後のひと仕事につきあってくださるなら、この凶悪な男に法の裁きを下すに至ったいきさつを喜んで説明するよ。刑事さん、一緒に行っていただけますか？」

「行かないわけがありませんよ！」デューガンは、事の展開にまだ畏れ入ったようすで、そう断言した。

カーヴァー街で、私たちはふたたび〈動物救済連盟〉のアナ・ハリス・スミスの応接室に通された。私はポーの小説に出てくるような真っ黒な猫と一緒にひじ掛け椅子に座った。そのかわいそうな猫は世話をしてもらえず放置されていたのだが、今では元気を取り戻していた。デューガン刑事も、同じく怠惰の見本のようなネコ科の動物とともに深紅色のソファに座った（私は、スミス夫人がその猫をむっつり屋《スタフィー》と呼ぶのを聞いた）。前回来たときも同じ場所にいた猫だ。

「ホームズさん、もう待ちきれませんよ、教えてください！」デューガン刑事があまりに熱心にせがむので、スタフィーですら興味を惹かれたらしい。スミス夫人は、好奇心に満ちた笑顔を浮かべ、脇のほうに立っていた。

「わかりました」ホームズはグリーンのケースを下に置いた。彼がふたを開けると、目の色が左右で異なる、ふわふわした薄茶と白の子猫が現れ、まわりのようすを確かめようと這い出てきた。

「この猫を知っているかい、ワトスン？」

「もちろん知っているさ。モリーじゃないか」

「私がレイヴィー医師の家から救出して、ミセス・スミスにこの手で渡した猫ですよ」とデューガン刑事が付け加える。

「はずれだ」とホームズ。

と、そのとき、薄茶と白の子猫がもう一匹、袋の中から姿を現わした。彼女はあらゆる点で、片方がブルーでもう一方がグレーの目をもつ点に至るまで、もう一匹と瓜二つだが、目の配色だけが左右逆で、右がブルーで左がグレーだった。

「なんとまあ、ホームズ！　二匹いたのか。こりゃ正真正銘のドローミオだ！」私はシェイクスピアの『間違いの喜劇』に出てくる瓜二つの双子の姿を思い浮かべた。最近、芸術好きの女友だちと一緒にロンドンのテリーズ劇場で観た作品だ。

「しかし、この二匹目の猫のどこが殺人事件と関係するんです？」デューガンが訊ねた。

「何もかもですよ、刑事さん。モリーを殺人現場から連れていったとき、あなたは何も知らずに、あそこにあった唯一の重要な手掛かりを持ち去ってしまった。ご自分でおわかりになるでしょう。ドクター・レイヴィーの家に、メアリがまだ幼い子猫を連れてきたという話を初めて聞いたとき、ぼくはすぐに、誰かが彼女にあげたプレゼントだろうと推測しました。母猫は子猫を守るもので、進んで手放したりはしない。事故や悪意に見舞われた母猫が子猫を置き去りにすることはありますが、そうした状況では、かわいそうな子猫はひと晩生きられればいいほうで、たいていは種に特有の病気にかかったり、街にいる別の動物の餌食になってしまいます。つまり、メアリの状況を考えた場合、猫を飼っていないのに健康な子猫を手に入れたのは、どこかの誰かがプレゼントしてくれたからです」

「なるほど、なるほど。その可能性は高いな」とデューガン刑事。

ホームズは話を続けた。「この二年間メアリを雇ってきたドクター・レイヴィーによると、彼女を訪ねてきた者はひとりもおらず、友人や親戚がいる気配もなかったといいます。お気づきかもしれませんが、友人や親戚がひとりもいなさそうに見える場合、実際はほぼ確実にその逆で、一見ひとりぼっちに見えるその人がなんとしてでも避けたいと思っている、極めて厄介で不愉快な友人や親戚がいるものです。ここ数週間、メアリが注意散漫になり気持ちが落ち込んでいたのは事実で、ぼくはそこから、過去に関わりがあった誰か、彼女が身を隠しているに違いない相手が帰ってくるのを、恐れていたせいじゃないかと推測しました。

猫に話を戻しますが、ぼくはそのプレゼントは、メアリにはいないはずの友人、おそらくボストンの街を歩いているときに偶然会った友人からもらったのだろうと考えました。この読みが正しいと確信したのは、モリーを手元に置いてから少し調べてみて、彼女がアンゴラとメインクーンの雑種だとわかったときです。どちらも非常に高価で血統のいい猫で、事実、ここ数年のボストン・キャットショーでも頻繁に優勝しています。ということは、モリーはボストンでも高級な地域からやってきたと考えるのが妥当なわけで、メアリが最後の数週間に使いで出掛けた場所をワトスンが書き入れてくれた地図を見て、さらに確信が深まりました。

猫をもらう前の数日間にメアリが訪ねた場所の近くを選び、ワトスン君も思い出すでしょうが、ぼくたちはレストランの窓から外を見ていました。すると、骨の髄まで上流階級といった若い女性が二人やってきて、モリーに気づき、驚いて足を止めました。モリーが、二人のことなど知らないし一度も会ったことがないといった態度をとると、彼女たちはますます驚きを深めました。ぼくは、モリーの母親が二匹以上の子猫を産んだという事実を頼りに、モリーのきょうだいのうち少なくとも何匹かの外見がモリーとそっくりであれば、彼女が近くにある家から逃げ出してきたと勘違いされるだろうと、期待したのです。

ミセス・スミスの〈思いやりクラブ〉の子供たちに、モリーが通りにつながれているあいだ、異常な関心を示す人がいれば追跡してほしいと頼んでおきました。実際にそういうことが起こり、その晩に少年たちが送ってくれた手紙によると、おしゃれな服を着た若い金持ちが二人、近くの邸宅のドアをノックし、この猫がいるのを見て——これはモリーの姉妹のミス・パフです——驚いていたそうです。ぼくの計画にとって実に幸運だったのは、この猫が期待した以上にモリーにそっくりだったことで、ぱっと見は完全に同じです。目の色だけが逆ですが、目の研究でもしていないかぎり、普通の人はまず気づかないでしょう。

ミス・パフは風通しのいい窓辺ですやすや眠っていた、と執事から聞いたその若い女性たちは、街灯の柱につながれていた子猫は自分たちの見間違いだったと納得しました。これで、誰がモリーをメアリ・アン・ピントンに与えたのかがわかったのです。

ぼくはその女性に電話をかけて——彼女は海辺の家に避暑に行っていました——左右の目の色が異なる二匹目の子猫を誰にあげましたかと訊ねました。

『かわいそうなお友だちのメアリよ』と彼女は答えました。

『失礼ですが、マダム、ぼくはよそ者でこの土地のことがわからないのですが、あなたのような上流階級の方が、メイドの友人をお持ちになるのは、よくあることなのでしょうか？』

『いいえ、ミスター・ホームズ、もちろんありませんとも。メアリ・ペインティングは、子供のころの学校友だちでした。彼女が結婚して西部へ移り住んだといううわさは、みんな耳にしておりました。メイドの服装で通りを歩いている彼女とばったり出会ったときは、かわいそうで胸が張り裂けそうでしたわ！　彼女は心ここにあらずといったようすで、なんだかびくびくしていました。うちのメイドのベッツィが、わたくしがおしゃべりをしていた女性とは職業紹介所で会ったことがある、確かここ何年かはレイヴィー先生のところで働いているはずだと申しましてね。わたくし、うちにいるかわいい子猫がそばにいれば、彼女も少しは元気になるんじゃないかと思いましたの』

『それであなたは、子猫のモリーを彼女のところに置いていらした？』

『わたくしではありませんわ、ホームズさん！　あのお医者様が住んでいらっしゃる界隈に足を踏み入れようものなら、たちまち名声に傷がついてしまいます。使用人のひとりに、メアリに渡してくるよう申しつけました。モリー（モリーはメアリの愛称）、彼女はあの猫にそう名づけたんですか？　なんだかメイドのような名前だわ。いっそ、ビディ（女中・掃除婦といった意味）とでも名づければよかったのに！』

そこから先は、モリーの元飼い主が語ってくれた話のおかげで、ドクター・レイヴィー=ペインティングの事件を解決に導く道筋は極めて明瞭になりました。住民記録を調べると、メアリ・ペインティングは五年前にジョージ・フィッツベックという男と結婚していた。その名前に、ぼくはすぐにぴんときました。先週、個人的な用事でメイン州にいたとき、そこで読んだ新聞に、大胆な脱獄のあとブランズウィックで保安官補を殺害し指名手配中の、ジョージ・シンプスンという逃亡犯のことが書いてありました。シンプスンは重婚と詐欺の罪でそこに収監されていましたが、頭のおかしいふりをして精神病院に移され、そこからまんまと脱獄を果たしたのです。盗んだ馬で逃走中、保安官の部下たちに発見されると、シンプスンは岩陰からいきなり銃を発射して保安官補の頭を吹き飛ばしました。新聞にはシンプスンの偽名がいくつか載っていて、そこにはフィッツベックも含まれていました。

若くして結婚したとき、メアリ・ペインティングははたして恋人がどういう男かを知っていたのかどうか、それは想像にまかせましょう。彼女のボストン時代の友人たちが耳にしていたうわさは本当で、メアリは夫とともに西部へ移り住みました。そこで彼の犯罪歴には、若いころには馬泥棒、のちには重婚と、華々しい逮捕の記録が刻まれることになります。夫の本当の姿に気づいたとき、あるいはほかの妻たちの存在を知ったとき、メアリはボストンへ戻り、身を隠すために別の名前——メアリ・アン・ピントンという名を名乗ります。一文無しで、おそらくボストンの家族からはとうの昔に縁を切られていた彼女は、少女時代を過ごしたビーコンヒルとは天と地ほどもかけ離れたみすぼらしい地域でメイドになり、雇い主には、一度も結婚したことはなく家族もいないと語っていた。彼女はそこで、安全に身を隠していたのです」

「フィッツベックが脱獄するまでは」と私は言った。

「そのとおりだ、ワトスン。メアリは脱獄の記事を読み、死ぬほど怯えた。われわれはドクター・レイヴィーから、ちょうどシンプスンが脱獄したころから彼女の注意力が散漫になり、気持ちもかき乱され、部屋に閉じこもりがちになったと聞きました。また、こう考えて間違いないでしょう。経歴を偽っていたせいで職を失ってしまうのを恐れ、彼女はドクター・レイヴィーに打ち明けることもできなかった。メアリは夫に見つかるのを何よりも恐れていましたが、まさにそのとおりになったわけです。どんな手を使ったのかは、あとでデューガン刑事が犯人を尋問すればわかるでしょうが、彼はメアリの所在を突き止めた。裏口から家に忍び込んだ彼は、キッチンにいるメアリを発見する。デューガン刑事が的確に傷を調べてくださいましたが、そこから判断するに、フィッツベックは一緒に逃げようと彼女を説得しようとしていたのでしょう。ところが彼女は拒み、大声を上げようとした。そこで彼はメアリの顔を手で覆って声が出せないようにしながら説得を続けたが、彼女が抵抗してもがくので、手にも自然と力が入り、口と鼻を圧迫して窒息させてしまう。ドクター・レイヴィーはいつものようにアヘンで頭が朦朧としながらも、ついに物音を聞きつけて階段を下りてきたので、フィッツベックは逃げていった。ついでに言えば、彼は自分がたった今メアリを殺したばかりだとは知りませんでした」

「驚きました、ホームズさん！　しかし、どうして犯人が刑務所にいるとわかったんです？」

デューガン刑事が訊いた。

「簡単ですよ、デューガン刑事。ぼくは、やつはまだ家の近くにいて、メアリともう一度話すチャンスをうかがっていたはずだと考えました。すると大声で警察を呼ぶ声が聞こえてきたので、彼はうろたえた。ぼくの長年の観察によれば、たとえ不屈の犯罪者でも、パニック状態になると、本能的に昔手を染めた犯罪を繰り返してしまうのです――つまり、今回の場合は馬泥棒です。ミセス・スミスからうかがっていたので、通常のボストン警察の業務に加えて、馬泥棒による悲劇を軽減する目的で、〈動物救済連盟〉がボストンの街のあちこちに秘密調査員を配置していると知っていました。そういうわけで、もし盗まれた馬がいた場合、それをたどっていけば、朝までに盗んだ犯人にたどりつく可能性もあると考えたのです。

　さて、フィッツベックは警察を充分に知り尽くしていますから、もし抵抗して逮捕されれば詳しく調べられ、指名手配中の逃亡犯だとばれてしまうとわかっていた。だが、おとなしく警察へ行き、自分の馬と間違っただけだと申し立てて偽名を告げれば、通り一遍に二、三カ月の判決を食らうだけですみます。ぼくはメイン州の警察へ電話をかけてジョージ・シンプスンの身体的特徴《ベルティヨン・メジャーメント》を教えてもらい、それからワトスンに、その特徴に合致する囚人を集めてほしいという指示を添えてあなたに届けてもらったのです」

「でもホームズさん、あなたは顔も見ずに殺人犯を当てたじゃありませんか！　とても信じられない！」

「デューガン刑事、ぼくは眼鏡がないからああしたわけじゃありません。ジョージ・フィッツベック、つまりジョージ・シンプスンがどんな顔をしているかまったく知らなかったからです。詐欺師というものは通例、身づくろいや衛生習慣をちょっと調整することで外見を変える能力に非常に長けているものです。しかし、ぼくは彼がメイン州の警察をだまして精神病院に移されたのを知っていましたから、手と腕を調べました。精神がまともじゃないと思わせたい犯罪者は、たいてい爪を嚙み切るか、手首を切って自殺を図ったかに見える傷をつけるものですが、実際にはごく表面だけの、たいしたことのない傷です。しかし、そうした傷は三、四週間たっても消えるものではありません。われわれが見つけた犯人にはその両方があり、しかも逮捕の理由は馬泥棒でした。刑務所にいたので、彼はまだ自分との再会がメアリを死に追いやったことを知らないという結論に達したぼくは、メアリの死について言及すれば、彼が犯人だというさらなる確証が得られるはずだと思い——あとは、あなたもご自分の目でごらんになったとおりです」

「ひとつだけわからない点があるんですが」私は女主人のほうを向いて言った。「ミセス・スミス、われわれがここへやってきたとき、あなたは断固として、ずっと住める新しい家に引き取られる場合を除き、猫をこの建物の外へ持ち出してはならないと言っておられました。なのに、われわれがモリーを今回の一件の小道具《アクセサリ》として使うために持ち出すのを、よくお許しになりましたね」

「私だって、現実に無頓着なわけではありませんわ」スミス夫人は率直な答えを返した。「最初の数カ月で私たちが受け取った寄付は、この団体を一年以上存続させるのに必要な金額よりも、はるかにささやかなものでした。宗教団体や慈善団体のお偉方の中には、私たちが解散すれば大喜びしそうな人たちもいます。人間の大人や子供たちが多くのお金を必要としているときに、動物の面倒を見るなどけしからんと言うのです。私たちが百ドルの寄贈を受けたらニュースになるのに、新設された図書館や美術館が一万ドル受け取っても、人々は肩をすくめるだけです。でも、そんなことは忘れましょう。ホームズさんが、無実の人間を牢獄から救い出し、殺人犯を捕まえるのにひと役買ったということで、連盟はきっと世の賞賛を浴びるとおっしゃったので、私は取引《バーゲン》に応じたんです。動物が人間を助け、人間が動物を助けることの大切さが世の人々に伝われば、私たちもいつかきっと認めてもらえるでしょう」

二匹の子猫、ミス・パフとモリーは、元気よく転げ回りながら、互いの頭を手で打ちあっていた。スミス夫人が片手に一匹ずつを抱き上げた。

「ミセス・スミス、ドクター・レイヴィーはきっと大喜びでモリーの世話をすると思いますよ。なにしろ、彼を絞首台から救ってくれたのは彼女ですからね。それに、留置所にいたおかげでアヘンの魔の手からも解放されました」とホームズ。「彼が一生懸命にモリーの世話をすることが、われわれへの唯一の報酬だということにしましょう」

女王蜂のライバル事件

The Case of the Rival Queens

キャロリン・ウィート

Carolyn Wheat

短篇『運が悪いことは起こるもの』で 1997 年のアガサ・クリスティ賞とアンソニー賞を受賞。短編『重すぎる判決』では、1997 年のマカヴィティ賞を受賞。1998 年にも短篇でシェイマス賞も受賞している。2003 年にはノンフィクション “How to Write Killer Fiction” で注目された。カリフォルニア大学などで小説講座を持っている。

ホテル・デル・コロナードの若いベルボーイは、見るからにびくびくしていた。そして何度もつばを呑みこむと、やっとのことで言葉を発した。「ミスター・スポールディングが、お時間を割いていただけるとありがたいとおっしゃっています、ホームズさま」

ホームズのむっつりとした顔には、スポールディングだろうと誰だろうと少しも時間を割くつもりはないと書いてある。「ぼくらは休暇でここに泊まっている」ホームズは無愛想に答えた。「じゃまされるのはごめんだ」

そもそもホームズは、サンディエゴに来るのをいやがっていた。伝説的なガンマン、ワイアット・アープが悪党どもと銃撃戦をくり広げたのはここの市街地ではないと知り、さらにその街にアイスクリーム店までできているとわかってからは、ずっとだった。ホームズのもつアメリカの西部のイメージは三文小説《ダイム・ノヴェル》からきているせいか、あらゆる洗練されたものが気にくわないようだった。

「ミスター・スポールディングなんですよ、お客様」ベルボーイが食い下がる。

ホームズは片眉を吊り上げた。「その名前に憶えはないな」と言うと、ゆっくり続ける。「つまり、スポールディングとやらは犯罪者ではないわけだ」

ベルボーイは驚いたように息を呑んだ。私は笑いをかみ殺しながら、ホームズの無知ぶりをさえぎった。「ホームズ、ぼくらはすでにミスター・スポールディングとは面識があるんだ。一八八九年に遠征でやってきた野球の試合を憶えていないかい？　彼はそのときの監督兼チーフ・ボウラー（ボウラーはクリケットの投手）だったよ。ぼくたちは試合のあとの歓迎会で彼に紹介されたじゃないか」

「彼はピッチャーですよ」ベルボーイは敬意をこめて言った。「スポールディングさんはシカゴ・ホワイトストッキング（現在のシカゴ・カブス）で投げていました。変化球のスポールディング・ツイスターを生み出したのは彼ですよ」私たちが何も言わないためか、ベルボーイは説明を続けた。「球が曲がるので、バッターはまったく歯が立たないんです」

「そいつはグーグリーだな（バウンドの後、打者の予想とは反対に曲がるクリケットの球種）」私はつぶやいた。「アメリカの野球のほうがクリケットよりも先だったのか。アメリカの過去をほじくりだしていくのは実に愉快だね」

「その外国のスポーツとやらをぼんやりと思い出したよ。ぼくがきみと一緒に観たというスポーツをね」ホームズはそう答えながらも、窓際の長椅子にだらりともたれたままだ。太平洋から吹いてくるさわやかな潮風がカーテンをゆらゆら揺らしている。「あれは退屈だったな」

「ミスター・スポールディングは選手として有名なだけではないんだよ」彼に会えるかもしれないという多少の期待をこめて、私は話を続けた。「スポーツで使用するあらゆるボールの製造をしていることでも有名でね。つまりサンディエゴでは裕福な名士というわけだ」

「よくわかったよ、ワトスン」ホームズは長椅子から跳ねおきた。「きみを喜ばせるには、その金持ちと会えばいいんだな」ホームズは午後の格好にふさわしい室内用の上着に着替えると、オーティス社のエレベータに乗りこんでロビーへと向かった。ホテル・デル・コロナードはヨーロッパのリゾートホテルのような最新の様式だが、ホームズはそのことにも激しい憤りをおぼえていた。実は酒場のスウィング・ドアやおがくずだらけの床を期待していたのだ。二十世紀に入って二年もたっているのだから、もちろんばかげた考えではある。

　ウェイターは板張りのロビーを抜けて、お茶を出すテラス席へ私たちを案内した。海風が吹き抜け、太平洋が見渡せる席だ。私は最初にバーに通されないのをいぶかったが、すぐにその理由がわかった。というのも、スポールディング氏は夫人を同伴していたからだ。アルバート・スポールディングはがっしりした体格でふさふさした口ひげをたくわえ、髪を真ん中で分けていた。服装は高い襟の黒いスーツに太いネクタイを結んでいる。夫人は亜麻色のレースで花綱飾りを施したラヴェンダー色の散歩服を身につけていた。二人ともまさにアメリカの身分の高い富裕階級の人間というようでたちだ。

　互いの紹介がすむと、私たちはお茶を注文した。私がスポールディングの出場していたかつての野球の試合について話をすると、彼は時おりうなずくものの、野球のことはすでに彼の心から遠く離れてしまっているようだった。

「ホームズさん」スポールディングは妻がめいめいのカップにお茶をつぐのを待って口を開いた。「私は重大なお話があってやってきました。休暇のじゃまをするつもりなどまったくありません。初めは妻の想像の産物だと思っていたのですが、今ではその話を認めずにはいられなくなりました。ブラザーフッドにまずいことが起こったのです」

「ブラザーフッド?」ホームズは私と同じようにとまどった顔で訊ねた。

　スポールディングが返事をしようと口を開きかけたとき、夫人が先に答えた。「ユニバーサル・ブラザーフッド神智学協会です」彼女はいかにも協会で説教をしているかのように声高に説明した。「アルバートと私は協会の敷地に住みこみ、そこで活動を行なっています」

　サンディエゴに神智学協会の支部があるということは、聞いていた。ホテルなどでふと耳に入ってくるようなうわさ話として、私の耳に届いたのだ。「神を恐れぬ野蛮人たちですわ」ある婦人が、ロマ岬共同体のことを話していた。「全身を白い服に包んで木の下で踊り、ギリシャ語を話すんですから」

私はうわさ話を思い返すのをやめ、スポールディング夫人のよくとおる声に注意を戻した。「ミセス・ティングリーのすばらしい運営を妨害する事件があったんです。ブラザーフッドを崩壊させ、協会の名誉を汚す、憎むべき行為です。最初に蚕《カイコ》、次にアヴォカド、最後には女王蜂までがいなくなりました」

アヴォカドがどんなものかを訊ねようとしたとき、スポールディングが口を開いた。「蚕についてのきみの考えには賛成しかねるな、エリザベス。あれは自殺だよ。だが蜂は」彼は自信たっぷりに続けた。「人生を賭けてもいいが、殺されたんだ」

私はあえてホームズの顔を見なかった。私がスポールディングと会うようにそそのかしたあげく、この頭のおかしな二人とお茶を飲むはめになったからだ。

ところが驚いたことに、ホームズの顔には興味津々の色が浮かんでいた。「ブラザーフッドとは、ソルトレイクのモルモン教のような団体ですか?」ホームズは秘密結社や謎の宗教に深い感心を示す。かつての植民地にあるそういった団体の話ともなれば、なおさらだった。

スポールディングはあわてて、協会は一夫一婦制をとっていると説明し、夫人がさらにつけ加えた。「ブラザーフッドは最終的には心の教育を目指しているのです、ホームズさん。私たちはラジャ・ヨーガ・アカデミーという学院を運営し、ミセス・ティングリーは失われた真理《ミステリーズ》の復活を目的としたカレッジを開校しようと計画しています」夫人が最後の部分を強調して言うと、ホームズは興奮を隠せずにいた。この風変わりなブラザーフッドが、銃撃戦が存在しなかったことの埋め合わせをしてくれるかもしれない。

スポールディングはさらに続けた。「ブラザーフッドは、カリフォルニアにおける近代的な農業経営の先駆けでもあるんです、ホームズさん。われわれは養蜂場も経営しています。ミツバチを使ってアヴォカドの木に受粉させる実験を行なっています。残念ながら、革新的な成長産業になろうかという過程で、われわれの実験は妨害されましたが」

「もっと詳しく話してくださいますか」ホームズはサンドウィッチを選びながら椅子にもたれて、明らかに客たちの話を楽しませてもらおうという姿勢でいる。「少年のころ、ぼくも祖父が小作をしていた農地で飛ぶ蜂をながめて過ごしましたよ。蜂は魅力的な生き物だよね、ワトスン」

蜂について私はいくつか魅力を語れるが、今までホームズからそんな話を聞いたことがなかった。彼は少年時代の話をめったにしたことがないから、彼の生い立ちを聞けるのはうれしかった。

スポールディング夫妻は、アヴォカドの実験やすばらしい養蜂場を故意に妨害しているのは協会内のある人物だと疑っていることを、交互に説明した。実験や養蜂場は蜂蜜や蜜蠟を地域で販売して相当の利益を協会にもたらしているらしい。

「あの女が蚕を殺したのに決まっているわ」夫人のエリザベスは言い張った。

「蚕は繊細な生き物なんです」夫がやわらかい口調で言った。「蚕は、枯れた桑の葉をちょっとでも食べると死にます。温度が一度下がっても、死んでしまいます。われわれはこの一帯に絹産業を誘致させる計画を失敗させるわけにはいかないのです。私には、蚕についての責任がミセス・インブラーにあるとは思えません」

「ミセス・インブラーというのが、あなたがたが疑っている女性ですか？」ホームズは訊ねた。

「彼女は養蜂の責任者です。彼女ほどアヴォカドの成長に欠かせない蜂の巣をたやすく壊せる人はいないでしょうね」

「どうして蜂の巣を壊すんですか？」私は言った。

夫人は椅子から身を乗り出して、青い瞳を見開いた。「あの女はミセス・ティングリーに取って代わろうとしているのよ。そうに決まっているわ。彼女はいつも、自分ならもっとうまく運営できると言って痛烈な批判をしています。ミセス・ティングリーに協会の方針に関する問題点をぶつけたりさえするんです」夫人は声をひそめてささやいた。「彼女が危険です、ホームズさん。こんなことを言うのは心苦しいのですが、ミセス・ティングリーの命が危ないのです」

この衝撃的な話に私は動揺していたが、ホームズは神智学徒の暮らす辺境の楽園を訪れることになりそうな展開にわくわくしているようだった。結局私たちは、翌朝出発することになった。


ホテル・デル・コロナードの展望席からは、ロマ岬のおおよその地形をながめることができた。岬は大陸から突き出た、象の鼻のように南に弧を描く半島にある。私たちのいるコロナード半島はその象の鼻の下に位置し、長く横たわる細い砂浜の先の球状になった島なのだ。ロマ岬とコロナードのあいだには、二つの半島を隔てるきらめく湾が太平洋に向けて広がっている。

コロナードからロマ岬への旅は、列車とフェリーと貸し馬車を乗り継ぐ必要があった。うねりながら続くほこりっぽい道をのろのろと進む、屋根なしの馬車に揺られて、いくつもの小屋やサボテンや広大な低木地を通り過ぎていく。その道中で御者の男が、神智学徒の村と呼ばれている〈ロマランド〉の話を聞かせてくれた。

「子供たちは親元から離され、見ず知らずの者に連れて来られるんでさ」御者は煙草で茶色くなった唾を吐きながら言う。「親がヒンズーの神を崇拝してるもんでね。だが、そいつが悪いっていていうわけじゃない」男は声をひそめる。「あそこは女たちが運営してるんだ。いっつも異教徒の尼さんみたいな紫色のローブを着ているから、〝パープル・マザー〟って呼ばれてる女にね。まったく、恥ずかしい話だ――いくら旅行者向けの人気の場所だってもな」彼は最後にヤニで汚れた歯を見せてにやりとした。そのとき、もはやこれ以上先に進めない状況にあることに私は気づいた。遠くに大型の馬車や乗合馬車が見え、がやがや騒ぐ客をぎゅうぎゅう詰めにして、入り口で列をなして待っている。

「あの何人かはキャンプ・カルナックに泊まることになんだろうな」御者はそう言って、ホテル・デル・コロナードの隣にあるような、教会が運営している天幕の設営地について教えてくれた。私はアメリカ人の創意工夫の才に感心せずにはいられなかった。彼らは安い料金で宿泊場所を用意し、旅行者がホテルと同じようにすばらしい展望や海風を楽しめるようにしているのだ。ただし、屋根の下ではなくキャンバスの下で眠るという違いはある。

馬車の列の向こうには、青い太平洋が光って見える。馬車はエジプト文字の模様を飾った堂々とした門を抜けて敷地に入った。門を入った右手には大きな白い建物がいくつか並び、色とりどりの丸屋根が明るいカリフォルニアの日射しを浴びてきらめいていた。丸屋根のひとつは紫色のタイル張りで、もうひとつは藍緑色だ。そうした屋根の上には、色のついたガラスの小さな球体がのっていた。そこはまさにおとぎの国で、私は子供のころに行ったブライトンのロイヤル・パヴィリオンを思い出した。奇抜な建物がみな海岸沿いにあるのは、どういうわけなのだろうか。

御者は門のそばでいったん馬車を停めて、スポールディング・ハウスの方向を訊ねた。すると門衛は私が予想していた聖堂のひとつを指さした。もっとも大きい建物らしく、紫色のガラスの球体をてっぺんに飾った紫色の丸屋根がある。その柱廊式の玄関のとなりの建物の外側には、螺《ら》旋《せん》階段が設えられてあった。スポールディングは私の知る中でも最も奥方に甘い夫なのに違いない、と私は思った。これほど奇妙な建物で暮らすことを妻に許す夫など、ほとんどいないからだ。

派手に手綱を引いて、御者はゼラニウムの鉢を並べてつくった渡り廊下のとなりに停めた。私は馬車から降りて、玄関をノックした。そのとき、窓の上部にラヴェンダー色のステンドグラスがはめこんであるのに気づいた。メイドは私が名乗る前に玄関を開け、私たちを迎え入れると、御者に私たちの旅行かばんを持ってくるよう命じた。

玄関の中には日射しがやわらかくさし込んでいる。大きな丸い玄関広間は紫色のガラスを透して薄いすみれ色に色づいていた。風変わりな浅浮き彫りが玄関広間の円柱に施され、ぐるりと丸屋根の立ち上がりにまで続いている。

スポールディング夫人が踊り場に姿を見せ、私たちを部屋のある階上へ手招きした。そのあとで私たちは身体や服から旅の埃を落とし、スポールディング夫人からティングリー夫人との軽い午餐に招かれた。いよいよ生身の〝パープル・マザー〟とのご対面だ。

キャサリン・ティングリーは五十代前半の、一筋縄ではいかなさそうな女性だった。身長はせいぜい五フィート二インチほどなのだが、濡れ羽色の髪、大きな濃い色の瞳、頑固そうなあご、集団の長らしいはっきりした口調がそう思わせる。服は紫色でなく、襟のつまった二重のひだ飾り付きの、青みがかった薄緑色のドレスをみごとなまでに着こなしている。私は思わず微笑んだ。というのも、私のかつての婚約者が、ひだ飾りは強い立場の雰囲気を和らげる効果があると言っていたのを思い出したのだ。それに、ティングリー夫人の精悍な率直さに女性らしさもうまく添えていると思った。ただし女性からの信頼には恵まれていないホームズが、同じ結論にいたったかどうかは定かではないが。

「お目にかかれて光栄ですわ、ホームズさん」ティングリー夫人は言った。「もちろん、あなたにもです、ワトスン先生。先生が書かれたホームズさんのめざましい探偵業の回想録を拝見しては、楽しませてもらっているんですよ」

私はその言葉に小声で謙遜の言葉を漏らした。こんな片田舎でも私の作品が読まれていることに、わずかながらに誇らしさを感じた。

ロマランドで起こっているという問題に、私たちはあえて触れなかった。するとティングリー夫人がホームズに向かって言った。「先生の冒険談から、ホームズさんが音楽に造詣が深いことも知りました。ですから、このロマ岬では音楽が何よりの娯楽として敬意をもたれていることを気にいってくださるはずです。音楽は人生の一部なのです。とらえにくい自然の力でもあるのです。まさに熱中させて魂から神の力を呼びおこさせるものなのです。そうじゃありませんこと、ホームズさん？」

そう問われて、ホームズはおだやかにうなずいている。さらに大きな関心を寄せて話に耳を傾け、ラジャ・ヨーガ・アカデミーで指導している音楽教育の指導法に尊敬の念をあらわにしていた。軽い午餐の残りを片づけてから、話はいよいよ、われわれがここに来た理由へと移っていった。ティングリー夫人は固い口調で彼女を守るためにホームズをここに招いたスポールディング夫妻に感謝を述べたものの、蜂の監督者であるグレイス・インブラーにはたいへん篤い信頼をおいているとも打ち明けた。

「実は、インブラーは明日ごちそうしてくれると約束してくれているんですよ。巣からとりたての新鮮な蜂蜜をね。本来ならば低温殺菌しなければならないんですけれど、とりたての蜜はとくに私が気に入っているので、厨房や商店に出す前に少し取りわけておいてくれるのです」

私たちは午餐の席を立ち、スポールディング夫妻に礼を述べて、半円形のテラスへと出た。急な下りの斜面にやぶが生いしげり、銀色に光る砂浜にはきらめいてうねる波が打ちよせている。

「私たちの共同体をぜひご覧になっていただきたいですわ、ホームズさん」とティングリー夫人。「知的職業としてのあなたの審美眼を養えるのではないかしら」夫人は大きな四角い建物へと歩を進めていく。遠くからは大理石に見えたが、近づくと白い化粧しっくいを施した木製の建物だった。三つの少し小さい丸屋根をのせた塔が角に立ち、周囲が三百フィートはあろうかという藍緑色の丸屋根をのせた、堂々とした建物だ。

「ここは住居《ホームステッド》と呼んでいます。私たちの本部です。小さくて丸い建物が聖堂です」まったく感銘を受けなかった聖堂はギリシャ調の柱廊が並び、アメジスト色の広い丸屋根で覆われていた。

遠くから音楽が聞こえてきたが、奇妙で耳障りな音だった。ティングリー夫人に原因を訊ねると、笑顔で答えた。「練習室からですね。生徒たちがいっせいに練習をしていますが、みな同じ楽譜というわけではないものですから。あれは訓練の一環で、友人たちから気をそらされずに曲を演奏するという手法なんです」

私はホームズのようすをちらっと見た。眉間がかすかに寄っていて、不快な音のせいでとまどっている表情がうかがえた。こんなにめちゃくちゃに演奏しているのは、いったいどんな曲なのだろう？

幼い子や少し年長の子も混じった子供たちが、私たちのそばを通りすぎていった。幼い子はきちんと整列して歩いていき、教師と思われる大人が付き添っている。子供たちはどこの学生でも着ているような制服姿だった。生徒がトーガやサリーなど異国風の服装でなかったのを見て、私はどこかがっかりしている自分に気づいた。

制服が平凡であることを取りつくろってか、ティングリー夫人は幼い生徒たちを〈ハスのつぼみ〉《ロータス・バッド》と呼んでいた。それを聞いたホームズは、薄い唇を上げて苦笑している。屋根がマッシュルームの笠に似た小さな円形の建物は〈ロータス・ハウス〉と言い、子供たちが暮らしているのだと教えられた。子供たちは親元から離れて暮らし、週末になると家に帰るのだという。私は六歳のときに家から数百マイルも離れた寄宿学校に入れられて子供時代を過ごしたので、英国の伝統よりは思いやりがあることに深く心を打たれていた。

西側へ歩いていくと、ひっそりと天幕の設営地があった。そのあたりは小高く、やぶで覆われた深い渓谷が海に面している。遠くに白い小さな箱と、特に飾りたてていない大きなしっくい塗りの建物が見えた。私の隣でホームズが指さした。「あれがおそらく養蜂場だろう」

「ここでは営利が目的で行なっているものはありません」私たちが断崖に沿って歩いていると、ティングリー夫人は続けた。「この蜂の農場は蜂蜜をとるだけが目的ではありません。すばらしい感動ももたらしてくれるのです。蜂は人間たちに協力と勤勉についての美徳をあますところなく教えてくれるんですから」

夫人は不意に立ちどまった。「ここが私の住まいです。いくつか手紙を書かなくてなりませんので、あとはミセス・インブラーとお話しになってください。この道ぞいに進んで行かれると劇場の前に出ますわ」

私は思わず目を見張った。というのも、ティングリー夫人は誇らしそうにこう言ったからだ。

「この新天地にギリシャの野外劇場を初めて建てたんですのよ、ワトスン先生」

ただの劇場じゃなく、ギリシャの野外劇場だって！　斜面に木製のベンチをこしらえ、小さく平らな地面を舞台として設えてあるのに、私は目を凝らした。アメリカ先住民《レッド・インディアン》が座席を埋めつくしている古代ギリシャの野外劇場の光景には、感激するほかないではないか。

ホームズと私はティングリー夫人に別れを告げ、彼女がスポールディングの豪邸よりははるかに品のいい家に入っていく姿を見送った。それから丘を下り、白い箱が整然と並んでいるほうへ向かって、ティングリー夫人の命を狙っているかもしれないし、そうでないかもしれない女性に会いに行った。

近づいていくにつれて、周囲の空気の甘さがしだいに濃くなってきた。ホームズは「ここが蜂蜜の家に違いない」と言うと、足を踏み出して扉をノックした。

強烈な日射しで顔と腕を日焼けしたたくましい女性が、インブラー夫人だった。少しだけ扉を開けて、私たちをじっと見つめている。取り乱しているのか、とりわけ歓迎しているようすもない。だが、ホームズがティングリーという魔法の名前を口にすると、すぐ中へ招き入れてくれた。みずから気分を奮いたたせているかのような口調で、温めたナイフで蜜蠟をはがし取る過程を私たちに見せたあと、蜂蜜をしぼって、テーブルの下にある缶に流し入れた。熱で溶けた蠟から蜂蜜が分離しているが、まだ蜜の中にはつぶ状のものが混じっている。夫人が以前にもこの手順を披露したことがあるのは明らかだったが、早くこれを打ち切って、私たちを送り出したいと思っているのもありありとわかった。

「これから巣を開けて、女王蜂の幼虫の発育を確かめます。女王蜂の監視の仕事は、蜂を養殖するうえで最も骨の折れる作業なんです」夫人の声には、ひとりでこの仕事にかかりたいという思いがにじんでいる。

「養蜂は文学的な精神を養うといいますね」ホームズが話しかけた。「学生のときにウェルギリウスの『農耕詩』の四巻目で蜂のことを読んだのを覚えています」

薄い唇に浮かんだ笑みが、日焼けした顔に魅力をそえた。「ホームズさん、蜂を飼える人というのは、いません。蜂は私たちが用意した巣にしぶしぶ住んでいて、蜂蜜を盗むのを許してくれています。だからといって、飼い慣らされているのとはわけが違うのです。それに、あなたのおっしゃるウェルギリウスはひどいものですよ。巣の中に王や戦士がいると書いているんですから。女王蜂は巣に掟をつくっています。それに働き蜂はすべてメスですからね」

夫人は私たちの存在を認めるようになったようだ。彼女は養蜂用のヴェールが付いた帽子のひとつに手をのばした。扉のそばの木製の掛けくぎに引っかけてあったものだ。その帽子をかぶり、あとの二つをホームズと私によこした。帽子をかぶると、網の部分が胸まであり、守ってくれる。インブラー夫人は肘まで届く厚手の手袋をさらに防具として身に着けた。それと突き出た円錐形の、端にふいごのついた奇妙な形のふた付きの缶を手にした。円錐からは煙が出ている。もう片方には長い長方形の鉄板を持った。

「一緒にいらしてください」夫人はきびきび言うと、扉を開けた。

私たちは蜂蜜の家の薄暗がりから日射しの下へ出た。ヴェール越しの狭い景色が紗を透したときのように目に飛び込んでくる。あたかも薄い霧がロマ岬を覆っているかのようだ。どちらかというと、カリフォルニアの日射しを浴びた強い景色よりこのやわらかなながめのほうが私は好みだった。インブラー夫人は整然と並ぶ白く塗られた箱に近づいていった。渓谷の底におさまっていて、水際からおよそ五十フィートのあたりにある。私たちが巣箱に近づくにつれて、ブンブンという音が大きくなってきた。その音は非現実的で、喩《たと》えるものをすぐには思いつけなかった。テムズ川の霧笛ほど大きく、トラの吠える声や荒れくるう群衆の怒声ほど脅威的だ。私の後頭部の髪は逆立ち、原始的な恐怖を感じて衝撃を受けていた。

私は立ち止まった。「このまま先に進んでも安全ですか?」臆病に聞こえないようにと願ったが、巣を取り囲んでいる小さな無数の働き蜂たちに刺されるのもごめんだった。

「安全とは言いかねます」夫人は答えた。厚いヴェール越しで見えなかったが、笑っているのがわかった。「蜂は巣と女王を守って死ぬ覚悟があります。人間を敵だと思っているんです。彼らの蜂蜜を奪いますからね。蜂は正しいんですよ。人間が蜂の世話をし、蜂蜜を奪う。これが蜂の養殖の残酷な現実です」

ホームズはブンブンという音のする巣へ近づいている。あちこち飛び回る働き蜂に大いに興味を引かれたようだ。何匹かの蜂がこぜりあいのような動きを見せている。蜂に関係のある人間に対してもだ。蜂はブンブン音をたてながら、針を刺そうとしたり、牽制したりしている。まるで襲撃から守ろうとする守備隊のようだ。私がもうけっこうですと訴えると、夫人は言った。「大丈夫ですよ、ワトスン先生。この蜂たちは巣から蜂蜜を奪おうとする侵入者を襲うだけですから」

「どうやって蜂たちは侵入者を見分けるんですか?　どの巣箱にもたくさんの蜂がいるでしょうに」

「いちばん多い時期には、五万匹はいます。蜂は人の臭いをかぎ分けられるのです。嗅覚器官はないのですが、判別することが可能なんです」

巣箱は三つに区分けされた背の高い長方形の箱だった。蜂は底のほうの隙間から出入りをしている。インブラー夫人は、一段目は蜂蜜を貯えておく場所だと説明した。二段目はそこに蜂が花粉を保存しておき、それで幼虫を育てているのだという。そして一番下では女王が暮らし、卵を産んでいるのだ。

「ひとつの巣箱には一匹の女王しかいません。繁殖能力のある唯一のメスなのです。数匹のオスもいて女王と交尾をしますが、繁殖期が終わるともうそこにいる必要がありませんから、巣箱から追い払われるのです」

「残酷な社会だな」ホームズはつぶやいた。

「自然界とは残酷なものですよ」夫人は答える。「環境に適応したものだけしか生き残れないのですから」

巣箱へインブラー夫人が近づいていく。私はふた付きの缶をどうやって使うのかが気になっていたので、見守っていた。彼女はふいごに力をくわえ、円錐のてっぺんから煙を出した。煙で巣箱をぐるっと取りかこむと、たくさんの蜂が巣の中に飛びこんでいった。

「巣の中が火事になったと蜂は勘違いしたんです。だから彼女たちの大切な宝物である蜂蜜を守りに行きました。たくさん蜜を飲みこみ、また外に出てきます。そして蜜のつまった蜂は、身体が重すぎて人に抵抗することができなくなるというわけです」

私はホームズの表情をちらりと見た。ヴェールに隠れて表情は読みとれなかったが、きっといまは亡きアイリーン・アドラーのことを思い出しているに違いない。ホームズが家から煙でいぶり出した女性で、もっとも彼の感情をかきたてられた人だ。

インブラー夫人が巣箱の裏側に歩いていくので、私たちもあとに続いた。「蜂の飛び出すほうをふさがないでください」彼女は忠告した。「うしろはいつも開けてあるのです」夫人は煙の装置を準備して、それを持ち上げた。それから巣箱の一段目に装置を突っ込み、動かした。蜂が箱のいちばん下から出てきたが、まだ中にもたくさん残っていて、もがいたりぶつかったりしている。夫人は巣箱のいちばん上を持ち上げ、地面に置いた。中では黄金色の蜂蜜が日射しを受けてきらめき、六角柱の無数の巣穴からしたたっている。

私の隣にいたホームズは平然としているようだったが、しだいに興奮に震えているのがわかった。「大都会のようだな。まるでロンドンのような複雑な都会だ。労働力や規律の体系や生産力があるところがそっくりじゃないか。教えてほしい」彼は熱心さをにじませて言った。「どうやって蜂どうしは会話をするんですか? するべきことや、行くべきところをどうやって知るんです?」

「あなたは重大な謎を指摘されましたよ、ホームズさん。誰も蜂の行動を知ろうとはしないものです。私の知るかぎりでは、蜂はほかの蜂にとても複雑な伝達方法を使っています。いずれにしろ、女王蜂がその伝達網の中心にいます。女王の命令は五マイル離れていても届くのです。けれども、どのようにして届けられるのかは、まだ科学的に解明されていません」

話しながらインブラー夫人は二段目を持ち上げ、地面に置いた。たくさんの蜂がぶつかりあって、巣の蜜蠟の巣穴の中でもがいている。何匹かが私のほうに飛んできた。腕を振りあげて追い払おうとしたが、ヴェールで守られていることに気づいて顔が赤らんだ。

夫人は私たちの注意を三段目の箱に向けさせた。「これは出産のための部屋です」彼女がそう告げると、ホームズは身を乗り出して近くで見ようとした。私は彼を押さないように気をつけて、何歩かあとずさった。

「米の粒みたいだ。あれが幼虫ですか?」

「そうです。あれが働き蜂かオスに成長します。そして変態の時期になると巣穴にもぐるのです」

「どれが女王蜂ですか?」私は訊ねた。

驚いたことに、答えたのはホームズだった。箱の中の奥のほうを指さして言う。「あそこだ。女王はほかとくらべて大きいし、背中に三本の黒い線が入っているよ」

「どうやってわかったんだい？　蜂はどれも同じに見えるけれど」

「要はほかとちがうものを見分けるんだよ。一匹だけでいるのが女王というわけではないんだ。だが、確かにほかとは違うのがわかる。ただ大きいだけでなく、意志が感じられるね。それに、ほかの蜂が彼女を護衛するかのように囲んでいるから。女王は型にはまっていないよ」

インブラー夫人の言葉には敬意がこめられていた。「蜂の専門家の素質をお持ちですね、ホームズさん」彼女は巣板のふさがった巣穴のあたりを指さしている。それはスズメバチの小さい巣のようにふくらんだものだった。

「あれは新しい女王が孵化させようとしている場所です。ロイヤルゼリーという栄養分で幼虫を育てます。巣箱には何匹も幼虫がいますが、女王は一匹が死ぬと新しい女王が誕生するのです。最初に孵化したものがすぐにライバルになる蜂を殺してしまいます。そうして、ひとつの巣箱には女王が一匹だけとなるんです」

この陰惨な話に、その場を離れたくなった私は、アヴォカド園の場所を訪ねることにした。そこは巣箱の場所から離れた、暑くてほこりっぽい場所にあった。つやのある木々のところにたどり着くまでにすっかり汗だくになり、私はいまだにこの信じがたい場所にやってきたのが正しかったのかわからずにいたが、ホームズは楽しんでいるようだった。

アヴォカドはワニナシとも呼ばれ、カリフォルニアの気候にとりわけ合っていると私は思った。その木は大きく、太い枝が何本にも分かれていて、濃い緑色の葉は強い日射しの日よけにもなる。小さな庭師の姿がアヴォカド園の端に見えた。私たちが近づくと、扉が開いて、赤褐色の髪とひげの小柄だががっしりした男が現われ、ジョナス・インブラーだと名乗った。

私は思わずびっくりしたような表情をしてしまったので、さっきインブラー夫人と会ってきたばかりだからだと、あわてて弁明した。相手も説明してくれた。「私の妻です。私たちはここへ来るまえにアルプスで小さいながらも養蜂場を経営していました。ところがミセス・ティングリーが養蜂は女性の仕事だと思いこんでいるので、妻が蜂の世話をしているあいだ、私はアヴォカドを育てているというわけです」

ホームズは率直に言った。「アヴォカドの受粉で少し残念なことがあったと聞いていますが」

アヴォカド園と渓谷を見渡せる断崖のあいだにある巣箱のほうを、インブラーは身振りで示した。「蜂で受粉するほうが、どんな園芸家の手でするよりもうまくできるでしょうね」

「どういうことですか?」

「女王蜂が死んだんです」インブラーはそっけなく言った。「女王が死ぬとほかの蜂はがっかりして、舵のきかない船のようにふるまうんですよ。あてもなくね」

「もう受粉はできませんね」とホームズ。「幼虫がいなければ、花粉は必要ない。幼虫は花粉を餌にしていますから」

インブラーはうなずいた。「蜂にお詳しいですね、ホームズさん。巣箱にとって女王はかけがえのないもので、女王は蜂たちの生きがいなんです。群れの行動にとっての希望の光ですよ。私たちにとってのミセス・ティングリーのようにね」ウインクをしながら彼はしめくくった。あたかも、それできわどい冗談がやわらぐかのように。

私は、大きな蜂の巣の中に座っているキャサリン・ティングリーの姿を思い浮かべた。そのまわりを蜂がブンブンと飛びかっている。自分でも予想していなかった思いつきだ。いまだに平和な土地を見守り、白い服を着た生徒たちがあちこち歩き回るのを思い出すと、インブラー夫人の話を確認せずにはいられなかった。女王蜂がいなければ巣箱はおしまいだろう。だが、ティングリー夫人がいなくなったら、ロマランドの善良な人たちにとってはどうなのだろうか?とはいえ、そういったことが起こるという保証はまったくないのだ。死んだ女王蜂とティングリー夫人が亡くなることはまったく別物なのだから。

翌日、私はスポールディングから一緒にゴルフをしないかと誘われた。小高い砂漠のようながめを目にした私は、スコットランドのスポーツにはまったくふさわしくなさそうな場所に面食らった。しかし、専用のコースには挑戦のしがいがありそうなので、今まで経験したどんなところよりも興味を抱けた。ホームズはやってくればいいと私に勧めながら、自分はもっと有意義に一日を過ごすとほのめかした。むしろ、かなりつまらなさそうだったが。

九ホールあるゴルフ場は、共同体の東側の端に位置していた。エメラルド色の芝の生えたグリーンはよく手入れされ、しっかり水がまかれて、ヨーロッパのゴルフ場にあるどこのラフよりも荒れたラフの真ん中にあった。コースをはずれたボールはサボテンの裏に入ったり、渓谷を転がり落ちたり、低木の曲がった枝に引っかかったりする。その枝は狭いグリーンにうまくのせようとする者のボールを、わざとそらそうとしているかのようだ。ただ、ゴルフ自体はとても楽しかった。ホームズが蜂から離れさせてくれたことを自分の選んだ幸運の星に感謝した。

ゲームが終わると、スポールディングに礼を述べて、ホームズを捜しまわった。整然と並ぶ蜂の巣箱から双眼鏡で追っていくと、アヴォカド園のところで彼を見つけた。空と海の濃い青と、白い建物に反射する強い日射しで目が痛い。

すると不意にホームズが向きを変えて、スポールディング・ハウスに向かって走り出した。私はあわてて彼を追い、玄関ポーチに着いたところで彼に追いついた。私も玄関を抜けて、キッチンに入った。ホームズは木のボウルを手にとると、小麦粉の袋を開け、ボウルのまわりに粉を飛び散らかせながら入れた。それから食品庫を開け、ロマランドのラベルのついた蜂蜜の瓶を取り出して、ボウルの中へスプーンでひとさじすくって入れた。

「さあ、ワトスン」彼の目は、獲物を追跡するとき特有の熱を帯びている。「女殺人犯《マーダレス》を突きとめよう」

とまどいを隠せないまま、私はホームズについていった。彼は手にボウルを持って、巣箱とは反対のほうにあるノース・ハウスへ大股で歩いていく。青いアガパンサスの花壇に着くと、花のそばの地面にボウルをおいて、私に少し離れているように目で合図をした。ようすを見守っているうちに、蜂がボウルに飛んできて、黄金色の蜂蜜のかたまりの上に止まった。

一匹の蜂は腹を満たすと、花壇の花の一本に止まった。しばらくそこにいたかと思うと動き出し、隣の花に飛んでいって蜜を吸っている。

ホームズの顔には今まで見たことのない表情が浮かんでいた。過去の経験からすると、興奮を抑えているときの顔つきだが、目にはある光が輝いている。私は若いころのホームズが祖父の領地で蜂の研究をしていたという光景をちらっと思い浮かべた。科学好きな子供が科学好きな大人になるのは当然のことだ。

私たちは十分ほど、蜂が行ったり来たりするさまをながめていた。やがてホームズは低木に近づいて身をかがめ、花にとまっている蜂をじっくり観察しだした。私もそばによって目をこらすと、下のほうの白くなっているものが何だかわかった。小麦粉だ！　ここにいるのはホームズの持っていたボウルから蜂蜜をつまみ食いした蜂だった。たくさんの蜜を腹に入れて巣箱に戻り、さらにこの花からも飲もうとしているのだろうか？　ホームズはその動きを観察して何を探ろうとしているのだろう?

小麦粉をつけた蜂はその花にも飽きて、ロータス・ハウスのそばにある巣穴にジグザグに飛んでいった。ホームズもボウルをつかんで花壇の東の四フィートあたりのところへ歩いていった。ボウルを持って移動するたびに、私たちは東側にあるロマ岬の養蜂場からどんどん離れていった。近づいてみると、今や白い小麦粉の靴下をはいた蜂が何匹も飛んでいた。

蜂を追っていく作業は時間がかかることがわかった。私たちは小麦粉をつけた蜂が罠に戻ってくるのを待った。ホームズは蜂がほかの蜂に食べさせるためにボウルの蜂蜜を運ぶのを見て、ほくそ笑んでいる。ついに私たちは開墾してあるロマランドの端にまで来てしまい、その土地の端にある荒れた雑木林に足を踏み入れることになった。海からロマ岬の突き出た象の鼻にあたる陸地へと向っているのだ。ホームズのあとをとぼとぼと歩きながら、私の頭の中にはたくさんの疑問が飛びかっていた。遠くでピンク色に見えたものがみごとなシャクナゲの低木だとわかり、ピンクの花と濃い色の葉が午後の強い日射しに光っている光景を見ると、私は驚いた。私たちのまわりは雑木林なのだ。この花に水やりをしに来ている人がいる——誰が、なぜ? ここから見える場所に住まいはなかった。

不意にホームズが低木めがけて走り出した。まるでモリアーティ教授を見つけたかのような勢いだ。私も息を切らしながら、友人の脇を走った。足を進めるごとに痛みがひどくなっていく。この日の暑さと英国製のツイードのズボンのせいで、額からは汗が大量に流れてくる。

「こんなにひどく急ぐ必要はなかったんじゃないかい」やっとのことで私が口がきけたときには、疲れ切った足をひきずっていた。

ホームズはゆっくりと歩いていたが、足取りは軽やかだった。「急ぐ必要性については、ぼくが探しているものがわかるまではなんとも言えなくてね」

「何を――」私は息を切らしながら訊いた。「探しているんだい？」

「蜂の巣だよ」彼はやぶの壁に手を突っ込みながら答えた。ピンクの花のまわりにブンブンと群がっている無数の蜂には、気にもとめていない。

「それにしたってホームズ、ぼくたちは巣箱の場所を知っているじゃないか」私は白い箱が並んでいる、二マイルばかり西を身振りで示した。

たくさんの実をつけた枝を脇へ払ったとき、一匹の蜂が私の顔の前をブンブンと飛びまわった。蜂を払ったとき、見当違いなことを言ったのに気づいた。「わかったよ。きみはここには自然な巣があると言いたいんだね」

にやにや笑いがホームズの答えだった。「この巣は自然じゃないんだよ、ワトスン。もしくはこの木のまわりに置かれているものがね」

花はすばらしかった。ピンクの色合いは薄いものから濃いものまでにおよんでいて、濃い葉のついた枝からは大きな花がたくさん咲いていた。シャクナゲは春に咲く花としても知られていて

――


「キョウチクトウだな」私はそう言ってから、目を見開いた。ホームズが急いだ理由がわかったからだ。「人間には猛毒な植物の一種だ」

「そのとおり」ホームズは生いしげった木立の中で私の前方から言った。彼の声と足音を追って、太い枝と興奮してむらがっている蜂のあいだを縫って進む。

「ほう」ホームズが声をあげる。「急ぐんだ、ワトスン」

私は残りの枝を払いのけると、小さな空き地を見つけた。その真ん中には大きな空洞のある木

の幹があり、周囲には昆虫がブンブン飛んでいる。

「キョウチクトウの蜜からとれた蜂蜜は、その植物とおなじくらい毒性があるだろう。この有毒な巣の飼い主は蜂にこの巣でキョウチクトウの蜜を食べさせていたに違いない」

ホームズは木の幹に二歩近づいた。私は逆に二歩離れた。ミツバチは彼女らのまっただ中に見知らぬ者がいることですでに興奮し、大きく威嚇するようにブンブン音をたてている。不意にちくりという痛みを感じて、とっさに首を叩いた。「刺された!」私は叫んだ。

「ぼくも何度も刺されているよ」とホームズ。「養蜂家にとっては職業的な危険要素だね」

ホームズは巣にじりじり近づいていく。危険を感じた蜂は、巣とホームズのまわりに群がりだした。まもなく彼は、怒ってブンブン音をたてている蜂たちに包囲された。

あちこちに蜂がいた。空洞になっている木の幹の中にもいる。勇気を振りしぼって、ホームズは巣まで這っていき、中をのぞいた。彼は蜂から顔をハンカチーフで守ろうとしたが、針から防ぐにはまったく効果がなさそうだった。

ホームズは顔を上げたが、その表情を見て私はぞっとした。「巣板がなくなっている。なくなる暇はなかったのに」

すぐに私は理解した。ティングリー夫人は巣箱からとった蜂蜜をじかに楽しむと言っていた。彼女はこの瞬間に致命的なごちそうを口にしているかもしれないのだ。

私たちは何度も蜂に刺されながら、キョウチクトウの雑木林から駆け出してなんとか敷地の中心に戻った。

ロマランドの中にたどり着くと、ホームズは最初に出会った本を抱えている若い女性に訊ねた。「ティングリー夫人は今どこにいますか?」

「お住まいでお茶を飲んでいるころだと思いますよ」

ティングリー夫人の質素な家に着いたときには、二人ともすっかり息を切らしていた。ホームズが扉を叩きあけ、休憩室に駆けこむ。ティングリー夫人はスポールディング夫妻と裏手のポーチのテーブルに座っていた。

彼女の前には、蜂蜜がしたたるような巣板が皿にのせて置いてある。夫人がスプーンを持って巣穴に差しこもうとする寸前に、ホームズは皿を叩き落とした。

ティングリー夫人は目をまるくした。「どういうことですか、ホームズさん？　私はこのごちそうを楽しみにしていたのに」

「これがあなたにとって最後のごちそうになるところでした、ティングリーさん。この巣板はミセス・インブラーが世話をしている巣箱からのものではありません。キョウチクトウの雑木林の中に隠してあった巣からとったものです。この蜂蜜は毒がありますよ」

「やっぱりね！」エリザベス・スポールディングが声を上げる。彼女の皿にはパンとジャムだけで、蜂蜜がなかった。「ホームズさんにここへ来てもらった甲斐があったわ。彼はおこがましい養蜂家からあなたを救ったんですよ」

「それにしても、この蜂蜜で本当に人を殺せるんですか、ホームズさん？」ティングリー夫人はもうすぐ口に入れるところだったのを面白がっているように訊ねた。

「どんな植物の蜜を蜂が食べると蜂蜜で中毒になるかは、あまり知られていません」とホームズ。「ギリシャやニュージーランドでは事件になっています。もちろん、その中毒は事故で起こったものですがね。蜂の習性を詳しく知っている人物なら、有毒の花を巣で食べさせるのは簡単ですよ。今回のようにジョナス・インブラーでしたら」

私は唖然とした。スポールディング夫人もあえぎながら訊ねた。「ジョナス・インブラーですって？　ミセス・ティングリーにいなくなってもらいたいのは、夫人のグレイスのほうでしょう？」

「いいえ、あなたのミセス・インブラーへの疑惑は、的はずれです。彼女はキョウチクトウの雑木林に有毒の巣を作ることはできません。彼女の夫なら養蜂家としての技術も持っていますがね」

「ホームズ、きみははっきりと言っていたよね。女殺人犯《マーダレス》をつかまえると。ぼくをだましたのかい？」

ホームズは笑みを浮かべた。「ぼくは蜂に注目していたんだ。働き蜂は女性で、彼女たちが蜂蜜を作る。そのために働き蜂は殺害もする。それは証明されるべきことだ」

「でも、どうしてです？」アルバート・スポールディングが訊ねた。「インブラーは協会にまったく興味をみせていません。ブラザーフッドの長になりたがってもいないし。どんな動機があってティングリー夫人を殺そうとしているんです？」

私はすぐに答えがわかり、ホームズが答えようとするより先に言葉を発した。「すべての夫があなたのように寛大ではないんですよ、スポールディングさん。あなたはロマ岬で暮らすことに満足していますね。奥方がこの共同体の一部であるからです。あなたご自身もゴルフや市民活動に忙しいし、楽しんでらっしゃる。でもジョナス・インブラーに会ったときにわかりましたよ。あなたとの違いが。彼は女性の規律に従うことにいらいらしていました。妻がブラザーフッドに傾倒していることや、養蜂の責任者であることをいやがっているんです」

ホームズがうなずいて、話を引き取った。「蜂はアヴォカドに受粉させるのを失敗しました。女王蜂がいなくなったからです。女王がいなくては蜂たちは生き残れません。ジョナス・インブラーが女王を持ち出し、キョウチクトウの林で有毒の巣をつくりだしたため、女王がここにはいなくなったんです。受粉の実験の妨害工作は、ティングリー夫人を殺害するという大きなたくらみの副産物にすぎません。彼女がいなければ、ここの社会は崩壊し、奥方がロマランドを離れるだろうと思ったんでしょうね」

「殺人を犯すには奇妙な手段ですね、ホームズさん」とティングリー夫人。「ほかの人を殺そうとする人は、もっとわかりやすい方法を選ぶんじゃないんですか。有毒な蜂蜜はずいぶん遠回りのようですけれど」

「そうです、遠回りです」ホームズは微笑を浮かべた。「ジョナス・インブラーについては例外で、詩的に人を見ているという美点がありましてね。彼はティングリーさん、あなたをロマランドの女王蜂と見なしていました。そのせいでもう一匹の女王蜂にもふさわしい死が必要だと考えたんでしょう」

スポールディング夫人の顔には怪訝な表情がまだ残っていた。「どうしてミセス・インブラーは夫の共犯者でないと言えるんですか?」

ホームズは首を振った。「ミセス・インブラーが夫の行動を知らなかったのは確かです。彼女に殺人はできません。ほとんどの人にもそう言えます。それに、彼女は蜂を武器にすることは決してないでしょう。蜂に対して強すぎるほどの尊敬の念を抱いてますから。あたかも――」彼は私に向かって続けた。「ミセス・ハドスンがぼくたちの朝食のポリッジに毒を盛らないようにだよね」

私はよく考えもしないで、すぐにうなずいた。スポールディング夫人はまだ納得がいっていなさそうだったが、ティングリー夫人は納得してうなずいた。

「気持ちは目に見えませんからね、ホームズさん」ティングリー夫人は言いつのった。「すべての行動にそれは表われるものです。ミセス・インブラーは秩序と平静に専念して気持ちを私に見せています。蜂の献身的な世話は彼女の性格が表われているのです」

私たちは、スポールディング夫妻のもとにもうひと晩滞在してからホテル・デル・コロナードに戻ることにした。そこでの最後の晩は、魔法にかかったかのようだった。夕日が太平洋に沈み、ロマランドのガラスの球体が少しずつ暗くなっていく中で、すばらしい楽団が優美に音楽を奏でていた。

ホームズの顔を盗み見ると、彼は演奏に酔いしれていた。私は彼が子供だったころの姿を垣間見た気がした。背の高い、やせっぽちで十二歳くらいの少年があごにヴァイオリンをはさみ、弓を横に引いている姿を。

失われたスリー・クォーターズの事件

The Adventure of the Missing Three Quarters

ジョン・L・ブリーン

Jon L. Breen

長篇ミステリ8冊のほか、約100作の短篇を書いてきた。評論ではMWA賞を2度受賞している。編者としてアンソロジーも出しているほか、雑誌《エラリー・クイーンズ・ミステリ・マガジン》と《ミステリ・シーン》では、連載書評を担当。邦訳では『三冠馬』や『巨匠を笑え』などが知られる。

私はアメリカ駐在のフリーの通信員となって、英国の新聞数紙相手に記者づらをしているが、ある有名人のシカゴ到着の場に居合わせたのは、ふだんの行ないとは大きくかけ離れたことだった。つまり、一九〇七年秋の昼下がりに、ウェスト・ハリスン街のグランド・セントラル駅に降り立つシャーロック・ホームズと思いがけなくも出くわしたのは、まったくの偶然だったのだ。彼のことは何年も前から知っているが、ふたたび会えた喜びに加えて私が胸に抱いたのは、独占記事を手にしたら英国新聞界の大物連中をうならせられるという期待だった。

「どうも、ミスター・ホームズ。私はクライヴ・アーミテージといいます。以前に――」

「よく覚えていますよ、アーミテージ君。同郷の仲間に会えて、うれしいです。すっかりアメリカ風になられたようですね」

「確かに、こちらに来て何年にもなりますし、言葉もアメリカ訛りになってきていると言われることもありますが、自分ではよくわかりません。私がアメリカ風になっていると、どうしてお思いに?」

「それは、あなたのネクタイピンとカフスボタンが、どこかの野球チームを応援していることを示していますし、ステッキの柄が立派なハクトウワシになっているからです。それに、あなたはガムを嚙んでいるようですが、ぼくの経験から言って、その習慣は英国のジャーナリストのあいだには、まだ入ってきていません」

「チューインガムのリグレー社の特集記事を手掛けた際に、代表の方が試供品をくれたんです」

私は言いわけでもするような口ぶりで答えた。「リグレー社はシカゴを代表する成長企業でして、今にここの製品は世界中に広まることになると、私は確信しています。ですから、どうぞお見知りおきを」それから、遅まきながらせりふを思い出した役者のように、大きな声で続けた。「衰え知らずの能力を拝見できて、光栄です」

説明をされると、ホームズの推理はそれほど驚くべきものでもない。とはいえ、特ダネを得るためなら平気で人をおだてるところが私にもあった。「アメリカに来たとき、あなたの活躍が載った《ストランド》誌を読めなくなるのがつらいと思ったんですが、《コリアーズ・ウィークリー》がその代わりになってくれています。ただ、あなたは引退なさったと聞いた気がするのですが？

サセックス州で養蜂か何かをされていると」

「そんなところです」

「ワトスン先生は、どうされておいでで？」

「それが、彼が再婚してからというもの、ほとんど会っていないのですよ」

ここでようやく、私は言わずもがなの問いを口にした。「アメリカへいらした理由は？」

その答えは、満足できるものではなかった。「実は、お話しするには微妙な問題でしてね。いつの日にか全貌が語られればいいとは思うのですが。ですからとりあえずぼくのことは、帰国前にこの元気な若い街を見て回りたいと思っている一介の旅行者と、考えていただきたい。ぼくが来ていることは公にしたくないばかりか、絶対に伏せておきたいのです」

「でも、ある程度の探偵業は、現在も続けられていると？」

「ごくたまにですがね。本当に風変わりな内容を伴った事件には、抗いがたいものがあります」

思い切って私がシカゴの街の案内役になりましょうかと申し出たところ、ホームズは快く受け入れてくれた。それからの数日間、私たちはストックヤード（食肉処理場への積み出し前の一時置き場）を見学し（臭いも嗅ぎ）、ケイト・オリアリーが飼っていた牛がランタンを蹴飛ばして一八七一年の大火の火元となったデ・コーヴェン通りを訪れ、ルッカリー・ビルやシラー・ビルといった高層建築物の傑作をながめ、高架《エ》鉄道《ル》に乗り、シカゴ美術館のすばらしい収蔵品に目を見張り、シカゴ管弦楽団によるコンサートを鑑賞し、世界各国からの移民によってもたらされたさまざまな料理を味わった。三日目の午前中に、私はシカゴで一八九三年に開催された世界コロンビア博覧会の会場を訪れることを提案し、その際に友人に会っていただけないかと、さりげなく訊ねてみた。

「お世話になりっぱなしですから、断れませんね」と、ホームズ。「ただ、あなたのご友人も分別の持ち主であると、信用していいのでしょうね?」

「もちろんです。面白い人物で、スポーツ関係のコーチをしています。七年前に、私がオリンピックの取材でフランスへ行ったときに知り合ったんですが、確固たる道義心の持ち主でしてね」

「確固たる道義心を持っているかどうかは、試練にさらされて初めて明らかになるものですよ」

「それでしたら、彼は試練にさらされたと言えます。彼はコーチとしてオリンピックに選手を連れて行く予定でしたが、どの競技の決勝も日曜日に行なわれると知って、遠征をキャンセルすることにしました。するとパリから電報が届いて、フランス側が決勝を平日に変更したというのです。そこで彼も、選手を連れて行きました。ところが現地に着いてみると、元の予定のままであることが判明したんです。彼は現地から選手を引き上げさせましたよ。アメリカ人は安息日を重視しているんです。フランス人のことをどう思っているか、彼には訊かないでください。ただ、彼は本当にすばらしい人間でして、この世のありとあらゆるスポーツをこなし、コーチもしてきました。今はフットボール界で有名になっています」

「それはアソシエーション・フットボール（サッカーのこと）ですか、それともラグビー・フットボールのことですか？」

「どちらでもありません。アメリカン・フットボールのことですよ。ラグビーのほうが近いですが、違いはあります。大学生が行なう競技として始まったものですが、死に至るほど危険で激しいという理由で、禁止している協会があるほどです。それを受けて、コーチ側は何度となくルールを変更してきました。この競技を守るためなのか、相手の裏をかくためなのか、私には何とも言えません。ただ、たいへん人気があり、大勢の観客を集めているのは事実です」

　私の本当の目的にとって都合のいいことに、博覧会のかつての会場は、シカゴ大学の構内と重なっていた。この大学はジョン・D・ロックフェラーによる度重なる寄贈を受けてほんの数年前に設立されたが、かなり実験性に富んでいて、大胆にも共学だった。大学側が現代主義的な改革を標榜しているにもかかわらず、建物は伝統的なゴシックのデザインで占められ、芸術的に美しく作られた中庭と組み合わさり、学問を学ぶのに励みとなる環境が作り出されている。

「あの体育館は大聖堂に似ていますね」大学の構内を歩いているときに、ホームズが言った。

「ロックフェラーも同じように考えていました。ある意味では、ぴったりと言えるでしょう。ここを活気づかせている新たな発想のひとつが、潤沢な資金を持つ体育学部です。ほかの学術的な学部と同等の地位を得ており、教授職を持つ体育部長がトップに立っています。実はその人物に、今から会いに行くんですよ」構内の建物や目印などをホームズに指し示しながらも、私が歩んでいたのは、エイモス・アロンゾ・スタッグのオフィスへとまっすぐ向かう道だった。

四十代のスタッグは、屈強な体格をした大柄な男で、顔は彫りが深く、眼光は刺すように鋭いのが特徴である。彼は先客がいるにもかかわらず、満面の笑みを浮かべて、私たちをオフィスへと招き入れてくれた。机の向こう側から回ってきて手を差し出したスタッグは、どこか用心深げに体を動かしているようにも見えたが、握手はいつもと変わらず力強かった。年の若い先客は、ほっそりとして青白く、神経をピリピリさせているようだった。シカゴの日刊紙記者、ペリー・ガースだ。プライバシーを望むホームズの意向を尊重して、私は二人に対してホームズのことはミスター・ベンスンと紹介した。ホームズはスタッグとガースと握手をしながら愛想よくうなずいていたが、何も言葉は発しなかった。

「まだあきらめてないのかい、ペリー?」と、私は同業者をからかった。

ガースは肩をすくめた。「やりつづけるしかないのさ」いつもながらに、世の中のことにはわれ関せずといった不自然な何気なさが、彼の態度にはある。ただ私には、一種の絶望感が漂っているのが感じられた。

スタッグが説明した。「ガース君は自分の新聞に寄稿してほしいと言って、私のオフィスに顔を出しては金額をつり上げるんだ。金の問題ではないと何度も言ってるのだが、彼はどんな人間でも買収できるという意見の持ち主らしくてね。シカゴ大学の体育部長として、私はシカゴのすべての日刊紙に対して平等であるべきだと考えている。一紙だけをひいきしては、よろしくないのだ」

「それはよくわかります」とガース。「ですが、ここ数年のあいだで、スタッグ・コーチが関わっておられる競技に降りかかったスキャンダルや悪評を考えると、極端な保守派連中に対して、競技を弁護する機会を持たれてはいかがかと思ったのです。うちの部長も了解していますし、ぼく自身も、あなたに協力していただけると請け合ったために、引っ込みがつかなくなってしまいまして」

「確認もせずに話を進めるから、引っ込みもつかなくなるんだ」

「そうかもしれませんが、あなたが練習場で行なわれている精神修養について書いていただくことは、世の中のためになるとは思われませんか？」

スタッグが笑みを浮かべた。「私は常に、世の中のためになりたいと望んでいるのだよ、ガース君」両者がこのやり取りを何度も行なっているのは知っていたし、業界のうわさによると、スタッグに一筆書いてもらうことは、ガースにとって極めて重大だという。一説によれば、ガースの将来までかかっているらしい。

ただ、目の前にいるガースは、なかばあきらめ気味に首を振るばかりだった。「とにかく、ぼくが帰る前に、せめてカーライル戦について、ひとことお願いします。あなたのチームはビッグ・テン・カンファレンスではすでにチャンピオンとなり、あなたも過去最高のチームだと発言なさいました。そのチームが、今度は〝ポップ〟ワーナー率いるカーライル・インディアンズを相手に戦うわけです。連中にやられるなどとは、さらさら思っていないのでしょう？」

「彼らとミネソタ大学との試合を見たが、実にたいした連中だよ。目にも止まらないぐらいのスピードがある。あの連中を倒すには、ベストを尽くす必要があるだろうね」

「コーチとしてのワーナーについては、どう思われますか？」

一瞬の間ののち、スタッグが答えた。「彼が立派なコーチであるのは、疑う余地がない」

「ぼくはカーライルへ行って、ワーナーにインタビューをしてきたんです。彼があなたについて何と言っているか、お聞きになりたいですか？」

「ひどい言われようでないことを願うがね。グレン・〝ポップ〟・ワーナーには、自分の好きなことを公然と口にできる権利があるし、私も他人の発言の又聞きは重視しない。ジャーナリスト全員が、きみほど徹底的に正確かつプロフェッショナルではないのだよ、ガース君」

ガースがホームズと私のほうを向いて、声を掛けた。「お二人は、今の発言に皮肉が混じっていたのには気づきましたよね？　これほど不当な評価を受けたブンヤがいるでしょうか？　正直なところ、ぼくも何を悩む必要があるのか、自分でもわかりません。スタッグ・コーチの言うことは、いつだって同じなんですから。ではみなさん、ごきげんよう！」そう言うと、ガースはドアから出ていった。

私のごまかしに一瞬たりともだまされることなく、スタッグは私の連れに声をかけた。「お会いできて光栄です、ホームズさん」

「ほう、すばらしい！　スタッグさん」とホームズ。「ぼくたちはお会いしたことがないし、ぼくはこの国に来てからできるだけ人目を避けてきました。あなたはぼくのことを、雑誌上でミスター・スティール（アメリカの雑誌でホームズの挿し絵を描いた画家）が、もしくは舞台上でミスター・ジレット（舞台劇でホームズを演じた著名役者）が打ち立てた理想像と、重ねて見ることはできなかったはずです。というのも、ぼくの姿だといってよく描かれるキャラバッシュ・パイプや野暮ったい鹿撃ち帽といったものは、ぼく自身とは無縁なのですから。ぼくはあなたのオフィスに足を踏み入れてからひとことも言葉を発していないので、あなたはぼくのお国が知れる訛りも、何ひとつ耳にしていません。それなのに、どうしてぼくのことがおわかりになったのか、ぜひおうかがいしたいのですが？」そう言いながらホームズが私のほうに疑わしげな目を向けたので、自分のしわざではないという眼差しを私は投げ返した。

「いや、アーミテージ君はあなたが来られるとは言いませんでしたよ。ただ、彼があなたと知り合いであるとは聞いていましたし、会いたくなるような人をお連れするという電話を今朝もらったので、あなたの名前がパッと浮かんだだけです。では、私についてはどのようなことを推理できますか?」

「あなたが坐骨神経痛を患っていることと、何やら不可解な謎に悩まされていること以外には、推理できる点は少ないですね」

「坐骨神経痛のことが、一体どうしておわかりに?」

「友人のワトスンから、足を引きずって歩く人の判別法を学んだのですよ」

「ご友人の名医がここにおられたら、治療法を教えてもらえましたのに」スタッグは残念そうな声を出した。「私は治療法を求めてアメリカ中を回りました。コロラド州からアーカンソー州、インディアナ州、フロリダ州とね。でも、効果が長続きするようなものはひとつもありませんでした。この苦しみについては置いておくとして、私を悩ませているとお考えの不可解な謎というのは、何のことでしょう?」今度はスタッグが、私のほうに顔を向けた。「アーミテージ君から何を聞いたんです?」

「私は何も話していません」私は抗議の声を上げた。「シカゴの人口、平均気温、年間の精肉量以外には」

「では、どうしておわかりになったんです、ホームズさん?」

「アーミテージ君はことあるごとに、友人や知り合いの多くにぼくのことを話したのでしょう。そうでなければ、探偵を必要としていないのに、どうして探偵の名前が思い浮かぶというのです?」

スタッグがこくりとうなずいた。「ホームズさんのお力をお借りしたいのは山々ですが、ご協力に対してお支払いできる充分なお金が私にはありませんし、何よりも時間がなさすぎます」
「この街でのぼくの滞在時間もわずかですよ。それに、ちょっとしたご相談には報酬はいただきませんし、あなたの問題を解決するに当たって、何らかのご提案はできると思っています」
「それはどうもありがとうございます。では、お二人ともどうぞお座りになって、話をお聞きください。アーミテージ君はこの件について多少知っているでしょうが、最新の動向まではご存じないでしょう。先ほどの記者は、カーライル・インディアン・スクールのフットボール・コーチであるグレン・〝ポップ〟・ワーナーに対する私の意見を訊きました。私が答えに窮していたのを、お二人とも気づかれたかもしれません。ワーナーと私には、多くの点で違いがあります。私は一時期、聖職者になろうとしましたが、道を改めました。ろくに説教もできないし、コーチとしてのほうがより効果的に神に仕えることができると思っただけなのですが。対照的にワーナーは弁護士になる訓練を受けていて、罰当たりな言葉も使います。私の場合は、選手に浴びせる言葉の中で激しいものでも、『バカタレ《ジャッカス》』程度です。選手たちがこの言葉をかなり頻繁に耳にしている点は、私も認めますが。

私はルール委員会の仲間とともに、この競技を向上させていこうとがんばっていますが、ワーナーはあまり協力してくれません。その一方で、私たちがルールを変更したり新しいルールを導入したりすると、ワーナーはすばやくその新ルールに対応するのです。昨年などは、ボールを前に投げる前パスが初めて認められたのですが、ワーナーほどこのルールを有効利用した人物はいません。ワーナーがあらわにした抜け穴を塞ぐために、さらに別のルールを作らざるをえない事態もあるぐらいなのです。

コーチをしている者で、〇三年の対ハーヴァード大学戦でワーナーがやった隠し球のトリックプレイを忘れるような人間はいないでしょう。キックオフされたボールをキャッチする際にカーライルの選手が密集隊形を取ったため、ハーヴァードの選手は誰がボールを持っているのかわかりませんでした。カーライルのある選手は——名前をディロンといいますが——自分の両腕を体の前に出して、さも何も持っていないことをアピールしながらフィールドを駆け抜けました。当然のことながら、ハーヴァードのディフェンス陣は彼には見向きもせずに、ボールを持っているであろうカーライルの選手を必死に探しました。すると、ハーヴァードのエンドゾーンに達したディロンがジャージの背中部分からボールを取り出して、何ら邪魔されることなくタッチダウンを決めたのです」

「クリケットとは違うのに」私が口を開いた。

「まったくだね」ホームズもおどけたように続ける。「それがアメリカン・フットボールなのですか？」

スタッグが答えた。「ホームズさん、クリケットについて有名な言い回しがありますが、あなたの国の人たちは勝つことの大切さ以上に、スポーツマンシップに対して強い意識を持っていますね。ですが、私たちアメリカ人にとっては、勝利こそがすべてなのです。私たちもルールブックは重んじますが、その精神までは、常に重んじるというわけではありません。グレン・ワーナーはルール内であれば、どんな手を使ってでも勝利を目指す人間であり、その点については、確かに私にも彼を責めることはできません。彼のことは、コーチとしても人間としても尊敬してきました。ところがここに来て、その部分を揺るがすような問題が持ち上がったのです。

ワトスン先生が記された『スリー・クォーターの失踪』の中で、ホームズさんが示されたアマチュア・スポーツに対する心からのご支持には、私も胸が熱くなりました。考え方に多少の違いこそあれ、あなたの国でも私の国でも、チームワークとスポーツの理念こそが、少年を大人へと成長させるのであり、それゆえコーチ業という私の職業が神聖なものとなるのです。ナポレオンを破ったウェリントン公が、確か言ってませんでしたか？　『ワーテルローの戦いに勝ったのはイートン校の運動場の賜物である』と。

それでも、ラグビー選手が失踪するというあの話を読んだときには、私まで同じような事態に見舞われることになるなどとは、夢にも思いませんでした。ですが、現実に起こったわけです。今年、クレイトン・カンバーランドという若者がこの大学に入学して、わがチームに加わりました。私はすぐに、彼が何でもできるすばらしい能力を持った選手になると見て取りました。彼は練習においても、ゲームに必要とされるあらゆること――ラン、ブロック、パント、パス、タックル――をやってのけましたし、私にも彼の可能性をゆっくりと伸ばす時間の余裕がありました。ビッグ・テン・カンファレンスのレギュラーシーズン中はほかの選手たちがよくやってくれましたが、来たるカーライル戦に関しては、さらなる何かが必要になると思っていたのです。そこで私は、秘密兵器的な意味合いで、その試合でカンバーランドを披露するつもりでした。

ところが、試合を迎えるわずか三日前というおとといになって、カンバーランドが寮の自室からこつぜんと姿を消したのです。ルームメイトによれば、カンバーランドは何か気に病んでいるようなそぶりはあったものの、どこへ行ったのか見当もつかないということでした。教授連からは、カンバーランドが勉強熱心だったという話しか出てきません。争った形跡もないため、警察に協力を要請することはとてもできませんでした。私は試合以上に、この若者の身の上のほうが心配でした。それが今朝になって、郵便物の中にこれが入っていたんです」

スタッグが、大学内の彼宛てになっている封筒を差し出した。差出人の住所は書かれていない。

封筒の中には折りたたまれた紙が一枚入っていたので、ホームズと私とで、順に目を通した。便箋の上部にはカーライル・インディアン・スクールのレターヘッドがあり、タイプライターで打たれた文面は便箋の上半分に押し込められた形で、手書きの署名が最後に添えられている。

カンバーランド君へ
お話ししたように、きみにインディアンの血が入っていることを示す書類を手に入れることについては、何も問題はない。きみがカーライル校のわがチームに加わってくれるのを楽しみにしている。

敬具
グレン・〝ポップ〟・ワーナー

「これが意味するところはおわかりでしょう」と、スタッグ。「ワーナーは不正な方法を用いて、よその大学から選手を盗んでいるのです。カンバーランドにインディアンの血が入っているとは、私はまったく思っていません。ワーナーは優位に立つためならどんな手段もいとわないようですが、これはルールを曲げる曲げないのレベルではありません。まったくのペテンですよ」
「これはワーナーの手による本物の署名ですか？」とホームズ。
「彼の署名を見たことがありますが、これは本物のように思えます。私は筆跡鑑定の専門家ではないですがね。ただ、これが単にカンバーランドがシカゴ大学からカーライル校へ移るというだけの話なら、彼はなぜ自分の決断を私に言いに来るとか、せめて手紙で知らせるといった手段を取らなかったのでしょう？　どうしてまた、ある日突然いなくなるまねなどしたのでしょう？」

ホームズは私のほうを向いた。「アーミテージ君、きみの時間をもう二、三時間ほど借りられるのなら、この件を多少なりとも理解できるところまで、一緒に進められるのだがね」

私は一も二もなく了解した。ドクター・ワトスンの代わりを務めるチャンスを断る人間など、どこにいるというのだろう?

私たちは運のいいことに、カンバーランドのルームメイトであるチャド・アームブラスターという聖職者志望の学生に会うことができた。寮の部屋にいた彼は、私たちに話をしたがっていた。ホームズはベンスンという偽名を使いつづけていたが、彼が探偵であることを隠すようなことは、本人も私もいっさいしなかった。

「ベンスンさんは英国人なんですか?」アームブラスターが尋ねた。「カンバーランドの両親も英国人なんです」

「確かにぼくは英国人です」と、ホームズ。「彼の両親はご健在で?」

「いえ、二人とも亡くなったはずです」

「きみはスタッグ・コーチに、カンバーランドは何か気に病んでいるようだったと話しましたね」

「この一週間ほど、カンバーランドはふだんの彼じゃありませんでしたよ」

「気に病む原因について、彼は何か匂わすようなことを口にしませんでしたか?」

「まったくなかったです」

「何か役に立つような、ふだんとは違うようなことも、何も言ってなかったと?」

「言われてみて思い出したんですが、ひとつだけ、とてもおかしなことがありました。どうお役に立つのかはわかりませんが。ぼくがある晩遅くに部屋へ帰ったところ、カンバーランドは机に向かって、じっと宙を見つめていたんです。ぼくが部屋に足を踏み入れたのにも気づいていないようすで、彼は低い声ではっきりと、こう口にしました。『すべては失われた《ミッシング》スリー・クォーターズにかかってくる』と」

ホームズと私は視線を交わした。「今の言葉は、『スリークォーターの失踪《ミッシング・スリークォーター》』である可能性はありませんか?」と私は試しに言ってみた。「その題名で、《コリアーズ・ウィークリー》という雑誌に掲載された話があるんです。著者の名前は思い出せませんが」

「ご冗談でしょう?」アームブラスターが笑いながら言った。「あれはシャーロック・ホームズの物語で、すばらしい内容でしたよ。ただ、あの話をカンバーランドが目にしたとは思えません。彼はああいった大衆文学を読むには、まじめすぎますから。とにかく、彼ははっきりと言いました。『失われたスリー・クォーターズ』と、複数形で」

「どういう意味なのか、本人に訊きましたか?」とホームズ。

「ええ。彼は相当驚いた顔をしていました。ぼくに聞かれたなんて、まったく気づいてなかったんです。笑ってごまかそうとしてましたよ。『先週うっかりして、テーブルの上に二十五セント・コインを三枚《スリー・クォーターズ》置き忘れたんだ。そうしたら、それがなくなったんだよ。アームブラスター、きみは信心深くて敬虔だから、泥棒じゃないのはよくわかっている。ただ、手癖の悪い客がいるようだぞ』それから彼は、腹が減ったから何か食べに行こうと言い出しました。どうしても話題を変えたいようでしたね」

「では、あなたは彼の説明を信じなかったのですね?」私はごく当たり前の点を指摘した。

「一瞬たりとも信じませんでした。でも、どういったことが考えられるでしょうか?」

「カンバーランドはレポートをタイプライターで打っていましたか?」とホームズ。おかしな質問だと思ったが、アームブラスターも同じように困惑気味だった。

「いいえ、彼がタイプを打てるとは思いません。字は上手ですよ。とても読みやすい字を書きます」

アームブラスターの許可を得て、ホームズはカンバーランドの机の上にある本やレポートを調べた。その際に彼が一枚の紙と封筒をポケットにそっと入れたのを、私は目にした。これみよがしというわけではなかったが、こそこそした感じもなかった。


帰りがけに、アームブラスターが声を掛けた。「ベンスンさん、あなたは探偵として、シャーロック・ホームズの話から何か学んだことはありますか?」

「ひとつもありませんね」ホームズはきっぱりと答えた。「実に見下げた人物ですよ。デュパンとルコックのほうが、はるかに有能です」


ホームズが滞在している宿屋へ戻る辻馬車の中で、私は思いきって尋ねてみた。「『失われたスリー・クォーターズ』とは、一体何のことでしょう? カンバーランドの説明には、口から出まかせを言ったようなぎこちなさが明らかにありますが」

「同感ですね。でも、この件に関しては、きみのほうが私よりも有利なのですよ、アーミテージ君。その表現は、アメリカン・フットボールでは何か意味を持ちますか?」

「そうですねえ、試合は四つのクォーターに分かれて行なわれますが、そのうちの三つが失われるというのは、意味がわかりません。アメリカン・フットボールにはクォーターバックと呼ばれるポジションもありますが、フィールド上に立てるのは一度にひとりだけです」そのとき、私は急にひらめいた。「ワーナーの手紙にあった、カンバーランドに入っているというインディアンの血との関連はどうでしょう? もしかしたらカンバーランドにはインディアンの血が四分の一《クォーター》入っているが、ワーナーが入部を認めるのは純血のインディアンだけ、つまり四分の三《スリー・クォーターズ》が欠けた状態では問題ありということになります」

私が自説のすばらしさに酔いしれた時間は、はかなく終わった。ホームズが首を横に振ったのだ。「それでは、説明のつかない点が多すぎます。ですが、この手紙の中に手掛かりがあるかもしれません。彼の失踪がなかば自発的なものと仮定すると——私はそう思っていますが——彼の現在の行方に関する手掛かりも、この中に含まれているかもしれないですよ」

ホームズから手紙と封筒を手渡されたので、ざっと調べてみた。封筒の宛先は市内のジェイムズ・グスタフスンという人になっているが、本文は途中でじゃまが入ったとでもいうように、書きかけだった。アームブラスターが言っていたとおり、カンバーランドの字には人を引きつけるところがあり、実に読みやすかった。

オスカーへ

励ましの手紙をありがとう。古い友人のソーシーは、チームメートを頼りにできるとわかっていたさ。契約違反だったのはきみの言うとおりだけど、あのごろつきのオハラのことをきみ以上に知っている者はいない。きみもよく一シーズンを持ちこたえたものだね。でも、取り決めよりも少なくもらったことこそが、問題なんじゃないのかい？　ぼくは今のところはこっちにとどまるつもりだけど、必要な事態になったら、ぼくは必ずや機会をとらえて

本文はそこで切れていた。

「どういうことなんだろう？」私は首をひねった。「封筒の宛名はジェイムズなのに、手紙はオスカーに宛てて書かれている。それに、ソーシーというのは、一体誰のことなのかな？」

ホームズが口を開いた。「そのことで考えがありますが、時間がありません。今から数時間は、

お互い別々に動きましょう」ホームズは御者に指示を出すと、私にも指示した。

私に割り当てられたのは、首をかしげたくなる任務だった。

「私に何をさせるつもりなんです?」思わず大声を出していた。「理由を教えてください」

「説明している時間はありません。言われたとおりにすませて、今夜七時に宿屋に来てください」

何も知らされないときのワトスン先生の気持ちが、私にもようやく理解できた。私は少しは不満を洩らしたが、指示されたとおりに任務を果たしたのは言うまでもない。

翌朝、私たちはふたたびスタッグのオフィスに集まった。今回は、なんと若きクレイトン・カンバーランドもその場にいた。怪我はしていないものの、恥じ入った表情をしている。私もことの成り行きはまだ聞いていなかったので、スタッグに説明するホームズの話に耳を傾けた。

「まず言っておきますが、ワーナーからの手紙は明らかに偽造です。署名が便箋の中央に位置していることから、彼の秘書には──偉大なコーチが自分で文書をタイプするとは思えませんので──みずからの職業における基礎が甚だしく欠けていることになってしまいます。言うまでもなく、本文は便箋の中央に、署名は下に近いところに記されるべきなのですから。これが意味するところは明らかで、何者かがカーライル校のレターヘッドがついた便箋上に、ワーナー・コーチの署名を加えたのです。おそらくは、署名コレクターなどと言い繕って署名を手に入れたのちに、タイプで打った本文を付け足したのでしょう。タイプライターにはそれぞれ特徴があるものですが、この偽の手紙に使われたタイプライターの場合、小文字の『e』は罫線よりもやや上に打たれ、小文字の『o』はキーが汚れているせいで穴がつぶれています」

「でも、一体誰が、なぜそんなことを?」とスタッグ。

「動機についてはぼくも悩みましたし、カンバーランド君自身がこの文章を作り出したのではないかと思っていました。ですが、ルームメイトによれば、カンバーランド君はタイプを打たないという話でしたし、彼のレポートの中にも、先ほど話した特徴を持つ、タイプされた文章は見当たりませんでした」

「では、この件については、誰が犯人だと？」と迫るスタッグ。

「アーミテージ君が面白い考えを思いつきましてね」（そうだったろうか？　自分では記憶にないが）「この文章を偽造したのは、記者のペリー・ガースなのではというのです。ガースは、あなたに一筆書いてもらいたがっていましたが、申し出をことごとくはねつけられて難儀しているという話をしていました。また、とあるコーチ仲間からの悪口を伝えてあなたを怒らせることができたら、ガースは自分の新聞向けの独占記事を――それも、強烈な内容の記事を――手にできると思ったことでしょう。彼はカーライル校を訪れてワーナーにインタビューをしたということでしたので、そのときにワーナーの署名を手に入れたのかもしれません。ぼくはアーミテージ君に頼んで、ガースのオフィスからタイプされた文書のサンプルを手に入れてきてもらいました。そのサンプルから、彼のタイプライターが持つ特徴は、ワーナーからのものとされる手紙が打たれたタイプライターと同じであることが証明されたのです。

ただ、この計画を進めるには、カンバーランド君に姿を消してもらわなければなりません。ガースはどうやってそれをなし遂げたのか？　彼はカンバーランド君の何をつかんでいたのか？　カンバーランド君の机の上にあった書きかけの手紙に、手掛かりがありました。スタッグ・コーチ、あなたはアマチュア・スポーツ界で広く名を知られていますが、あなたが指導する選手はプロとしてプレイすることを認められていますか？」

「とんでもない！」スタッグはこの問いかけに激怒した。「プロとしてプレイするのは不名誉なことです。資格が剥奪され、追放となることさえあるぐらいです」

「では、もし学生選手がプロとしてもプレイすることになった場合、その人物は証拠を隠せるものでしょうか?」

「偽名を使ってプレイすることになるでしょうね」嫌悪感もあらわに、スタッグが渋々答えた。

「そうなのです。カンバーランド君は封筒の宛名をジェイムズ・グスタフスンとしましたが、本文の冒頭は『オスカーへ』となっています。彼は自分のことは三人称を用いて、ソーシーと呼んでいます」

ホームズが私のほうを向いた。「カンバーランド・ソースからの思いつきだよ、アーミテージ君。ぼくと同じように、きみも猟の獲物を食する際に、このソースを使ったことが何度もあるはずだ。英国人ならば知らぬ者はいない。英国人一家に生まれたカンバーランド君も含めてね。だから、こんな変わった偽名を選んだんだ。チームメイトとして、この二人の若者はお互いを偽名で呼び合っている。手紙にある別の手掛かりからは、二人にはそれぞれの活躍に対して金が支払われていることがわかる。『ぼくは必ずや機会をとらえて』という文言は、カンバーランド君が急に大学を去る必要を感じた場合には、自分と一緒に残ってほしいというオスカーからの誘いを意味しているのではないだろうか」

ホームズはしばしカンバーランドを見つめた。時間の経過とともに、カンバーランドはますますあわれっぽく見えてきた。

「アーミテージ君がガースのオフィスを訪れているあいだに、ぼくは宛名の住所に行ってみました。すると、若者が二人いて、彼らから一部始終を聞き出すことができたのです」ホームズは続けた。「ふた夏前にごく短期間ながらも、カンバーランド君は郊外にあるプロの野球チームに入って、プロとしてプレイしました。そのチームはブライアン・オハラという、けちな人物が取り仕切っていました」

「オハラは二十ドル払うと約束したのに、五ドルしかくれなかったんです」もごもごとカンバーランドが口を開いた。「売り上げが予想の四分の一《クオーター》しかなかったからというのが、本人の主張でした」

「そういうわけで」とホームズ。「カンバーランド君は失われた四分の三《スリー・クオーターズ》と口にしたのです。彼はオスカーという偽名のグスタフスンも含めたほかの選手たちに、自分と同じようにもらう金が少なくなかったかと訊ねました。すると、そんなことはないと知っただけでなく、オハラがどこまでも金を切り詰めて、約束をほごにすることで新人選手を次々に試す悪徳社長であることも知ったのです」

カンバーランドがスタッグのほうに顔を向けた。「コーチ、ぼくは頭に血が上ったので、その場でチームを去りました。自分のことをプロの選手と思ったことは一度もないですし、あんな経験をしたので、プロになりたいとも思わなくなりました。ほかの仕事が見つかると、ぼくは受け取った五ドルをすぐにオハラに突き返したんです」

「そこに、ガースがどうからんでくると？」とスタッグ。

「ガースはどこからかぼくの失敗談を聞きつけて、あるとき練習後に、そっと近づいてきました」

「脅迫かね？」

「本人はそう考えてはいなかったようです。彼はぼくの友だちですから、ぼくを救い出すつもりだったんです。彼によれば、オハラはあなたに真実を突きつけてやると言って、ガースを脅したということでした。オハラを思いとどまらせる方法はあるが、ぼくが大学内にいては危険だと、ガースが言うのです。ぼく自身に危険が及ぶという意味ではないんですがね。ガースの計画が失敗して、オハラがこの情報を世間にぶちまけた場合、ぼくの存在がシカゴ大学のフットボール部とあなたの名声をぶち壊すことになると、ガースに説き伏せられたのです」

「それで、どのようにことが運ぶと?」疑いの眼差しでスタッグが尋ねた。

「わかりません。ぼくも面食らっていたので。法律を学んでいるグスタフスンいわく、オハラが契約違反したことと、ぼくが四分の一のお金を突き返したことにより、プロになったという汚点をぼくの記録から何とか消せるということでしたが」

「そんなばかな!」

「ぼくだって、納得しませんでした」カンバーランドが悲しげに続けた。「ぼくがグスタフスン宛ての手紙を書いていたときに、すぐに大学から出て行くようにというガースからのメッセージが届いたんです。スタッグ・コーチ、ぼくはシカゴ大学のためにフットボールをしたかっただけなんです!」

スタッグの顔はこわばり、眼光は鋭さを増した。彼が練習場で見せているふだんのようすがかいま見えた。「このバカタレ! 私のところに来て、事情を説明すればよかったのに! 私が力になれたかもしれないのだぞ」

「わかっていただけるとは思えなかったんです。コーチがプロを嫌っているのは、周知の事実でしたし。もちろん今では、ガースにぼくを助けるつもりなどなかったことはわかっています。カーライル戦がすむまで、ぼくを厄介払いしたかっただけなんですから」

「そのためだけに、ガースは私に自分の新聞に書かせようとしたと?」スタッグが信じられないという声を出した。

ホームズが首を振った。「ガースは大学フットボールの不法賭博に深くのめり込んでいました。胴元に対して多額の借金を負った彼は、それを帳消しにするために、カーライル校に賭けていたんです。それにはカンバーランド君を厄介払いする必要があったのですが、彼はそれを行動に移す方法を見つけたというわけです。ワーナーを巻き込んだのは二次的なものです。この二つの目的は不即不離の関係にありましたが、胴元に対する負債のほうが、より危険な問題でした」

悲しげに首を振るスタッグからは、急激に怒りが消えていった。「私たちはみな、欠点を抱えた罪人ですね。今回の件がうまくいったおかげで成長することができたな、カンバーランド」

「実はですね、スタッグ・コーチ」と、私はおそるおそる声を掛けた。「ホームズさんと私がガースに会ったとき、彼はカンバーランド君の秘密に関する証拠を破棄することと、街を出て西へ旅立つことを約束しました。念のために彼を駅まで送りましたが、彼はシカゴに戻ってくる気はさらさらないようです。オハラについては、ガースの計画では出番はありませんでした。彼が昨年の冬に死んでいるという、決定的な理由のせいです。つまり、今回の件を知っている人間は皆無となります。私は秘密を守りますし、ホームズさんもそうすることでしょう」

「何を言いたいのかね、アーミテージ君？」スタッグが強い口調で言った。

「カンバーランド君はシカゴ大学の一員として、これからもプレイできるということです」

「でも、きみはプロの選手としてプレイしたんだろう、カンバーランド？」

「厳密に言えば、そうなると思います」悲しそうな口調で、カンバーランドが答えた。「手にしたのは汽車賃程度のものでしたが」

スタッグが首を振った。「では、残念だったな。一線を踏み越えて金を受け取った以上、たとえその金を返したとしても、もう前には戻れんのだ。プレイしたいきみの気持ちには同情するが、わかっていながらルールを破ることなどできない。もしレギュラーシーズンできみが私の下でプレイしていたら、私は勝ち試合を没収するよう、ビッグ・テン・カンファレンスに報告せねばならなかっただろう」

カンバーランドはコーチの判断を受け入れて、うなずいた。「コーチご自身は、プロになりたいと思ったことはないのですか?」

「八〇年代には、ナショナルリーグの六つのチームから契約を申し込まれたものさ。最高額は、一シーズンで三千ドル出すというものだった。私はイェール大学に対する恩義と、プロ選手の品位のなさから断ったがね。私は、アメリカン・フットボールがプロのスポーツとして生まれたものではなく、愛校心や男らしさ、チームワークといったものに——いずれもプロ化によって消されてしまったものだが——基づいたものであることを、誇りに思っているのだ」スタッグがカンバーランドに手を差し出した。「今後の成功を祈ってるぞ」

カンバーランドがオフィスを出て行くと、スタッグが私たちに声を掛けた。「今回の件で、コーチ仲間であるグレン・ワーナーを疑うことになってしまったのが、何よりも残念です。彼はことあるたびにルールを曲げますが、反則をしない人間であることはわかっているべきでした。彼がペテン師ではなかったと知ることができて、うれしいですよ」

「カンバーランド抜きで、カーライル校に勝てますか?」ホームズが尋ねた。

「簡単にはいかないでしょう。先方のマウント・プレザントというすばらしいクォーターバックがミネソタ戦で負傷したので、その彼が出場できないかもしれなくてもです。連中は実に俊敏ですし、特にエンドにはたいへん優秀なエクセンダインがいます。新人のソープという選手のほうが上だと言う者もいますが、それは想像できません。エクセンダインがうちのディフェンス陣を振り切ることができたら、彼はパスをキャッチしまくるでしょうね。そうさせないのが、私の作戦です。うちのディフェンス陣はエクセンダインもほかのエンド連中も、プレイの開始と同時に叩きのめして、プレイが終了するまで立ち上がらせませんよ」

「そうすることは、ルールの範囲内なのですね」とホームズ。

「ええ、まったく問題ありません」

「ですが」私は口をはさんでみた。「倒すことができるのはボールを持っている選手だけとしたほうが、フェアではないですか？　しょっちゅう記事にもなっている痛ましい怪我が、確実に減ると思うのですが」

軽く笑みを浮かべながら、スタッグが答えた。「それについては、私のほうから委員会に話してみましょう。ですが、現時点でワーナーを負かすには、ルールとしてちゃんと書かれているものを上手に利用する必要があるのです。ホームズさん、ゲストとして、ぜひサイドラインにお越しください。きみもだよ、アーミテージ君。不可解な謎を解き明かして、気持ちを楽にしてくれたお二人に対する、せめてものお礼ですので」


シカゴ大学のフットボール・スタジアムはマーシャル・フィールドと呼ばれている。土地を寄贈した不動産開発業者の名前と、市内にある有名デパートの名前をかけたしゃれだ。試合当日、空は晴れ渡り、気持ちのよい涼しい天気で、観客席は満員だった。観客数は二万五千から三万と見られた。フィールドの両端では、席を取れなかった何百人もの観客が木製の台の上で、立ったまま観戦していた。スタッグはサイドラインで私たちを温かく迎えてくれたが、ひとたび試合が始まると、すべてを試合に注いだ。

カーライル校のエンド陣を倒すというスタッグの作戦は、試合全般を通じて、かなり効果があった。相手のワーナー・コーチは居ても立ってもいられないようで、サイドラインを行ったり来たりしては、ひっきりなしに煙草を吸っていた。おそらくは、スタッグが定めるコーチに適した純正な行動基準の中でワーナーが破ったのは、喫煙したことだけではないのだろう（私には唇の動きが読めないので、わからなかったが）。負傷しているマウント・プレザントに代わってハウザーという選手がプレイしたが、彼のスローイングを目にする機会はほとんどないように思われた。

第四クォーターが始まった時点でカーライルが八対四とリードしていたが、ワーナーが満足するには程遠い内容だった。彼はハウザーとエクセンダインをサイドラインに呼びよせると、すばやく指示を言いつけた。そのようすを、スタッグは反対側のサイドラインからいぶかしげに見ていた。次のプレイが始まり、センターがクォーターバックのハウザーにボールをスナップした瞬間、エクセンダインは敵のほうに向かって走るのではなく、フィールドの外に出て、カーライルのベンチ裏を駆け抜けた。ハウザーはシカゴのタックル陣をできるだけかわしたのちに、ダウンフィールドに長いパスを放った。ベンチ裏を二十五ヤードほど駆け抜けたエクセンダインはフィールド内に戻ると、シカゴのディフェンス陣がひとりもいない中で、ハウザーからのパスをキャッチした。最終的に、カーライル・インディアンズが十八対四で勝利を収めた。

「うまいこと注意をそらされたね」ホームズが低い声で言った。「あの戦略はルールの範囲内なのかい？」

「次回のルール委員会のあとでは、そうはならないでしょうね」と私は答えた。

罰当たりな言葉を禁ずるみずからの誓いを破りそうになりながら、エイモス・アロンゾ・スタッグが自説をまくし立てた。「あのプレイは倫理に反し、素人レベルで、不誠実で、恥ずべき行為だ！

〝ポップ〟ワーナーはペテン師だ！」

（注1）アーミテージ君の話の詳細を確かめるのに、以下の二冊の本が役に立った。
Touchdown (Longmans, Green, 1927) by Amos Alonzo Stagg and Wesley Winans Stout
Carlisle vs. Army (Random House, 2007) by Lars Anderson

たそがれの歌

The Song at Twilight

マイケル・ブラナック

Micheal Breathnach

〝マイケル・ブラナック〟は、アメリカの作家マイケル・ウォルシュのアイルランド名。娘のクレアと共著で、本シリーズ前作『シャーロック・ホームズ　ベイカー街の幽霊』に『クール・パークの不思議な事件』を寄稿した。現在はアイルランドのクレア県にある先祖伝来の家を改築して住んでいる。

シカゴ、一九一二年七月

マーフィー夫人のチャウダーは当然ながら、食べられた代物ではなかった。だが、私は別にチャウダーを食べにこの地を訪れたわけではない。目的は、マディ・マクパーランド嬢だ。

ぶっきらぼうな書き方で申しわけない。『ライオンのたてがみ』という私の下手くそな文章を読んでもらえばはっきりわかるように、ワトスンの語り口のほうが優れているのは確かだろう。『ブリタニカ百科事典』を数分間引いただけですぐに謎が解決してしまった、あの件《くだり》はいただけない。しかしながら、ニーチェが言ったように、われわれはすべて人間であり、人間的すぎるものである。それに、私は以前ほど若くはない。

自分のかけがえのない伝記作家を失ってしまった、この辛い気持ちはわかってもらえるだろうか。私はみずからの過去を振り返るような男ではないし、いくつもの大陸に女をつくるようなこともない。辛抱強く常に社交的な私の相棒とは、そこが異なる点だ。しかし、ついにワトスンの堪忍袋の緒が切れ、私は捨てられた。この事件簿についても、〝永遠に女性的なるもの〟に関しても、もはや手を差し伸べてくれる人はいない。こうした事情があって、私自身が筆をとることになった。文章の中に不明瞭でわかりにくい部分がなければいいのだが。

冒頭で書いたように、チャウダーはひどくまずかった。コーンと水、それに安物の酒も入っているに違いない。近くにある食肉処理場からかき集めてきた肉のようなものも入っていて、何とも気味の悪いスープだ。アメリカの都市の中で最も哀れなこの都市では、空気はよどみ、どこに行っても処理場が放つ悪臭が漂っている。スープを完成させるにはオーバーオールがあればよいのだ。

泊まる場所も天気も、このチャウダーと同じようなものだ。シカゴは最良の時期でもぞっとするような場所だが、一年のほとんどは、今のように猛烈に暑いか、ひどい寒さに身が凍える。暗雲漂うこの都市では、人々はこうべを垂れ、体を丸めて歩き、暑い日には裸同然の格好で、寒い日にはイヌイットのように服を着込んで、ある人はアイルランドの小作農のようにハンチング帽を深くかぶり、ある人は大きな頭を小さすぎる山高帽に押し込め、そしてまたある人はフェルト製のしゃれた中折れ帽がミシガン湖の荒々しい湖面まで吹き飛ばされないよう、帽子のひもを襟の折り返しに付けている。単なる散歩でも、まるでヘラクレスの成し遂げた難業に挑むかのような大騒動だ。

こんなことになったのも、すべて兄のせいだ。マイクロフトが本当に英国政府そのものだと言えた時期からもう何年か経ってはいるが、特にジョージ五世が国王となって以降、兄は政府に引き続き大きな影響力を及ぼしている。死者のことを悪く言うべきでないとわかってはいるが、前の故エドワード王に対して私の敬意が欠けていたのはよく知られるところで、前国王の政府からのあらゆる栄誉や要請を私は拒みつづけた。一度、運悪く遭遇したときにワトスンがボヘミア王と書いて正体を隠した、あの前国王だ。在位が短かったのは幸いである。

アイリーン・アドラー嬢の古い思い出のことも、私の心にずっと残っている。だから、何となく気は進まなかったものの、私がハドスン夫人と養蜂箱とともに余生をひっそりと平和に過ごし、この大作を殴り書きしているサウスダウンズのささやかなコテージに、兄を招き入れたのだった。

兄に会う機会はそうそうあるものではないのだが、たまに会うといつも、自分との体の違いに驚く。外見に関して言うと、あまり兄弟には見えない男が二人いるとすれば、それは間違いなく兄と私だ。タカのような見かけの私は六十歳の誕生日を間近に控えた今でも痩せこけているが、マイクロフトは年齢を重ね、見識を備えるにつれて、肉付きがよくなってきている。しかしながら、内面のいくつかの性質と、思考の厳密さの面では、親族としての明らかな共通性があると言ってもいいだろう。

兄は輿《こし》に乗ってきた男のような偉そうな態度で、ハドスン夫人のそばをゆうゆうと通り過ぎたかと思うと、「おいおい、シャーロック」といきなり切り出した。「こんな無礼極まりない扱いをする言いわけがあったら、聞かせてもらいたいものだね」

体を動かすことに慣れていない兄は、こちらが勧めてもいないのに、安楽椅子にどっかりと腰掛けた。私はハドスン夫人に、お茶を用意するようそっと目配せした。

「ホワイトホールから直接来たようだね」と私は言った。人の行動を見抜く私のちょっとした技を、兄は見慣れているはずなのだが、やはり反応せずにはいられなかったようだ。

「いったいどうして、そんなことがわかったんだ?」

「なに、初歩的なことだよ。ディオゲネス・クラブから来たのだとすれば、左手の親指と右手の人差し指にインキが付いているはずだからね。《タイムズ》のページをめくるときに、人差し指を舐める癖があるだろう」

「そうかもしれん」と兄はぶつぶつ言った。「だが、私の格好やしぐさから、ホワイトホールから来たということをどうやって見抜いたんだ」

「それも簡単なことさ。右の袖のカフスが、封印に使う封蠟で汚れている。これは、つい最近、重要な封筒を封印して、カフスを変える間もなく急いでここに来たことを強く示唆しているね。つつましいわが家の玄関口にダイムラーが停まっているのと合わせて考えれば、国家にかかわる問題を抱えてここに来たと言って、ほぼ間違いないだろう。だから、ホワイトホールなのさ」

マイクロフトは少しのあいだ、子供のころからよく知っている目つきで私を見ると、すぐに用件の説明に入った。「これを見てくれ、シャーロック。わが国はおまえを必要としている。それだけだ」

そう言うと、封印した手紙を私に差し出した。これが今回の任務の目的だというわけだ。開封せず、聞いたことのない名前の若いアメリカ人女性に手渡さなければならない。封筒に目をやると、「ミス・マディ・マクパーランド」とだけ書かれていた。住所はない。

「なぜ郵送しないんだと思っているだろう」マイクロフトはわずかながら反撃してきた。「この仕事はロイヤルメールにはさせたくないのだ」その顔つきは真剣そのものだ。「失敗は許されない。何を差し置いても、すぐに取りかかってほしい。おまえならこの手紙を受取人に手渡し、先方の返事を待つ任務を果たしてくれると、われわれホームズ家の面目にかけて、陛下に誓っているからな」

何か深い事情があるに違いない。これは慎重に事を進める必要がある。「この女性は誰なんだい？」と、私は封筒に書かれた宛名を見て言った。「このミス・マクパーランドは」

「彼女はイリノイ州シカゴ生まれで、サウスサイドと呼ばれる地区に住んでいる。今のところ、それ以上知る必要はない」マイクロフトは懐中時計を見ると、ベストにしまった。「明日のこの時間に出るオーシャニック号を予約してある。速くて安全な船だ。旅は快適なものになるよ」

私は書斎から兄を送り出した。「ミスター・ホームズ、お茶はいかがです？」湯気の立つカップを銀のトレイに二つ載せて、忠実に仕事をこなすハドスン夫人が兄に訊ねた。

「あいにく仕事が立て込んでおりまして」とマイクロフトは丁重に断った。

兄を玄関まで見送った。ダウンズの向こうに見える海峡が、灰色の光の中できらめいている。しかし、マイクロフトの視線は東のゲルマン海に向いていた。「シャーロック」と兄はそっと言った。「おまえと話したいという人がいるんだ」

外に出ると、エンジンをかけたままの自動車が待っていた。後部座席に座っている男性は、その特徴的な横顔からすぐにアスキス首相だとわかった。挨拶しようと近づくと、首相は窓を開けて言った。「ホームズ君、重々承知してほしいのは、陛下はきみがアメリカに行く事実を認めないということだ。何か問題が起きたり、不幸に襲われたりしたとしても、兄上や政府の人間と連絡をとってはならない。言葉が足りないかもしれんが、わかってもらえたかね」

「充分承知しました、首相」

「頼んだよ」と首相は言うと、窓を閉じた。これで短い会見は終わりだ。

私は困惑の表情を浮かべたまま、マイクロフトのほうを向いた。すると兄は私を諭すのではなく、驚くべき行動に出た。短いあいだ私の手を取って、握手したのだ。手を離すと、私の手の中には小さな紙片があった。

「シャーロック、おまえは自分の命がかかった危ない事件をいくつも経験してきた。ロイロット医師に、あのいまいましいミルヴァートン、それに、哀れなジェファースン・ホープ。今回もあんなことにならなきゃいいのだが……」兄の声はだんだん小さくなった。

「やつらはみんな男だし、ぼくを殺そうとするモリアーティの手下だよ。でも、ぼくはまだ生きている」

「そうだな」少し考えてから、兄は言った。「おまえの腕力も、鉄の意志も、鋭い知性も裏切ることはなかった。しかし、今回向かおうとしているのは新世界だ。われわれのような……かつてのわれわれのような男には、決して優しくない場所だ」

兄はそう言うと、ダイムラーの後部座席に乗り込み、運転手がギアを入れる準備を整える中、窓を開けた。「今後知らせがあるまで、おまえの名前はジェイムズ・マッケナだ。リヴァプールの元アマチュア・ボクサーという設定だ。くれぐれも気をつけろよ」

自動車が去っていくと、私は手の中の紙を見た。そこには、「サウスノーマル・アヴェニュー三一五四番地」という住所だけ書かれていた。

「マッケナさん」という甲高い声が耳に入ってきた。マーフィー夫人の声だろう。ほかの同じような女性と同様、顔はこけていてしみがあり、うるんだ水色の瞳をしている。骨張った指はケチの証拠だ。

「チャウダーに口をつけていないね」

この数日間、私は彼女の宿に泊まっている。この先ジェイムズ・マッケナで通していくのなら、アイルランド系アメリカ人という貴重な人材に出会えるここのほうがいいだろうという考えがあったからだ。

私の目の前で、チャウダーの入った器が湯気を立てている。「今日はどうも食欲がありませんでね、ミセス・マーフィー」私がそう言うと、マーフィー夫人は器を持ち去って、すぐに別の宿泊者の前に置いた。「それなら、ミスター・キャラハンが食べるからね。それでおしまい。彼は明日、体力不足にならないよ。肉屋の仕事は延々と続いて、毎日新しい仕事が始まるから」

チャウダーを食べずにすんだ私は上機嫌《ガスト》（これは安易にスペイン語に頼るアメリカ人としての表現だ）で立ち上がると、いとまを告げ、マーフィー夫人が教えてくれた方向に向かって出発した。マイクロフトが私の手の中に遺した紙片に、改めて目をやる。住所はずっと前から頭に入っているのだが、お守りのような役割をその紙に求めていたのかもしれない。

行く道筋で目にした不潔な光景の話を、ここで書くべきではないだろう。徒歩三十分の道のりを今回ほど大きな目的を持ってきびきび歩いたことはない、とだけ書いておけば充分だ。この街でブリッジポートと呼ばれる、西三一番街とサウスノーマル・アヴェニューの交差点。ようやく目的地に近づいたときには、今までなかったほどほっとして胸をなで下ろした。サウスノーマル・アヴェニューに入り、三一五四番地をめざして南に歩いた。

私が訪ねようとしている住居は、この区域（地元風に言えば〝ネイバーフッド〟）には典型的なものだった。地元の人々が〈プレーリー・バンガロー〉と呼ぶ二階建ての小さな建物で、いわゆる〝ショットガン・シャック〟という、各階に部屋がひとつしかない縦長の小屋のようなものだった。マディ・マクパーランド嬢の部屋はファースト・フロア――アメリカ流に言えばセカンド・フロア――にあった。階段を上っていくと、上りきった正面に、ノッカーの付いた玄関のドアが見えた。

ドアを一回ノックして待ち、もう一度ノックした。するとようやく、奥の方から声が聞こえてきた。「どなたですか?」その発音は完全にアメリカ風だったが、そこにアイルランドの軽やかな訛りが混じっているのは疑いようがない。

「ジェイムズ・マッケナと申します。ロンドンから緊急の便りを預かってきました。入れてもらえますか？」

ドアが開いた。ワトスンが書いているように、私は優美な足首の魅力には無関心なのだが、この瞬間だけは、彼のような描写力があれば良かったと感じた。私の目の前に立っていたのは、本当に魅力的な娘だったのだ。「便りですって？　きっと何かの間違いだとは思いますが、とりあえず中に入って、何かお飲み物でも」と彼女は言った。

室内はその粗末な外観から想像するよりも、ずっときれいで整っていた。ハドスン夫人でさえも、ここまできれいに整理整頓できないだろう。本棚には本がずらりと並び、キッチンのほうからは紅茶のいい香りが漂ってきた。

私は心づかいに礼を言うと、暖炉のそばにある心地よい椅子に腰掛けた。彼女は正面の長椅子に座った。「手紙を私にことづけた人物が誰かは教えられないのですが」と私は切り出した。「これが何かのいたずらでないことは確かです。それどころか、非常に重要な案件なんです」

「でも、マッケナさん、ロンドンにいる誰かが私に用があるなんて。私はアメリカ人ですよ」

私は返事の代わりに手紙を差し出した。この時点で私の任務は終わりだ。このままいとまを告げて、長い帰途につくべきだったのかもしれない。しかし、私は返事を受け取る必要があるのか判断がつかず、座って待ち続けた。すると彼女は何かを思い出したのか、封筒を開けた。

手紙を読んだときの彼女の表情を描写するのは難しい。目を見開き、顔を赤らめたのだが、それは恥ずかしさによるものなのか、怒りによるものなのか、何とも言いがたかった。目からひと筋か二筋の涙がこぼれたことは確かだ。しかし、手紙に書かれた知らせがどれだけひどいものであったとしても、冷静さと強い心でそれに耐えていたのだろう。

彼女は手紙を二回読むと、きれいにたたんで封筒にしまった。長い時間、心の中で自分と闘っているように見えた。まるで何かを決断しているかのように、ときどき私のほうを向く。そして、何も言わずに立ち上がると、あとをついてくるよう私に合図した。

マクパーランド嬢に導かれて薄暗い通りに入ると、私の鼻の穴は興奮で広がった。それは路地よりもやや広いくらいの通りで、うだるような暑さが街の暮らしのあらゆる側面をさらけ出していた。通り沿いの三軒に一軒の戸口にはごろつきがもたれかかり、屋根には女たちが立って、こちらをじっと見つめている。私たちが角を曲がり、さらに汚い通りに入ると、老婆のひとりがぞっとするような叫び声を上げた。すると、ほかの人々もそれにならうかのように、植木鉢を叩いたり、金切り声を上げたりしはじめた。私たちはあらゆる人々の視線を一気に浴びた。

さらに、物も飛んできた。道路の敷石や植木鉢、腐った果物、くず肉が、私たちの頭の上に降り注ぐ。そのほとんどが私に向けられているようだ。「なぜ、こんな目に遭うんですか？」と私は叫んだ。

「あなたのことを私服警官だと思っているんですよ」と、マクパーランド嬢が騒音に負けないように声を上げた。「急ぎましょう」

そこで私は事情が飲み込めた。ここは、〝暗黒街《ギャングランド》〟という異名をもつシカゴの中心部なのだ。そう思うと、興奮で身が震えた。一八八六年、ニューヨーク市警のバーンズ警部が『アメリカの犯罪のプロたち』という大作を上梓してから、四年前に亡くなるまで、私は彼と文通してきた。ジョー・ウィルスンという別名で通ってきた強盗のジョゼフ・ウェイレン、詐欺師の〝ジュー・アル〟、悪名高きスリの〝アレック・ザ・メイルマン〟……。長年、写真で目にしてきた犯罪者たちの何人かと対面することになるかもしれないと思うと、興奮を抑えられなかった。ひょっとしたら、この都市にいくつも存在するアイルランドの秘密社会のどこかに潜む、アメリカ版のモリアーティに遭遇することだってあり得る。

「ここに入って」とマクパーランド嬢は言うと、私の腕を引っ張った。そして、群集が不気味な叫び声を上げたり物を投げつけたりする中、業務用の狭い階段を駆け下りて、近くの建物の奥深くへと入った。

きっと、みすぼらしい移民が暮らす、シラミだらけで湿っぽくてかびくさい地下室に連れていかれるのだろうと思っていたが、そうではなかった。行き着いた先はダンスホールのような場所だ。大広間と言ってもいいかもしれない。「ここは何をする場所ですか？」私は美しい付添人にどうにか小声で訊いた。

「もぐり酒場ですよ」

こぼれたビールや血まみれのおがくずの嫌な臭いがする。銃身を短く切った散弾銃や六連発銃の数が、壁の裏を駆け回るネズミの数ほど多い場所だ。二流のピアニストが隅っこでおそろしく調子のはずれたピアノを奏でているかと思えば、売春婦と泥棒がみだらな踊りを勝手に踊っている。とはいえこれは、私が探偵の仕事でよく足を運んだイーストエンドのバーやアヘン窟と、そう変わらない光景でもある。「なあ、ここは最高の飲み屋だと思わねえか？」踊っていたごろつきが話しかけてきた。この男は片耳を半分失っている。私は、まったくその通りだと答えておいた。

マクパーランド嬢は、カウンターの向こう側にいる、傷のある強そうな男と話していた。男はこちらを向いて、何やら私のことを受け入れてくれているようだ。アイルランド人特有の無愛想な顔立ちに、大きな笑みが浮かんでいる。男は汚れたエプロンで手を拭くと、私のほうに近づいてきた。

「エイブ・スレイニーとお見受けします」と私は言ったが、その冗談は通じなかった。私は強烈な一撃を食らい、部屋の向こうまでよろめいた。バーソロミュー・ショルトーの門番のマクマードと対戦したときのことを思い出す。ペナン・ローヤーというステッキで殴られたときにも、これほどの衝撃を感じることはなかった。最後に見たのは、マディ・マクパーランド嬢の裏切りの表情だ。私に優しく笑いかけるその笑顔には、哀れみと復讐の心の入り混じった感情が浮かんでいた。私は、予期せず訪れた闇に沈んでいった。

そのあと二、三週間のことは、ほとんど記憶に残っていない。たいていの時間、私は麻薬漬けにされ——アヘンに違いない——奥の部屋に置かれた金属製の簡易ベッドに鎖でつながれていた。そのあいだに、悪党どもは私の処遇について、あれやこれやと話していた。強烈な一撃で私を気絶させた〝ボス〟と呼ばれる大男が、ときどき数人の男たちとともに部屋に入ってきては、厳しく尋問してきた。私があっけなく意識をなくしたことをとやかく言う男もいたが、ボスはその意見に異議を唱え、私を活用する道はあるだろうと言い張った。ここで生き延びるには、どんな屈辱を受けようとも男たちに同調しなければならないということはわかっていた。それに、マクパーランド嬢がこの出来事の中でどんな役割を果たしているのか、私をこのようなひどい状況に追いやった兄の手紙はどんな内容だったのかを、どうしても知りたかった。しかし、彼女の姿は見当たらなかった。

もちろん彼らは、コカインとアヘンの経験豊かな私が、ドラッグにまったく影響されないとは言わないまでも、かなりの耐性を備えていることを知らない。だから、私は表向きの〝役〟を常に演じきることができた。私はリヴァプール出身のジェイムズ・マッケナだと、何度も彼らに告げた——リヴァプール訛りはすらすらと出てきた。もし自由に動けたなら、部屋にいる男を打ち負かすこともできただろう。

そしてようやく、解放される時がやってきた。部屋のドアが開くと、そこにはボスが立っていた。ボスは入ってくると、私の隣に座った。くさい息が臭ってくる。「さて、おまえの身分に偽りはないようだ。リヴァプールの仲間にいろいろな面からおまえを調べさせたが、おれの基準じゃ問題ない。年はとっているがタフだな。おれたちに加わって、仲間や祖国アイルランドのためにぜひとも戦ってもらいたい、ミスター・ジェイムズ・マッケナ」私は安堵のため息を小さくついた。悪党どもの綿密な調べにも対応できるように備えておくとは、マイクロフトの〝仕込み〟もたいしたものだ。

「だが」と、ボスは嫌な言葉を発した。「いいか、もしおまえが薄汚い警官だとしたら、ここはおまえのいる場所じゃねえ。おれたち同盟は、自分の身の守り方をちゃんと知っているんだ。何しろ経験豊富だからな。言いたいことはわかるか」

ここで私は気づいた——やつらは単なるギャングではなく、アイルランド共和同盟の一員、フィニアンでもあるのだ。民族運動家のダヴィットとパーネルを支持し、アイルランド自治だけでなく、完全な独立をめざす集団だ。英国王の忠実な臣民である私が、彼らの仲間に加えられようとしている。これが、マイクロフトが最初から考えていたことなのか。とても信じられないが、たとえあり得ないように思えても、それは私の知るかぎり真実に最も近いもの——あるいは、少なくとも信憑性の高い仮説——なのだろう。事情が飲み込めてきた私は「オーケイ」と言った。

ボスは、その臭う顔を近づけてきた。「おれたちのために戦ってくれるか?」と言うと、息を吸い込んだ。「アイルランド《エール》共和国のため、そして自由のために戦ってくれるか?」

私は唾をごくりと飲み込んだ。「戦います」

「頼もしいやつだ」ボスはそう言うと、鎖を外し、私に立ち上がるように言った。

その後に起こったことは、よく覚えていない。何か急かされて、シャツの背中を破られたような気がする。その後、左の肩甲骨のあたりに、激しい痛みが走った。明らかに肉が焼けるような臭いが漂い、ひりひりするような感覚が残った。

解放されると、私はひざまずき、ベッドに倒れ込んだ。テムズ川であのトンガの矢に刺されたとしても、これ以上の痛みはないだろう。どのくらいのあいだ苦しみを抱えて横たわっていたかはわからないが、おそらく数分のことだったはずだ。心が落ち着くにつれて、やわらかい手が私の傷口をそっとなでているのに気づき、優しい声が私の耳元でささやいているのが聞こえてきた。「気分はどう？」と、マディ・マクパーランド嬢が言った。彼女は私の顎をつかむと、顔を自分のほうに向けた。苦痛にあえぐ中でも、私は彼女の目に表われた熱意と、赤らんだ頬の美しさ、触れる手の情熱を感じることができた。「ねえ、どうしても知りたいの。気分はどう？」

バッファロー、一九一三年二月

アルタモントの私の部屋は、簡素だが質実剛健で充分なものだった。シングルベッドに、洗面台、そして、自分で空にしなければならない寝室用の便器。ミシュランに載るようなホテルというよりは簡易宿泊所だが、それでもシカゴよりはましで、マーサ・ハドスンの優しいもてなしを恋しく思う気持ちはそれほど強くはなくなった。ギャングにとって「身を潜める」にはもってこいの場所だ。それに、マクパーランド嬢もいる。

私の傷口は癒えたが、鏡がないので、背中に何をされたかを見ることはできなかった。窓の向こうには、凍結した広大な内海のように広がるエリー湖の暗闇が見える。私ができたのは、その窓に映るガス灯のほのかな明かりに、背中を映し出すことだった。それでも、見えるのは焼かれた肌だけで、その下に何があるかまではわからなかった。

上半身裸で物思いにふけっていると、ドアにノックの音がした。私は驚き、あわててシャツを着たが遅かった。すでにドアが開いて、彼女が立っていた。アメリカ人というのは、どれだけ図々しいのか。礼儀というものをまるで知らない。私は彼女に背を向けると、シャツを着ようともがいた。

「傷は順調に治っているわね」彼女は部屋に入ってそう言った。

私はこれ以上、何も知らない状態に耐えられなかった。「お願いだから、やつらがどんな印を付けたのか教えてくれないか」しかし、私の切実な訴えも聞き流された。もしかしたら心が弱った状態にあるからかもしれないが、そのとき彼女は——こんなことを言ってもいいのだろうか？——以前よりもずっと美しく見えた。私をこのような状態にした加害者のひとりでもあるというのに、心というのは奇妙な調整効果をもつものだ。

彼女はその神秘的なケルトの青い瞳で私を見つめた。粗野でたくましいアングロサクソンの人間にはあまりにも異質で、かつあまりにも魅力的だった。「シカゴであんな手荒な扱いを受けさせたことは、申しわけなく思うわ。けれど、慎重に事を運ぶ必要があったのよ。あなたのこと、そして、あなたの適正……」彼女は少しのあいだ考え込むと、突然、目を見開いて頬を怒りで赤く染めた。「あの人たちが本当に憎らしいわ！」と彼女は声を上げた。

そんなふうに彼女が怒りをあらわにしたことに、私は驚いた。

「あの人たちが私の父に対してやったこと、父にやらせたこと、父の身に起きたこと。それを考えると憎らしくて仕方がない」彼女はそう言うと、私に激しく飛びつき、私の胸に拳を叩きつけた。「本当に憎らしい。この気持ちがわかる？　大嫌いなのよ！　死ぬまでに、あの腐りきったやつらに仕返ししてやるわ」

突然激しく怒り出した原因はさっぱりわからなかったが、彼女は怒りが静まると、私の胸にもたれかかってすすり泣いた。マイクロフトからの要求があったかもしれないが、彼女は私をこの闇社会に引きずり込んだ。しかし今は、私を売り渡した先の人間を明らかに非難している。その瞬間、ワトスンがそばにいて助言してくれたらと、どれだけ強く思ったことか。

彼女を私の腕に抱くこと以外に、できることはなかった。私は混乱していたとはいえ、まだ紳士としての威厳を保っていた。だが、そうやって抱擁しているところを、ボスに見られてしまった。「なあモリー、あの熱々カップルを見ろよ」ボスは隣に立っていた男に言った。「おれたちのかわいい娘と年寄りが、こんな短いあいだにできあがっちまったぜ。おまえ、すっかり出し抜かれたな。ハッ、ハッ！」

モリーと呼ばれた男が、顔を真っ赤にし、「やめろ、マディ」と声を荒げた。「おれたちの仲をめちゃくちゃにしようってのか」彼はボスを押しのけて前に出ようとしたが、ボスの毛深い腕に行く手を阻まれた。

マクパーランド嬢は私から身を引くと、ボスたちのほうを向き、モリーに告げた。「チャーリー、言っておくけれど、私があなたのものだったことは、今も昔も一度もないのよ。前にちゃんと説明したつもりだったけれど。私はどの男のものでもなく、父の思い出とだけ生きている。父の仕返しをするか父から祝福を受けるまでは、どんな男のものにもならないわ」彼女は部屋全体を見回すと、私のほうを見た。「私、どうしていいかわからない！」と叫ぶと、走って部屋を出ていった。

少しのあいだ、沈黙の時が流れた。そして、モリーと呼ばれた男（私がひと目で嫌いになった男）が、ぼそりと言った。「ったく、女ってやつは」

彼の悪意ある視線は私に向けられた。男は大柄で、ボスと同じぐらいの体格をしていて、腕の波打つ筋肉から判断すると、戦えばかなりの強敵になるだろう。「なあ、おまえは誰なんだ？」と男は声を荒げた。

「ジム・マッケナ」と私が答えると、彼に殴られた。その一撃でよろめいたが、倒れることはなかった。

「イングランドの人間のような話し方だな。名前を言ってみろ」

私は繰り返した。「ジム・マッケナ、リヴァプール出身だ」すると、今度はすばやく二発食らったが、私は身を硬くしていたため、耐えられないほどの痛みではなかった。

「いいか、あともう一回だけ訊くぞ」彼は脅すように言った。「正直に言ったほうがいいぜ。名前は何だ？」

マイクロフトにした約束と、祖国への義務から、私の決意は揺るがなかった。それに、マクパーランド嬢の名誉を傷つけたくないという思いもあった。「おれの名前はジム・マッケナ。リヴァプール出身で、シカゴから来た。信じないのなら、もう一度殴ればいい。だが、必ずおれを殺すようにしろ。でないと、ひどい目に遭うことになるぜ、モリー」

私が両方の拳を構えると、モリーは小馬鹿にしたように笑った。ワトスンが書いているように、私のボクシングの腕前は、全盛期にはなかなかのものだった。元ボクシング選手のマクマードと対戦したこともあるし、かなり昔には、モリアーティがよく利用していたロンドンの闇社会にいるアイルランド人の悪党どもと、一戦を交えたこともある。モリーがふたたび殴りかかってくると、私はそれをかわし、右の拳を彼のあごにお見舞いした。モリーがうしろによろめいたところで、ガードが手薄になったみぞおちに左の拳を食らわすと、彼はドサリと倒れ込んだ。あのメンドーサでも、これほどみごとなワンツーパンチを決められなかったのではないか。

ボスが大笑いする声が聞こえた。モリーはうめき声を上げ、床の上から私をにらみつけた。「ここだけの話にしておけよ、ジム・マッケナ」とすごむと、こそこそと逃げていった。

ボスは脅し口調を引っ込めた。「これは戦争だ。母なるアイルランドはすべての息子を必要としている。モリーのようなごろつきであってもな。生まれがどこであろうと、個人的にいやなやつがいても、関係ねえ。おまえのような男が、苦悩に満ちたわが祖国が受けている屈辱に対して良心を痛め、おれたちの戦いに加わりたいと思うなら……そこが始まりになる」

「ならば、始めましょう」と私は答えた。

それから何カ月もかけて、ボスとその仲間たちは、ひたすら私の英国人的な特徴を消して、私をアイルランド人——正確には、アイルランド系アメリカ人——に仕立て上げようとした。アイルランドの知識を身につけ、その苦悩と怒りに満ちた歴史を学んだ。通貨の偽造法、爆弾の製造法、銃の撃ち方を教わり、英国人的な自制心を捨てて暴力を積極的に使うよう叩き込まれた。あるとき、『三人ガリデブ』とワトスンが題した事件の記憶が甦ってきた。ワトスンと私が〝殺し屋〟エヴァンズに殺されかけたとき、合法的に発砲できる状況であったにもかかわらず、私は拳銃でエヴァンズを殴るという行動に出てしまったが、今後そうした無慈悲な犯罪者と対峙したときには、そんなことはしないだろう。

ボスが言ったように、これは戦争なのだ。

アメリカには、アイルランド人が作った闇の鉄道があることも知った。ボストンやニューヨーク、フィラデルフィア、バッファロー、ニューオーリンズ、シカゴ、セントポール、サンフランシスコからフィニアンを逃がすためのものだ。アメリカで膨大な額の資金が集められ、アイルランドに送られていることも、初めて知った。おそらく、今後実行される非常に大規模な作戦に注ぎ込む金だろう。聞いたことのある名前も耳にしたが、それは、このような状況で登場するのは意外な名前だった。たとえば、ケースメント、チルダーズ、そして、〝デヴ〟と呼ばれる男だ。こうした男たちが国王を裏切っているかもしれないと考えると、私は動揺した。

まだまだある。しかも、もっと危ないことだ。俗世間から切り離されていた私は、ほとんど新聞を読める状況になかった。それでも、東から吹いてきた不吉な風は、バッファローにいても感じられた。ドイツ帝国との戦争の可能性が、大西洋の向こう側でも公然と考えられるようになった。仲間の発言の内容から判断すると、それは切実に望まれていることだ。彼らはどこに忠誠を誓うかを、まったく隠そうとしなかった。

私は〝偽装〟のため、自動車修理工のところで働くことになった。アメリカ人は自動車に目がないという特徴を身につけるためだったが、私は目新しい機械がもともと大好きなこともあって、スターターや点火プラグ、オイルポンプなどにすぐ詳しくなった。アメリカ人的な特徴をさらに深めるため、いまいましいヤギひげを少し生やすことまでもやってみた。すると気味が悪いことに、自分が米国人《アンクル・サム》に見えてきたではないか。

日中はこのようにして過ごしたが、夜になると、よくマクパーランド嬢のところを訪ねた。彼女がシカゴでなぜ私を裏切ったのかは、まったくわからない。その質問には何も答えてくれないのだ。その代わり、彼女は鋭い眼差しを私に投げかけるのだった。その目はだんだん見慣れたものになった。あるとき、私が届けた手紙に何が書いてあったのかと、思い切って聞いてみたのだが、彼女の態度は出来の悪い生徒を相手にする親切な先生のようだった。だから、その話題はしばらく口にしないことにした。彼女は答える代わりに、カスター将軍の背水の陣を描いた三文小説《ダイム・ノヴェル》を手渡し、私に声を出して読むように言った。

冒頭の十語を読んだところで、彼女に止められた。「そうじゃないわ。私が読むのをよく聞いて、まねしてちょうだい」「本当に出来の悪い生徒に教えているように、単語を繰り返し私に発音させ、それができると、いくつかの単語からなる句、そして文を読ませて、ひとつひとつ発音を直していく。デュ・モーリアの小説で言えば、彼女がスヴェンガーリで、私がトリルビーだ。私の話し方から英国的な特徴をすべて消し去り、アメリカ人の耳ざわりで醜い話し方を身につけさせるためだ。私はすぐに上達した。

ある晩、自動車修理工の仕事でくたくたに疲れ、ベッドに横になって煙草を吸っていると、彼女が入ってきた。だが、今回は本を持っていない。私はすぐに立ち上がろうとしたが、アメリカの若い女性がやるように手を上げるしぐさをして、起き上がらないよう私に伝えてきた。ベッド脇の椅子に腰掛けると、何の前触れもなく歌い出した。それは不思議で物悲しいワルツだったが、安らかな雰囲気もあり、私はすっかり魅了されてしまった。それに、彼女の声……それはあまりにも完璧で、天使たちが彼女の足元に座って聞いているかのようだった。「薄明かりの下で歌う／たそがれの歌／揺らめく影は／優しく現れては消える」

「それは何の歌だい？」彼女が歌い終えると、私は訊いた。

「『懐かしき愛の歌』」と彼女はささやいた。「さあジェイムズ、いっしょに歌いましょう」

彼女にクリスチャンネームで呼ばれたのは、そのときが初めてだった。たとえ本名でなくても、私の体にぞくぞくするような感覚が走った。

そして、私たちは歌った。歌い終えると、彼女は何時間とも思えるほどの長い時間、顔にさまざまな疑問の表情を浮かべながら、私の顔をじっと見つめた。「ねえ、ジム」とようやく言った。

「あなたって、本当にすてきな人ね」

こうして時が流れた……。

ワトスンがたっぷり書いてくれた私の人物像からわかるかもしれないが、変装や演技というのは私の第二の天性のようなものだ。もちろん、私が世界初の私立諮問探偵になると決めたせいで演劇界が逸材を失ったとまで、うぬぼれるつもりはない。だが、馬番屋の少年や、年寄りの書物蒐集家、さらにはシーゲルソン――モリアーティ教授がライヘンバッハの滝で不運な事故によって命を落としたあとに私も死んだと、ワトスンを含めて世界中の人々が考えていたときに、私が使っていた名前――など、私がこれまで演じた数々の人物の中で、今回のジム・マッケナほど、うまく偽装した例はないだろう。日が経つにつれて、彼は私の中でどんどん現実感を増し、ベイカー街のシャーロック・ホームズのことにまでほとんど考えが及ばない日々もあった。

明らかな皮肉である。生涯で最も大きな謎を解き明かすために、私は自分自身の依頼人となったのだ。

私はこれまでの信条を見直さずにはいられなくなった。もちろん、私がいつの間にか仲間になっていたアイルランドの一般庶民の水準にまで成り下がることはできない。とはいえ、力ずくで教化されたことで、これまで受け入れてこなかった根っからの大酒飲みや常習的な犯罪者――こうした連中の多くはモリアーティやモランのような天才的な犯罪者だ――のことを、同じ人間とみなせるようになった。これは主にマクパーランド嬢のおかげだ。

そんなことをつらつら考えていたのは、夕食の席についていたときだった。マーフィー夫人の宿の食卓をずっと大きくしたような場所で、私がこれまでかかわり合ってきた人殺したちと同じくらい危険な男たちがずらりと顔をそろえていた。次々に呼ばれる名前を聞いていると、ついにあと戻りできないところまで来たのだということが、はっきりわかった。レフティ・ルーイ、ワン・アイ、ハッピー・ジム、牧師のパディ。アメリカ人はファーストネームで呼び合う世界に生きているのだ。そして……。

「ジム」とボスが言った。「それと、マディ。二人はチームだ。二日後に、ニューヨークへ向かえ」

モリーは怒って立ち上がった。「でもボス――おれはどうするんです?」

「黙れ、チャーリー」とボスは一蹴した。麻紐で縛られた小包が、私の前にどさりと置かれた。英国紳士からアイルランド系アメリカ人の悪党への変身を仕上げるための、新しい服だ。小包の中にはリヴォルヴァーも含まれていた。「これを持ち歩いて無事に過ごすんだ、ジンボー。必要なときに使えばいい」

ふたたび全員の目が私に注がれた。特にモリーの視線は強烈だ。だが今回は、レンガや尿瓶《しびん》の雨あられを浴びることはなく、部屋は静まり返り、視線には期待感が入り混じっていた。マディは控え目に視線をそらしていたが、彼女が顔を赤らめているのが、離れていても伝わってくる。

「すげえな、ボス」と私は言って、彼女を見た。「これをぶっぱなそうぜ、マディ。頭がいかれちまいそうだ」

最初は、私と彼女が父親と娘という設定にする計画だった。しかし、年が離れているとはいえ、父親が結婚適齢期の娘を連れて旅するよりも、年上の男が若い妻を連れているという設定のほうがわれわれの階級としてはずっと普通だと、マディが異議を唱えた。ご想像のとおり、ひとりだけ反対者が出たものの、この案は承認された。モリーは部屋の隅で静かにしていたが、腹は煮え繰り返っていたに違いない。私はその姿が気に入らなかった。

私たちは、策略という大きな車輪を回すための小さな歯車でしかなかった。だから、集めた〝寄付金〟の詳しい使い道はいっさい教えてもらえない。しかし、私は前からだいたいのことをつかんでいた。フィニアン、ＩＲＢ、アイルランド共和軍は近い将来、何らかの反乱をたくらんでいる。もしかしたら、英国に反抗的なアイルランドに派遣されたドイツ皇帝の諜報員と協力しているのかもしれない。ダッチマン（これはアメリカでドイツ人を指す言葉だ）やスキバリーンでの会合についての噂を耳にした。

そこで私は気づいた。ギャングのアジトに潜入して、アイルランド系アメリカ人たちが祖国のために何をたくらんでいるかを探る――ひょっとしたら、マイクロフトが私にこの任務を与えた理由は、これだったのではないか。兄を疑った私は何てばかだったんだろう！

このパズルを完成させるには、最後の一ピースだけが欠けていた。それを探す力になってくれるのは、彼女しかいない。私が自分自身では見えないものを、彼女は見させてくれるだろう。ついに私は、謎を解き明かそうとしていた。

その夜、彼女はそっと私のところにやってきた。ひとことも言葉を交わさなかった。私がシャツを脱ぐと、彼女は優しい手つきで私の背中にある焼き印をなぞった。円の中に三角形が入った図形をしている。そこで一気にすべてがわかった。この焼き印は、かつてバーディー・エドワーズの体にあったものと同じだ。それに、二十五年ほど前、ヴァーミッサ谷のスコウラーズから逃れるために、彼がバールストンで自分のものに見せかけようとした死体に付いていたものとも同じだ。はるか昔に死んだ男の手が伸びてきて、私の肩に触れたようだ。運命の手が。

彼女は私のうなじにキスし、そして下へと動いて、焼き印にキスした。私の体から一生消えないカインの印に。

ドレスを脱ぐ、さらさらという衣ずれの音が聞こえる。ドレスが床に落ちると、彼女の温かい肌と私の体が重なった。「これで、二人とも楽になったわ」

次の日の夜、出発を翌日に控えた私たちの壮行会が、〈アルタモントの舞踏場〉と呼ばれている場所で開かれた。ビールやウィスキーがふるまわれた。

モリーはその夜ずっと、私をにらみつけていた。このまぬけが何かやらかすのではないか。トラブルが起きそうな予感がした。私は騒ぎが起きた場合に備えて充分に心の準備を整えた——そのつもりだった。

「ねえジム、踊りましょう」とマディが誘ってきた。「もし私たちが」と言って、顔を赤らめた「その……結婚している振りをするんだったら、夫婦のようにふるまうべきでしょ」私は彼女の美しい手を取って、ダンスフロアへと彼女を導いた。

すると突然、モリーがすごい形相で近づいてきた。「こらおまえ、その汚ねえ手を離せ！」と声を上げる。「さもないと、地獄に突き落としてやるからな」モリーはそう言うと、私を強く押しのけた。

「やめて、チャーリー」とマディが叫ぶ。

「おまえはおれのものだ！」とモリーが声を荒げる。

「違うわ」静かにきっぱり答えた彼女の口調は、ずっと忘れられない。「私は彼のもの。それでおしまい」

モリーはカンカンに怒って、彼女のほうに突進してきて、私を完全にじゃまする格好になった。モリーがアイルランド人的な短気を起こして、今私の目の前にあるものを、そして、それがもたらすであろう幸せを台無しにするのは耐えられなかった。

私はモリーの顔をありったけの力で殴った。ロイロット医師が曲げた火かき棒を元どおりまっすぐ伸ばしたときと、同じだけの力だ。骨が折れる音は、部屋全体に聞こえただろう。その瞬間、彼を死なせてしまったと思った。

モリーはうしろによろめき、倒れながらピストルを手にとった。銃声が鳴り響く。私は生きている。やつは外したのだ！　私は倒れているモリーのほうに向かった。仲間からは、完全にアイルランド人気質が備わったという評価を得ている。とどめを刺さなければ――

――そのとき、マディの叫び声を聞いた。頭の中にあった暴力的な考えは、すべて吹き飛んだ。振り向くと、彼女が床に倒れていた。そばに走り寄ると、傷が命にかかわるほど深いことがひと目でわかった。

「水！」と私は叫んだ。

私にできることは、アイルランド人がよく知る〝モルの地〟への最後の旅に出る前に、彼女をできるだけ楽にしてやることだった。私は彼女の愛しい頭を腕に包んだ。その目は大きく、本当に青かった。

「私を裏切らないで、ジム」と彼女はあえぎながら言う。「父の血にかけて、裏切らないで！」

「バーディー・エドワーズか」と、私は静かに言った。彼女の目は嘘をつかない。ずっとわかっていたのだ。

静かになった群衆が、マディの最期の言葉を聞くために近づいてきた。「父の裏切りをどれだけ憎んだか。勇敢なところは尊敬していたのに。父が裏切った人たちをどれだけ愛していたか！　彼らを裏切った父をどれだけ愛していたか！」

彼女は力を振り絞って腕を上げ、まるで部屋にいる全員を網で捕まえるかのようなしぐさをした。「そして、あなたたち！　父にあんなことをして、あんなことをさせて、どれだけ憎んでいるか」彼女の頭が腕の中でうしろにだらりと垂れた。

彼女にもう力は残っていない。最期が近いのだ。彼女は何とか力を振り絞り、ドレスから何かを取り出して、私の手に押しつけた。今や血に汚れたその紙は、マイクロフトからの手紙だった。

彼女の美しい唇に耳を近づけた。「約束して、ジム。絶対に投げ出さないって。絶対にあきらめないいって。絶対にくじけないいって」

「約束するよ、マディ」

「愛してるって言って」彼女の目から荒々しい光が消えつつある。「誰よりもって」もう残された時間はない。「いつまでもって」

「歌って。最後に一回だけ。たそがれの歌を」彼女はあえぎ、体を震わした。

私は歌った。「たそがれ時に流れるのは／懐かしき愛の歌／懐かしくて優しい愛の歌……」

歌いつづけた。彼女が私の腕の中で動かなくなり、静かになったあとも。

その後の話は手短にすませよう。私はモリーを追いかけて海を渡り、アイルランドのスキバリーンに入った。彼は闇社会に潜り、ＩＲＡに保護を求めていた。だが、アイルランド系アメリカ人の同僚ジム・マッケナにとって、モリーを見つけるのは簡単なことだった。私はロンドンにいるとき、よくアイルランドの少年などを呼び集めてベイカー街遊撃隊を結成していたが、それと同じように、スキバリーンでも浮浪児の遊撃隊を手早く作って町のパブをひとつ残らず調べさせた。そして一日も経たないうちに、モリーの居場所を突き止めた。〈ワイルド・グース〉だ。

私は帽子を深くかぶり、背中を丸め、杖を持つ手を震わせた人物になりすまして、そのパブに潜り込んだ。モリーはいつものように騒々しく、下品で態度が大きい。店の隅のテーブルで、片眼鏡をかけたドイツの紳士に激しい身振りを見せている。決闘で負った傷があることから、紳士の家柄とふだんのふるまいは想像がつく。

じりじりと近寄ると、こんな会話が聞こえてきた。「……フォン・ヘルリング。取引は取引だ。もしおれを裏切ろうとしているんなら、用心したほうがいいぞ」

ドイツ人はビールグラス越しにあざ笑った。「そんな脅しで私をどうにかできると思っているのかね？」と問いかけると、見下すように笑った。「店内を見回してみたまえ。われわれの協力者として雇える人間が二十人はいるぞ。なぜきみが必要なんだね？」

モリーの前には空のパイントグラスが四つ置かれていた。彼が激しく体を動かすと、グラスの二つが宙を舞った。「どういうことだ。おれたちは味方じゃなかったのか！」

「自分の敵の敵が味方になり得るとしても、きみと私が仲良くなれるとは限らない。まるで反対だ」

モリーは顔を真っ赤にして、立ち上がろうとした。ここで、あいつに早まったことをさせるわけにはいかない。まもなく復讐の機会を手に入れようとしているのだ。モリーの注意を私に向けさせようと、私が左手に持っていた一パイントのギネスを利用することにした。

ギネスを頭のてっぺんからつま先まで浴びると、モリーは跳び上がって激怒した。ドイツ人のことは頭から離れたようだ。老人に扮した私は気がつかないふりをして、通用口から外に出た。この出入り口は、家で酔っ払った父親に頼まれた少年たちが、ビールの入った量り売り《グラウラー》の容器を持って帰るのに使っているものだ。

「おい待て、そこの老いぼれ！」とモリーは叫んできたが、私は耳が遠い振りをして無視した。店内がざわめくなか、モリーは私を追いかけてきた。

路地に出て待つ。モリーがドアから飛び出してきた。私は帽子を脱ぎ、背筋を伸ばして立ち、死人のように冷静になった。「マッケナ！」彼はよろめいてドアにもたれかかった。思っていたとおりの展開だ。対決は短く、一度きりにしたかった。ここで見知らぬ誰かのじゃまが入るのが、いちばん都合が悪い。

「やるならやれ」と私は言った。

やってきた。

モリーが一発撃つあいだに、私は二発撃った。私の弾は両方命中したが、モリーは外した。モリーの体がだらりとなり、顔から血の気が引いていくと、彼はどっさりと座り込んだ。騒ぎに怒ったパブの常連たちが店内からドアを叩く。モリーの目から輝きが失われるのを見届けると、老人の変装に使っていた帽子と杖、コートのほか、許されたわずかな時間に脱げるだけのものを脱ぎ捨てて、下に着ていた自動車修理工の衣装に早変わりした。

パブの表に歩いていき、店内に入ったところで、数人の男たちがモリーの死体を押しのけて通用口のドアを開けた。警察を呼ぼうとする叫び声が聞こえる中、私はドイツ人の近くの席に座り、自分のヤギひげをそっとなでた。ドイツ人は私を見ると、裏切りではなく、感謝の印に小さくうなずいた。

「何にします?」と女性のバーテンダーに訊かれた。

「やっぱり何もいらねえ」と、アイルランド系アメリカ人の訛りで答えた。「ちょっと気が変わってね」私はドイツ人のほうに軽く会釈すると、「いい夜をお過ごしください」と言って店を出た。

しばらくのあいだ、地元警察はこの事件に頭を悩ませた。古い服とアメリカ製リヴォルヴァーを発見したときには特に頭を悩ませたが、酔っ払ったアイルランド人どうしの殺し合いはよくあることなので、警察は早々に事件への興味をなくした。私は難なくアイルランド海を渡ってロンドンに入り、翌日にはサウスダウンズに戻って、蜂に囲まれながら、女王蜂の分封を観察していた。

サセックス、一九一四年七月
マーサからマイクロフト・ホームズの来訪を告げられたときにも、特に驚きはなかった。本来なら、迎え入れるべきではないだろう。恰幅が良く、見るからに怠惰な外観に、あれほど陰湿な心がすっぽり収まっていようとは……。自分の兄を見くびっていたのだと改めて感じた。
バーディー・エドワーズの故郷に存在するアイルランド系アメリカ人の闇社会に私を溶け込ませようと、その目的を達成できそうな人物のところに私を送り込んだのは、兄の非凡な才能がなし得たことだ。これは認めなければならない。しかし、なぜ兄は彼女にそれができるとわかっていたのか。私は、血で汚れた手紙を札入れから取り出すと、しわをきれいに伸ばし、書斎の机の上に置いた。「ミスター・ホームズを中に入れてください」と私は言った。
「シャーロック!」その叫び方は、私に再会できるとあまり思っていなかったかのように聞こえた。兄は手を差し出してきたが、私は自分の手を下げたままにしていた。

「これを持って帰ってきたよ」と私は言って、手紙を指し示した。「回り回ってね」

一瞬、兄はそれまでほとんど見せたことのない困惑した表情を見せた。手紙に付いた血――彼女の血――を見て、ひるんだのだろう。しかし、すぐに落ち着きを取り戻した。

「われわれは、あの若い女性にしばらく前から目を付けていた」と兄は切り出した。その振る舞いに、謝罪のかけらでも現われているだろうか。「実際には、あのバールストンの悲劇からずっとだ。彼女の父親が死んだあと、少額の資金を匿名で彼女に送金し、われわれの諜報員にときどきようすを見させるようにした。実際、彼女をモリアーティのアメリカの手下から守るため、マクパーランドという偽名を使うよう勧めたのはわれわれだ。大きな葛藤と問題を抱えた若い女だった。悲劇だよ」

私は何も言わなかった。沈黙が私からの充分な抗議だ。

「いい加減にしろ、シャーロック。ほかにどんな方法があった？　もし政府の計画を伝えていたら、首相がアスキスであろうとなかろうと、おまえは即座に拒否しただろう。おまえは前に、グレイの依頼を断っているからな。それに、謎が大好きなおまえなら、このスパイ活動を続けてくれるだろうとも思っていたのだ。まさにそのとおりだった。しかも、すばらしい成果を上げてくれた。おまえのことを本当に誇りに思うよ」

ようやく私は口を開く気になった。そうするしかなかったのだ。「いったいこれは――何のためだったんだ？　フィニアンたちをぼくに〝監視〟させるためか？　どれだけの犠牲を払ったと思っているんだ」自分が頭に来ていることがわかる。「政府がたった数人のへぼな革命家をダブリンで監視できないのなら、希望も何もありはしない」

マイクロフトは、いまだに寝室でブリキのおもちゃの兵隊や回転木馬で遊んでいる弟を見るかのように、私を頭のてっぺんからつま先までじろじろ見た。「まだわかっていないようだな」

正直に言うと、この時点で私の堪忍袋の緒は切れた。「わかっていないだと?」と声を上げ、手紙をつかんだ。「そんなことを言うと、天罰を受けるぞ!」

兄が目を白黒させた。初めてのことではなかったが、マイクロフト・ホームズとモリアーティ教授が知性の面で非常に良く似ていることに改めて気づいた。しかもどちらの人物も、マクパーランド一家の死に対して責任がある。私は手紙に目をやった。彼女の赤い血は色あせつつあり、手紙は羊皮紙のような見かけになっている。私の心の中にある思い出とともに、過去へと過ぎ去っていくのだ。

「われわれは――私は――彼女が正しいことをしてくれると信じていた。実際にそうしてくれたようだ。手紙を声に出して読んでもらえないか」

手紙を見ると、それを持つ手が震えていた。「ミス・エドワーズ、この手紙を届けた人物は、お父上を絞首刑から救ったと同時に、死に追いやった男です。彼は贖罪を求めています。あなただけが、それを与えられます。どうぞお好きなようにしてください」

文章はそれで終わりだったが、手紙にあったのは文だけではなかった。下のほうには、署名の代わりに、円の中に三角形がある簡単な印があった。それは、今や濃い茶色に変色した彼女の血で少し汚れていた。バーディー・エドワーズの体と、バールストンの死体に付いていたもの、そして、今私の体に付いている焼き印だ。三位一体と永遠なるもの。最後まで残った疑問に対する答えだ。

私の手から、手紙がひらひらと落ちた。ようやく、すべてがわかった。

「フィニアンとは何の関係もないのだよ、シャーロック。アイルランドとも関係ない。すべては、戦争をもくろむドイツと、その戦争に関係しているのだ。彼らは英国の裏切り者のことは、特に近年はまったく信用していない。それに、おまえは引退しているとはいえ、国を出てもらう必要があった。ベイカー街とサウスダウンズのミスター・シャーロック・ホームズの記憶が消えるようにだ。しかし、アイルランド系アメリカ人のジェイムズ・マッケナは……」

「死んだ」と私は言った。「死んだままにしておかなければならない」マディとの約束は何よりも大切だった。国王への忠誠よりも、兄との血のつながりよりも。シャーロック・ホームズの不滅の忠誠心は今も、そしてこれからもイングランドに向かうだろうが、ジム・マッケナは絶対に彼女を裏切らない。マディが私に教えてくれた別の忠誠心があるのだ。そちらのほうが高いのなら、それでよい。

「そうか、いいだろう。彼の冥福を祈ることにする。だが、実はドイツのある高貴な人物が、おまえにとても会いたがっている。実は……偶然にも……その方はここから遠くないところにいる。言っている意味はわかると思うが」

彼女の最期の笑顔の思い出、私の中から決して消えない思い出がよみがえった。マイクロフトがかかわっている場所では、偶然などあり得ない。人生をチェスにたとえれば、兄は常に二手先を考えている。「その人は何て名前なんだ?」

マイクロフトは、安堵のため息をついた。「フォン・ボルク。面白いことに、おまえがスキバリーンで出会った友だち、フォン・ヘルリングの同僚だ。明日から仕事に入ってくれ」

マディの死は無駄ではなかったということだ。国王と祖国、そしてアメリカ合衆国のために、彼女は常に生きている。「わかった」と私は答えた。興奮で鼻が広がった。正直言うと、人をあざ笑うかのようにふるまうあのドイツ人と、わが国にいる彼の諜報員に再会するのを楽しみにしていたのだ。

用事がすんだので、兄は帰ろうと立ち上がった。「最後に聞きたいんだが」マイクロフトは玄関に向かう途中で言った。「ジェイムズ・マッケナが死んだとしたら、今度は何と名乗るつもりだね？」

「アルタモント」と私は答えた。

モリアーティ、モランほか——正典における反アイルランド的心情

Moriarty, Moran, and More: Anti-Hibernian Sentiment in the Canon

マイケル・ウォルシュ

Michael Walsh

1998年発表の小説『もうひとつのカサブランカ』などで知られる。かつては《タイム》誌などに音楽批評を寄稿していた。2004年には“And All the Saints”で米国図書賞の小説部門を受賞している。

アーサー・コナン・ドイルのように土地と時代の両方を体現した人物というのは、なかなかいない。いかにも自信たっぷりな——だが大きな誤解を招く——外見の下に、かくも矛盾にまみれた内面を隠しているとなると、さらに珍しいだろう。

ヴィクトリア朝末期の英国を象徴するコナン・ドイルは、スコットランドの首都エディンバラに生まれ、自分自身をまさに英国人らしさ《イングリッシュネス》の権化とみなすようになる。それでいて、父方と母方の両方ともが、代々続くアイルランド人の、おまけにカトリック教徒の家系の出身だった。長老派の都市における、（同宗信徒の数が多いとはいえ）カトリック教徒。英国にいるアイルランド人。そして、世界に向けては英国人。これらの要素がストレスとなってコナン・ドイルを苦しめたのだが、彼の生んだ最も有名な登場人物だけが声をあげることができ、問題を解決できたとしても、不思議ではない。

「ご存知のように、私は半分アイルランド人です」と彼は、ある新聞記事に怒りを爆発させたあとの手紙に書いている。「そして半分英国人としての気質が、怒りっぽい子供のような困ったところをもっているのです」いかにも紋切り型の言い訳だ。短気なアイルランド人《ヒベルニア》というのは、英国ですでに確立して久しい民族分類のイメージだった。そして、実はコナン・ドイル自身も、その月並みな典型的アイルランド人らしさを受け入れていたらしく、〝英国人らしくない〟ふるまいなどの言い訳に便利な省略表現法のようなものとして使っていたのだ。ある自由統一党（アイルランド自治法案に反対して自由党を脱退した分派）候補者の応援で遊説していたときのことを、彼は自伝『わが思い出と冒険』の中で振り返っているが、気がつくと演壇に押し出されて三千人の聴衆を前に演説していたという。「何を言ったのかほとんど覚えていないが、私の中のアイルランド人気質が救出に現われ、程度の差こそあれちぐはぐな言葉や直喩をほとばしらせ、聴衆の注意をひきつけたのだ。しかし、あとから考えると、真剣な政治談義というより滑稽な街頭演説のようだった」短気な点、そしておしゃべりの才能。アイルランド人に顕著な二つの特徴を、どうやらコナン・ドイルはひどくいやがっていたようだ。

　そのころの彼は、長年争いが続く植民地アイルランド懐柔のための自治法案を提出するグラッドストーンに、断固反対していた。英国が世界大戦とイースター蜂起（一九一六年にダブリンで起きた英国統治に反対する武装蜂起）という対をなす危機へ容赦なく向かっていく中、文学者として名声の頂点にあったコナン・ドイルは、本質的に敵国への協力者だったのだ（自治法案には北アイルランドのプロテスタントも反対していた）。

　前出の引用にそれとなくほのめかされているように、コナン・ドイルが自分自身のアイルランド人らしさを嫌っていたのは、実は根の深い、影響力の強い問題だったというのが、この小論でのわたしの主張である。『コナン・ドイル書簡集』*で読めるようになった彼の手紙の中でも、それはたいてい隠されているのだが、わざわざ世俗的な現実にばかり目を向けるまでもない。証拠は、そう、あるべきところにある——正典の中だ。正典は、たいていの頑迷な英国人が赤面しそうな、まぎれもない反アイルランド《アンチ・ヒベルニアン》的心情の饗宴なのである。読者は悪役を望んでいるのではないか？　それも、ざらにいるような悪役ではなく、英国全体を覆わんばかりに張りめぐらされた蜘蛛の巣のような、巨大な犯罪網の真ん中に巣食う人物、犯罪界のナポレオンがいいのでは？

よしわかったとばかりに、コナン・ドイルは――不屈のスコットランド人、ドクター・ジョン・ヘイミッシュ・ワトスンという筆記者を通して――犯罪界のナポレオン、モリアーティ教授という素敵な人物を授けてくれたのだった。

モリアーティは自分の片腕となる人物を求めているのでは？　冷酷で狡猾な、大英帝国随一の射撃の名手がいい？　よろしい、では――セバスチャン・モラン大佐をつけてやろう。正典のいたるところで、アイルランド人は必ずと言っていいほど、あからさまな犯罪者か少なくとも乱暴者かのどちらかというふうに、好意的でない描き方をされている。モリアーティとモランのほかには、たとえばマクマード。彼は『四つの署名』の中で、かつてホームズとボクシングの試合をしたことがあると語る、元プロボクサーでバーソロミュー・ショルトーの使用人だ。「そんなとこにつっ立ってないで、こっちへ来てあごの下にあのクロス・ヒットの一発でもくれてりゃ、すぐにわかっただろうに」と彼はホームズに言うのである。

マクマードという名は――後述するようにコナン・ドイルにとって深い意味のある名前なのだが――全編がまぎれもない反アイルランド的心情のシンフォニーとなっているホームズもの作品に、再登場する（というより、話の順序からするとこちらへの登場が先かもしれない）。私が言っているのは、もちろん『恐怖の谷』のことだ。

アイルランド人もアイルランド系アメリカ人も読めば必ずぞっとするこの長編には、コナン・ドイルの自己嫌悪ばかりでなく、ヴァーミッサ谷の勇敢なアイルランド人男女を押しつぶそうとする力に彼が積極的に加担していることに気づかされる。コナン・ドイルの描く〝ヒーロー〟は、ジャック・マクマード、バーディ・エドワーズ、ジョン・ダグラスなど、いくつもの名前で遍歴し、アイルランドの革命を描いたリーアム・オフラハティの名著、『密告者』を予示しているかのようだ。忌み嫌われているピンカートン探偵社のために働くこの裏切り者は、ペンシルヴェニアの炭鉱町でスコウラーズという結社に潜入し、最後には破滅させてしまう。『密告者』のジポ・ノーランのように、その後エドワーズは背信行為から逃げてカリフォルニアへ向かい、そこでひと財産を築く。のちに〝ジャック・ダグラス〟として英国で殺人の罪を免れた彼は、結局、ふたたび海路で逃げる途上、船から落ちて行方不明となる。つまり、ある意味では、この物語はハッピーエンドなのである。

これをどう考えたらいいのだろうか？

確かに、ここにはたいへん深い意味がある。理論だけの精神分析《アームチェア・サイコアナリシス》に頼らずとも、英国社会にうまく溶け込もうとするコナン・ドイルが、バーディ・エドワーズの――のちには、不気味さも極まることに、ホームズその人の――仮面をつけていながら、自分の分身であるワトスン博士に罪を告白せずにはいられない自己嫌悪を感じているように思えるのだ。

このように、コナン・ドイルの心理劇は、正典の随所に展開されている。アイルランド人がスコットランド人をレフェリーに、英国人と戦うのだ。そしてアイルランド人が――一例ではアイルランド人女性が――必ず敗れることになる。

ケルト民族の血をひいていることが、コナン・ドイルにとって尽きせぬ魅力の源泉だったのは、疑いの余地がない。暗黒の四七年（アイルランドのジャガイモ大飢饉の中でも特にひどかった一八四七年）にアイルランドから集団で人が移住してきて以来、エディンバラにはアイルランド少数民族《マイノリティ》が大勢暮らしていた。それはグラスゴーやリヴァプールなど、英国のほかのいくつかの都市でも顕著に見られる。見下され、軽蔑されることも多かったアイルランド人は、英国人にとって、十八、九世紀のアメリカ人にとってのアフリカ系黒人や先住民族《インディアン》のようなものだった。暗愚で野蛮な、またあるときは無邪気で危険なこともある、よく歌ったり踊ったりしているかと思うといきなりひどい凶暴性を激発してぞっとさせられる、存在。飲みもの《ドリンク》――アイルランドの言葉では〝強い酒《ザ・クリーチャー》〟――への渇望を抑えられない彼らは、第二級市民（ないがしろにされ、十分な権利を与えられていない人）とみなされていた（それも実際に市民扱いされたとしてだが）。

ドイル一族は英国に住みついて以来何世代にもなっていたが、フォーリー一族が――サー・アーサーの最愛の母親はアイルランド生まれのメアリ・フォーリーだった――彼を自分の出自に近づけた。彼はあるインタビューでこう語っている。「私の文筆に対する愛情や物語をつくる才能は、母から受け継がれたものだと思います。母はイギリス諸島生まれ《アングロ・ケルティック》の家系で、ロマンを好むケルト民族の特徴がきわだっていました」自分の母親――〝ザ・マム〟――のことを語るときでさえ、アイルランド人という固定観念の枠にはめずにはいられなかったのだ。

しかし、それはケルト人の幸福な面でもある。〝ザ・クリーチャー〟にとりつかれるという暗い面は、ほかならぬ父親のチャールズ・アルタモント・ドイルが象徴していた。チャールズは強力な渇望ゆえに、有望な画家としての職歴を損なったのだった。息子の作品『緋色の研究』のために描いた、ひげのあるシャーロック・ホームズの素描六点に、彼の哀れな姿が見てとれる。

もう気がつかれたと思うが、モリアーティ（Moriarty）、モラン（Moran）、マクマード（McMurdo）、さらには毒殺者モーガン（Morgan）……アイルランド系の名前はどれもみな、言語学的に嘆きや死を意味する〝モル（mor）〟の変形で始まる。それがいちばんはっきり表われているのは、もちろん、アイルランド語のアン・ゴルタ・モル（An Gorta Mor）、すなわち大飢饉《ザ・グレイト・ハンガー》、十九世紀なかばに〝最も悲惨なあの国〟の運命を変えた、ジャガイモの大凶作を指す言葉だ。

そこには、あるパターンが表われているのがわかるだろうか？

モルドレッド（Mordred）（アーサー王の甥。王位と王妃を狙って反逆し殺された）。妖姫モルガン（Fata Morgana）（アーサー王の異父姉で妖精。王妃とランスロットとの恋を密告する）。そして、トールキンの小説に出てくるモルドール（Mordor）。ケルト語系のこれらの人名や地名が示唆するのは、危険や暗黒。トールキンのモルドールは〝黒の国〟で、一般言語の語根、現在の〝マーダー（murder）〟の語源まで、語源学的にさかのぼったものだ。コナン・ドイルの作品中で〝mor〟という接頭辞の名をつけられた人物は、信用できず危険なだけでなく、凶悪（murderous）でもある。かかわりをもつ相手の運命を左右しかねないと、はっきり示しているのだ。

そこで、正典中の物語のうち、この議論にとって最も重要な意味をもつ三作品について考えてみることにしよう。『最後の事件』、『空き家の冒険』、『最後の挨拶』である。その後、結びとして第四の作品の、正典中で最も意外な登場人物をとりあげることにしよう。モリアーティやモランもかすんでしまう人物――シャーロックの最も手ごわい敵対者にして、その存在なくしてはシャーロックがライヘンバッハの滝から生き延びられなかったであろう人物。いろいろな点で、正典の中でも一番高いところから見下ろす――それこそがコナン・ドイルの望みだった――立場にある人物である。

『最後の事件』は、いろいろな意味で最も明白な例であり、この反アイルランド人議論の皮切りにはうってつけの作品だ。ストーリーをここで詳しく述べるまでもない。この作品でジェイムズ・モリアーティ教授本人が初登場したばかりでなく、本当はいったい何人のモリアーティがいるのか、その全員の名前がジェイムズなのかという議論が生まれたのも、ここからだった。そう言っておけば充分だろう。当然ながら、この教授は身体的に醜いが、二項定理に関する研究で天才性を見せた人物である。爬虫類を思わせる体形で、初見のホームズに対し、前頭がたいして発達していないのでがっかりしたと言ってばかにする（もちろん、ホームズがそう言っているだけだ。ワトスンはシャーロックの語る対決のようすを伝聞で報告することしかできないのだから）。

しかし、教授はホームズ物語の悪役の中でも第一人者であり、ホームズに命の危険をもたらすことに疑問の余地はない。ホームズはモリアーティ一味を一斉検挙する寸前、一緒に大陸へ渡ってくれとワトスンを説得し、自分に目論見をくじかれた強敵と最後の対決をすることになる。

かくしてモリアーティは死ぬ。だが、彼の変幻自在《シェープ・シフティング》の先祖と言える妖姫モルガンのように、彼はたちまち片腕セバスチャン・モランの姿で生まれ変わるのだ。モランは（われわれは『空き家の冒険』で知ることになるが）、ライヘンバッハの崖をよじ登ろうとする名探偵に岩を落とした男だ。ホームズは、亡き教授の助けを求める叫びが滝の底から聞こえるような気がしたというが、そうこうするうち、まるで地獄の底から呼び出されたかのように、いきなりモランが悪意に満ちた姿を現わしたのだった。それからずっとのち、モランはロンドンの空き家からホームズを襲撃しようとしたが、すべてを見通していたホームズに出し抜かれ、ロナルド・アデア卿殺害の罪で捕らえられたのだった。

そして、まったく奇跡のようなことが起こる。火事や銃弾に見舞われた跡は本質的に元のままで、マイクロフト・ホームズとハドスン夫人のおかげで化学実験設備や酸で汚れたテーブル、スクラップブック、ヴァイオリン、パイプ立て、ペルシャ・スリッパなど「主なものはみんな昔どおりの場所に収まって」いる状態に保たれた、ベイカー街のなつかしい部屋に、ホームズとワトスンは復帰するのである。

そしてホームズの作った人名録には、毒殺魔のモーガン、思い出すだけで胸が悪くなるメリデュー、ホームズの犬歯をへし折ったマシューズときて、最後にセバスチャン・モラン大佐が載っていた。ロンドン生まれで、父は元ペルシャ公使のサー・オーガスタス・モランだ。

ここまででははっきりしているのは、ケルトの真髄ともいえる殺人《マーダー》と魔力《マジック》の組み合わせが、強力にはたらいているということだ。コナン・ドイル自身と同様、モリアーティ教授もモラン大佐も、アイルランド人らしさの上に英国人らしい風貌を重ねていながら、反アイルランド人感情をきわめて不思議なかたちで表わしている。この場合はもちろん、本当はアイルランド人だということを隠した、二人の立派な〝英国人〟というかたちだった。

そして、『最後の挨拶』である。コナン・ドイル自身の手によって書かれたかのような、三人称によるミステリアスで憂鬱な〝永遠の辞《アヴェ・アトクウェ・ワーレ》〟の物語。その中では、この文芸エージェントてのアイルランド人（つまりコナン・ドイル）のもつすべての妄執を見ることができる。隠されたアイデンティティ。裏切り者としてのアイルランド人。ヴァーミッサ谷でピンカートン探偵社のスパイとして活動した〝バーディ・エドワーズ〟のような、偽のアイデンティティ。ホームズはシカゴでアメリカ暗黒街のスラングを覚え、バッファローでアイルランド人秘密結社に加わり、スキバリーンでは警察を大いに悩ませ、非英国人としての信用性を高める。その後、マーサつまり常に忠実なハドスン夫人に協力してもらい、ドイツ人スパイであるフォン・ボルクを罠にかけるのだ。この傲慢な〝ドイツ野郎《クラウト》〟が復讐を誓う言葉を吐くと、ホームズはこう答える。「これはまた、なつかしい響き《オールド・スイート・ソング》だ。昔はよくその言葉を聞いたものだった」――これはアイリッシュ系アメリカ人ジェイムズ・L・モロイが一八八四年に書いた有名な歌『懐かしき愛の歌《ラヴズ・オールド・スイート・ソング》』を、暗に指しているのである。

ホームズは続ける。「死んだモリアーティ教授のお気に入りの言葉だった。なんでも、セバスチャン・モラン大佐もそれを決まり文句にしていたらしい。それでもぼくは生きていて、南イングランド丘陵で蜂など飼っているわけだがね」

「それでもぼくは生きている」というフレーズを憶えておいてほしい。本稿の結びの部分でまた、この言葉が重要になるからだ。そしてこの名探偵が――若い馬屋番から老いぼれた書籍商まで何にでも扮することのできる彼が――あらゆるアイデンティティの中から選んだものは、何だったか？　アイルランド人。アイリッシュ系アメリカ人、アイリッシュ系アメリカ人である。

アイリッシュ系アメリカ人、アルタモント。チャールズ・アルタモント・ドイルの〝アルタモント〟。

サー・アーサーの父親の名だ。

シャーロック・ホームズの生涯の絶頂期――つまり英国に対して最大級の奉仕をしようというときに扮したのが、アルタモントというアイリッシュ系アメリカ人だったわけである。

そして告別の辞という段になって、ホームズはあの心に残るフレーズを口にする。「テラスでちょっとおしゃべりしないか。穏やかに話ができる最後の機会かもしれないから」コナン・ドイルは自分自身の性格や家族についての相反《アンビヴァレンス》する感情をすべてここでひとつにまとめ、最後の最後で調和させているようにも思える。ホームズとワトスンは、その最後の出会いにおいて、敵であるフォン・ボルクを打ち負かすのだが、そこには「東の風」が吹いてくる。それは「英国にはまだ一度も吹いたことのないような風」であり、神自身による風なのである。……そして、この最も非英国的な感情の発露に気恥ずかしくなったのか、ホームズはフォン・ボルクからせしめた五百ポンドの小切手に関心を転じ、ドイツ皇帝が支払いを停止しないうちにと銀行へ急ぐのだった。

こうして、ホームズの英国的な部分の神髄が表面に出てくるのだ。

「それでもぼくは生きている」……ホームズはなぜこの特別な瞬間、特別な状況の中で、こう言ったのだろう。「生きていなかった」という可能性はあったのだろうか？　結局のところ彼は、何年も前にモリアーティ教授を〝バリツ〟の技で打ち負かし、モラン大佐の落とす岩をかわし、彼による狙撃を回避した。第一次世界大戦前夜である『最後の挨拶』のころまでに、ホームズはあらゆる襲撃、あらゆる戦いを生き抜いてきたのであった。ボクシング試合、『まだらの紐』でのロイロット博士の沼毒ヘビ、はては『四つの署名』のトンガによる毒矢攻撃……。

その第一次世界大戦中、アイリッシュ海のすぐむこうでは、不穏な情勢が最高潮となり、一時的にではあるが、金のハープを配した旗がダブリン中央郵便局の上に翻った……。（一九一六年のイースター蜂起ではダブリン中央郵便局が占拠された）

大英帝国とコナン・ドイル自身の両方が立っていたのは、テラスでなく絶壁の上だった。両者は気づかずにそこへ向かって突進していたのだ。英国がその帝国を失う一方、コナン・ドイルは信仰を失い、心霊主義《スピリチュアリズム》を奉ずる《エンブレイス》ことになる。「この世ならぬものにまで、かまっていられるもんか」（『サセックスの吸血鬼』）とのたまう超理性主義者ホームズの生みの親である彼は、祖先たちの信仰を拒絶したばかりでなく、もっとはるかに古く、さらに原始的な信仰である、霊的世界への信仰に帰依した《エンブレイス》のだった。

暗黒の国モルドールと生の世界を行き来した、古代ケルト人の信仰。

彼らは、生と死がコインの裏表であり、必然的に対のものであり、恐れるべき対象ではないこと、不可避の二元性を受け入れ《エンブレイス》なければならないということを、知っていた。それは太陽と月、あるいは男性と女性のようなものなのだ。

このことが、この論議の中でも最も重要な作品である『四つの署名』へとわれわれを結びつけてくれる。

この作品の中で、ホームズとワトスンはもうひとりの〝Mor〟キャラクターと出会う。実はそのキャラクターこそ、ホームズの最大の敵なのだ。

メアリ・モースタン。

またはジョン・H・ワトスン夫人として知られる人物である。

彼女が正典中できわめて重要かつ不可欠な、枢要な存在であることは、充分に理解されていないし、充分に論じられてもいないのではなかろうか。というのは、もし〝アルタモント〟としてのシャーロックがコナン・ドイルの父親に関する部分的な〝救済〟であるのなら、メアリ・モースタンは彼の母親〝ザ・マム〟にほかならぬと言えるからだ。

モリアーティ、モラン、モースタン。ホームズの視点から見れば、彼の生涯における最大の挑戦相手だったこの三人は、民族性からも語源論からも密接につながっている。モリアーティとモランについては、すでに検証した。侮りがたい登場人物であるミス・モースタンに目を転じてみよう。

彼女とモラン大佐の類似点は明らかである。大佐はインド陸軍（英国陸軍とは別の、英領インド軍）の将校で、メアリの父親も同じインド陸軍の将校だった。二人の姓も、実際かなり近いものであり、しかも〝モースタン（Morstan）〟は――そこに含まれるものは身震いするほどすばらしいのだが――〝聖モラン（St. Moran）〟のアナグラムなのである。つまり、メアリ・モースタンはモラン大佐の〝良いほうの面〟だということだ。

ところがホームズは、すぐに彼女を嫌いはじめる。『四つの署名』の最後でワトスンは二人が婚約したことを告げるが、ホームズは自分のボズウェルに対し、「おめでとうとは言えないね」と冷たく言い放つのだ。それは、どんなに彼女が無害に見えようとも敵なのだということをすばやく感じとり、トンガの毒矢とともに彼の身をかすめる冷たい死の風を受けながら、世界は自分とミス・モースタンの両方が存在することを許さないのだと悟ったからだった。

どちらかひとりが死ぬしかないのだ。

ここで、メアリ・モースタンはアイルランド人ではないのでは、という異議が出るかもしれない。はっきりしているのは、彼女はインドで生まれ、母親が亡くなったあとエディンバラの全寮制女学校に預けられ（小さいころ寄宿学校に送られたワトスンと同じだ）、のちにロンドンにやってきたということである。だが、次の点を考えていただきたい。

1．彼女の洗礼名はメアリであり、アイルランド女性の名前としては最もありふれている。コナン・ドイルの母親もメアリだった。

2．本人の認めるところでは、イングランドに親類はまったくいない。

3．彼女の学校があったエディンバラは、アイルランド人が多い都市である。

4．彼女は住み込み家庭教師《ガヴァネス》として生計を立てたが、これはイングランドにいる未婚のアイルランド人女性がよく就く職業だった。

5．女性にかけての経験が豊富なワトスンの記述によれば、彼女は青白い肌に大きな青い瞳、髪はブロンドで、これはヴァイキングの影響を受けたアイルランド西部に典型的な容貌である。

6．モースタンという姓は珍しいが、ベルファストに近いカウンティ・ダウンに、モースタン・パークという地区がある。

以上のことから、アーサー・モースタン大尉は——このファーストネームも実に興味深いではないか——北アイルランドに生まれ（またアイルランド自治の問題が出てきた）、エディンバラで育ち、通常の英国陸軍でなくインド陸軍に入った（このことから彼はプロテスタントでなくカトリックでありそうだ）という可能性が非常に高いということが言える。その後彼はアンダマン諸島の囚人警備隊に配属され——英国人でなくアイルランド人に向く任務だろう——さらにのち、激しい怒りによる心臓発作で亡くなったのだった。

ワトスンがメアリ・モースタンと結婚したとき、ホームズの世界は破壊された。嘲りの言葉を吐くくらいしか、彼に反撃の方法はなかった。ロイロット医師が相手のとき、ホームズは曲げられた火掻き棒を元に戻した。モリアーティのときはバリツを使ってライヘンバッハの滝へ落とした。モラン大佐に対しては、相手を出し抜いて警察に捕まえさせることができた。

だが、メアリに対しては何も出来なかったのだ。

そして、ワトスンがこれまでに知る最も優れた最も賢い男であるホームズは、『最後の事件』のラストで死ぬことになる。

続く三年間の〝大空白時代〟に——三という象徴的な数に注意されたい——シーゲルソンという名のノルウェー人探検家に扮したホームズはチベットを旅し、ダライ・ラマに会見し、ペルシャ、メッカ、ハルトゥームを経由して（ベイカー街の下宿に肖像画が掛けられていたゴードン将軍の死の直後だ）、モンペリエでコールタールの研究をしたという。もちろんこれは、《ベイカー・ストリート・イレギュラーズ》の最も優れた最も賢い会員であったエドガー・W・スミスが指摘したように、まったくのナンセンスである。ホームズはそんなことをしなかった。サー・リチャード・バートンのような語学能力がないかぎり、メッカに立ち寄ったりすれば、たちまち三日月刀の切っ先で果てることになるからである。

実際にはどうだったのかというと、大空白時代のあいだ、ホームズは文字通り死んでいた。モルドレッドやモルドール、そしてモリアーティのように、死んでいたのだ。

では、何が彼を生き返らせたのか？　何が彼を、『空き家の冒険』で悪漢モラン大佐に（そしてモリアーティの亡霊に）立ち向かわせたのか？　それはひとつしかない。

メアリ・モースタンの死である。変幻自在《シェイプ・シフター》の存在、つまり妖姫モルガンの妹とも言える、メアリ。ワトスンの悲しい死別がなければ、シャーロック・ホームズの生還はありえなかったのだ。

ホームズを生き返らせるためには、メアリがその場所を彼に空けるしかなかった。

こうして、ホームズ最大の敵は高潔なる犠牲となった。メアリ・モースタンは自分の夫をあきらめ、彼をホームズやハドスン夫人とベイカー街の世界に戻すことを認めたのである。

チャールズ・アルタモント・ドイルのアルコール依存症と貧窮に直面してみずから家族の犠牲となった〝ザ・マム〟と同様、メアリ・モースタンは彼女の世界の〝アルタモント〟が生きるために犠牲となった。そして結局のところ、『最後の事件』におけるホームズの死のあと、彼を生き返らせてほしいと息子に懇願したのは、ほかならぬ〝ザ・マム〟だった。さらにその後、態度を軟化させたコナン・ドイルは、彼女に何と言ったのか？

「それでもぼくは生きている」である。

コナン・ドイルが、スコットランド生まれの英国人紳士になって文学者として花開くため、アイルランド人としての自分を殺し、のちにはカトリックとしての自分も殺したと同様、かの英国人探偵とそのスコットランド人筆記者――つまりアーサー・コナン・ドイルの二つの面――が生まれ変わるためには、メアリというアイルランド女性が死ななければならなかった。これは小説世界における最も気高い、最も感動的な自己犠牲であろう。そしてコナン・ドイルにとっては、文学作品における最も大胆な自画像づくりだったのである。

【＊原注】ジョン・レレンバーグ、ダニエル・スタシャワー、チャールズ・フォーリー編『コナン・ドイル書簡集』（東洋書林、二〇一二年刊行予定）

アメリカにやってきた シャーロック・ホームズの生みの親

How the Creator of Sherlock Holmes Brought Him to America

クリストファー・レドモンド

Christopher Redmond

カナダのオンタリオ州生まれ。現在はウォータールー大学の学内通信局長として日刊広報紙を編集している。著書には、"In Bed with Sharlock Holmes"、"Welcome to America, Mr. Sherlock Holmes"、"A Sherlock Holmes Handbook" などがある。ベイカー・ストリート・イレギュラーズのほか、カナダのブーツメーカーズ・オブ・トロントなど、複数のシャーロッキアン団体に所属。

シャーロック・ホームズを始めとする数々のキャラクターを生み出し、多くの業績を残したアーサー・コナン・ドイルは、一八五九年の誕生から一九三〇年の死まで、正確には二万五九七八日を生きた。ちょっと計算してみればわかるように、一八九四年十二月十四日がその人生のちょうど真ん中になる。三十五歳の彼が初めて北米を訪れ、帰路北大西洋の船上にあった冬の一日だ。コナン・ドイルはまじりけなしの英国人だったが、それでもアメリカを愛し、アメリカ大陸を四度訪れているので、彼のファンたちは海のこちら側にもたくさんあるその足跡をたどっては、われわれが今でも見ることのできる景色を目にした彼がどう思っただろうと、想像をめぐらせることができる。

思うに三十五歳のコナン・ドイルは、二人の子供と、結核に命をむしばまれつつあった最初の妻ルイーズ・ホーキンズのことなど、中年世代の責任を帯びるようになっていたものの、まだまだ若いつもりだっただろう。若くして北米への講演ツアーに招かれたのは、すでにりっぱな業績をあげていたからである。彼は苦労して教育を受け――スコットランドの中心地、すすけたエディンバラで貧しい家庭に育った若者には、なまなかなことではなかった――医学の課程に進んだ。医者として何度かの挫折を繰り返したのち、イングランド最大の港町ポーツマスの郊外サウスシーで、なんとかまともな収入を得るようになった。そこで充分な暮らしを手に入れた彼は、折々に雑誌や新聞に作品を書いては得るささやかな原稿料で収入を補いつつ、大黒柱となって大勢の家族を経済的に支え、自分自身の新しい所帯をもつこともできた。一八八五年にルイーズと結婚し、当初はサウスシーに、その後はロンドン郊外のあまり大きくない町、サウス・ノーウッドに住んだ。ところが、ルイーズが体調をくずしたため、彼女が療養できるような気候を求めて、二人はさまざまなリゾート地で過ごすことになる。

やがて、彼は医者をやめて作家を専業にした。そのころにはもう、各種の雑誌に発表した子供向けや大人向けの短編は数十作にのぼっていた。一八九四年に渡米するまでに彼は、みずから特別誇りに思っている三つの歴史小説を含め、小説の単行本を十七冊も発表していた。中でも特筆すべきは、当然ながら、かの名探偵を生み出し、二つの長編と二十四の短編によって熱狂的な人気を得ていたことである。ところが、その人気作品の執筆を、友人や家族の反対を押し切ってまでやめてしまったばかりだった。当の探偵が彼を飽き飽きさせたばかりか、もっと大事だと考えていた仕事、特に歴史小説に取り組む時間を、奪ってもいたからだ。一八九三年十二月、彼は『最後の事件』と題する短編を発表し、その中でホームズの宿敵モリアーティ教授を登場させ、スイス・アルプスでの対決で二人一緒に片づけてしまう。

もうホームズを書かなくてもよくなったコナン・ドイルは、ほかの計画にとりかかりはじめた。彼は長く病床にある妻とともに、一八九三年の秋から一八九四年の夏まで、スイスのダヴォスで過ごす。そこはまだスキー行楽地ではなく、肺疾患者のためにはいい気候の療養地と考えられていた。現地で新たに知り合った人たちと過ごすうちにウィンター・スポーツの楽しみを知った彼は、ノルウェーから自分用にスキーを取り寄せ、また嬉々として机に向かって執筆に励んだ。この時期のことは彼の半自伝的小説『スターク・マンローからの手紙』に書かれている。また、彼の文学者としての生涯で三大キャラクターのひとりに数えられる、ナポレオン麾下の軽騎兵旅団将校、ジェラール准将を生み出したのも、このころだった。

いろいろな意味で、彼は仕事のちょうど中ごろ、人生のちょうど中ごろにいた。そういう境遇のところへ、全米の演壇に有名人を講師として迎える活動をしていたニューヨーク市長、ジェイムズ・バートン・ポンドから招聘があったのだった。それまでの世代は教育的な講演を歓迎したものだが、一八九〇年代には、ためになるだけでなく楽しませてもくれる話し手のもとに、聴衆が集まるようになっていた。ポンドは職業上の最盛期に、ヘンリー・ウォード・ビーチャーやマーク・トウェインといった人々のマネージャーとして活躍した人物である（その彼もまさか、一八九四年はじめにトマス・エディソンが実演してみせた装置で動画を壁面に映写するからくりが、たちまちのうちに講演にとって代わる娯楽形態になろうとは思ってもみなかった）。

コナン・ドイルなら人気があると考えたポンドは、いくつかの講演は一定の講演料で、その他については興行収益の歩合でという申し出をした。コナン・ドイルは十月初めから十二月一日までの講演ツアーを引き受け（最終的には何日か滞在を延ばした）、十月二日、英国陸軍に休暇をもらって有名人である兄のツアーに終始付き添うことにした二十一歳のイネス・ドイルとともに、ニューヨークに上陸した。

船を降りたコナン・ドイルが足を踏み入れたところは、覚悟していた以上に見知らぬ地だったのではないだろうか。彼の頭の中のアメリカは、主として子供時代に読んだジェイムズ・フェニモア・クーパーやメイン・リードのフロンティア小説、フランシス・パークマン（アメリカの歴史家）の歴史書などでかたちづくられていたのだから。チャンスが見つかるやいなや、彼は好んで〝パークマン・ランド〟と呼んでいた北部のアディロンダック山地とその周辺、フレンチ・インディアン戦争（北米における英仏植民地戦争である七年戦争の一環で、イギリスが圧勝した）の戦場だった地域へ向かう。フォート・エドワード、ブラッディ・ポンド、タイコンデローガなど、その一帯は彼にとって魅力のある地名ばかりだった。彼の作品『亡命者』は、舞台のほとんどがこのアメリカとカナダの国境地帯だが、そこですでに描写したものと本物の地形を比べてみることができたのだ。「想像していたとおりだったが、木々は思っていたほど大きくはなかった」と、彼はのちに書いている。

何日かのあいだ、コナン・ドイルは気ままに観光することができた。アメリカに着いたら早めにしたいと思っていたことは、もうひとつあった。ボストンを表敬訪問して、自分の探偵に名前を拝借したアメリカの偉大な老文学者、オリヴァー・ウェンデル・ホームズと握手をかわすことだ。だが、当の相手は一八九四年十月七日、八十五歳で他界してしまう。コナン・ドイルが北部の森の奥、サラナック湖付近で、友人のそのまた友人が使わせてくれた六寝室の猟小屋に滞在していたあいだのことだった。彼がパークマン・ランドを出てボストンを訪ねられるようになったころには、ホームズの墓に花輪を手向けることしかできなかった。

その秋の講演ツアーでコナン・ドイルが訪れた場所は、ただ列挙するだけで労力を要するほどだ。ニューヨークとシカゴでは何度も講演した。一度だけ登壇した地には、インディアナポリス、シンシナティ、デトロイト、ワシントン、ボルティモア、エルマイラ、グレンズフォールズ、スケネクタディ、ジャージーシティ、その他二十カ所余りがある。二カ月間に同じ内容で三十四回講演し、その他の講演や朗読が合わせて五回。一番大きく変化したのは、彼の口調《アクセント》がどうだったかという地元の新聞記者たちの意見だったように思える。ある記者は、「イングリッシュ、アイリッシュ、スコティッシュ、そして風邪がまじりあったもの」と呼んでいる。なにしろ、毎晩のように巨大なホールで声を張り上げて講演し、真夜中に鉄道駅へ運ばれては列車に乗って何時間か睡眠をむさぼり、翌朝に初めての街へ到着すると、地元の呼び物をいくつか見て、地元の文学者や上流志向の人たち《ソーシャル・クライマー》とディナーの席を囲み、そしてまた講演というプロセスを、ほとんど休みなく来る日も来る日も繰り返したのだから、ウイルスに感染したとしても不思議はない。

そんな旅の典型的な一日といえば、アーサー・コナン・ドイルがボストンからマサチューセッツ州ウスターへやってきた十一月一日木曜日だろう。彼は《ウスター女性クラブ》が主催する連続講義のゲストとして招かれたのだった。その日の午後八時、ダウンタウンにある〈アソシエーション・ホール〉のヤシとシダと白い菊の花で大々的に飾りたてた演壇に彼が姿を現わすと、八二七の座席が満員になっていた。クラブの会長は、地元の工場主である州議会議員の妻だ。彼女は聴衆たちに向かってコナン・ドイルのことを、「二つの大陸を楽しませ、喜ばせ、惑わせた、あの有名な探偵小説の著者」と紹介した。約一時間の講演が終わると、女性たちが彼を、別の資本家夫妻の自宅で催される歓迎会《レセプション》へと連れていく。アーサーとイネスは、女性クラブのリーダーたちはもちろんのこと、客を迎える主催者側の列に並ぶ一七五人全員と握手をかわしてから、やっとひと息つくことができた。地元のお偉いさんたちが有名作家に合うチャンスを逃すまいとするこの種の体験が、十週間の消耗する旅のあいだ毎日のように繰り返されたのである。

講演そのものは、ほぼ毎晩、『朗読と回想』という演題で共通していた。北アメリカにやってきた当初は、彼が同時代の最も偉大な著述家と考えていた小説家ジョージ・メレディスについてのものなど、いくつかの文学談義を順に披露したいと希望していた。ところが、スポンサーも聴衆もジョージ・メレディスには食指を動かさない。みんなが聞きたがっているのはシャーロック・ホームズの話だったのだ。その願いに快く応じた作者は、何度もホームズの話をした。彼の連続講演をとりあげた新聞記事には、その内容がさまざまに引用され、ホームズものや歴史小説作品へのコメントとからめて、作家になったいきさつをたっぷり語ったその一時間を再現できそうなほどだった。このとき語り聞かせたうちには、のちに自伝『わが思い出と冒険』に収められた話も多い。

その自伝ではほんのわずかに触れているだけだが、一八九四年の講演には、もっとじっくり語った子供時代の逸話がひとつある。こんなものだ。

「わたしたちが住んでいた小さなアパートに、ある日、偉大な人物がやってきたのを覚えています——身長二フィートちょうどしかない私の目の高さからは、巨人のように見えました。肩幅は狭い戸口いっぱいになるほどで、頭はガス式シャンデリアに近づくほど高いところにあります。声も体格に負けず劣らず大きくて、そのうちに、彼のハートもそれとつりあう大きさなのだとわかりました。その人の顔を今でも思い出すことができます。きれいにひげを剃った、老人の髪の毛に若者の目をして子供のような笑いを浮かべる、拳闘家のような顔。中でも記憶に残るのは鼻で、その不思議なゆがみ方に私は魅せられました。私が小さなベビーベッドに寝かしつけられたずっとあとから、隣の部屋で彼がうなったり低い声でつぶやいたりするのが聞こえたものです。彼がウィリアム・メイクピース・サッカレーであると知る何千人もの人々にその名前と名声が印象を刻んだように、彼の無防備な人柄は、三歳の私の心に鮮やかな印象を残したのです」

こうした回想が語られるとともに、シャーロック・ホームズ物語の二つの部分が朗読された——『四つの署名』の、ホームズがワトスンの懐中時計を調べ、ワトスンとその家族についてワトスンが聞かされると覚悟していなかったほど詳しい事情を推理する典型的な一節と、『ギリシャ語通訳』の、ホームズと兄のマイクロフトがペルメル街のディオゲネス・クラブの窓から道行く人を見下ろして、観察力を競う短い場面だ。そして、講演の終わりごろになってから、コナン・

ドイルはホームズを脇に置いて、自分のほかの短編を一作、全編通して朗読する。それはたいてい、英国では《ストランド・マガジン》、アメリカでは新聞各紙に発表されたばかりの、『シャトー・ノワール公』だったようだ。この作品はその後、一九〇〇年刊行の短編集『「緑の旗」その他の作品』に収録される。物語はかなり陰惨で、コナン・ドイルの作品、特に『ボール箱事件』や『背の曲がった男』などの犯罪小説のみならず、一般の小説や歴史小説にも繰り返し現われる、肉体切断のテーマを扱っている。たとえばウスターでの講演のあとなどは、地元紙《イヴニング・ガゼット》で評論家が、来訪した作家がそういうものを朗読するのは間違いだと不平を訴え、その作品を「痛ましい」、「残忍」、「気味悪い」と評した。

こうした資料からは、講演ツアーの通りいっぺんの話ばかりでなく、一八九四年当時のアメリカ社会、アメリカ文学界のポートレートも浮かび上がってくる。* 彼は全国を漫遊したわけではなく、ワシントンDCより南、ミルウォーキーより西へは足を伸ばしていない。それでも、その範囲内で多くのものを見て、大勢の人に会ったし、たいへんな重圧に絶え間なくさらされることがなかったら、もっと多くの出会いを楽しんでいたことだろう。ウスターでの歓迎会で一七五人と握手をかわしたあとの彼は、翌朝起きてアマーストへ移動し、今度はカレッジ関係者を聴衆に同じ話をまた語り聞かせるという行為に、ある種混乱した意気込みを覚えたのではないだろうか。とはいえ、間違いなく楽しいひとときもあった。その最高の部類に入るのが、インディアナポリスで、地元の桂冠詩人ジェイムズ・ウィットコム・ライリーが住まいにしているホテルに滞在した日ではないだろうか。出会いに感激した二人は、どうやら上階のどちらかの部屋で、あるいは双方の部屋を行き来して、何時間も話し込んだらしい。ライリーの習慣を知る者ならうすうす感づくことだろうが、二人が語り合っているあいだ、一本のボトルと二つのグラスが遠ざかっていることはなかったという。

ニューヨーク州ヨンカーズでは、ジョン・ケンドリック・バングズとディナーをともにした。バングズは、今ではシャーロック・ホームズを『あの屋形船を追え』というパロディ小説に登場させたことで知られている作家である。バングズの伝記に、みんながディナーに着替えるため上階に行って、下りてきたコナン・ドイルがバングズの書斎に腰をおろしたあとの出来事が語られている。「バングズがホールを書斎の広い入り口へ向かっていると、書斎の暖炉に燃える火の向かいに引き寄せた椅子の、フラシ天の背もたれの上にドイルのうしろ頭がのぞいていた。そのとき、彼の息子がドイルに背後からさっと近づいていくのが見えて、ぎょっとした。高手に持ったゴリウォグ人形（絵本のキャラクターで、真っ黒な顔をしたグロテスクな人形）を、高名なホームズ作者の頭に振り下ろそうとしている。ドイルはとっさにその男の子をつかまえ、床にころげて取っ組み合うと、攻撃してきた側をあっさり完敗させた。目を上げてにっこりしたドイルは、こう言ってバングズをもすっかり参らせた。『やあ、なんでもありません、ミスター・バングズ。古き英国と若いアメリカのあいだの争いは抑えきれないという、これもまたひとつの例ですよ！』」

新聞記者がその微妙な問題について訊ねることもあった。コナン・ドイルは、聴衆のひとりだったロータス・クラブ（ニューヨークにある一八七〇年創立の社交クラブ。文芸・美術の作家や批評家が会員）のアメリカ人文学者に、英国は「あなたがたの成功、あなたがたの繁栄を大いに喜んでいる」と語ったが、デトロイトでのディナーの席で、夜もふけて酩酊したひとりが大英帝国について軽蔑的な発言をしたのには異を唱えた。彼は立ち上がって、こう言い返したのだ。「あなたがたアメリカ人は、自分たちでめぐらせた柵の中でこれまで生きてきた。その外にある本当の世界というものを知らない。しかし、今や国土は人で満ち、ほかの国々ともっと交わらないではいられなくなるでしょう。そうなったとき、あなたがたの流儀、あなたがたの大志をすっかり理解することができる国がひとつだけあると気づくでしょう。ともかくその国からは共感が得られると。それこそが、今そんなに侮辱したがっている発祥の国《マザー・カントリー》なのですよ」

コナン・ドイルはヴァーモント州ブラトルボローを訪ねて、国外在住英国人のラドヤード・キプリングと、彼のアメリカ人妻や姻族たちと一緒に感謝祭のディナーを囲んだ。そして、近くの牛放牧場でまだ目新しいスポーツだったゴルフを楽しみ、地元住民たちを驚かせた。フィラデルフィアでは、リッテンハウス・スクウェアにある出版者クレイグ・リピンコットの自宅にディナーに招かれた。ニューヨーク・シティでは、それほど裕福でない出版者のS・S・マクルーアに会い、苦戦している彼の雑誌への投資という名目で千ポンドの小切手を渡した。今なら十万ドルの価値があるこの額は、講演ツアーの純収益まるごとにあたったと彼はのちに語っている。

さらには、文学関係者との昼食会がたびたびあって、彼は当時の作家や作家志望者たちと会った。こうした会は男性ばかりになりがちだったが、シカゴの有名な銀行家の家でとびきり陽気な昼食会があったときには、実業家、著名な聖職者、それにユージーン・フィールドとハムリン・ガーランドという当時知名度の高かった作家二人のほかに、女性の出席者もいた。フィールドはこの機会に、からかい半分で著書へのサインをねだっている。アメリカにおける著作権侵害に英国作家たちが怒りつづけていたころの、安く手に入る、印刷の粗悪な海賊版『四つの署名』だ。だが、コナン・ドイルはこのジョークをみごとに返した。その本にサインした隣にどくろの絵を描き、海賊をからかう狂詩を書きつけたのだ。この会のために印刷されたメニューにもサインをし、客も全員がそれにならってサインした。そのメニューは現存し、個人のコレクターが所有している。

この旅の記念品には、今もいろいろな施設に保管されているものがある。ニューヨーク州ナイアガラ・フォールズの公立図書館には、コナン・ドイルが一泊した宿のオーナーのものだった直筆サイン本がある。また、翌晩にコナン・ドイルの講演を控えたロータス・クラブのディナーのイラスト入りメニューが、クラブのグリルルームの壁に額装して飾ってある。たいへん感動的な文書のひとつに、リディア・ケンダルが保管していた日記がある。マサチューセッツ州ノーサンプトンのシティホールにおける講演会でコナン・ドイルに会って、その経験を詳細に書きつづったものだ。「三十五歳の立派な男性。たいへん背が高く、均斉のとれた体つきだ」と、彼女は記している。ツアーの直接体験を語るこの資料は今、ケンダルが当時学生だったスミス・カレッジの文書館に収蔵されている。

コナン・ドイルがかつて立った場所に立ち、百十五年前にリディア・ケンダルが彼に会ったようすを想像してみたければ、ノーサンプトンでそんな体験をすることができる。メイン・ストリートにあるシティホールは当時のまま残っているからだ。ミルウォーキーのイースト・ハンプシャー・アヴェニューにあるプリマス教会や、ラファイエット・アヴェニューのブルックリン・アカデミー・オブ・ミュージック、そして聴衆が彼の『朗読と回想』に耳を傾けたホールがいくつも、当時のままの姿で残っている。同様に、こんにちの巡礼者《ピルグリム》は、グレンズ・フォールズのクーパーズ・ケイヴ（もう当時のように観光客に公開はされていないが）に客として訪れたコナン・ドイルの足跡をたどることも、彼が一八九四年の感謝祭休暇を過ごしたヴァーモント州のキプリング邸、ノーラカに一泊することさえもできるのだ。

ツアーは十二月初めに終了した。コナン・ドイルはクリスマスまでにどうしても帰宅したかったのだ。彼と弟はキューナード汽船の船エトルリア号でニューヨークを出航、十二月五日にリヴァプールに上陸した。このときには、アメリカに出発したときよりも著書が二冊増えていた。『赤い灯のまわりで』は、ほとんどが未発表作品だった医学関係の短編集で、十月に出版された。このときも、『シャトー・ノワール公』が気に入らなかった例のウスターの評論家が、やはりむさくるしくて痛ましいと不平を言っている。もうひとつ、『寄生体』という、催眠術にまつわる不気味でセクシュアルな物語が、十二月初めに出版されていた。

同じ十二月中に、ジェラール准将物語の第一作、『准将が勲章をもらった顚末』が《ストランド・マガジン》に掲載された。コナン・ドイルはその作品を、合衆国を出発する直前に書いたようだ。ある回の講演で、いつもと題材を変更して、手を入れていた校正刷りでその物語を朗読している。そして、ふたたび自分の机に向かった彼は、ナポレオン時代の冒険物語をさらに書きはじめる。また、それと同じころに、十九世紀初めの英国プロボクシングの物語も書き、その作品は『ロドニー・ストーン』という小説になっている。故郷英国に戻ってきたアメリカ文学界の人気者は、書く題材にこと欠きはしなかったのだ。

【＊原注】クリストファー・レドモンド著"Welcome to America, Mr. Sherlock Holmes"（1984）参照。

アメリカのロマン

The Romance of America

A・コナン・ドイル

A. Conan Doyle

（1859 ～ 1930 年）いまだかつて例を見ないほど有名な探偵、シャーロック・ホームズの生みの親。ホームズの偉業の数々は、世界中にいる無数のミステリー読者に愛され、こんにちなお多くの読者を感動させている。エディンバラ大学で医学を学び、ボーア戦争中は医師として南アフリカの野戦病院に従軍。1902 年にナイト爵に叙せられた。

最初のアメリカ旅行も終わりに近づいた一八九四年十一月十八日、コナン・ドイルはニューヨークの有名なロータス・クラブで、ニューヨークの著名人や文学関係者が大勢列席する記念ディナーに迎えられた。「ドクター・ドイルはたかだか三十五歳にして、人もうらやむほどの地位に達しようとしている――『三十三歳にもならない空想小説作家《ロマンス》』」と、クラブの二十五周年記念誌に書かれている（ジョン・エルダーキン著『ロータス・クラブの略歴』一八九五年ロータス・クラブ刊）。コナン・ドイルはスピーチの中で、講演ツアーでアメリカの各地を回るうち、大英帝国に対して敵意をいだくアメリカ人もいることに気づいたが、それでも自分はアメリカに魅了された英国人である、と表明している。

私の人生には、患者と文学のあいだで引き裂かれる思いをした時期がありました。どちらの仕事がより苦しかったかは、判断できるものではありません。しかしその時期は、旅に出るのが無理だからこそ旅にあこがれるという状況にありました。中でもとりわけ行きたいと思ったのが、合衆国です。行けるはずがありませんでしたから、合衆国に関する本を読みあさり、自分の頭の中に想像上の国を築きあげることで満足したのです。よく言われるように、そんなことをするのは危険です。私はこうして合衆国へやってきました。そして五、六千マイルを旅して回りましたが、気づいてみると、想像していた光景が切り詰められるどころか、四方八方に引き伸ばされていくのです。

アメリカ人でさえ、この国の生活は面白くない、ロマンが求められている、と言うのを耳にしました。どういうことなのか私にはわかりません。ロマンとはこの国で吸っている空気そのものではありませんか。あなたがたは全方位をロマンに取り囲まれている。このニューヨークの街にいれば、私は朝の列車に乗ることができる。歴史に残る美しいハドソン川を渡ることができる。ヒューロン族とカナダ人がさんざん血を流したシェネクタディで、食事することができる。そして日暮れ前には、今でもクマやヒョウが銃で狩られている、四世代にわたって今でもインディアンと開拓者が支配をめぐって戦っている、アディロンダックの森にいるのです。ライフルとカヌーがあれば、文明の流れが残した黒い渦の中へすうっと入っていけるのです。

私はヨーロッパにロマンを強く感じます。破壊された城や崩れた僧院の、鎧に身を固めた騎士や弓の射手の追憶を愛します。しかし私にとっては、アメリカ・インディアン《レッドスキン》や罠猟師《トラッパー》のロマンのほうが、近い時代のことだけに、もっと鮮明なのです。理髪師に調髪をしてもらえるような快適な宿に泊まることができる一方で、その同じ場所には一世紀も前だったら整えるべき髪の毛もなかったのだということを考えると、非常に興味をそそられます。

そして、この街にもロマンがあります。到着したその日に、私は一番高いビルを教えてもらい、そのビルをエレベーターでのぼりました――ともかく、エレベーターだと保証してもらって。初めはとんでもない大砲の中にでも迷い込んだかと思いました。そして、てっぺんから立派な橋やさかんに船の行き来する二本の川をながめ、活気があり繁栄していることがさまざまに見てとれる大都会を見下ろしたわけですが、そのあとで大西洋の向こうへ持ち帰るものが冷やかな笑いしか見つからないとしたら、医者に診てもらったほうがいいでしょう。心がカチカチになっているか、脳みそが溶けているに違いありません。

また、負けず劣らずすばらしいのは、西部の街です。発展の段階をとばしていきなり現代のあらゆる文明の利器があふれ出したかと思うほどなのに、ケーブルカーがめまぐるしく走り回り、電話のベルが鳴り響く中でなお、きこりの斧や偵察兵のライフルのこだまが聞こえてきそうな気がするのです。

そういったことがアメリカのロマン、変化の、対照の、遭遇する危険や克服する困難のロマンなのです。そうです、私たち、海の向こうにいるあなたがたと同族の者たちは、あなたがたの成功を、そしてあなたがたの繁栄を大いに喜んでいます。英国人の気持ちを——本当の英国人感情を——知っている方々なら、私の言葉が心からのものであるということを、よくわかってくださるでしょう。私があなたがたの国をあれこれと褒めるのは、ただ聞き手がアメリカ人だからだなどと思わないでください。海を越えて私のことをよくご存じのみなさんは、私がそんなくだらないことを考えるとは思われないでしょうけれど。

訳者あとがき

五年半ぶりのホームズ・パスティーシュ書き下ろしアンソロジーを、お届けします。

前回、二〇〇六年八月刊の『シャーロック・ホームズ　ベイカー街の幽霊』のあとがきでは、「書き下ろしアンソロジー・シリーズはこれでひと区切り」と書きましたが、うれしいことに終わりではありませんでした。今回は「ホームズ（とワトスン）のアメリカにおける活躍」という執筆条件。シリーズ常連作家に新たな書き手が加わり、バラエティ豊かな六巻目となりました。

もともと、「ホームズの世界を使った大人の遊び」を考え出したのがアメリカ人であることは、ご存知のとおりです。最初にホームズ・パロディを書いたのは英国人でしたが、その後百二十年のパロディ／パスティーシュ史を見ると、アメリカの作家および作品のほうが多いことがわかります。しかも、正典には随所にアメリカ人やアメリカに関わる事件が登場しますし、コナン・ドイル自身がアメリカの文化と文学に興味を抱き、心酔していたことは、本書のエッセイをご覧になればわかるでしょう。

ロンドンとホームズの結びつきが強いことから、ホームズ物語（正典）を一種の都市小説ととらえる向きもあります。それも確かに、ひとつの見識でしょう。しかしパスティーシュとなると、想像力が勝負。正典のもつ可能性を広げ、逸脱しているように見えて実はある意味忠実であり、正典の裏に隠されたものを引っぱり出す。いつも書いていることですが、パスティーシュこそ実は優れたホームズ研究作品なのです。

……と、硬いことを書いてきましたが、とにかく緩急自在、柔軟な思考と想像力に富むアンソロジーに仕上がっていますので、お楽しみいただければ幸いです。これまでのシリーズ同様、執筆条件の設定があるのにここまでバラエティに富むのか、と驚かれるのではないでしょうか。

ひとつ残念なのは、これまでの六冊でずっと共編者として加わっていたマーティン・H・グリーンバーグが、二〇一一年六月に亡くなってしまったことです（七十歳でした）。彼の紹介はほかの編者とともに別記してありますが、名アンソロジストとして膨大な数のアンソロジーを出版してきました。その長年にわたる貢献は、ミルフォード賞（出版・編集業が対象）、ソルスティス賞（米SFファンタジー作家協会の功労賞）、ブラム・ストーカー賞、エラリイ・クイーン賞という四つの賞で表彰されています。

彼のいない今後、レレンバーグとスタシャワーがさらなるアンソロジーを組むかどうか……それはわかりませんが、ある程度の条件下で書き下ろしてもらうホームズ・パスティーシュ集には人気があり、ここ数年さまざまな出版社から途切れずに出されていますので、何らかのかたちで続くと思われます。

今回は必然的に、アメリカ西部開拓時代の史実が多く出てきます。そうした歴史上の出来事や実在の人物について、ここでいちいち補足することは避けます。作品中に最低限の訳注を入れておきました。ただ、作家や作品の背景、あるいはシャーロッキアン的ことがらについて、解題めいたことを少しだけ書いておきたいと思います。

●はじめに

タイトルに「お察しのとおり、アメリカ人です《アズ・ユー・パーシーヴ》」とルビを振ったのは、『緋色の研究』の中の有名なフレーズ、「あなた、アフガニスタンに行っていましたね」(You have been in Afghanistan, I perceive.) を連想したからです。ラストのホームズのせりふは、『独身の貴族』からの引用です。

●ウォーバートン大佐の狂気

タイトルだけでピンときた方は、なかなかのシャーロッキアンかも。いわゆる〝語られざる事件〟ですね。『技師の親指』の冒頭でワトスンは、自分がホームズのもとに持ちこんだ二つの事件のうちひとつが「ウォーバートン大佐の狂気の事件だ」と書いているのです。

著者リンジー・フェイはこのアンソロジー・シリーズでは新顔ですが、〈ホームズ対切り裂きジャック〉テーマの長篇で注目され、短篇パスティーシュもいくつか書いている女性作家です。

●幽霊と機械

兄マイクロフトの、しかも若いころの日記というのは、珍しい設定です。一八七四年というと、マイクロフトが二七歳、シャーロックが二十歳と考えられます。降霊術にオルコットとブラヴァツキー、神智学協会とくれば、やはりコナン・ドイルのことを連想しますね。

●引退した役者の家の地下から発見された未公開回想録からの抜粋

ホッケンスミスもこのシリーズでは新顔ですが、すでに〝荒野のホームズ〟シリーズでご存知の方もいるでしょう。彼が最初の長篇『荒野のホームズ』を発表して注目されたのは、本シリーズの前作『シャーロック・ホームズ　ベイカー街の幽霊』が刊行されたのと同じ二〇〇六年でした。

ホッケンスミスは、同じくアメリカ・テーマで編まれたホームズ・パスティーシュ集、"Sherlock Holmes: The American Years"（マイケル・クアランド編）にも"The Old Senator"という短篇を書いており、二〇〇七年に執筆したそちらの作品のほうが先に出るはずでした。そちらはササノフの一座がコネチカット州ハーフォードで公演をする話であり、本書の作品はいわば続編だったわけです。ところが本書のほうが先に出てしまったので、著者の目論見は若干はずれました。前作でウィリアム・エスコットという芸名で登場するホームズは、作品のラストで本名を明かしているのです。ホームズが若いころアメリカで役者の修業をしていたというのは、シャーロッキアンのあいだでよく使われる説です。

●ユタの花

『緋色の研究』の意外な真相（?）を、お楽しみください。なお、作中のラストに出てくる人物名ベス・アーンは、ゼイン・グレイの小説『ユタの流れ者』の登場人物と思われますが、この作品の発表は一九一二年。ルーシーの言う「旧友」が小説のモデルになっているということなのでしょうか……。

●咳こむ歯医者の事件

これも『緋色の研究』がらみでスタートしますが、ホームズたちはワイアット・アープとドク・ホリデイの事件に巻きこまれます。なお、このベテラン作家エスルマンは、『シャーロック・ホームズ　クリスマスの依頼人』に始まる本アンソロジー・シリーズの六巻すべてに執筆しています。ほかにもビル・クライダー、キャロリン・ウィート、ジョン・L・ブリーンの三人が、これまでのところ〝全巻制覇者〟です。

●消えた牧師の娘

のちの大統領ローズヴェルトとの出会いは、長篇パスティーシュにもなっているテーマ。〈ホームズ対歴史上の有名人〉テーマの定番ですね。

●甦った男

ホームズが失踪していた〝大空白時代〟の解釈は、〝語られざる事件〟と同じく、パスティーシュのネタとして人気のテーマ。必然的に、三人称またはホームズの一人称、あるいはワトスンがのちにホームズから聞いた内容を書く、という形式になります。

●七つのクルミ

これはホームズが実際に登場しない話ですが、〝なりきり型〟と筆者が呼ぶ、一種のパロディです。ホームズに心酔する主人公が彼になりきる、あるいは彼の手法を使うことで事件を解決するという形式で、前述の『荒野のホームズ』はその典型。スタシャワーはホームズとフーディーニが出会う長篇パスティーシュのほか、奇術師テーマのミステリも書いています。なお、「リビット」というのは北米西部にいるアマガエルの鳴き声とのこと。

●女王蜂のライバル事件

ホームズが引退後は養蜂をしようと思い立つ、きっかけになった事件……ということでしょうか。こうした〝可能性の提起〟もパスティーシュの魅力的な要素です。

●たそがれの歌

この作品は次のエッセイとともに読むことをお勧めします。著者紹介にあるように、著者マイケル・ブラナックは、マイケル・ウォルシュと同一人物。作中の『懐かしき愛の歌』や〝モルの地〟については、エッセイを読めばうなずかれることでしょう。

●モリアーティ、モランほか——正典における反アイルランド的心情

コナン・ドイルの反アイルランド的心情……母親や父親の話を含め、一見すると著者の深層心理分析かと思わせますが、モースタンのアナグラムなど、過去にもあったシャーロッキアン的お遊びの要素ももっていて、なかなか楽しめます。メアリ・モースタン、つまりワトスン夫人が実

はモリアーティと並ぶホームズ最大の敵だという説には、思わず納得。いしいひさいちの四コママンガに出てくるパロディ的ホームズも思い出しましたが、あちらは別の意味でホームズの敵なのでした。

●アメリカにやってきたシャーロック・ホームズの生みの親

●アメリカのロマン

このエッセイとスピーチは、『コナン・ドイル書簡集』とともにお読みになると、理解度倍増かと思います。残念ながら、百年以上たった今も、英米の関係はコナン・ドイルが理想としたかたちにはなっていないわけですが。

最後にひとつ。事件名や固有名詞は原書房刊『シャーロック・ホームズ百科事典』、正典からの引用は光文社文庫のホームズ全集（いずれも拙訳）に準拠しました。ただ、状況に応じ多少改訂してあります。その他の引用はそのつど明記しました。

今回も西部開拓時代のアメリカに関することを始め、翻訳上のさまざまなことで協力者に恵まれました。特に訳文つくりでは、以下の方々にこの場を借りて感謝します（敬称略）。府川由美恵、五十嵐加奈子、藤原多伽夫、篠原良子、中川泉。

また新たなるホームズ本でみなさんとお会いできることを、祈りつつ。

二〇一二年一月

日暮雅通

【編者】

マーティン・H・グリーンバーグ

ミステリからSFやファンタジーまで、幅広い分野のアンソロジストとして有名。彼の関わった短編アンソロジーは1000冊を超えると言われる。本書を編集したあと、2011年6月に70歳で死去。

ジョン・レレンバーグ

コナン・ドイル財団のアメリカにおける代理人。スタシャワーとの共編書『コナン・ドイル書簡集』(2007)でMWA賞最優秀評論賞を受賞した。コナン・ドイルの未発表処女長篇(未完の作)“The Narrative of John Smith”(2011)でも、スタシャワーとともに解説および注釈を担当。2010年には処女長篇小説“Baker Street Irregular”を発表している。ベイカー・ストリート・イレギュラーズ会員。

ダニエル・スタシャワー

1999年刊行の『コナン・ドイル伝』でMWA賞最優秀評論賞とアガサ賞最優秀ノンフィクション賞を受賞。また、レレンバーグとの共編書『コナン・ドイル書簡集』(2007)でもMWA賞最優秀評論賞を受賞した。コナン・ドイルの未発表処女長篇(未完の作)“The Narrative of John Smith”(2011)でも、レレンバーグとともに解説および注釈を担当。ホームズ・パスティーシュ『ロンドンの超能力男』を始め、多くのミステリ長短編を発表している。ベイカー・ストリート・イレギュラーズ会員。

【訳者】

日暮雅通(ひぐらし・まさみち)

1954年生まれ。日本推理作家協会、日本シャーロック・ホームズクラブ会員。シャーロキアンの国際団体BSI正会員。主な訳書に『光文社版シャーロック・ホームズ全集』『シャーロック・ホームズ　クリスマスの依頼人』『シャーロック・ホームズ　四人目の賢者』『ダイヤモンド・エイジ』など多数。近訳書に『コナン・ドイル書簡集』。

シャーロック・ホームズ
アメリカの冒険《ぼうけん》

●

2012年2月2日　第1刷

著者…………ローレン・D・エスルマン他
訳者…………日暮雅通《ひぐらしまさみち》
装幀…………松木美紀
装画…………山田博之

発行者…………成瀬雅人
発行所…………株式会社原書房

〒160-0022 東京都新宿区新宿 1-25-13
電話・代表 03(3354)0685
http://www.harashobo.co.jp
振替・00150-6-151594

印刷…………新灯印刷株式会社
製本…………東京美術紙工協業組合

ISBN978-4-562-04756-7, Printed in Japan